El lado oscuro del adiós

Michael Connelly

EL LADO OSCURO DEL ADIÓS

Traducido del inglés por Javier Guerrero Gimeno

AdN Alianza de Novelas

Título original: *The Wrong Side of Goodbye*
Esta edición ha sido publicada por acuerdo
con Little, Brown & Company, New York,
NEW YORK, USA. Todos los derechos reservados

Primera edición: 2017
Primera reimpresión: 2017

Diseño de colección: Estudio Pep Carrió

Copyright © 2016 by Hieronymus, Inc.
© de la traducción: Javier Guerrero Gimeno, 2017
© AdN Alianza de Novelas (Alianza Editorial, S. A.)
Madrid, 2017
Calle Juan Ignacio Luca de Tena, 15
28027 Madrid
www.AdNovelas.com

ISBN: 978-84-9104-916-6
Depósito legal: M. 25.726-2017
Printed in Spain

Para Vin Scully, con todo mi agradecimiento

Corrieron desde la posición resguardada de la hierba de elefante hacia la zona de aterrizaje. Cinco de los hombres se posicionaron en torno al helicóptero en ambos lados. Uno de ellos gritó: «¡Vamos!, ¡vamos!, ¡vamos!»; como si alguno necesitara que lo apremiaran y le recordaran que esos eran los segundos más peligrosos de su vida.

El torbellino del rotor dobló la hierba hacia atrás y dispersó el humo señalizador en todas direcciones. El ruido fue ensordecedor cuando la turbina aceleró para el despegue. Los artilleros de las puertas auparon a todos al interior tirando de las correas de sus mochilas y el aparato enseguida volvió a estar en el aire, después de posarse menos tiempo que una libélula en el agua.

Comenzó a atisbarse la línea de árboles a través de la puerta de babor en cuanto el aparato se elevó y empezó a inclinarse. Entonces se vieron los fogonazos de las armas desde las higueras de Bengala. Alguien gritó: «¡Francotiradores!»; como si al artillero de la puerta tuvieran que decirle con qué se enfrentaba.

Era una emboscada. Tres puntos distintos de fogonazos, tres francotiradores. Habían esperado hasta que el helicóptero se hubo elevado y volaba con pesadez: un objetivo fácil desde menos de doscientos metros.

El artillero abrió fuego con su M60, descargando una ráfaga de fuego hacia las copas de los árboles, llenándolas de plomo. Sin em-

bargo, los disparos de los francotiradores no cesaron. El helicóptero no estaba blindado, una decisión tomada a quince mil kilómetros de distancia para reducir el peso y priorizar la velocidad y la
maniobrabilidad por encima de la protección.

Un disparo impactó en el carenado de la turbina con un ruido
sordo que recordó a uno de los impotentes hombres de a bordo el
de una bola de béisbol mal bateada que golpea el capó de un coche
en el aparcamiento. Enseguida se oyó el estruendo de cristales rotos
cuando el siguiente disparo atravesó la cabina de mando. Fue un
tiro de uno entre un millón que acertó en el piloto y en el copiloto
al mismo tiempo. El piloto murió en el acto y el copiloto se llevó las
manos al cuello en un movimiento instintivo pero inútil para evitar
desangrarse. El helicóptero dio un bandazo hacia la derecha y enseguida se precipitó de forma descontrolada. Cayó en barrena, ale-
jándose de los árboles hacia los arrozales. Los hombres de la parte
de atrás empezaron a gritar de impotencia. El que acababa de tener
un recuerdo de béisbol trató de orientarse. El mundo en el exterior
del helicóptero estaba girando. Él mantuvo la mirada fija en una
única palabra impresa en la placa metálica que separaba la cabina de
la zona de carga. Decía ADVANCE, con la letra A con una flecha como
trazo horizontal.

No apartó la mirada de la palabra ni siquiera cuando los gritos
se intensificaron y sintió que el aparato perdía altura. Llevaba siete
meses apoyando misiones de reconocimiento y le quedaba poco
tiempo de servicio. Supo que nunca iba a volver. Era el final.

La última cosa que oyó fue a alguien que gritaba: «¡Posición!,
¡posición!, ¡posición!», como si existiera alguna posibilidad de que
alguien de los que estaban a bordo tuviera alguna opción de sobrevivir al impacto, sin contar con el fuego que llegaría a continuación. Y sin contar con los Vietcong que vendrían con machetes después.

Mientras los demás gritaban de pánico, él susurró un nombre
para sus adentros.

—*Vibiana…*

Sabía que nunca volvería a verla.

—*Vibiana…*

El helicóptero se precipitó en una zanja de los arrozales y estalló en un millón de partes metálicas. Al cabo de un momento, el combustible derramado prendió, quemó los restos del aparato y extendió llamas en la superficie de agua estancada. Se elevó un humo negro en el aire que marcó los restos del helicóptero como una baliza indicadora de un punto de aterrizaje.

Los francotiradores recargaron y esperaron a que llegaran los helicópteros de rescate.

1

A Harry Bosch no le molestaba el retraso. La vista era espectacular. No se sentó en el sofá de la sala de espera. Prefirió quedarse de pie, con la cara a un palmo del cristal, y admirar la panorámica que se extendía desde los tejados del centro de la ciudad hasta Pacific Ocean. Se encontraba en la planta cincuenta y nueve de la U. S. Bank Tower, y Creighton le estaba haciendo esperar porque era algo que siempre hacía, desde sus días en el Parker Center, donde la sala de espera solo tenía una visión de escaso ángulo de la fachada posterior del ayuntamiento. Creighton solo se había desplazado cinco manzanas al oeste desde sus días en el Departamento de Policía de Los Ángeles, pero desde luego se había elevado mucho más, hasta las cimas más altas de los dioses financieros de la ciudad.

Aun así, con vistas o sin ellas, Bosch no sabía por qué había gente que conservaba sus oficinas en la torre. El edificio, el más alto al oeste del Misisipí, ya había sido objeto de dos intentos de atentado terrorista. Bosch imaginaba que eso tenía que suponer una inquietud añadida a las presiones del trabajo para cualquiera que entrara cada mañana por aquellas puertas de cristal. El alivio podría llegar pronto en la forma del Wilshire Grand Center, un rascacielos envuelto en cristal que se elevaba en el cielo a unas manzanas de distancia. Cuando estuviera terminado, se llevaría la distinción de edificio más alto al oeste del Misisipí. Probablemente, también se convertiría en el nuevo objetivo.

A Bosch le encantaba cualquier oportunidad de contemplar la ciudad desde tan alto. Cuando era un joven detective, a menudo hacía turnos extra como localizador en alguno de los vuelos del departamento solo para dar una vuelta por encima de Los Ángeles y recordar su inmensidad aparentemente infinita.

Miró a la autovía 110 y vio que estaba congestionada hasta South-Central. También se fijó en varios helipuertos en los tejados de edificios que quedaban por debajo de él. El helicóptero se había transformado en el vehículo de transporte de la elite. Bosch había oído que incluso algunos de los jugadores con contratos más altos de los Lakers y los Clippers usaban helicópteros para ir al Staples Center.

El cristal era lo bastante grueso para bloquear cualquier sonido. La ciudad permanecía en silencio a sus pies. Bosch solo oía a la recepcionista que atendía el teléfono detrás de él, con el mismo saludo una y otra vez: «Trident Security, ¿en qué puedo ayudarle?».

La atención de Bosch se centró en un coche patrulla que avanzaba con rapidez hacia el sur por Figueroa, hacia el distrito L. A. Live. Vio el 01 pintado en letras grandes en el maletero y supo que era un vehículo de la División Central. Enseguida lo siguió en el aire un helicóptero del departamento que volaba más bajo que el piso en el que él se encontraba. Bosch lo estaba siguiendo con la mirada cuando lo llamó una voz a su espalda.

—¿Señor Bosch?

Se volvió y vio a una mujer de pie en medio de la sala de espera. No era la recepcionista.

—Soy Gloria. Hemos hablado por teléfono.

—Ah, sí —dijo Bosch—. La asistenta del señor Creighton.

—Sí, encantada de conocerlo. Acompáñeme, por favor.

—Bien. Si esperaba más iba a saltar.

La mujer no sonrió. Condujo a Bosch por una puerta que daba a un pasillo con acuarelas enmarcadas perfectamente espaciadas en las paredes.

—Es cristal resistente a los impactos —le explicó—. Puede aguantar la fuerza de un huracán de categoría 5.

—Me alegra saberlo —dijo Bosch—. Y solo estaba bromeando. Su jefe tiene fama de hacer esperar a la gente, de cuando era subdirector de la Policía.

—Ah, ¿en serio? No lo había notado aquí.

Eso no tenía sentido para Bosch, porque acababa de venir a buscarlo a la sala de espera quince minutos después de la hora señalada.

—Lo leería en un libro de gestión cuando escalaba posiciones —dijo Bosch—. Ya sabe, lo de hacerles esperar aunque lleguen a tiempo. Te da la mejor posición cuando finalmente les haces pasar, comunica que eres un hombre ocupado.

—Desconozco esa filosofía empresarial.

—Probablemente, es más una filosofía policial.

Entraron en una *suite* de oficinas. En el despacho exterior, había dos escritorios separados, uno ocupado por un hombre de veintitantos años vestido con traje y el otro vacío, que supuso que pertenecía a Gloria. Pasaron entre los escritorios hasta una puerta y Gloria la abrió y se hizo a un lado.

—Adelante. ¿Quiere que le traiga una botella de agua?

—No, gracias —dijo Bosch.

Bosch entró en una sala todavía mayor, con una zona de escritorios a la izquierda y, a la derecha, dos sofás enfrentados con una mesita de café con tablero de cristal en medio. Creighton estaba sentado detrás de su escritorio, indicando que la reunión con Bosch iba a tener un carácter formal.

Había pasado más de una década desde la última vez que Bosch había visto a Creighton en persona. No recordaba la ocasión, seguramente en alguna reunión de la brigada a la que Creighton acudiría para hacer un anuncio en relación con el presupuesto de horas extraordinarias o los protocolos de viaje del departamento. Entonces Creighton era el jefe contable, responsable del presupuesto del departamento entre otros deberes de gestión. Era conocido por establecer políticas estrictas sobre las horas extra que exigían explicaciones detalladas y por escrito en unos formularios verdes que tenían que someterse a la aprobación del supervisor. Como esa aprobación, o denegación, solo llegaba después de que el trabajo ya se hubiera realizado, el nuevo sistema se veía como un intento de disuadir a los policías de hacer horas extra o, peor todavía, de hacerles cumplir más horas y luego denegar la autorización o compensarlas con tiempo complementario. Fue en la época en que Creighton ocupaba ese puesto cuando todo el mundo empezó a referirse a él como Cretino.

Aunque Creighton dejó el departamento por el sector privado no mucho después, los «verdes» seguían en uso. La impronta que había dejado en el departamento no había sido un rescate audaz ni un tiroteo ni haber acabado con un gran depredador. Habían sido los formularios verdes de las horas extraordinarias.

—Harry, pase —dijo Creighton—. Siéntese.

Bosch se acercó al escritorio. Creighton era unos años mayor que Harry, pero se mantenía en buena forma. Se levantó detrás del escritorio y le tendió la mano. Llevaba un traje gris hecho a medida de su cuerpo musculoso. Creighton era la imagen del dinero. Bosch le estrechó la mano y luego se sentó frente a él. No se había vestido para la cita. Iba en tejanos, camisa azul vaquera y una chaqueta de pana gris marengo que tenía al menos doce años. Bosch guardaba los trajes de sus días en el departamento envueltos en plástico y no había querido sacar uno solo para una reunión con Cretino.

—Jefe, ¿cómo está?

—Ya no soy jefe —dijo Creighton riendo—. Esos días han pasado hace mucho. Llámeme John.

—John, pues.

—Siento haberlo hecho esperar. Tenía un cliente al teléfono y, bueno, el cliente siempre tiene prioridad. ¿Tengo razón?

—Claro, no hay problema. He disfrutado de las vistas.

Las vistas a través de la ventana que estaba detrás de Creighton daban al otro lado, se extendían hacia el noreste más allá del Civic Center y las montañas coronadas de nieve de San Bernardino. Bosch suponía que la razón de que Creighton hubiera elegido esa oficina no eran las montañas, sino el Civic Center. Desde su escritorio, Creighton veía desde arriba la torre del ayuntamiento, el Edificio de Administración de Policía y el edificio del *Los Angeles Times*. Creighton estaba por encima de todos ellos.

—La verdad es que es espectacular ver el mundo desde este ángulo —aseguró Creighton.

Bosch asintió y fue al grano.

—Entonces —dijo—. ¿Qué puedo hacer por usted…, John?

—Bueno, para empezar, le agradezco que haya venido sin saber por qué quería verlo. Gloria me dijo que le costó mucho convencerlo.

—Sí, mire, lo siento. Pero, como le expliqué a ella, si se trata de un trabajo, no me interesa. Ya tengo trabajo.

—Me he enterado. San Fernando. Pero eso debe de ser a tiempo parcial, ¿no?

Lo dijo con un leve tono de burla y Bosch recordó una frase de una película que había visto: «Si no eres policía, eres una piltrafa». También se entendía que si trabajabas para un departamento pequeño eras una piltrafa.

—Me mantiene tan ocupado como quiero estar —contestó—. También tengo licencia privada. Elijo algún caso de vez en cuando.

—Todo por referencias, ¿no? —inquirió Creighton.

Bosch lo miró un momento.

—¿Tendría que estar impresionado de que me haya investigado? —dijo por fin—. No me interesa trabajar aquí. No me importa cuál sea el sueldo ni me importan cuáles sean los casos.

—Bueno, deje que le pregunte algo, Harry —dijo Creighton—. ¿Sabe qué hacemos aquí?

Bosch miró por encima del hombro de Creighton, a las montañas, antes de responder.

—Sé que ofrecen seguridad de alto nivel para los que pueden permitírsela —respondió.

—Exactamente —dijo Creighton.

Levantó tres dedos de su mano derecha en lo que Bosch suponía que era un tridente.

—Trident Security —explicó Creighton—. Especializados en seguridad económica, tecnológica y personal. Abrí la sucursal de California hace diez años. Tenemos sedes aquí, en Nueva York, Boston, Chicago, Miami, Londres y Fráncfort. Estamos a punto de abrir en Estambul. Somos una gran compañía, con miles de clientes e incluso más conexiones en la esfera de nuestras competencias.

—Me alegro por ustedes —dijo Bosch.

Había pasado diez minutos leyendo información sobre Trident en su portátil antes de venir. La exclusiva empresa de seguridad la había fundado en Nueva York en 1996 un magnate naviero llamado Dennis Laughton, que había sido secuestrado en las Filipinas. Laughton primero contrató a un antiguo jefe del Departamento de Policía de Nueva York como testaferro y había hecho lo mismo en todas las ciudades donde había abierto sucursal, eligiendo al jefe o a un responsable de alto rango del departamento de policía local para generar una gran noticia en los medios y garantizar la imprescindible ayuda de la cooperación policial. Se comentaba que, diez años antes, Laughton había intentado contratar al jefe de policía de Los Ángeles, pero este lo rechazó y Laughton eligió a Creighton como segunda opción.

—Le dije a su asistenta que no estaba interesado en trabajar en Trident —insistió Bosch—. Ella me aseguró que no se trataba de nada de eso. Así que, ¿por qué no me cuenta de qué se trata para que los dos podamos seguir con nuestras jornadas?

—Puedo asegurarle que no le estoy ofreciendo un trabajo en Trident —dijo Creighton—. Para ser sincero, necesitamos la cooperación plena y el respeto del Departamento de Policía de Los Ángeles para hacer lo que hacemos y para manejar las cuestiones delicadas que implican a nuestros clientes y la policía. Si le contratáramos en Trident sería un problema.

—Está hablando de mi demanda.

—Exactamente.

Durante la mayor parte del año anterior, Bosch había estado sumido en una demanda presentada contra el departamento en el que había trabajado durante más de treinta años. Harry demandó al departamento, porque creía que lo habían obligado a retirarse de forma ilegal. El caso había generado animadversión hacia Bosch entre la tropa. No parecía contar que, durante el tiempo en que había llevado placa, Harry había puesto a más de cien asesinos ante la justicia. El litigio terminó en avenencia, pero continuaba la hostilidad desde algunas esferas del departamento, sobre todo la esfera superior.

—Así que si me contratara en Trident no sería bueno para sus relaciones con el departamento —dijo Bosch—. Lo entiendo. Pero me quiere para algo. ¿Qué es?

Creighton asintió. Era hora de ir al grano.

—¿Ha oído hablar de Whitney Vance? —preguntó.

Bosch asintió.

—Por supuesto que sí.

—Sí, bueno, es un cliente —dijo Creighton—. Igual que su empresa, Advance Engineering.

—Whitney Vance tiene que tener ochenta años.

—Ochenta y cinco, de hecho. Y...

Creighton abrió el cajón superior central de su escritorio y sacó un documento. Colocó el documento entre ellos. Bosch vio que era un talón bancario. No llevaba las gafas y no podía leer la cantidad ni otros detalles.

—Quiere hablar con usted —concluyó Creighton.

—¿De qué? —preguntó Bosch.

—No lo sé. Dijo que era una cuestión privada y preguntó específicamente por usted. Dijo que solo discutiría el asunto con usted.

Extendió este cheque nominativo por diez mil dólares. Puede quedárselo por ir a hablar con él, tanto si la cita conduce a más trabajo como si no.

Bosch no sabía qué decir. Ya había cobrado la liquidación de la demanda, pero había invertido la mayor parte del dinero en cuentas de inversión a largo plazo concebidas para proporcionarle una vida cómoda en la vejez y un interés sólido para su hija Maddie. Aun así, en ese momento ella tenía dos años más de facultad por delante y luego el doctorado. Pese a que Maddie contaba con algunas becas generosas, Bosch todavía iba justo para pagar el resto a corto plazo. No le cabía duda de que le vendrían muy bien los diez mil dólares.

—¿Dónde y cuándo tiene que ser esa cita? —preguntó al fin.

—Mañana por la mañana a las nueve en la casa del señor Vance en Pasadena —dijo Creighton—. La dirección está en el resguardo del cheque. Podría vestirse un poco mejor.

Bosch no hizo caso de la pulla sobre la vestimenta. Sacó las gafas de lectura de un bolsillo interior de la americana. Se las puso al tiempo que se estiraba sobre la mesa para coger el cheque. Estaba extendido a su nombre completo: Hieronymus Bosch.

Había una línea perforada que recorría la parte inferior del cheque. Debajo de esta figuraba la dirección y la hora de la cita, así como la advertencia «No lleve un arma de fuego». Bosch dobló el cheque por la línea de perforación y miró a Creighton al guardárselo en la chaqueta.

—Iré al banco desde aquí —dijo—. Depositaré esto, y si no hay ningún problema estaré allí mañana.

Creighton esbozó una sonrisa de superioridad.

—No habrá ningún problema.

Bosch asintió.

—Supongo que esto es todo. —Se levantó para marcharse.

—Hay una cosa más, Bosch —dijo Creighton.

Bosch se dio cuenta de que Creighton había pasado de llamarlo por el nombre a hacerlo por el apellido en el curso de diez minutos.

—¿Qué? —preguntó.

—No tengo ni idea de qué va a preguntarle el anciano, pero soy muy protector con él —dijo Creighton—. Es más que un cliente y no me gustaría ver que le toman el pelo a estas alturas de su vida. Sea cual sea el trabajo que le pida que haga, quiero estar informado.

—¿Tomarle el pelo? A menos que me haya perdido algo, me ha llamado usted, Creighton. Si van a tomarle el pelo a alguien será a mí. No importa lo mucho que me pague.

—Puedo asegurarle que no será el caso. Lo único que tiene que hacer es ir a Pasadena, para lo cual acaba de recibir diez mil dólares.

Bosch asintió.

—Bien —dijo—. Voy a tomarle la palabra. Veré al viejo mañana y descubriré de qué se trata. Pero, si se convierte en mi cliente, ese asunto, sea el que sea, será entre él y yo. No le informaré de nada, a menos que me lo pida Vance. Así es como trabajo. No me importa quién sea el cliente.

Bosch se volvió hacia la puerta. Cuando llegó allí, miró otra vez a Creighton.

—Gracias por las vistas.

Salió y cerró la puerta tras de sí.

En el camino hacia la calle se detuvo en el escritorio de la recepcionista para que le validara el tique del aparcamiento. Quería estar seguro de que Creighton pagaba esos veinte dólares, así como el lavado de coche que había aceptado al entregar el vehículo al aparcacoches.

2

La mansión de Vance estaba en San Rafael, cerca del Annandale Golf Club. Era un barrio de riqueza con solera: casas y mansiones que se habían legado a lo largo de generaciones, protegidas por muros de piedra y verjas de hierro forjado. Estaba en las antípodas de Hollywood Hills, donde fluía el dinero nuevo y donde los ricos dejaban los cubos de basura en la calle toda la semana. No había letreros de «En venta» en San Rafael. Para comprar, tenías que conocer a alguien, tal vez incluso compartir su sangre.

Bosch aparcó a unos cien metros de la verja que resguardaba la entrada a la mansión de Vance. Unos pinchos disimulados en una decoración de flores remataban el enrejado. Bosch estudió un momento la curva del sendero al otro lado de la verja, donde este giraba y se elevaba hasta desaparecer en la grieta entre dos colinas verdes. No había señal de ninguna edificación, ni siquiera un garaje. Todo eso estaría muy alejado de la calle, protegido por la geografía, el hierro y vigilantes de seguridad. Aun así, Bosch sabía que Whitney Vance, de ochenta y cinco años, estaba allí, en algún lugar detrás de esas colinas del color del dinero, esperándolo con algo en mente. Algo que requería a un hombre del otro lado de la verja con pinchos.

Bosch llegaba a la cita con veinte minutos de antelación y decidió aprovechar el tiempo para repasar varios artículos que había encontrado en Internet y descargado a su portátil esa mañana.

Bosch, como probablemente la mayoría de los californianos, conocía los datos básicos de la vida de Whitney Vance. Pese a ello, los detalles le parecían fascinantes e incluso admirables por el hecho de que Vance era el extraño receptor de una gran herencia que se había convertido en algo aún mayor. Era el vástago de cuarta generación de una familia minera de Pasadena que se remontaba a la época de la fiebre del oro en California. La prospección fue lo que llevó al bisabuelo de Vance al oeste, pero la fortuna de la familia no se basaba en eso. El bisabuelo, frustrado con la búsqueda de oro, estableció la primera explotación de minería a cielo abierto del estado y extrajo toneladas y toneladas de mineral de hierro de la tierra del condado de San Bernardino. El abuelo de Vance continuó con una segunda mina a cielo abierto más al sur, en el condado de Imperial, y su padre invirtió esa fortuna en una planta de fabricación de acero que contribuyó a la incipiente industria aeronáutica. En aquel momento, Howard Hughes, la cara visible de esa industria, contó con Nelson Vance primero como proveedor y luego como socio en proyectos de aviación muy diversos. Hughes se convertiría en el padrino del único hijo de Nelson Vance.

Whitney Vance nació en 1931 y al parecer en su juventud se dispuso a labrarse su propio camino. En un primer momento, fue a la Universidad del Sur de California para estudiar Cinematografía, pero finalmente lo dejó y volvió al redil familiar, pasando al Instituto de Tecnología de California, en Pasadena, el mismo centro al que había asistido el «tío Howard». Fue Hughes quien instó al joven Whitney a estudiar ingeniería aeronáutica en Caltech.

Igual que los mayores de su familia, cuando llegó su turno, Vance llevó el negocio familiar en direcciones nuevas y cada vez más exitosas, siempre con una conexión con el producto original de la familia, el acero. Consiguió numerosos contratos públicos para fabricar componentes de aviones y fundó Advance Engineering, que registró las patentes de muchos de ellos. Los acoplamientos que se utilizaban para el repostaje seguro de los aviones se perfeccionaron en la acería familiar y todavía seguían utilizándose en todos los aeropuertos del mundo. La ferrita extraída de la mina de hierro de Vance se usó en los primeros intentos de construir aeronaves que evitaran la detección del radar. Estos procesos fueron meticulosamente patentados y protegidos por Vance, y garantizaron la participación de su compañía en las décadas de desarrollo de tecnologías de vuelo furtivo. Vance y su empresa formaban parte del denominado complejo militar-industrial, y la guerra de Vietnam vio un crecimiento exponencial de su valor. En toda misión en aquel país o fuera de él durante toda la guerra hubo material de Advance Engineering. Bosch recordaba haber visto el logo de la compañía (una A con una flecha como trazo horizontal) impresa en las placas de acero de todos los helicópteros en los que había volado en Vietnam.

A Bosch le sobresaltó una llamada en la ventanilla a su lado. Levantó la mirada y vio a un agente de patrulla de Pasadena, y en el retrovisor vio el coche blanco y negro aparcado detrás de él. Estaba tan abstraído en su lectura que no había oído el coche de policía que se le acercaba.

Tuvo que poner en marcha el motor del Cherokee para bajar la ventanilla. Bosch sabía de qué se trataba. Un coche de veintidós años necesitado de pintura aparcado delante de la mansión de una familia que había ayudado a construir el estado de California constituía una actividad sospechosa. No importaba que el coche estuviera recién lavado ni que él llevara un traje y una corbata impecables rescatados de una bolsa de plástico. La policía había tardado menos de quince minutos en responder a su intrusión en el barrio.

—Sé qué aspecto tiene esto, agente —empezó—. Pero tengo una cita al otro lado de la calle en cinco minutos y solo estaba…

—Es fantástico —dijo el policía—. ¿Le importa bajar del coche?

Bosch lo miró un momento. Leyó el nombre en la placa que llevaba en el pecho: Cooper.

—¿Está de broma? —preguntó.

—No, señor —dijo Cooper—. Por favor, baje del coche.

Bosch respiró profundamente, abrió la puerta e hizo lo que le pidieron. Levantó las manos a la altura del hombro y dijo:

—Soy policía.

Cooper se tensó de inmediato, como Bosch sabía que ocurriría.

—Voy desarmado —añadió Bosch con rapidez—. Mi arma está en la guantera.

En ese momento, Harry se sintió agradecido por el mandato escrito en el resguardo del cheque que decía que acudiera desarmado a la cita con Vance.

—Déjeme ver una identificación —pidió Cooper.

Bosch lentamente buscó en un bolsillo interior del traje y sacó su placa. Cooper estudió la placa de detective y luego la identificación.

—Aquí dice que es agente en reserva.

—Sí —dijo Bosch—, a tiempo parcial.

—A unos ochenta kilómetros de su central. ¿Qué está haciendo aquí, detective Bosch? —Le devolvió la placa, y Bosch la guardó.

—Bueno, estaba tratando de decírselo. Tengo una cita (a la que me está haciendo llegar tarde) con el señor Vance, y supongo que ya sabe que vive allí. —Señaló a la verja negra.

—¿Esta cita es un asunto policial? —preguntó Cooper.

—No es asunto suyo —repuso Bosch.

Los dos hombres se sostuvieron la mirada con frialdad durante un largo momento, sin que ninguno parpadeara. Finalmente, Bosch habló.

—El señor Vance me está esperando —dijo—. Un tipo así probablemente me preguntará por qué he llegado tarde y probablemente hará algo al respecto. ¿Cuál es su nombre, Cooper?

Cooper pestañeó.

—Al cuerno —dijo—. Pase un buen día.

Se volvió y empezó a dirigirse otra vez hacia el coche patrulla.

—Gracias, agente —dijo Bosch tras él.

Bosch volvió a su coche y arrancó de inmediato. Si el coche viejo hubiera tenido todavía la potencia de quemar goma, lo habría hecho. Pero lo máximo que pudo mostrar a Cooper, que seguía sentado en el coche aparcado, fue un penacho de humo azulado saliendo del viejo tubo de escape.

Se acercó a la verja de la finca de Vance y se aproximó a la cámara y el intercomunicador. Casi de inmediato, fue saludado por una voz.

—¿Sí?

Era la voz cansina y arrogante de un hombre joven. Bosch se asomó por la ventanilla y habló en voz alta, aunque sabía que probablemente no tenía que hacerlo.

—Soy Harry Bosch, he venido a ver al señor Vance. Tengo una cita.

Al cabo de un momento la verja que tenía delante comenzó a rodar para abrirse.

—Siga el sendero hasta la zona de estacionamiento que hay al lado del puesto de seguridad —le indicó la voz—. El señor Sloan lo recibirá allí en el detector de metales. Deje todas las armas y dispositivos de grabación en la guantera de su vehículo.

—Entendido.

—Pase —dijo la voz.

La verja ya estaba completamente abierta, y Bosch entró. Siguió el sendero de adoquines que atravesaba un conjunto de montículos de hierba bien cuidada color esmeralda hasta que llegó a una segunda línea de vallas y una cabina de guardia. Las medidas de seguridad de doble barrera eran similares a las que se utilizaban en la mayoría de prisiones que Bosch había visitado; por supuesto, no para impedir la salida, sino con la intención contraria: la de evitar que la gente accediera.

Se abrió la segunda verja y un vigilante de uniforme salió de una cabina para dejar entrar a Bosch y dirigirlo a la zona de estacionamiento. Al pasar, Bosch saludó con la mano y se fijó en la insignia de Trident Security en el hombro del uniforme azul marino del vigilante.

Después de aparcar, a Bosch le indicaron que dejara llaves, teléfono, reloj y cinturón en una bandeja de plástico y luego que pasara por un detector de metales al estilo de un aeropuerto mientras otros dos hombres de Trident observaban. Le devolvieron todo menos el teléfono, del que le dijeron que lo dejarían en la guantera de su coche.

—¿No ven lo irónico que es esto? —preguntó Bosch mientras volvía a pasarse el cinturón por las presillas del pantalón—. La familia hizo su fortuna con el metal y ahora hay que pasar por un detector de metales para entrar en la casa.

Ninguno de los vigilantes dijo nada.

—Bueno, supongo que solo es cosa mía —sentenció Bosch.

Una vez que se abrochó el cinturón, le dejaron pasar al siguiente nivel de seguridad: un hombre de traje con el auricular y micrófono de rigor en la muñeca y la mirada acerada del servicio secreto que los acompañaba. Llevaba la cabeza afeitada solo para poder completar el aspecto de tipo duro. No dijo su nombre, pero Bosch supuso que era el Sloan mencionado antes en el intercomunicador. Escoltó a Bosch sin decir una palabra a través de la puerta de servicio de una enorme mansión de piedra gris que Harry suponía que rivalizaría con cualquier cosa que pudieran ofrecer los Du Pont o los Vanderbilt. Según la Wikipedia, Vance poseía una fortuna de seis mil millones de dólares. A Bosch no le cabía ninguna duda de que sería lo más cerca que estaría nunca de la realeza de Estados Unidos.

Lo condujeron a una sala con paneles de madera oscura con decenas de fotografías enmarcadas de 20x25 que colgaban en cuatro filas en una pared. Había un par de sofás y una barra al extremo de la sala. El escolta de traje indicó a Bosch uno de los sofás.

—Señor, siéntese; la secretaria del señor Vance vendrá a buscarlo cuando él esté listo para recibirlo.

Bosch tomó asiento en el sofá, frente a la pared de fotos.

—¿Le apetece un poco de agua? —preguntó el hombre de traje.

—No, gracias —dijo Bosch.

El hombre de traje se situó junto a la puerta por la que habían entrado y se sujetó la muñeca con la otra mano en una postura que decía que estaba alerta y preparado para cualquier eventualidad.

Bosch dedicó el tiempo de espera a estudiar las fotografías, que ofrecían un registro de la vida de Whitney Vance y la gente a la que había conocido a lo largo de esta. En la primera foto, aparecía Howard Hughes y un joven de menos de veinte años que Bosch supuso que era Vance. Estaban apoyados contra el fuselaje metálico sin pintar de un avión. A partir de ahí, las fotos parecían ir de izquierda a derecha en orden cronológico. Mostraban a Vance con numerosas figuras bien conocidas de la industria, la política y los medios. Bosch no podía poner nombre a cada persona con la que posaba Vance, pero desde Lyndon Johnson a Larry King conocía a la mayoría de los que allí estaban. En todas las fotos, Vance exhibía una media sonrisa, con la comisura de la boca curvada hacia arriba en el lado izquierdo, como si comunicara a la lente de la cámara que no era idea suya posar para una foto. El rostro envejecía foto a foto, con ojeras más marcadas, pero la sonrisa era siempre la misma.

Había otras dos fotos de Vance con Larry King, el veterano entrevistador de famosos y personajes de actualidad de la CNN. En la primera, Vance y King estaban sentados uno frente a otro en el reconocible estudio que había sido el escenario del programa de King durante más de dos décadas. Había un libro colocado de pie en el escritorio entre ellos. En la segunda foto, Vance usaba una pluma dorada para firmarle el ejemplar a King. Bosch se levantó y se acercó a la pared para examinar las imágenes con más atención. Se puso las gafas y se inclinó para aproximarse a la primera foto y poder leer el título del libro que Vance estaba promocionando en el programa.

FURTIVO. La creación del avión indetectable,
por Whitney P. Vance

El título desenterró un recuerdo y Bosch se acordó de que Whitney Vance había escrito una historia familiar que los críticos denostaron más por lo que no mencionaba que por aquello que contenía. Su padre, Nelson Vance, había sido un empresario despiadado y una figura política controvertida en su tiempo. Se decía, aunque nunca se había demostrado, que era miembro de una camarilla de ricos industriales que apoyaban la eugenesia, la supuesta ciencia que pretendía mejorar la raza humana mediante una reproducción controlada que eliminaría atributos indeseables. Después de que los nazis emplearan una doctrina perversa similar para llevar a cabo el genocidio durante la Segunda Guerra Mundial, gente como Nelson Vance ocultó sus creencias y afiliaciones.

El libro de su hijo se limitaba a poco más que un proyecto vanidoso lleno de adulación al héroe, con escasas menciones de aspectos negativos. Whitney Vance se había recluido tanto en la última parte de su vida que el libro se convirtió en una razón para sacarlo a la luz pública y preguntarle por todo aquello que omitía.

—¿Señor Bosch?

Bosch dio la espalda a las fotos y se encontró con una mujer de pie en la entrada del pasillo, al otro lado de la sala. Aparentaba casi setenta años y tenía el cabello gris y un moño recatado en lo alto de la cabeza.

—Soy Ida, la secretaria del señor Vance —dijo—. Lo recibirá ahora.

Bosch la siguió al pasillo. Caminaron una distancia que a él le pareció como una manzana de la ciudad antes de llegar a un tramo corto de escaleras que daba a otro pasillo. Este atravesaba un ala de la mansión construida en una pendiente más alta de la colina.

—Disculpe por la espera —dijo Ida.

—No importa. Me he entretenido mirando las fotos.

—Hay mucha historia ahí.

—Sí.

—El señor Vance está deseando verlo.

—Bien. Nunca he conocido a un multimillonario.

Este comentario un tanto descortés zanjó la conversación. Fue como si la mención de la riqueza resultara de pésimo gusto y grosera en una mansión construida como un monumento al dinero.

Por fin llegaron a una puerta de doble hoja e Ida hizo pasar a Bosch a la oficina particular de Whitney Vance.

El hombre al que Bosch había venido a ver estaba sentado detrás de un escritorio, de espaldas a una chimenea vacía lo bastante grande para refugiarse allí durante un tornado. Con una mano delgada tan blanca que parecía que llevaba un guante de látex, el anciano hizo una señal a Bosch para que se acercara.

Bosch se acercó al escritorio y Vance señaló la solitaria butaca de piel que había delante. No le tendió la mano. Al sentarse, Bosch se fijó en que Vance iba en una silla de ruedas con controles electrónicos que se extendían desde el reposabrazos izquierdo. Vio que el escritorio estaba despejado para trabajar, salvo por una hoja de papel que, o bien estaba en blanco, o tenía el contenido boca abajo, hacia la madera pulida oscura.

—Señor Vance —dijo Bosch—. ¿Cómo está?

—Estoy viejo, así es como estoy —respondió Vance—. He luchado a brazo partido para derrotar al tiempo, pero hay cosas a las que no se puede vencer. Es difícil aceptarlo para un hombre de mi posición, pero me he resignado, señor Bosch.

Gesticuló otra vez con aquella mano blanca como el hueso abarcando toda la estancia.

—Todo esto pronto no tendrá ningún sentido —añadió.

Bosch miró a su alrededor por si acaso había algo que Vance quería que viera. Había una zona para sentarse a la derecha con un gran sofá blanco y sillas a juego. Bosch también vio una barra detrás de la cual podía meterse un camarero en caso de necesidad y pinturas en dos de las paredes que eran simples salpicaduras de color.

Bosch volvió a mirar a Vance y el anciano le ofreció la sonrisa torcida que había visto en las fotos de la sala de espera, la curva hacia arriba solo en el lado izquierdo. Vance no podía completar la sonrisa. Según las fotos que Bosch había visto, nunca había podido.

Bosch no sabía muy bien cómo responder a las palabras del anciano sobre la muerte y el sinsentido. En cambio, se limitó a continuar con una presentación en la que había pensado de manera reiterada desde que se había reunido con Creighton.

—Bueno, señor Vance, me han dicho que quería verme, y me ha pagado mucho dinero para que esté aquí. Puede que no sea mucho para usted, pero lo es para mí. ¿Qué puedo hacer por usted, señor?

Vance interrumpió la sonrisa y asintió con la cabeza.

—Un hombre que va al grano —dijo—. Me gusta eso.

Se estiró hacia los controles de su silla y se acercó más al escritorio.

—Leí sobre usted en el periódico —continuó—. El año pasado, creo. El caso con ese médico y el tiroteo. Me pareció un hombre que se mantiene firme, señor Bosch. Lo presionaron mucho, pero resistió. Me gusta eso. Lo necesito. Ya no queda mucha gente así.

—¿Qué quiere que haga? —preguntó Bosch otra vez.

—Quiero que encuentre a alguien por mí —respondió Vance—. Alguien que podría no haber existido nunca.

3

Después de intrigar a Bosch con su petición, Vance usó una temblorosa mano izquierda para dar la vuelta a la hoja que estaba sobre la mesa y le dijo a Harry que tendría que firmarla antes de que discutieran nada más.

—Es un formulario de confidencialidad —explicó—. Mi abogado dijo que es invulnerable. Su firma garantiza que no desvelará el contenido de nuestra conversación ni su posterior investigación a nadie más que a mí. Ni siquiera a un empleado mío, ni siquiera a nadie que diga que acude a usted de mi parte. Solo a mí, señor Bosch. Si firma este documento, solo me responde a mí. Solo me informa a mí de los resultados de su investigación. ¿Lo entiende?

—Sí, lo entiendo —dijo Bosch—. No tengo ningún problema en firmarlo.

—Muy bien, pues. Tengo una pluma aquí.

Vance empujó el documento por la mesa, luego levantó una pluma de un soporte de oro ornamentado de su escritorio. Era una estilográfica que Bosch notó pesada en su mano, porque era gruesa y estaba hecha de lo que supuso que era oro de ley. Le recordó a Bosch la pluma que Vance usó para dedicarle el libro a Larry King.

Examinó con rapidez el documento y luego lo firmó. Dejó la pluma encima de la hoja y empujó ambas cosas por el escritorio hacia Vance. El anciano guardó el documento en el cajón del escritorio y cerró el cajón. Levantó la pluma para que Bosch la estudiara.

—Esta pluma se hizo con oro que mi bisabuelo extrajo de las minas de Sierra Nevada en 1852 —dijo—. Eso fue antes de que la competencia lo obligara a poner rumbo al sur. Antes de que se diera cuenta de que podía ganar más dinero con el hierro que con el oro.

Giró la pluma en su mano.

—Se transmitió de generación en generación —añadió—. Yo la he tenido desde que me fui a la universidad.

Vance estudió la pluma como si la viera por primera vez. Bosch no dijo nada. Se preguntó si Vance sufría de alguna clase de disminución en su capacidad mental y si el deseo del viejo de que él encontrara a alguien que podría no haber existido era alguna clase de síntoma de que le fallaba la mente.

—¿Señor Vance?

Vance volvió a dejar la pluma en su soporte y miró a Bosch.

—No tengo a nadie a quien dársela —dijo—. Y tampoco a nadie al que legar todo esto.

Era cierto. Los datos biográficos que Bosch había consultado aseguraban que Vance no tenía hijos y nunca se había casado. Varios de los resúmenes que había leído insinuaban que era homosexual, pero no había ninguna confirmación de ello. Otros extractos biográficos sugerían que simplemente estuvo demasiado absorbido por su trabajo para formar una familia e incluso para mantener una relación estable. Se hablaba de unas pocas aventuras, sobre todo con jóvenes actrices de Hollywood del momento, posiblemente, citas para las cámaras con el objetivo de acallar la especulación sobre su homosexualidad. Sin embargo, Bosch no había podido encontrar nada de los últimos cuarenta años o más.

—¿Tiene hijos, señor Bosch? —preguntó Vance.

—Una hija —respondió Bosch.

—¿Dónde?

—En la facultad. Universidad de Chapman, en el condado de Orange.

—Buena facultad. ¿Estudia Cine?

—Psicología.

Vance se recostó en su silla y su mirada se perdió en el pasado.

—Yo quería estudiar Cine cuando era joven —dijo—. Los sueños de juventud…

No terminó su pensamiento. Bosch se dio cuenta de que tendría que devolver el dinero. Era todo alguna clase de enajenación mental, y no había ningún trabajo. No podía aceptar un pago de ese hombre, aunque para Vance solo fuera calderilla. Bosch no aceptaba dinero de personas que no estaban en sus cabales, por muy ricas que fueran.

Vance abandonó su mirada al abismo del recuerdo y se centró en Bosch. Asintió con la cabeza, al parecer adivinándole el pensamiento, luego se agarró del reposabrazos de su silla con la mano izquierda y se inclinó hacia delante.

—Supongo que tengo que decirle de qué se trata —dijo.

Bosch asintió.

—Estaría bien, sí.

Vance asintió a su vez y le ofreció de nuevo aquella sonrisa torcida. Bajó un momento la cabeza y luego volvió a mirar a Bosch, con unos ojos hundidos y brillantes detrás de las gafas sin montura.

—Hace mucho tiempo cometí un error —dijo—. Nunca lo corregí, nunca miré atrás. Ahora quiero descubrir si tuve un hijo. Un hijo al que poder darle mi pluma de oro.

Bosch lo miró durante un buen rato, con la esperanza de que continuara. Pero cuando lo hizo dio la impresión de haberse enganchado en otro hilo de recuerdos.

—Cuando tenía dieciocho años no quería tener nada que ver con el negocio de mi padre —explicó Vance—. Estaba más interesado en ser el siguiente Orson Welles. Quería hacer películas, no partes de aviones. Era arrogante, como la mayoría de los jóvenes de esa edad.

Bosch pensó en sí mismo a los dieciocho. Su deseo de labrarse su propio camino lo había llevado a los túneles de Vietnam.

—Insistí en la escuela de cine —dijo Vance—. Ingresé en la USC en 1949.

Bosch asintió. Sabía por lo que había leído antes que Vance solo había pasado un año en la Universidad del Sur de California antes de cambiar de rumbo, pasar a Caltech y continuar con la dinastía familiar. Bosch no había encontrado ninguna explicación en su búsqueda en Internet. Pensó que estaba a punto de recibirla.

—Conocí a una chica —continuó Vance—. Una chica mexicana. Y, poco después, se quedó embarazada. Fue la segunda peor cosa que me pasó. La primera fue contárselo a mi padre.

Vance se quedó callado, con la mirada baja, fija en el escritorio que tenía delante. No era difícil completar los espacios en blanco, pero Bosch necesitaba oír de Vance la mayor parte posible de la historia.

—¿Qué ocurrió? —preguntó.

—Envió a gente —dijo Vance—. Para convencerla de que no tuviera el bebé. Gente que la llevaría a México para deshacerse de él.

—¿Fue a México?

—Si lo hizo, no fue con la gente de mi padre. Desapareció de mi vida y nunca volví a verla. Y yo era demasiado cobarde para encontrarla. Le había dado a mi padre todo lo que él necesitaba para controlarme: la amenaza del bochorno y la deshonra. Incluso podían acusarme por su edad. Hice lo que me pidió. Pasé a Caltech y fue el final. —Vance asintió, como si confirmara algo para sus adentros—. Eran otros tiempos… para ella y para mí.

Vance levantó la cabeza y sostuvo la mirada de Bosch un buen rato antes de continuar.

—Pero ahora quiero saberlo. Cuando llegas al final del camino es cuando quieres volver…

Pasaron unos instantes antes de que Vance hablara otra vez.

—¿Puede ayudarme, señor Bosch? —preguntó.

Bosch asintió. Creía que el dolor en los ojos de Vance era real.

—Fue hace mucho tiempo —dijo Bosch—, pero puedo intentarlo. ¿Le importa que le haga unas preguntas y tome algunas notas?

—Tome sus notas. Pero le advierto otra vez que cualquier cosa relacionada con esto tiene que permanecer completamente confidencial. Podría haber vidas en riesgo. A cada movimiento que haga, tiene que mirar por encima del hombro. No me cabe duda de que se intentará descubrir qué quiero de usted y qué está haciendo por mí. Tengo una tapadera para eso, que podemos estudiar después. Por ahora, haga sus preguntas.

«Podría haber vidas en riesgo.» Esas palabras rebotaron en el pecho de Bosch cuando sacó una libretita del bolsillo interior de su traje. Sacó también un bolígrafo. Era de plástico, no de oro. Lo había comprado en un quiosco.

—Acaba de decir que podría haber vidas en riesgo. ¿Qué vidas? ¿Por qué?

—No sea ingenuo, señor Bosch. Estoy seguro de que ha llevado a cabo una módica investigación antes de venir a verme. No tengo herederos, al menos herederos conocidos. Cuando muera, el control de Advance Engineering pasará a un consejo de administración que continuará llenándose los bolsillos de millones mientras cumple con contratos de obra pública. Un heredero válido podría cambiar todo eso. Hay miles de millones en juego. ¿No cree que hay gente y entidades que matarían por eso?

—Según mi experiencia, la gente mata por cualquier razón y sin ninguna razón en absoluto —aseguró Bosch—. Si descubro que tiene usted herederos, ¿está seguro de que quiere convertirlos en posibles objetivos?

—Les daría la elección —dijo Vance—. Creo que les debo eso. Y los protegería todo lo posible.

—¿Cómo se llamaba? La chica a la que dejó embarazada.

—Vibiana Duarte.

Bosch lo anotó en su libreta.

—¿No sabrá su fecha de nacimiento?

—No puedo recordarla.

—¿Era estudiante en la USC?

—No, la conocí en EVK. Trabajaba allí.

—¿EVK?

—La cafetería de estudiantes se llamaba Everybody's Kitchen. La llamaban EVK.

Bosch supo de inmediato que eso eliminaba la perspectiva de localizar a Vibiana Duarte por medio de registros de estudiantes. Estos, por lo general, eran muy útiles, porque la mayoría de las universidades mantenían un control de sus alumnos. Eso significaba que la búsqueda de la mujer sería más difícil y el resultado más incierto.

—Ha dicho que era mexicana —dijo—. ¿Era ciudadana de Estados Unidos?

—No lo sé. No lo creo. Mi padre...

No terminó.

—Su padre... ¿qué? —preguntó Bosch.

—No sé si era verdad, pero mi padre dijo que ella lo había planeado —dijo Vance—. Que se quedó embarazada para que me casara con ella y poder conseguir la ciudadanía. Sin embargo, él me dijo un montón de cosas que no eran ciertas y creía en un montón de cosas... desfasadas. Así que no lo sé.

Bosch pensó en lo que había leído sobre Nelson Vance y la eugenesia. Continuó.

—Por casualidad, ¿tiene una fotografía de Vibiana? —preguntó.

—No —dijo Vance—. No sabe cuántas veces habría deseado tenerla. Para poder mirarla una vez más.

—¿Dónde vivía?

—Al lado de la facultad. A solo unas manzanas de distancia. Iba a trabajar a pie.

—¿Recuerda la dirección? ¿La calle, tal vez?

—No, no lo recuerdo. Ocurrió hace mucho tiempo y he pasado muchos años tratando de olvidarlo. Pero la verdad es que nunca he vuelto a amar a nadie después de ella.

Era la primera vez que Vance mencionaba el amor o daba alguna indicación de lo profunda que había sido la relación. Bosch sabía por experiencia que al mirar hacia atrás en la vida se usaba una lupa de aumento. Todo se veía más grande, amplificado. Un romance de facultad podía convertirse en el amor de una vida en el recuerdo. Aun así, el dolor de Vance parecía real muchas décadas después de los hechos que estaba describiendo. Bosch lo creyó.

—¿Cuánto tiempo estuvieron juntos antes de que ocurriera todo esto? —preguntó.

—Ocho meses entre la primera y la última vez que la vi —dijo Vance—. Ocho meses.

—¿Recuerda cuándo le dijo que estaba embarazada? Me refiero al mes o la estación del año.

—Fue después de que empezara el trimestre de verano. Me había matriculado, porque sabía que la vería. Así que a finales de junio de 1950. Tal vez a primeros de julio.

—¿Y dice que la conoció ocho meses antes?

—Había empezado en septiembre del año anterior. Me fijé en ella en cuanto entré en la EVK. No me atreví a hablar con ella en dos meses.

El viejo bajó la vista hacia la mesa.

—¿Qué más recuerda? —le instó Bosch—. ¿Alguna vez conoció a su familia? ¿Recuerda algunos nombres?

—No —dijo Vance—. Me dijo que su padre era muy estricto y que eran católicos. Éramos como Romeo y Julieta. Nunca conocí a su familia y ella nunca conoció a la mía.

Bosch aprovechó el único elemento de información en la respuesta de Vance que podría ayudar en la investigación.

—¿Sabe a qué iglesia iba?

Vance levantó la mirada, con expresión atenta.

—Me dijo que la bautizaron con el nombre de su parroquia. Santa Vibiana.

Bosch asintió. La Santa Vibiana original estaba en el centro, a solo una manzana de la central del Departamento de Policía de Los Ángeles, donde él había trabajado. Tenía más de cien años y resultó muy dañada en el terremoto de 1994. Se construyó una iglesia cerca y el viejo templo se legó a la ciudad y se preservó. Bosch no estaba seguro, pero creía que ahora había una sala de eventos y una biblioteca. Sin embargo, la conexión con Vibiana Duarte era buena. Las iglesias católicas conservaban partidas de nacimiento y de bautismo. Sentía que esta buena información contrarrestaba la mala noticia de que Vibiana no había sido estudiante en la USC. Era también una fuerte indicación de que podría haber sido ciudadana estadounidense, tanto si sus padres lo eran como si no. Si era ciudadana, sería mucho más fácil localizarla por medio de registros públicos.

—Si el embarazo hubiera llegado a término, ¿cuándo habría nacido el niño?

Era una pregunta delicada, pero Bosch necesitaba limitar el período si tenía que vadear entre registros.

—Creo que estaba embarazada de al menos dos meses cuando me lo dijo —explicó Vance—. Así que diría que habría nacido en enero del año siguiente. O en febrero.

Bosch lo anotó.

—¿Qué edad tenía ella cuando usted la conoció? —preguntó.

—Tenía dieciséis años cuando nos conocimos —dijo Vance—. Yo tenía dieciocho.

Otra razón que explicaba la reacción del padre de Vance. Vibiana era menor de edad. Dejar en estado a una chica de dieciséis años en 1950 podría haber causado a Whitney problemas legales menores pero embarazosos.

—¿Iba al instituto? —preguntó Bosch.

Bosch conocía la zona que rodeaba el USC. El instituto sería Manual Arts, otra oportunidad de lograr registros rastreables.

—Lo había dejado para trabajar —dijo Vance—. La familia necesitaba el dinero.

—¿Alguna vez dijo cómo se ganaba la vida su padre? —preguntó Bosch.

—No lo recuerdo.

—Bien, volviendo al día de su cumpleaños, no recuerda la fecha, pero ¿recuerda haberlo celebrado con ella durante esos ocho meses?

Vance pensó un momento y luego negó con la cabeza.

—No, no recuerdo que hubiera ningún cumpleaños —dijo.

—Y, si no lo he entendido mal, estuvieron juntos desde finales de octubre hasta junio o principios de julio, así que su cumpleaños habría sido entre julio y finales de octubre, más o menos.

Vance asintió. Reducirlo a cuatro meses podría ayudar en algún punto cuando Bosch tuviera que examinar registros. Unir una fecha de nacimiento al nombre de Vibiana Duarte sería un punto de partida clave. Anotó los meses y el posible año de nacimiento: 1933. Luego miró a Vance.

—¿Cree que su padre pagó a ella o a su familia? —preguntó—. ¿Para que se callaran y se marcharan?

—Si lo hizo, nunca me lo dijo —respondió Vance—. Fui yo el que se marchó: un acto de cobardía que siempre lamenté.

—¿La ha buscado antes alguna vez? ¿Alguna vez pagó a otra persona para hacerlo?

—No, lamentablemente, no. No sé si otra persona lo hizo.

—¿Qué quiere decir?

—Quiero decir que es muy posible que se llevara a cabo una investigación como medida preventiva a la espera de mi muerte.

Bosch pensó en ello un momento. Luego miró las pocas notas que había tomado. Sentía que tenía lo suficiente para empezar.

—¿Ha dicho que tenía una tapadera para mí?

—Sí, James Franklin Aldridge. Anótelo.

—¿Quién es?

—Mi primer compañero de habitación en la USC. Lo expulsaron en el primer semestre.

—¿Por las notas?

—No, por otra cosa. Su tapadera es que le he pedido que encuentre a mi compañero de la facultad, porque quiero hacer las paces con él por algo que los dos hicimos pero de lo que lo acusaron a él. De este modo, si está buscando registros de esa época, parecerá plausible.

Bosch asintió.

—Podría funcionar. ¿Es una historia real?

—Sí.

—Probablemente, necesitaría saber lo que hicieron.

—No es necesario que lo sepa para encontrarlo.

Bosch esperó un momento, pero era todo lo que Vance tenía que decir al respecto. Harry anotó el nombre después de confirmar cómo se escribía Aldridge y luego cerró la libreta.

—Última pregunta. Es probable que Vibiana Duarte esté muerta. Pero ¿qué pasa si tuvo el hijo y encuentro herederos vivos? ¿Qué quiere que haga? ¿Establezco contacto?

—No, desde luego que no. No establezca ningún contacto hasta que me informe. Necesitaré confirmación antes de que se tome ninguna medida.

—¿Confirmación de ADN?

Vance asintió y estudió un momento a Bosch antes de volver otra vez al cajón del escritorio. Sacó un sobre blanco acolchado en el que no había nada escrito. Lo deslizó por la mesa hacia Bosch.

—Confío en usted, señor Bosch. Le he dado todo lo que necesita para engañar a un viejo si quiere hacerlo. Confío en que no lo hará.

Bosch cogió el sobre. No estaba cerrado. Miró en el interior y vio un tubo de cristal transparente que contenía una torunda usada para recoger saliva. Era la muestra de ADN de Vance.

—Así podría engañarme usted a mí, señor Vance.

—¿Cómo?

—Habría sido preferible que tomara yo esta muestra.

—Tiene mi palabra.

—Y usted, la mía.

Vance asintió y no parecía necesario añadir nada más.

—Creo que tengo lo que necesito para empezar.

—Entonces tengo una última pregunta para usted, señor Bosch.

—Adelante.

—Tengo curiosidad, porque no lo mencionaba en los artículos de periódico que leí sobre usted. Pero parece que tiene la edad adecuada. ¿Cuál fue su estatus durante la guerra de Vietnam?

Bosch hizo una pausa antes de responder.

—Estuve allí —dijo al fin—. Dos períodos. Probablemente, volé más veces que usted en los helicópteros que ayudó a construir.

Vance asintió.

—Es probable —dijo.

Bosch se levantó.

—¿Cómo contacto con usted si tengo más preguntas o quiero informar de lo que he descubierto?

—Por supuesto.

Vance abrió el cajón y sacó una tarjeta de visita. Se la pasó a Bosch con mano temblorosa. Había un número de teléfono impreso en ella. Nada más.

—Llame a este número y contactará conmigo. Si no respondo yo, algo va mal. No confíe en hablar con nadie más.

Bosch apartó su atención de la tarjeta para mirar a Vance, sentado en su silla de ruedas, con su piel de papel maché y cabello escaso, con un aspecto tan frágil como las hojas secas. Se preguntó si su precaución era paranoia o si la información que iba a buscar conllevaba un peligro real.

—¿Está usted en peligro, señor Vance? —preguntó.

—Un hombre de mi posición siempre está en peligro.

Bosch pasó el pulgar por el borde definido de la tarjeta de visita.

—Contactaré con usted pronto.

—No hemos discutido el pago por sus servicios —dijo Vance.

—Me ha pagado más que suficiente para empezar. Veamos cómo va.

—El pago era solo por venir aquí.

—Bueno, ha funcionado y es más que suficiente, señor Vance. ¿Le parece bien que salga solo? ¿O saltará alguna alarma de seguridad?

—En cuanto salga de aquí, lo sabrán y vendrán a buscarlo.

Vance se fijó en la expresión desconcertada de Bosch.

—Esta es la única estancia de la casa sin cámaras de vigilancia —explicó—. Hay cámaras para vigilarme incluso en mi dormitorio. Pero insistí en la intimidad aquí. En cuanto salga, vendrán.

Bosch asintió.

—Entiendo —dijo—. Hablaré con usted pronto.

Abrió la puerta, salió y empezó a recorrer el pasillo. El hombre del traje enseguida recibió a Bosch y lo escoltó en silencio por la casa y hasta su coche.

4

Trabajar en Casos Abiertos había hecho de Bosch un experto en viajar en el tiempo. Sabía cómo regresar al pasado para encontrar personas. Volver a 1951 probablemente sería la travesía más larga y también la más difícil que había hecho, pero creía que estaba preparado y el reto le entusiasmaba.

El punto de partida era encontrar la fecha de nacimiento de Vibiana Duarte, y Bosch creía que conocía la mejor manera de conseguirlo. En lugar de irse a casa después de su reunión con Vance, Bosch tomó la autovía 210 por el extremo septentrional del valle de San Fernando y se dirigió a la ciudad que daba nombre al valle.

San Fernando, con menos de seis kilómetros cuadrados de superficie, era una ciudad isla dentro de la megalópolis de Los Ángeles. Un siglo antes, todas las poblaciones que formaban el valle de San Fernando habían sido agregadas a Los Ángeles por una razón: el recién construido acueducto de Los Ángeles ofrecía un abundante suministro de agua que impediría que sus ricos campos agrícolas se secaran y desaparecieran. Una por una, las poblaciones fueron integrándose y Los Ángeles creció y se extendió hacia el norte, hasta ocupar toda la zona. Toda, salvo los seis kilómetros cuadrados de la ciudad que daba nombre al valle: San Fernando. La pequeña población no necesitaba el agua de Los Ángeles. Sus reservas freáticas eran más que suficientes. San Fernando había rechazado la propuesta de la gran ciudad que ahora la rodeaba y se mantuvo independiente.

Cien años después, la situación se mantenía. La reputación de la agricultura del valle podría haber dado paso tiempo atrás a la expansión de Los Ángeles y la plaga urbana, pero la ciudad de San Fernando seguía siendo una pintoresca regresión a las sensibilidades de una población pequeña. Por supuesto, problemas urbanos y crimen eran inevitables, pero no eran nada de lo que el pequeño departamento de policía local no pudiera ocuparse de forma rutinaria.

Esto es, hasta la crisis económica de 2008. Cuando llegó la crisis bancaria y las economías se contrajeron e iniciaron una espiral descendente en todo el mundo, fue solo cuestión de tiempo que el maremoto del sufrimiento económico impactara en San Fernando. Se produjeron grandes recortes presupuestarios. Y luego otra vez. El jefe de policía Anthony Valdez vio cómo su departamento se reducía de cuarenta agentes en 2010, incluido él mismo, a treinta en 2016. Vio cómo su brigada de detectives de cinco investigadores se reducía a solo dos, un detective para ocuparse de delitos contra la propiedad y otro para delitos contra personas. Valdez vio cómo empezaban a apilarse los casos sin resolver, algunos de ellos sin que ni siquiera empezaran a investigarse de forma completa y adecuada.

Valdez había nacido y se había criado en San Fernando, pero se había forjado como policía en el Departamento de Policía de Los Ángeles, donde sirvió veinte años y ascendió hasta el puesto de capitán antes de aceptar su pensión y marcharse para después aterrizar en el puesto más alto del departamento de su ciudad natal. Sus conexiones con el departamento más grande que rodeaba el suyo eran profundas, y su solución a la crisis presupuestaria consistió en expandir el programa de reserva del SFPD y traer más agentes que trabajaban a tiempo parcial pero gratis.

Y fue esta expansión la que condujo al jefe Valdez hasta Harry Bosch. Uno de los primeros puestos de Valdez en el Departamento de Policía de Los Ángeles había sido en una unidad de vigilancia de las bandas en la División de Hollywood. Allí se enemistó con un teniente llamado Pounds, que presentó una demanda interna y trató sin éxito de que degradaran o incluso despidieran a Valdez.

Valdez evitó ambas cosas y solo unos meses después se enteró de que un detective llamado Bosch había tenido a su vez un altercado con Pounds y terminó lanzando al teniente por una ventana de cristal en la comisaría de Hollywood. Valdez siempre recordó ese nombre y años más tarde, cuando el ya retirado Harry Bosch demandó al Departamento de Policía de Los Ángeles por obligarle a dejar su trabajo en la brigada de Casos Abiertos, cogió el teléfono.

Valdez no podía ofrecer a Bosch una nómina, pero podía ofrecerle algo que este valoraba más: una placa de detective y acceso a todos los casos no resueltos de la pequeña ciudad. La unidad de reserva del SFPD solo imponía tres requisitos. Sus agentes tenían que mantener los criterios de formación del estado como agentes de la ley, calificarse una vez al mes en la galería de tiro del departamento y trabajar al menos dos turnos cada mes.

Era pan comido para Bosch. El LAPD no lo quería ni lo necesitaba más, pero la pequeña población del valle desde luego que sí. Y había trabajo que hacer y víctimas esperando justicia. Bosch aceptó el puesto en el momento en que se lo ofrecieron. Sabía que le permitiría continuar con la misión de su vida, y no necesitaba una nómina para eso.

Bosch superaba con creces los mínimos para agentes en la reserva. No tenía problema en hacer dos turnos al mes, pues era extraño que no hiciera al menos dos por semana en la brigada de detectives. Estaba allí con tanta frecuencia que le asignaron de manera permanente uno de los cubículos que había quedado libre cuando la brigada se redujo con el recorte presupuestario.

La mayoría de los días trabajaba en su cubículo o al otro lado de la calle 1, en el viejo calabozo de la ciudad donde las celdas se habían reconvertido en almacenes. La antigua celda de borrachos ahora albergaba tres filas de estantes llenos de archivos de casos abiertos que se remontaban décadas.

Dado el estatuto de limitaciones en todos los crímenes menos el homicidio, la gran mayoría de esos casos nunca se resolverían, ni siquiera se examinarían. La pequeña ciudad no tenía un gran número de homicidios, pero Bosch estaba estudiándolos con meticulosidad, buscando formas de aplicar nuevas tecnologías a pruebas viejas. También llevó a cabo una revisión de todas las agresiones sexuales, tiroteos no mortales y ataques resultantes en heridas graves dentro del estatuto de limitaciones de esos crímenes.

El trabajo ofrecía mucha libertad. Bosch podía marcarse su propio horario y siempre tenía la opción de tomarse unos días si le surgía un caso en investigación privada. El jefe Valdez sabía que tenía suerte de contar con un detective con la experiencia de Bosch trabajando para él, y nunca quiso limitarle su capacidad de conseguir trabajo remunerado. Solo insistió a Bosch en que los dos trabajos no podían mezclarse nunca. Harry no podía usar su placa y acceder como policía de San Fernando para facilitarse las cosas o progresar en una investigación privada. Eso sería motivo de despido.

5

El homicidio no conocía fronteras ni límites municipales. La mayoría de los casos que Bosch revisó y examinó lo llevaron a territorio del Departamento de Policía de Los Ángeles. Era de esperar. Dos de las grandes divisiones de la metrópoli compartían fronteras con San Fernando: la División de Mission al oeste y la División de Foothill al este. En cuatro meses, Bosch había resuelto dos asesinatos de bandas —relacionándolos por medio de pruebas balísticas con asesinatos cometidos en Los Ángeles cuyos culpables ya estaban en prisión— y había vinculado un tercero con un par de sospechosos que ya estaban siendo buscados por asesinato por el departamento mayor.

Además, Bosch había usado el *modus operandi* y luego el ADN para conectar cuatro casos de agresiones sexuales en San Fernando durante un período de cuatro años, y estaba tratando de determinar si el agresor era responsable también de algunas violaciones en Los Ángeles.

Conducir por la 210 desde Pasadena permitió a Bosch determinar si lo seguían. El tráfico de mediodía era fluido, y conducir alternativamente diez kilómetros por debajo de la velocidad límite y luego veinte por encima de esta le permitió mirar por los retrovisores en busca de vehículos que siguieran el mismo patrón. No estaba seguro de hasta qué punto tenía que tomarse en serio las preocupaciones de Whitney Vance sobre el secreto de su investigación, pero no le haría ningún daño estar alerta de una posible vigilancia. No vio nada en la carretera detrás de él. Por supuesto, sabía que podían haber colocado en su coche un localizador GPS mientras estaba en la mansión con Vance, o incluso el día anterior mientras se reunía con Creighton en la U. S. Bank Tower. Tendría que verificarlo después.

En quince minutos, había cruzado la parte superior del valle y estaba otra vez en Los Ángeles. Tomó la salida de Maclay Street a San Fernando, donde dobló por la calle 1. El departamento de policía estaba situado en un edificio de una sola planta con paredes de estuco y un techo de tejas rojas. La población de la pequeña ciudad estaba formada en un noventa por ciento por latinos y todos los edificios municipales estaban diseñados con un guiño a la cultura mexicana.

Bosch aparcó en el estacionamiento de empleados y usó una llave electrónica para entrar en la comisaría por la puerta lateral. Saludó a un par de policías de uniforme a través de la ventanilla de la sala de denuncias y siguió por el pasillo trasero, pasando junto al despacho del jefe en dirección a la sala de detectives.

—¿Harry?

Bosch se volvió y miró por la puerta al despacho del jefe. Valdez estaba detrás de su escritorio, haciéndole una seña para que entrara.

Bosch entró en el despacho. No era tan grande como la *suite* del jefe de policía del Departamento de Policía de Los Ángeles, pero era cómodo y tenía una zona para sentarse para discusiones informales. Del techo colgaba un helicóptero de juguete en blanco y negro con las siglas del departamento, SFPD, pintadas en el carenado. La primera vez que Bosch había estado en la oficina, Valdez le había explicado que ese era el helicóptero del departamento: una referencia humorística al hecho de que el SFPD no tenía ningún aparato y tenía que pedir ayuda aérea cuando la necesitaba a la policía de Los Ángeles.

—¿Cómo va? —preguntó Valdez.

—No me puedo quejar —dijo Bosch.

—Bueno, desde luego apreciamos lo que está haciendo aquí. ¿Alguna novedad del Enmascarado?

Era una referencia al caso de violación en serie que Bosch había identificado.

—Iba a mirar si tenemos respuestas en nuestro correo. Después hablaré con Bella de los siguientes movimientos.

—Leí el informe de la *profiler* cuando aprobé el pago. Es interesante. Hemos de atrapar a este tipo.

—Estoy en ello.

—Bueno, no lo entretendré.

—Gracias, jefe.

Bosch miró un momento al helicóptero y salió del despacho. La sala de detectives se encontraba al extremo de un corto pasillo. Según los criterios del Departamento de Policía de Los Ángeles o cualesquiera otros, era muy pequeña. En tiempos, la brigada había ocupado dos salas, pero una de ellas se había subarrendado a la Oficina del Forense como delegación satélite para dos de sus investigadores. En ese momento había tres cubículos de detectives encajados en una sola estancia, con un despacho adjunto para el supervisor del tamaño de un armario.

El cubículo de Bosch tenía mamparas de un metro y medio que le concedían intimidad por tres de los lados, pero el cuarto estaba abierto a la puerta del despacho del supervisor de la brigada. Ese puesto tenía que ocuparlo un teniente a tiempo completo, pero había permanecido vacante desde el recorte presupuestario y en ese momento era el único capitán del departamento quien ejercía de supervisor. Se llamaba Treviño y hasta la fecha no lo habían convencido de que tener a Bosch en el edificio y ocupándose de casos fuera algo positivo. Parecía sospechar de los motivos de Bosch para trabajar muchas horas sin remuneración y lo vigilaba de cerca. Para Bosch, la única cosa que aliviaba esa atención no deseada era que Treviño tenía múltiples cometidos en el departamento, como solía ocurrir en departamentos pequeños. Dirigía la brigada de detectives y estaba también a cargo de operaciones internas de la comisaría, incluido el centro de comunicaciones, la galería de tiro y el calabozo de dieciséis camas construido para sustituir la instalación obsoleta del otro lado de la calle. Estas responsabilidades a menudo sacaban a Treviño de la sala de detectives y de la espalda de Bosch.

Bosch comprobó su casilla de correo después de entrar y encontró un recordatorio de que llevaba retraso para calificarse ese mes en la galería de tiro. Entró en su cubículo y se sentó en su sitio.

Por el camino, vio que la puerta de Treviño estaba cerrada y el ventanillo, oscuro. El capitán seguramente se encontraba en otra parte del edificio cumpliendo con alguna otra de sus obligaciones. Bosch pensó que comprendía la sospecha de Treviño y su falta de receptividad. Cualquier éxito que él tuviera resolviendo casos podía verse como un fallo por parte de Treviño. Al fin y al cabo, la brigada de detectives era su territorio. Y no ayudaba que se hubiera corrido la voz de que Bosch había lanzado en una ocasión a su supervisor por una ventana.

Aun así, no había nada que Treviño pudiera hacer sobre la situación de Bosch en la comisaría, porque todo formaba parte del empeño del jefe de policía para superar los recortes de personal.

Bosch se volvió hacia su ordenador y esperó a que arrancara. Habían pasado cuatro días desde la última vez que había estado en la oficina. Habían dejado en su escritorio un folleto para una noche en la bolera que él inmediatamente trasladó a la papelera que tenía debajo. Le caía bien la gente con la que trabajaba en el nuevo departamento, pero no era muy aficionado a los bolos.

Abrió con su llave un archivador del escritorio, sacó unas cuantas carpetas que pertenecían a casos abiertos en los que estaba trabajando y las extendió en su escritorio para que pareciera que estaba ocupado con cuestiones del departamento. Al ir a sacar la carpeta del Enmascarado se dio cuenta de que no estaba allí. La encontró en otro lugar del cajón. Estaba mal archivada bajo el nombre de la primera víctima en lugar de bajo el alias del sospechoso desconocido: Enmascarado. Esto lo molestó y lo alarmó de inmediato. No creía que él hubiera archivado mal la carpeta. Toda su carrera había manejado de manera escrupulosa sus expedientes. El expediente era el corazón del caso y siempre tenía que estar bien organizado y bien archivado.

Dejó la carpeta en su escritorio y consideró la posibilidad de que alguien con un duplicado de la llave estuviera leyendo sus archivos y controlando su trabajo. Y sabía exactamente de quién podía tratarse. Se dio la vuelta y devolvió todos sus archivos al cajón, luego cerró con llave. Tenía un plan para poner en evidencia al intruso.

Se sentó más erguido para mirar por encima de las mamparas divisorias y vio que los cubículos de los otros detectives estaban vacíos. Bella Lourdes, la investigadora de Delitos Contra Personas, y Danny Sisto, que se ocupaba de Delitos Contra la Propiedad, probablemente estaban en la calle investigando denuncias. A menudo salían para manejar juntos gran parte de su trabajo de campo.

Una vez que se conectó con el sistema informático del departamento, Bosch abrió las bases de datos policiales. Sacó su libreta y empezó la búsqueda de Vibiana Duarte, sabiendo que estaba infringiendo la única regla que le había impuesto el jefe de policía: no usar su acceso del SFPD para realizar una investigación privada. No solo se trataba de una falta que conllevaba el despido, sino que era delito en California acceder a una base de datos policial para obtener información ajena a una investigación oficial. Si Treviño decidía en algún momento auditar el uso del ordenador de Bosch, tendría un problema. Pero Bosch suponía que eso no ocurriría. Treviño sabía que actuar contra Bosch equivaldría a actuar contra el jefe de policía, lo que muy probablemente sería un suicidio profesional.

La búsqueda de Vibiana Duarte fue breve. No constaba que poseyera ningún permiso de conducir en California ni que hubiera cometido nunca un delito o recibido siquiera una multa de aparcamiento. Por supuesto, las bases de datos digitales eran menos completas cuanto más atrás se remontaba la búsqueda en el tiempo, pero Bosch sabía por experiencia que era raro no encontrar ninguna referencia a un nombre. Eso reforzaba la hipótesis de que Duarte había sido una ilegal que probablemente había regresado a México después de quedarse embarazada. El aborto en California no era legal entonces. Podría haber cruzado la frontera para tener a su bebé o para interrumpir su embarazo en una de las clínicas clandestinas de Tijuana.

Bosch conocía la ley del aborto de esa época porque él, hijo de una mujer soltera, había nacido en 1950 y, poco después de ingresar en la policía, había buscado las leyes para poder comprender mejor las alternativas a las que su madre se había enfrentado y las decisiones que había tomado.

Con lo que no estaba familiarizado era con el código penal de California en 1950. Accedió a él a continuación y consultó las leyes sobre agresión sexual. Enseguida descubrió que en 1950, según la sección 261 del código penal, mantener relaciones sexuales con una menor de dieciocho años se consideraba una violación. Las relaciones consentidas no figuraban como excepción para una acusación. La única excepción que se contemplaba era que la mujer fuera la esposa del agresor.

Bosch recordó que el padre de Vance creía que el embarazo había sido una trampa de Duarte para forzar un matrimonio que le habría proporcionado la ciudadanía y dinero. En ese caso, el código penal le habría dado un elemento de presión sólido. Sin embargo, la ausencia de cualquier registro de Duarte en California parecía contradecir esa hipótesis. En lugar de utilizar su situación para presionar, Duarte había desaparecido, posiblemente, de vuelta a México.

Bosch cambió la pantalla, volvió a la interfaz de Tráfico, y escribió «James Franklin Aldridge», el nombre tapadera que le había proporcionado Vance.

Antes de que aparecieran los resultados, vio al capitán Treviño entrando en la sala de brigada, con una taza de café de Starbucks. Bosch sabía que había un establecimiento a unas pocas manzanas, en Truman. Él mismo a menudo se tomaba un descanso del trabajo en el ordenador y se acercaba hasta allí. No lo hacía solo para descansar la vista, sino también para saciar su reciente adicción al *latte* helado, en la que había caído desde que empezó a reunirse regularmente con su hija en diversas cafeterías cercanas al campus de la facultad.

—Harry, ¿qué le trae por aquí hoy? —inquirió Treviño.

El capitán siempre lo saludaba con cordialidad y por su nombre de pila.

—Estaba en la zona —dijo Bosch—. He pensado en revisar el correo y enviar unas cuantas alertas más sobre el Enmascarado.

Mientras hablaba, cerró la pantalla de Tráfico y abrió la cuenta de correo que le habían dado en el departamento. No se volvió cuando Treviño se acercó a la puerta de su despacho.

Bosch oyó que la puerta se abría, pero entonces notó la presencia de Treviño detrás de él en el cubículo.

—¿En la zona? —dijo Treviño—. ¿Hasta aquí? ¡Y vestido con traje!

—Bueno, en realidad, estaba en Pasadena viendo a alguien y luego he tomado la autovía de Foothill —dijo Bosch—. Pensaba enviar unos mensajes y luego salir de aquí.

—Su nombre no está en la pizarra, Harry. Tiene que firmar para acreditar las horas.

—Lo siento, solo iba a estar unos minutos. Y no tengo que preocuparme por cumplir con mis horas. Hice veinticuatro solo la semana pasada.

Había una pizarra de asistencia junto a la entrada a la sala de detectives y le habían pedido a Bosch que firmara al entrar y salir para que Treviño pudiera controlar sus horas y asegurarse de que cumplía con el mínimo de un agente en la reserva.

—Aun así quiero que firme al entrar y salir —insistió Treviño.

—Entendido, capitán.

—Bien.

—Por cierto… —Bosch se agachó y tocó con los nudillos en el cajón del archivador—. He olvidado mi llave. ¿Tiene una llave para abrir esto? Necesito mis archivos.

—No, no hay llave. García devolvió la única. Dijo que Dockweiler solo le entregó una.

Bosch sabía que García había sido el último detective que había ocupado el escritorio y que lo había heredado de Dockweiler. Ambos habían sido víctimas del recorte presupuestario. Había oído el rumor de que ambos hombres habían dejado el trabajo policial después de que los echaran. García se hizo maestro y Dockweiler conservó la nómina y la pensión del ayuntamiento porque lo trasladaron al Departamento de Obras Públicas, donde había una plaza de inspector municipal.

—¿Alguien más tiene llave por aquí? —preguntó Bosch.

—No que yo sepa —respondió Treviño—. ¿Por qué no la abre con sus ganzúas, Harry? He oído que es bueno con eso.

Lo dijo con un tono que daba a entender que Bosch tenía talento en artes oscuras porque sabía cómo abrir una cerradura.

—Sí, podría hacerlo —dijo Harry—. Gracias por la idea.

Treviño entró en su oficina y Bosch oyó que la puerta se cerraba. Tomó nota mental para preguntar a Dockweiler por la llave desaparecida. Quería asegurarse de que el anterior detective no la tenía antes de dar otros pasos destinados a demostrar que era Treviño el que secretamente husmeaba en sus archivos.

Bosch volvió a abrir el portal de Tráfico para buscar el nombre de Aldridge. Enseguida averiguó que Aldridge tuvo permiso de conducir de California entre 1948 y 2002, en cuyo momento caducó cuando el poseedor del permiso se trasladó a Florida. Anotó la fecha de nacimiento de Aldridge e introdujo esta y su nombre en la base de datos de Tráfico de Florida. Su búsqueda determinó que

Aldridge había renunciado a su carnet de conducir en Florida a los ochenta años. La última dirección que constaba era un lugar llamado The Villages.

Después de anotar la información, Bosch buscó un sitio web y descubrió que The Villages era una enorme comunidad de jubilados en el condado de Sumter, Florida. Luego continuó con su investigación de registros en línea y encontró una dirección de Aldridge y ninguna indicación de que hubiera muerto ni ninguna nota necrológica. Probablemente, había renunciado a su carnet porque ya no podía conducir o ya no lo necesitaba, pero daba la impresión de que James Franklin Aldridge todavía estaba vivo.

Bosch, sintiendo curiosidad por el incidente que supuestamente provocó la expulsión de Aldridge de la USC, buscó el nombre a continuación en la base de datos policial, doblando así las faltas constitutivas de despido ese día. Aldridge tenía una acusación de 1986 por conducir superando la tasa de alcoholemia y eso era todo. Fuera lo que fuese, lo que había ocurrido en su primer año de facultad continuaba siendo un misterio para Bosch.

Satisfecho de haber investigado el nombre tanto como necesitaba para una posible historia de tapadera, Bosch decidió verificar los mensajes de correo que se habían acumulado sobre el caso del Enmascarado. Era la investigación que había consumido la mayor parte de su tiempo desde que se había incorporado a las filas del Departamento de Policía de San Fernando. Había trabajado con casos de asesinos en serie antes, durante su tiempo en el Departamento de Policía de Los Ángeles, y la mayoría, si no todos, tenían un componente sexual, de modo que el territorio no era desconocido para Bosch. Sin embargo, el caso del Enmascarado era uno de los más desconcertantes con los que se había encontrado.

6

El Enmascarado era el nombre del caso del violador en serie que Bosch había identificado entre los informes de agresiones sexuales no resueltas del departamento. Peinando los archivos en el antiguo calabozo municipal, Bosch había encontrado cuatro casos desde 2012 que estaban aparentemente relacionados por el *modus operandi* y que previamente no se habían vinculado.

Los casos compartían cinco conductas sospechosas que por sí solas no eran inusuales, pero que cuando se tomaban como un todo indicaban una alta probabilidad de que las agresiones hubieran sido perpetradas por un mismo individuo. En todos los casos, el violador había entrado en la casa de la víctima por una puerta trasera o ventana después de cortar la mosquitera en lugar de retirarla. Los cuatro asaltos se habían producido durante el día y en un lapso de cincuenta minutos antes o después de mediodía. El violador siempre había usado el cuchillo para cortar la ropa de la víctima en lugar de ordenarle que se la quitara. En todos los casos, el violador llevaba la cara tapada: con un pasamontañas en dos ocasiones, con una máscara de Halloween de Freddy Krueger en un tercero y con una máscara de lucha libre mexicana en el cuarto. Y, por último, el violador no había utilizado condón ni ningún otro método para evitar dejar su rastro de ADN.

Con estos puntos en común a mano, Bosch se centró en una investigación de los cuatro casos y pronto descubrió que, si bien el semen del sospechoso se había recogido en tres de las cuatro investigaciones, solo en una ocasión había sido analizado en el laboratorio de criminalística del *sheriff* del condado de Los Ángeles y los resultados entregados para su comparación en bases de datos estatales y nacionales, donde no se encontró ninguna coincidencia. El análisis en los dos casos más recientes se retrasó, porque había muchos casos pendientes remitidos al laboratorio del condado para su examen. En el cuarto caso, que en realidad era el de la primera violación denunciada, se recogieron muestras, pero no se encontró ningún ADN del violador, porque la víctima se había duchado y había usado un irrigador vaginal antes de llamar a la policía para denunciar la agresión.

El laboratorio del condado y el del Departamento de Policía de Los Ángeles compartían el mismo edificio en Cal State, en Los Ángeles, y Bosch usó contactos de sus días en Casos Abiertos para acelerar los análisis en las dos últimas violaciones. Mientras esperaba los resultados que pensaba que conectarían sólidamente los casos, empezó a solicitar a las víctimas entrevistas de seguimiento. Todas ellas —tres mujeres de veintitantos y una de ahora dieciocho años— accedieron a recibir a los detectives. En dos de los casos tuvo que ceder el protagonismo a Bella Lourdes, porque se señaló que las víctimas preferían realizar las entrevistas en castellano. Este hecho subrayaba el mayor inconveniente para Bosch de trabajar en una ciudad donde nueve de cada diez ciudadanos eran latinos y tenían niveles muy variables de inglés. Harry hablaba castellano de forma pasable, pero en una entrevista con la víctima de un crimen, donde las sutilezas y los matices del relato podrían ser importantes, necesitaba a Lourdes, para quien era su lengua materna.

Bosch llevó a cada reunión una copia de un cuestionario para víctimas que utilizaban los investigadores del Departamento de Policía de Los Ángeles que trabajaban en crímenes violentos. Eran nueve páginas de preguntas diseñadas para ayudar a identificar hábitos de la víctima que podrían haber captado la atención del agresor. Los cuestionarios eran útiles en investigaciones de casos de crímenes en serie, sobre todo con el fin de establecer un perfil del agresor, y Bosch había conseguido una copia gracias a una investigadora de Delitos Sexuales de la División de Hollywood que era amiga suya.

El cuestionario se convirtió en el propósito declarado de la nueva tanda de entrevistas, y las historias que emergieron eran a partes iguales tristes y terroríficas. Se trataba, sin lugar a dudas, de violaciones llevadas a cabo por un desconocido y las mujeres continuaban recuperándose tanto mental como físicamente de las agresiones después de transcurridos hasta cuatro años. Todas vivían con el temor de que su agresor regresara y ninguna había recuperado la seguridad que sentían anteriormente. Una de ellas estaba casada y en el momento de la violación estaba tratando de concebir un hijo. La agresión cambió las cosas en el matrimonio y en el momento de la entrevista de seguimiento la pareja estaba sumida en un proceso de divorcio.

Después de cada entrevista, Bosch se sentía deprimido y no podía evitar pensar en su propia hija y en qué impacto habría tenido en ella una agresión de esas características. Cada vez, la llamó al cabo de una hora para verificar que estaba a salvo y bien, incapaz de contarle la verdadera razón por la cual la estaba llamando.

Pero las entrevistas de seguimiento hicieron algo más que reabrir las heridas de las víctimas. Ayudaron a centrar la investigación y subrayaron la necesidad urgente de identificar y detener al Enmascarado.

Bosch y Lourdes adoptaron una táctica de aproximación para cada víctima que empezaba por garantizar que el caso se estaba investigando como una prioridad para el departamento.

Programaron las entrevistas en el orden cronológico de las agresiones. La primera mujer era la víctima de la que no se había obtenido ninguna prueba de ADN. El informe inicial del crimen explicaba que la mujer se había duchado y había utilizado un irrigador vaginal inmediatamente después de la violación por miedo a quedarse embarazada. Ella y su marido estaban en ese momento tratando de concebir un hijo y la mujer sabía que el día del ataque era también el de mayor fertilidad en su ciclo de ovulación.

Habían transcurrido casi cuatro años desde la agresión y, aunque el trauma psicológico persistía, la víctima había encontrado mecanismos para afrontarlo que le permitieron hablar más ampliamente de lo que había sido la peor hora de su vida.

Describió el ataque en detalle y desveló que había intentado disuadir al sospechoso de que la violara mintiéndole y diciéndole que tenía la regla. La mujer le contó a Bosch y Lourdes que el hombre contestó: «No es verdad. Tu marido vendrá pronto a casa para follarte y hacerte un hijo».

Eso era información nueva y dio que pensar a los investigadores. La mujer confirmó que ese día el marido iba a volver pronto del banco donde trabajaba para que pudieran tener una velada romántica con la esperanza de que resultara en un embarazo. La cuestión era ¿cómo sabía eso el Enmascarado?

A preguntas de Lourdes, la víctima reveló que tenía una aplicación en su móvil que controlaba su ciclo menstrual y le decía el día del mes en que estaba ovulando y era más probable la concepción. En aquella época tenía la costumbre de transferir esa información a un calendario enganchado en la puerta de la nevera. Cada mes ella marcaba el día con corazones rojos y frases como «¡A por el bebé!» para que su marido se acordara del significado.

El día de la agresión la mujer había salido a pasear al perro en el barrio y no había estado más de quince minutos fuera de casa. Llevaba el teléfono consigo. El Enmascarado había logrado entrar en la casa y, cuando ella regresó, la estaba esperando. A punta de navaja la obligó a encerrar al perro en un cuarto de baño y luego la llevó a un dormitorio, donde se produjo la violación.

Bosch se preguntó si esos quince minutos en que ella estuvo paseando el perro bastaron para que el Enmascarado entrara en la casa, viera el calendario en la nevera y comprendiera el significado hasta el punto de poder hacer el comentario a la mujer sabiendo lo que ella y su marido habían planeado para el día.

Bosch y Lourdes lo discutieron y ambos creyeron que era más probable que el violador hubiera estado en la casa con anterioridad, bien como parte de un proceso de acechar a la víctima o porque fuera un amigo de la familia o un pariente o un reparador o alguien que tuviera otros quehaceres allí.

Esta teoría se vio reforzada cuando las otras víctimas fueron interrogadas y se estableció un inquietante nuevo componente del *modus operandi* del Enmascarado. En todos los casos había indicadores en el interior de la casa de las víctimas que revelaban detalles de su ciclo menstrual. Asimismo, en todos los casos, la agresión se había producido durante lo que normalmente habría sido la fase de ovulación del ciclo menstrual de cada mujer.

La segunda y tercera víctimas revelaron durante las entrevistas que utilizaban píldoras anticonceptivas. Una de las mujeres guardaba su blíster en un botiquín y la otra en su mesita de noche. Si bien los anticonceptivos suprimían el ciclo de ovulación, las tarjetas y códigos de color de las píldoras podían usarse para hacer un gráfico de cuándo esa fase de cinco a siete días ocurriría de manera normal.

La última víctima había sido agredida el febrero anterior. Tenía dieciséis años entonces y estaba sola en casa en un día no lectivo. La chica informó de que a los catorce años le habían diagnosticado diabetes juvenil y su ciclo menstrual afectaba sus necesidades de insulina. Controlaba su ciclo en un calendario que tenía en la puerta de su dormitorio para que ella y su madre pudieran preparar la dosis adecuada de insulina.

La similitud en el momento de cada una de las violaciones estaba clara. Cada víctima fue violada durante lo que normalmente sería la fase de ovulación de su ciclo, la fase de máxima fertilidad. Que esto hubiera ocurrido en cuatro de cuatro casos les parecía a Bosch y Lourdes algo más que una coincidencia. Empezó a emerger un patrón. El violador obviamente había elegido con detalle el día de cada ataque. Aunque podía encontrarse información sobre el ciclo de cada víctima en el interior de su hogar, el agresor tenía que conocer esta información de antemano. Esto significaba que había acosado a las víctimas y, probablemente, había estado en sus casas con anterioridad.

Además, quedaba claro por las descripciones físicas que el agresor no era hispano. Las dos víctimas que no hablaban inglés dijeron que les dio órdenes en español, pero que estaba claro que esta no era su lengua materna.

Las conexiones entre los casos parecían asombrosas y planteaban preguntas serias sobre por qué las cuatro violaciones no se habían relacionado antes de que Bosch llegara como investigador voluntario. Las respuestas se arraigaban en la crisis presupuestaria del departamento. Las agresiones se habían producido mientras la oficina de detectives estaba reduciendo su tamaño y los que quedaban en la brigada tenían más casos que trabajar y menos tiempo que dedicarles. Inicialmente, investigadores diferentes se ocuparon de cada una de las cuatro violaciones. Los primeros dos investigadores se habían ido cuando se produjeron los siguientes dos casos. No había ninguna comprensión cohesionada de lo que estaba ocurriendo. Tampoco había ninguna supervisión constante en la brigada. El puesto de teniente quedó suspendido y sus deberes se asignaron al capitán Treviño, que tenía responsabilidades también en otras áreas del departamento.

Las conexiones que Bosch identificó entre los casos se confirmaron con la llegada de resultados de ADN que relacionaban las tres violaciones en las que se había recogido semen. No cabía duda de que un violador en serie había actuado al menos cuatro veces en cuatro años en la minúscula San Fernando.

Bosch también creía que había más víctimas. Solo en San Fernando, había una población estimada de cinco mil inmigrantes ilegales. La mitad eran mujeres, muchas de las cuales no llamarían a la policía si fueran víctimas de crímenes. Además, parecía poco probable que un depredador de esas características actuara solo dentro de los límites de la pequeña ciudad. Las cuatro víctimas conocidas eran latinas y tenían un aspecto físico similar: cabello castaño largo, ojos oscuros y constitución delgada, ninguna de ellas pesaba más de cincuenta kilos. Las dos divisiones geográficas contiguas al Departamento de Policía de Los Ángeles tenían una mayoría de población latina, y Bosch tenía que suponer que encontraría más víctimas allí.

Desde que había descubierto la conexión entre los casos, Bosch había pasado la mayor parte de su tiempo en el SFPD contactando con investigadores de robos del LAPD y brigadas de delitos sexuales de todo el valle, así como de los departamentos vecinos de Burbank, Glendale y Pasadena. Estaba interesado en cualquier caso no resuelto que implicara corte de mosquiteras y uso de máscaras. Hasta el momento no había recibido nada, pero sabía que era cuestión de interesar a los detectives y mirar, tal vez de que el mensaje llegara al detective adecuado que recordara algo.

Con la aprobación del jefe de policía, Bosch también había contactado con una vieja amiga especializada en llevar a cabo perfiles psicológicos en la Unidad de Análisis de la Conducta del FBI. Bosch había trabajado con Megan Hill en varias ocasiones cuando él estaba en el Departamento de Policía de Los Ángeles y ella en el FBI. Hill se había retirado del FBI y trabajaba de profesora de Psicología Forense en la Escuela Superior de Derecho Penal John Jay de Nueva York. También seguía haciendo perfiles como asesora privada. Accedió a estudiar el caso de Bosch a una tarifa rebajada y le envió un perfil del Enmascarado. Bosch estaba muy interesado en conocer la motivación y psicología subyacente a las agresiones. ¿Por qué el patrón de acoso del Enmascarado incluía determinar la fase de ovulación de su víctima pretendida? Si estaba tratando de dejar embarazadas a sus víctimas, ¿por qué elegía mujeres que tomaban píldoras anticonceptivas? Algo se les estaba escapando en aquella teoría y Bosch confiaba en que la *profiler* lo viera.

Hill tardó dos semanas en dar una respuesta a Bosch, y su valoración de los casos concluía que el culpable no elegía las fechas de sus ataques porque quisiera dejar embarazadas a sus víctimas. Más bien al contrario. Los detalles de acecho y posterior violación revelaban a un sujeto con un arraigado odio por las mujeres y repugnancia por el ritual de la menstruación. El día de la agresión se escogía porque el violador consideraba que la mujer se encontraba en la parte más limpia de su ciclo. Para él, desde un punto de vista psicológico, era el momento más seguro para atacar. Hill describió también al violador como un depredador narcisista con inteligencia superior a la media. No obstante, era probable que tuviera un trabajo que no implicara un estímulo intelectual y le permitiera pasar desapercibido en cuanto a la valoración de sus superiores y compañeros de trabajo.

El agresor poseía, asimismo, un alto grado de seguridad en su capacidad de eludir la identificación y captura. Los crímenes implicaban una cuidadosa planificación y espera, y aun así parecían marcados por lo que se antojaba un error fundamental al dejar su semen en el cuerpo de la víctima. Hill, descartando que este hecho formara parte de una intención de dejar embarazadas a las mujeres, concluyó que tenía una intención de escarnio. El agresor le estaba dando a Bosch todo lo que este necesitaba para condenarlo. Bosch solo tenía que encontrarlo.

Hill también se centró en la aparente incongruencia de que el violador dejara elementos probatorios de identidad —su semen— y aun así cometiera los crímenes impidiendo su identificación visual. Concluyó que el agresor podría ser alguien al que las mujeres hubieran visto o conocido con anterioridad, o bien alguien que pretendiera contactar con ellas de alguna manera después de las agresiones, quizá para obtener alguna satisfacción del hecho de estar otra vez cerca de las víctimas.

El perfil de Megan Hill terminaba con una advertencia inquietante:

Si se elimina la idea de que el motivo del agresor es dar vida (dejar embarazada) y se comprende que la violación está impulsada por el odio, queda claro que este sujeto no ha concluido su evolución como depredador. Es solo cuestión de tiempo que las violaciones se conviertan en asesinatos.

La advertencia tuvo como consecuencia que Bosch y Lourdes apostaran más fuerte. Empezaron a enviar otra serie de mensajes de correo electrónico a agencias policiales de escala local y nacional con la valoración de Hill adjunta. A escala local, llevaron a cabo un seguimiento telefónico en un intento de interrumpir la típica inercia policial que desciende sobre los investigadores que tienen demasiados casos y escasez de tiempo.

La respuesta fue casi nula. Un detective de robos de la División de North Hollywood del Departamento de Policía de Los Ángeles informó de que tenía un caso abierto que implicaba el corte de una mosquitera, pero sin ninguna violación. El detective explicó que la víctima era un varón hispano de veintiséis años. Bosch instó al investigador a regresar a la víctima para ver si tenía mujer o novia que pudiera haber sido agredida, pero tuviera miedo o vergüenza para denunciar la agresión. Al cabo de una semana, el detective de Los Ángeles le informó de que no vivía ninguna mujer en el apartamento. El caso no estaba relacionado.

Bosch estaba a la expectativa. El ADN del violador no figuraba en las bases de datos. Nunca le habían tomado una muestra. No había dejado huellas ni otros indicios, salvo su semen. Bosch no encontró más casos relacionados ni en San Fernando ni en otros lugares. El debate respecto a si dar relevancia pública al caso y solicitar la ayuda de los ciudadanos bullía en un segundo plano en la oficina del jefe Valdez. Era un viejo debate en las fuerzas policiales. ¿Dar publicidad y posiblemente encontrar una pista que permitiera resolver el caso y conducir a una detención? ¿O dar publicidad y posiblemente alertar al depredador, que este cambiara sus patrones o siguiera adelante y visitara con su terror otra comunidad desprevenida en algún otro lugar?

En el caso del Enmascarado, Bosch y Lourdes tenían puntos de vista enfrentados. Lourdes quería hacerlo público, aunque eso solo sirviera para echar al violador de San Fernando si la medida no producía pistas. Bosch quería más tiempo para buscarlo con calma. Sentía que hacerlo público lo alejaría de la ciudad, pero no detendría el aumento de víctimas. Los depredadores no se detenían hasta que los atrapaban. Solo se adaptaban y continuaban, moviéndose como tiburones hacia la siguiente víctima. Bosch no quería trasladar la amenaza a otra comunidad. Sentía una obligación moral de perseguir al sospechoso en el lugar donde estaba activo.

Por supuesto, no había una respuesta correcta y el jefe daba la impresión de estar esperando, confiando en que Bosch lograría resolver el caso antes de que agredieran a otra víctima. Bosch en última instancia se sentía aliviado de no tener que cargar con esa decisión. Suponía que por eso el jefe ganaba un buen sueldo y él nada.

Bosch comprobó su correo y vio que no tenía mensajes nuevos con «Enmascarado» en la línea de asunto. Decepcionado, apagó el ordenador. Se guardó la libreta en el bolsillo y se preguntó si Treviño la habría visto mientras acechaba en el cubículo. Estaba abierta por la página con el nombre de James Franklin Aldridge escrito en ella.

Se marchó de la sala de detectives sin preocuparse de decir adiós a Treviño ni de anotar su nombre en la pizarra de la puerta.

7

Después de salir de la comisaría, Bosch se metió en la autovía 5 y se centró otra vez en el caso Whitney Vance. No haber conseguido la fecha de nacimiento ni ninguna otra información sobre Vibiana Duarte en la base de datos de Tráfico fue decepcionante, pero solo un revés temporal. Bosch se dirigió al sur hacia Norwalk, donde se encontraba la mina de oro del viaje en el tiempo: el Departamento de Salud Pública del condado de Los Ángeles, en cuya oficina de registros vitales había pasado tantas horas como investigador de Casos Abiertos que sabía exactamente cómo le gustaba el café a las empleadas. Estaba seguro de que allí podría responder algunas preguntas sobre Vibiana Duarte.

Bosch puso un CD en el equipo de música del Cherokee y empezó a escuchar a un joven intérprete de trompa llamado Christian Scott. La primera pista, *Litany Against Fear,* tenía un sonido y un ritmo implacables, y eso era lo que necesitaba Bosch en ese momento. Tardó una hora en llegar a Norwalk después de un lento avance en torno al borde este del centro de Los Ángeles. Se metió en el aparcamiento del edificio del condado, de siete plantas, y paró el motor mientras Scott interpretaba su versión de *Naima,* que a juicio de Bosch estaba a la altura de la versión clásica que John Handy había grabado cincuenta años antes.

Justo cuando salió del coche, sonó su teléfono móvil y Bosch miró la pantalla. Decía «Número desconocido», pero contestó de todos modos. No le sorprendió que la llamada fuera de John Creighton.

—Entonces, ¿ha visto al señor Vance? —preguntó.

—Sí —respondió Bosch.

—Bueno, ¿cómo ha ido?

—Ha ido bien.

Bosch iba a hacer sudar a Creighton. Podría considerarse un comportamiento pasivo-agresivo por su parte, pero estaba siendo fiel a los deseos de su cliente.

—¿Hay algo en lo que pueda ayudar?

—Eh, no, creo que puedo ocuparme. El señor Vance quiere mantener la confidencialidad, así que lo dejaré ahí.

Hubo un largo silencio antes de que Creighton volviera a hablar.

—Harry —dijo—, usted y yo nos conocemos desde el departamento, y por supuesto también hace mucho tiempo que conozco al señor Vance. Como dije ayer antes de contratarlo, es un cliente importante de esta empresa y, si hay algún problema en relación con su bienestar y seguridad, necesito conocerlo. Esperaba que como antiguo compañero podría compartir conmigo lo que está ocurriendo. El señor Vance es un anciano, no quiero que se aprovechen de eso.

—¿Se refiere a mí? —preguntó Bosch.

—Por supuesto que no, Harry. He elegido mal las palabras. Lo que quiero decir es que, si el señor Vance está siendo extorsionado o se enfrenta con algún problema relacionado con la necesidad de un detective privado, bueno, estamos aquí y tenemos una gran cantidad de recursos a nuestra disposición. Tenemos que participar.

Bosch asintió. Esperaba esa jugada de Creighton después de su petición de estar informado.

—Bueno —dijo—. Lo único que puedo contarle es que, para empezar, usted no me ha contratado. Usted era el mensajero. Me entregó el dinero. El señor Vance es quien me ha contratado y trabajo para él. El señor Vance fue muy específico y me hizo firmar un documento legal por el que he accedido a seguir sus instrucciones. Me dijo que no compartiera con nadie lo que estoy haciendo ni por qué lo estoy haciendo. Eso lo incluye a usted. Si quiere que rompa eso, tendré que llamarlo y pedir su...

—No será necesario —le interrumpió Creighton con rapidez—. Si es así como lo desea el señor Vance, está bien. Solo sepa que estamos aquí para ayudar si lo necesita.

—Desde luego —dijo Bosch en un falso tono animado—. Lo llamaré si lo necesito, John, y gracias por su interés.

Colgó antes de que Creighton pudiera responder y comenzó a atravesar el aparcamiento en dirección al enorme edificio rectangular que contenía los registros oficiales de todos los nacimientos y fallecimientos ocurridos en el condado de Los Ángeles. Todos los registros de matrimonios y divorcios también estaban allí. El edificio siempre recordaba a Bosch un cofre del tesoro gigante. La información estaba ahí si sabías dónde buscar o conocías a alguien que supiera hacerlo. Para el resto, la escalinata del edificio era el lugar donde se apostaban los vendedores ambulantes, listos para aconsejar a los no iniciados sobre cómo rellenar formularios de solicitud, todo a cambio de unos pocos dólares. Algunos de ellos ya tenían los formularios en sus maletines. Era una industria artesanal construida sobre la ingenuidad y el miedo de aquellos que se sentían solos al aventurarse en las fauces de la burocracia gubernamental.

Bosch subió los escalones al trote, sin hacer caso de aquellos que le preguntaban si iba a solicitar un nombre de empresa ficticio o una licencia de matrimonio. Entró y pasó junto a la cabina de información para dirigirse hacia la escalera. Sabía por experiencia que esperar un ascensor en el edificio podía quitarte las ganas de vivir, de manera que bajó por la escalera hasta el sótano, donde se encontraba la sección de nacimientos, defunciones y matrimonios de la Oficina del Registro.

Al empujar la puerta de cristal, se oyó un grito procedente de uno de los escritorios que se alineaban al otro lado del mostrador público, donde se solicitaban los certificados. Una mujer se levantó y sonrió a Bosch de oreja a oreja. Era asiática y se llamaba Flora. Siempre había sido muy amable con Bosch cuando él llevaba placa.

—¡Harry Bosch! —exclamó en voz alta.

—¡Flora!

A lo largo del mostrador había una ventanilla para solicitudes policiales, a las que siempre se daba prioridad, y dos ventanillas para peticiones de ciudadanos. Había un hombre en una de las ventanillas de ciudadanos mirando copias de registros. Bosch se acercó a la otra. Flora ya se estaba dirigiendo a la ventanilla policial.

—No, usted viene aquí —le indicó.

Bosch hizo lo que le pidieron y se inclinó sobre el mostrador para darle un torpe abrazo.

—Sabía que volvería a vernos —dijo Flora.

—Tarde o temprano, ¿eh? —dijo Bosch—. Pero ahora vengo como ciudadano. No quiero que se meta en un lío.

Bosch sabía que podía sacar la placa de San Fernando, pero no quería hacer nada que pudiera llegar a oídos de Valdez o Treviño. Eso causaría problemas innecesarios. En cambio, volvió a dirigirse a la ventanilla de ciudadanos, eligiendo mantener la separación entre sus trabajos como detective público y privado.

—No, ningún problema —dijo Flora—. Con usted, no.

Bosch terminó la charada y se quedó en la ventanilla de la policía.

—Bueno, esto podría ser un poco lento. No tengo toda la información que necesito y he de remontarme mucho en el tiempo.

—Deje intente. ¿Qué quiere?

Bosch tenía que contenerse para no comerse palabras como hacía Flora. Su instinto natural cuando hablaba con ella era imitarla. Se había pillado a sí mismo haciéndolo en el pasado y trató de no repetirlo esta vez.

Sacó su libreta y miró algunas de las fechas que había anotado esa mañana en el despacho de Vance.

—Busco una partida de nacimiento —dijo mientras leía—. Hablo de 1933 o 1934. ¿Qué tienen tan antiguo?

—En base de datos no —aclaró Flora—. Aquí solo tenemos film. Ya no hay registro papel. Déjeme ver nombre.

Sabía que Flora se estaba refiriendo a registros transferidos a microfilm en la década de 1970 y que nunca se habían actualizado en la base de datos informatizada. Bosch giró su libreta para que ella pudiera leer el nombre de Vibiana Duarte. Tenía la esperanza de que le sonriera la suerte, porque al menos el apellido no era tan común como García o Fernández. Probablemente tampoco habría demasiadas Vibianas.

—Es vieja —dijo Flora—. ¿Quiere también defunción?

—Sí. Pero no tengo idea de si ha muerto ni cuándo. La última vez que sé que estaba viva con seguridad es junio de 1950.

Flora torció el gesto.

—Oh, ya veo, Harry.

—Gracias, Flora. ¿Dónde está Paula? ¿Sigue aquí?

Paula era la otra empleada a la que recordaba de sus frecuentes visitas al sótano siendo detective. Localizar testigos y familiares de víctimas era una parte clave de la investigación de Casos Abiertos, normalmente los cimientos de cualquier caso. Lo primero que se hacía era alertar a la familia de que el caso se estaba investigando de nuevo. Pero los expedientes de homicidio de casos antiguos rara vez contenían actualizaciones sobre muertes, matrimonios y desplazamiento de personas. En consecuencia, Bosch cumplía con buena parte de su mejor labor de investigación en los pasillos de archivos y bibliotecas.

—Paula no está hoy —dijo Flora—. Solo yo. Ahora apunto y usted café. Esto tarda.

Flora anotó lo que necesitaba.

—¿Quiere un café, Flora? —preguntó Bosch.

—No, usted —dijo—. Por esperar.

—Entonces creo que me quedaré por aquí. Ya he tomado mucho café y tengo cosas que hacer.

Sacó su teléfono y lo levantó a modo de explicación. Flora volvió a entrar para buscar en los archivos. Bosch se sentó en uno de los asientos de plástico en un cubículo vacío para revisar microfilms.

Estaba pensando en los siguientes movimientos. Según lo que encontrara allí, su siguiente paso sería Santa Vibiana, para ver si podía descubrir un certificado de bautismo, o la biblioteca central, donde se conservaban directorios telefónicos que se remontaban décadas.

Bosch abrió su aplicación de móvil y escribió «USC EVK» para ver qué salía. Encontró un resultado de inmediato. La EVK todavía funcionaba en el campus y estaba situada en la residencia de estudiantes de Birnkrant, en la calle 34. Abrió la dirección en su aplicación de Mapas y enseguida vio una imagen de conjunto del extenso campus, justo al sur del centro de la ciudad. Vance había dicho que Vibiana vivía a solo unas manzanas de la EVK e iba a pie al trabajo. El campus discurría por Figueroa Street y la autovía Harbor. La autovía limitaba el número de calles residenciales en la zona con acceso directo a la EVK. Bosch comenzó a anotarlas, junto con los rangos de números para poder situar la casa de Duarte cuando mirara los viejos listines telefónicos en la biblioteca central.

Enseguida se le ocurrió que estaba mirando un mapa del campus de 2016 y su entorno y que la autovía Harbor podría no haber existido siquiera en 1950. Eso daría al barrio en torno a la USC una configuración completamente distinta. Volvió al buscador y obtuvo una historia de la autovía, también conocida como la 110, que cortaba una diagonal de ocho carriles en el condado desde Pasadena hasta el puerto. Enseguida descubrió que se había construido por secciones entre las décadas de 1940 y 1950. Era el amanecer de la era de las autovías en Los Ángeles y la 110 había sido el primer proyecto. La sección que bordeaba el lado este del campus se inició en 1952 y se completó dos años después, ambas fechas posteriores al tiempo en que Whitney Vance asistió a la facultad y conoció a Vibiana Duarte.

Bosch regresó a su mapa y empezó a incluir calles que en 1949 y 1950 todavía proporcionaban acceso a pie al noreste del campus, donde se hallaba la EVK. Pronto contó con una lista de catorce calles con un rango de direcciones de cuatro manzanas. En la biblioteca, primero buscaría el nombre de Duarte en los viejos directorios y vería si alguien con ese nombre residía en las calles y manzanas de la lista. En aquel entonces casi todo el mundo salía en el listín telefónico, si tenía teléfono.

Estaba inclinado sobre la pantallita de su móvil, estudiando el mapa en busca de calles laterales que pudiera haber pasado por alto, cuando Flora volvió de las entrañas del archivo. Llevaba un carrete de la máquina de microfilm en la mano con expresión triunfante y eso inmediatamente cargó de adrenalina el torrente sanguíneo de Bosch. Flora había encontrado a Vibiana.

—No nació aquí —anunció Flora—. México.

Esto confundió a Bosch. Se levantó y se dirigió al mostrador.

—¿Cómo lo sabe? —preguntó.

—Lo dice certificado defunción —dijo Flora—. Loeto.

Flora había pronunciado mal el nombre, pero Bosch lo entendió. En una ocasión siguió la pista de un sospechoso hasta Loreto, en el sur de la península de Baja California. Suponía que si iba allí encontraría una catedral o una iglesia de Santa Vibiana.

—¿Ya ha encontrado su certificado de defunción? —preguntó.

—No tardado mucho —dijo Flora—. Es de 1951.

Estas palabras dejaron a Bosch sin aire. Vibiana no solo estaba muerta, sino que había muerto hacía mucho. Harry había oído su nombre por primera vez hacía menos de seis horas, pero ya la había encontrado, en cierto modo. Se preguntó cómo reaccionaría Vance a la noticia.

Tendió la mano para coger el rollo de microfilm. Al entregárselo, Flora le dijo que el número que tenía que buscar era el 51-459. A Bosch le pareció un número bajo, incluso para 1951. El fallecimiento número 459 registrado en el condado de Los Ángeles ese año. ¿Cuánto tiempo podía haber pasado desde el principio de año? ¿Un mes? ¿Dos?

Se le ocurrió algo. Miró a Flora. ¿Había leído ella la causa de la muerte cuando había encontrado el documento?

—¿Murió de parto? —preguntó.

Flora pareció desconcertada.

—Eh, no. Pero léalo. Para asegurarse.

Bosch cogió el rollo y volvió a la máquina. Enseguida colocó el carrete y encendió la luz de proyección. El avance era automático, pero se controlaba con un botón. Pasó los documentos a velocidad rápida, deteniéndose cada pocos segundos para verificar el número de registro estampado en la esquina superior. Estaba a mitad de febrero cuando llegó a la defunción 459. Al encontrar el documento, vio que el certificado de defunción del estado de California no había cambiado mucho a lo largo de las décadas. Podría ser el documento más viejo de esas características que había consultado, pero Bosch tenía una íntima familiaridad con él. Sus ojos bajaron a la sección del forense o el médico que lo había rellenado. La causa de la muerte estaba escrita a mano: estrangulación por ligadura (cuerda) debida a suicidio.

Bosch miró un buen rato esas palabras sin moverse ni respirar. Vibiana se había suicidado. No había detalles escritos más allá de lo que ya había leído. Solo había una firma demasiado enmarañada para descifrarla seguida por la palabra «forense».

Bosch se echó atrás y tomó aire. Sintió que le invadía una inmensa tristeza. No conocía todos los detalles. Solo había oído la versión de la historia de Vance, la experiencia de un chico de dieciocho años filtrada por la memoria frágil y culpable de un hombre de ochenta y cinco. Aun así, tenía información suficiente para saber que lo que le había ocurrido a Vibiana no estaba bien. Vance la había dejado en el lado oscuro del adiós, y lo que ocurrió en junio provocó lo que ocurrió en febrero. Bosch tenía la sensación de que a Vibiana le habían arrebatado la vida mucho antes de que se pusiera una soga al cuello.

El certificado de defunción ofrecía detalles que Bosch anotó. Vibiana se quitó la vida el 12 de febrero de 1951. Tenía diecisiete años. El pariente más cercano era su padre, Víctor Duarte. Residía en Hope Street, que había sido una de las calles que Bosch había anotado al estudiar el mapa del barrio de la Universidad del Sur de California. El nombre de la calle le pareció una triste ironía.

La única curiosidad del documento era el lugar de la muerte. Solo había una dirección en North Occidental Boulevard. Bosch sabía que ese bulevar se extendía al oeste del centro de la ciudad, cerca de Echo Park y lejos del hogar de Vibiana. Abrió su teléfono y escribió la dirección en el buscador. Resultó ser la dirección del Hogar para Madres Solteras St. Helen. Obtuvo varias páginas web asociadas con St. Helen y un enlace a un artículo de 2008 en el *Los Angeles Times* que conmemoraba el centenario del centro.

Bosch enseguida abrió el enlace y empezó a leer el artículo.

Maternidad cumple cien años
Por Scott B. Anderson, de la redacción

El Hogar para Madres Solteras St. Helen celebra esta semana su centésimo aniversario con una celebración que hace honor a su evolución de un lugar de secretos de familia a un centro para la vida familiar.

El complejo, de más de una hectárea, cerca de Echo Park, será el escenario de una cargada programación de una semana donde no faltarán un pícnic familiar o el discurso de una mujer que hace más de cincuenta años fue obligada por la familia a entregar a su bebé recién nacido en adopción en el centro.

Igual que las costumbres sociales han cambiado en las últimas décadas, también lo ha hecho St. Helen. Quedarse embarazada de forma prematura provocaba que la madre se escondiera, diera a luz en secreto e inmediatamente entregara ese hijo en adopción...

Bosch dejó de leer al comprender lo que le había ocurrido a Vibiana Duarte sesenta y cinco años antes.

—Tuvo el bebé —susurró—. Y se lo quitaron.

8

Bosch miró por encima del mostrador. Flora lo estaba observando de forma extraña.

—Harry, ¿está bien? —preguntó.

Bosch se levantó sin responder y se acercó al mostrador.

—Flora, necesito los certificados de nacimiento de los dos primeros meses de 1951 —dijo.

—Vale. ¿Qué nombre?

—No estoy seguro. Duarte o Vance. No estoy seguro de cómo constará. Deme su bolígrafo y se lo anotaré.

—Vale.

—El hospital será St. Helen. De hecho, quiero ver todos los nacimientos en St. Helen en los dos primeros...

—No, ningún hospital St. Helen en el condado de Los Ángeles.

—No es exactamente un hospital. Es para madres solteras.

—Entonces no registro aquí.

—¿De qué está hablando? Tiene que haber un...

—Registro secreto. Cuando nace un bebé se adopta. Llega certificado nuevo y ninguna mención de St. Helen. ¿Entiende?

Bosch no estaba seguro de seguir lo que Flora estaba tratando de contarle. Sabía que existían toda clase de leyes de confidencialidad que protegían los registros de adopción.

—¿Está diciendo que no registran la partida de nacimiento hasta después de la adopción? —preguntó.

—Exactamente —dijo Flora.

—¿Y solo constan los nombres de los padres adoptivos?

—Ajá. Eso es.

—¿Y el nuevo nombre del bebé?

Flora asintió.

—¿Y el hospital? ¿Mienten sobre eso?

—Dicen «parto en casa».

Frustrado, Bosch apoyó las palmas de las manos en el mostrador.

—Así que no hay forma de descubrir quién era el niño.

—Lo siento, Harry. No se enfade.

—No me enfado, Flora. Y menos con usted.

—Es buen detective, Harry. Lo descubrirá.

—Sí, Flora. Lo descubriré.

Con las manos todavía en el mostrador, Bosch se inclinó y trató de pensar. Tenía que haber una forma de encontrar al niño. Pensó en ir a St. Helen. Podría ser su única oportunidad. Entonces se le ocurrió otra cosa y miró a Flora.

—Harry, nunca había visto así —dijo ella.

—Lo sé, Flora. Lo siento. No me gustan los cabos sueltos. ¿Puede darme los rollos con los nacimientos de enero y febrero de 1951, por favor?

—¿Está seguro? Hay un montón de nacimientos en dos meses.

—Sí, estoy seguro.

—Bien.

Flora desapareció otra vez y Bosch volvió al cubículo del microfilm a esperar. Miró su reloj y se dio cuenta de que era posible que se quedara mirando microfilms hasta el cierre de la oficina a las cinco. Luego se enfrentaría a un brutal trayecto de hora punta a través del centro de la ciudad y Hollywood hasta llegar a casa, una caravana que podría prolongarse dos horas. Como estaba más cerca del condado de Orange que de su casa, decidió enviar un mensaje de texto a su hija por si por casualidad tenía tiempo de cenar fuera de la cafetería de estudiantes de la Universidad Chapman.

Mads, estoy en Norwalk en un caso. Podría pasarme a cenar si tienes tiempo.

Ella respondió al momento.

¿Dónde está Norwalk?

Cerca. Puedo recogerte a las 5.30 y estarás estudiando a las 7. ¿Qué dices?

La decisión de Maddie no llegó de inmediato y Harry supo que probablemente su hija estaba valorando sus opciones. Estaba en segundo curso y las exigencias escolares y sociales sobre su tiempo habían crecido de un modo exponencial desde el año anterior, con el resultado de que Bosch la veía cada vez menos. Era un hecho que en ocasiones lo hacía sentirse triste y solo, pero las más de las veces se alegraba por ella. Sabía que esa sería una de las noches en que se sentiría triste si no podía ver a Maddie. La historia de Vibiana Duarte, lo poco que sabía de ella, lo deprimió. En el momento de su muerte era más joven que su propia hija y lo que le ocurrió constituía un recordatorio de que la vida no siempre es justa, ni siquiera con los inocentes.

Mientras esperaba la decisión de Maddie, Flora salió con dos rollos de microfilm para él. Bosch dejó el móvil en la mesa y colocó en la máquina el rollo correspondiente a enero de 1951. Empezó a revisar centenares de certificados de nacimiento, comprobando el dato del hospital en cada uno de ellos e imprimiendo todos aquellos registrados como partos en casa.

Al cabo de noventa minutos, Bosch se detuvo en el 20 de febrero de 1951, después de extender su búsqueda una semana más allá de la muerte de Vibiana para tener en cuenta el posible retraso al registrar un certificado de nacimiento a nombre de los nuevos padres. Había impreso sesenta y siete certificados en los que había un nacimiento en casa y la raza del niño constaba como latino o blanco.

No tenía foto de Vibiana Duarte y no sabía lo oscura o clara que podía ser su tez. Tampoco podía descartar que el niño fuera adoptado como blanco, aunque solo fuera para que coincidiera con la raza de los padres adoptivos.

Al cuadrar la pila de papeles impresos, Bosch se dio cuenta de que se había olvidado de la cena con su hija. Cogió el móvil y vio que se le había pasado el último mensaje de ella sobre su propuesta. Lo había recibido más de una hora antes y Maddie había aceptado, siempre que hubieran terminado de comer y estuviera estudiando otra vez a las siete y media. Ese año estaba compartiendo casa con otras tres chicas a unas pocas manzanas del campus. Bosch miró su reloj y vio que tenía razón en predecir que terminaría cuando la oficina de registros estuviera cerrando. Envió un mensaje rápido a Maddie diciéndole que estaba en camino.

Bosch llevó las copias de microfilm al mostrador y preguntó a Flora cuánto debía por sesenta y siete certificados de nacimiento.

—Usted policía —dijo—. Gratis.

—Sí, pero no estoy diciendo eso, Flora —dijo—. Esto es privado.

Otra vez se negó a jugar la carta de San Fernando donde no era necesario. No tenía opción cuando se trataba de buscar nombres en bases de datos policiales, pero eso era diferente. Si aceptaba copias gratis bajo supuestos falsos, habría que añadir beneficio económico a su infracción del reglamento y las consecuencias podrían ser extremas. Sacó la cartera.

—Entonces paga cinco dólares por copia —dijo Flora.

El precio le sorprendió, pese a que había ganado diez mil dólares esa mañana. Debió de reflejarse en su cara. Flora sonrió.

—¿Lo ve? —dijo—. Es policía.

—No, Flora, no —dijo Bosch—. ¿Puedo pagar con tarjeta de crédito?

—No, en efectivo.

Bosch torció el gesto y buscó en su billetera para sacar el billete de cien dólares secreto que siempre llevaba para casos de emergencia. Lo combinó con el fajo de billetes que llevaba en el bolsillo y sumó los trescientos treinta y cinco dólares. Se quedó con solo seis dólares. Pidió un recibo, aunque no creía que fuera a entregar un informe de gastos a Vance.

Agitó la pila de hojas impresas a modo de despedida y agradecimiento a Flora y salió de la oficina. Al cabo de unos minutos estaba en su coche, haciendo cola para salir del aparcamiento con todos los que se marchaban del edificio público a las cinco en punto. Encendió el equipo de música y cambió el CD. Quería escuchar el último álbum de la saxofonista Grace Kelly. Era uno de los pocos músicos de *jazz* que su hija apreciaba. Quería tener el disco sonando en el coche por si Maddie elegía un restaurante al que tuvieran que ir conduciendo.

Sin embargo, su hija eligió un restaurante en la rotonda de Old Towne que estaba muy cerca de su casa en Palm Avenue. Por el camino, Maddie explicó que estaba mucho más contenta alquilando una vivienda con tres chicas que compartiendo una residencia de dos habitaciones y un cuarto de baño como había hecho en su primer año. También estaba más cerca del campus satélite donde estaba situada la Facultad de Psicología. En general, la vida parecía amable con ella, pero a Bosch le preocupaba la seguridad de la casa particular. Allí no patrullaba la policía del campus. Las cuatro chicas estaban solas en la jurisdicción del Departamento de Policía de Orange. El tiempo de respuesta entre el campus y la policía municipal era de minutos, no segundos, y eso también preocupaba a Bosch.

El restaurante era una pizzería donde hicieron cola para pedir cada uno un trozo de *pizza* al gusto que se llevaron a su mesa después de que los calentaran en el horno. Bosch, sentado frente a su hija, se distrajo por las mechas rosa fluorescente que resaltaban su cabello. Al final le preguntó por qué se había hecho eso.

—Por solidaridad —dijo—. La madre de una amiga tiene cáncer de mama.

Bosch no estableció inmediatamente la conexión y Maddie se dio cuenta.

—¿Estás de broma? Octubre es el mes de la concienciación sobre el cáncer de mama, papá. Deberías saberlo.

—Ah, sí, claro. Lo había olvidado.

Había visto recientemente en televisión a algunos jugadores de fútbol americano de los Rams con prendas rosa. Entonces lo entendió. Y aunque le alegraba que Maddie se hubiera teñido el pelo por una buena causa, también se sintió complacido en secreto por el hecho de que seguramente solo sería algo temporal. En unas semanas octubre habría acabado.

Maddie se comió exactamente la mitad de su *pizza* y puso la otra mitad en una caja para llevársela, explicando que le serviría de desayuno.

—Bueno, ¿en qué caso estás? —preguntó ella mientras caminaban por Palm Avenue hacia su casa.

—¿Cómo sabes que estoy en un caso?

—Lo decías en tu mensaje; además, llevas traje. No seas tan paranoide. ¿Qué eres, un agente secreto?

—Lo olvidé. Estoy buscando un heredero.

—¿Heredero de qué?

—Estoy intentando descubrir si un viejo de Pasadena con mucho dinero tiene un heredero al que pueda legar todo cuando muera.

—Qué bien. ¿Ya has encontrado a alguien?

—Bueno, tengo sesenta y siete posibilidades por el momento. Eso es lo que estaba haciendo en Norwalk. Mirar registros de nacimientos.

—Qué bien.

Bosch no quería contarle lo que le había ocurrido a Vibiana Duarte.

—Pero no puedes decírselo a nadie, Mads. Es confidencial, tanto si soy agente secreto como si no.

—¿A quién se lo iba a contar?

—No lo sé. No quiero que lo pongas en MyFace o SnapCat o algo.

—Muy gracioso, papá, pero mi generación es visual. No le contamos a la gente lo que hacemos. Enseñamos lo que estamos haciendo. Colgamos fotos. Así que no tienes que preocuparte.

—Mejor.

Una vez en la casa, Bosch preguntó si podía entrar para verificar las cerraduras y otras medidas de seguridad. Con el permiso del casero, había añadido cerraduras adicionales en todas las puertas y ventanas en septiembre. Comprobó todo y al moverse por la casa no pudo evitar pensar en el Enmascarado. Al final, salió al pequeño patio trasero para asegurarse de que la cerca de madera que recorría el perímetro estaba cerrada por dentro. Vio que Maddie había hecho lo que él le había aconsejado y había comprado un cuenco de agua para el escalón de atrás, aunque las chicas no tenían perro y el casero no lo permitía.

Todo parecía en orden y le recordó a su hija otra vez que no durmiera con ninguna ventana abierta. Luego la abrazó y la besó en la frente antes de marcharse.

—Asegúrate de que hay agua en el cuenco para el perro —dijo—. Ahora mismo está seco.

—Sí, papá —respondió en ese tono tan suyo.

—Si no, nadie se lo cree.

—Vale, lo entiendo.

—Bien. Compraré un par de letreros de «Cuidado con el perro» en Home Depot y los traeré la próxima vez.

—Papá.

—Vale, ya me voy.

Harry dio otro abrazo a su hija y se dirigió al coche. No había visto a ninguna de las compañeras de piso de Maddie en la breve parada. Se planteó por qué, pero no quería preguntárselo a Maddie por miedo a que lo acusará de invadir la intimidad de las otras chicas. Ella ya le había dicho en una ocasión que sus preguntas sobre ellas bordeaban lo siniestro.

En cuanto subió al coche, Bosch escribió una nota sobre los letreros de «Cuidado con el perro» y puso el motor en marcha.

El tráfico se había reducido cuando se dirigió al norte hacia su casa. Se sentía bien por los logros del día, incluido el de cenar con su hija. A la mañana siguiente trabajaría en estrechar la búsqueda del hijo de Vibiana Duarte y Whitney Vance. El nombre del niño tenía que estar en la pila de certificados de nacimiento que tenía a su lado.

Había algo reconfortante en progresar en el caso Vance, pero una amenaza de menor intensidad estaba creciendo en su interior en relación con el Enmascarado. Algo le decía que el violador estaba acechando a otra víctima y preparándose para su siguiente asalto. El reloj estaba en marcha en San Fernando. No le cabía ninguna duda.

9

Por la mañana, Bosch preparó café y se lo tomó en la terraza de atrás, donde se sentó a la mesa de pícnic con las copias de los certificados de nacimiento que había impreso el día anterior. Estudió los nombres y las fechas en los documentos, pero enseguida llegó a la conclusión de que no tenía nada con lo que estrechar el cerco. Ninguno de los certificados estaba datado a tiempo. Todos se habían emitido al menos tres días después del nacimiento y eso descartaba la posibilidad de interpretar ese retraso como un indicador de adopción. Decidió que su mejor oportunidad pasaba por St. Helen.

Sabía que sería un camino difícil. Las leyes de confidencialidad de las adopciones eran difíciles de soslayar, incluso con una placa y autoridad. Consideró llamar a su cliente y preguntarle si quería utilizar a un abogado para solicitar la apertura de los registros de adopción relacionados con el hijo de Vibiana Duarte, pero decidió que no era buena idea. Ese movimiento anunciaría al mundo los planes de Vance y él había sido muy vehemente respecto al secreto.

Bosch recordó el artículo del *Times* sobre St. Helen y entró en el salón para coger su portátil y poder terminar de leerlo. Llevó la pila de partidas de nacimiento dentro para que no se volaran y empapelaran el valle debajo de su casa.

El artículo del *Times* explicaba la transformación de St. Helen. Había pasado de ser un lugar donde madre e hijo eran rápidamente separados al producirse la adopción a convertirse, en las últimas décadas, en una institución donde muchas madres se quedaban a sus hijos después de dar a luz y recibían ayuda de asistentes sociales para volver a la sociedad con ellos. El estigma social del embarazo fuera del matrimonio en los años cincuenta dio paso a la aceptación de la década de 1990, y St. Helen tenía diversos programas de éxito concebidos para mantener unidas a las familias de los recién nacidos.

El artículo divagaba luego hacia una sección que contenía citas de mujeres que habían estado en St. Helen y aseguraban que el centro de maternidad les había salvado la vida al acogerlas cuando fueron vetadas por vergüenza en sus propias familias. No había ninguna voz discordante. No había entrevistas con mujeres que se sentían traicionadas por una sociedad que literalmente les arrebataba a sus hijos y los entregaba a desconocidos.

La anécdota final del artículo captó toda la atención de Bosch al darse cuenta de que daba un nuevo ángulo a su investigación. Empezaba con varias citas de una mujer de setenta y dos años que había llegado a St. Helen en 1950 para tener un hijo y luego se había quedado los siguientes cincuenta años.

Abigail Turnbull solo tenía catorce años cuando la dejaron con una maleta en los escalones de entrada a St. Helen. Estaba embarazada de tres meses y eso humillaba profundamente a sus padres, fervientemente religiosos. La abandonaron. Su novio la abandonó. Y ella no tenía ningún otro sitio al que ir.

Tuvo a su hijo en St. Helen y lo entregó en adopción después de pasar menos de una hora con su bebé en brazos. Pero no tenía adónde ir a continuación. Nadie en su familia quería que volviera. Le permitieron quedarse en St. Helen y le dieron trabajos menores como fregar los suelos y hacer la colada. Sin embargo, a lo largo de los años, Turnbull asistió a la escuela nocturna y finalmente terminó el instituto y la facultad. Se hizo trabajadora social en St. Helen para ayudar a mujeres que habían estado en su situación y se quedó allí hasta su jubilación, medio siglo en total.

Turnbull dio el discurso de apertura en la celebración del centenario y en él contó una historia que a su entender mostraba cómo su dedicación a St. Helen dio sus frutos de innumerables maneras.

«Un día yo estaba en la sala de personal y una de nuestras chicas llegó con el mensaje de que había una mujer en el vestíbulo de entrada que había venido porque estaba investigando su propia adopción. Quería respuestas sobre su origen. Sus padres le habían dicho que había nacido en St. Helen. Así que me reuní con ella y enseguida me invadió una sensación extraña. Era su voz, sus ojos, sentía que la conocía. Le pregunté su fecha de nacimiento y me dijo que había nacido el 9 de abril de 1950, y entonces lo supe, supe que era mi hija. La abracé y todo se desencadenó. Todo mi dolor, todo mi arrepentimiento. Y supe que era un milagro y que por eso Dios me había mantenido en St. Helen.»

El artículo del *Times* terminaba explicando que Turnbull había presentado entonces a su hija, que estaba presente en la sala, y describía que nadie había podido contener las lágrimas con el discurso.

—Premio —susurró Bosch cuando terminó de leer.

Bosch sabía que tenía que hablar con Turnbull. Al anotar su nombre confió en que todavía estuviera viva ocho años después de que se hubiera publicado el artículo del *Times*. Tendría ochenta años.

Pensó en la mejor forma de llegar a ella con rapidez y empezó a escribir su nombre en el buscador de su portátil. Obtuvo varios resultados en sitios de búsqueda de pago, pero sabía que la mayoría de ellos eran engaños. Había una Abigail Turnbull en LinkedIn, la red profesional, pero Bosch dudaba que la octogenaria estuviera buscando trabajo. Al final, decidió dejar de lado el mundo digital y probó con lo que su hija llamaba ingeniería social. Abrió el sitio web de St. Helen, consiguió el número de teléfono, y lo marcó en su móvil. Una mujer respondió después de tres tonos.

—St. Helen ¿en qué puedo ayudarle?

—Ah, sí, hola —empezó Bosch, con la esperanza de sonar como una persona nerviosa—. ¿Puedo hablar con Abigail Turnbull? Quiero decir ¿sigue ahí?

—Oh, cielo, hace años que no está aquí.

—¡Oh, no! Quiero decir, ¿sabe si sigue viva? Sé que tiene que ser muy mayor.

—Creo que sigue entre nosotros. Se retiró hace mucho, pero no ha muerto. Seguro que Abby nos enterrará a todas.

Bosch sintió un atisbo de esperanza de poder encontrarla. Siguió insistiendo.

—La vi en la fiesta de aniversario. Mi madre y yo hablamos con ella entonces.

—Eso fue hace ocho años. Puedo preguntarle quién es y de qué se trata.

—Eh, me llamo Dale. Nací en St. Helen. Mi madre siempre me contó que Abigail Turnbull era una buena amiga y cuidó mucho de ella durante el tiempo que estuvo allí. Ya le digo que finalmente la conocí en el aniversario.

—¿En qué puedo ayudarle, Dale?

—Bueno, en realidad, es triste. Mi madre acaba de morir y tenía un mensaje que quería que le diera a Abigail. Yo también quería decirle cuándo será el funeral por si acaso desea asistir. Tengo una tarjeta. ¿Sabe cuál sería la mejor forma de que se la entregue?

—Puede enviarla aquí a St. Helen a su atención. Nos aseguraremos de que la reciba.

—Sí, sé que puedo hacer eso, pero me temo que tardaría demasiado. Podría no recibirlo antes del funeral este domingo.

Hubo una pausa y luego:

—Espere, déjeme ver qué podemos hacer.

La conexión quedó en silencio y Bosch aguardó. Pensaba que lo había hecho bien. Al cabo de dos minutos, la voz volvió a la línea.

—¿Hola?

—Sí, estoy aquí.

—Vale, normalmente no hacemos esto, pero tengo una dirección aquí que puede usar para enviarle una tarjeta a Abigail. No puedo darle su número de teléfono sin su permiso y acabo de intentarlo y no he podido encontrarla.

—Con la dirección bastará, gracias. Si la pongo en el correo hoy, debería recibirla a tiempo.

La mujer procedió a darle una dirección en Vineland Boulevard, en Studio City. Bosch la anotó, le dio las gracias y colgó con rapidez.

Bosch miró la dirección. Sería un trayecto corto desde su casa hacia el valle y Studio City. La dirección incluía un número de unidad, lo cual le hizo pensar que podía tratarse de una residencia de tercera edad, considerando la edad de Turnbull. Podría haber un vigilante de seguridad además de las habituales verjas y botones que se encontraban en todos los complejos de apartamentos de la ciudad.

Bosch sacó una goma elástica de un cajón de la cocina y la extendió en torno a la pila de certificados de nacimiento. Quería llevárselos, por si acaso. Cogió sus llaves y se dirigió a la puerta lateral cuando alguien llamó con fuerza en la puerta delantera. Cambió de rumbo y se dirigió a la puerta principal.

El vigilante de seguridad sin nombre que había escoltado a Bosch a través de la casa de Vance el día anterior estaba en el peldaño de entrada.

—Señor Bosch, me alegro de encontrarlo —dijo.

Su mirada se posó en la pila de certificados de nacimiento reunidos con una goma y Bosch, en un acto reflejo, dejó caer la mano que los sostenía y la colocó detrás del muslo izquierdo. Enfadado por haber hecho un movimiento tan obvio para ocultarlos, habló de forma abrupta.

—¿Qué puedo hacer por usted? Estaba saliendo.

—Me ha enviado el señor Vance —dijo el hombre—. Quería saber si ha hecho algún progreso.

Bosch lo miró un buen rato.

—¿Cómo se llama? —preguntó al fin—. No me lo dijo ayer.

—Sloan. Estoy a cargo de la seguridad en la casa de Pasadena.

—¿Cómo ha descubierto dónde vivo?

—Lo he buscado.

—¿Dónde lo ha buscado? No salgo en ninguna parte y esta casa no está escriturada a mi nombre.

—Tenemos formas de encontrar a la gente, señor Bosch.

Bosch lo miró un buen rato antes de responder.

—Bien, Sloan, el señor Vance me dijo que hablara solo con él de lo que estaba haciendo. Así que discúlpeme.

Bosch empezó a cerrar la puerta y Sloan inmediatamente estiró la mano para impedirlo.

—No se le ocurra —advirtió Bosch.

Sloan retrocedió y levantó las manos.

—Disculpe —se excusó—. Pero debo decirle que el señor Vance enfermó ayer después de hablar con usted. Me ha enviado esta mañana para preguntarle si ha hecho algún progreso.

—¿Progreso con qué? —preguntó Bosch.

—Con el trabajo para el que lo contrató.

Bosch levantó un dedo.

—¿Puede esperar aquí un minuto? —preguntó.

No esperó respuesta. Cerró la puerta y se puso la pila de certificados bajo el brazo. Fue a la mesa del comedor, donde había dejado la tarjeta de visita con el número directo de Vance. Marcó el número en su teléfono y volvió a la puerta de la calle. Abrió mientras escuchaba la llamada.

—¿A quién llama? —preguntó Sloan.

—A su jefe —dijo Bosch—. Solo quiero asegurarme de que le parece bien que discutamos el caso.

—No responderá.

—Sí, bueno, solo…

La llamada dio paso a un largo bip sin ningún mensaje de Vance.

—Señor Vance, soy Harry Bosch. Llámeme, por favor.

Bosch recitó su número, colgó y se dirigió a Sloan.

—¿Sabe lo que no entiendo? No entiendo que Vance lo mandara aquí para preguntarme eso sin primero decirle para qué me contrató.

—Se lo digo, se ha puesto enfermo.

—Sí, bueno, pues esperaré a que se mejore. Dígale que me llame entonces.

Bosch interpretó la expresión de vacilación en la cara de Sloan. Había algo más. Esperó a que Sloan finalmente lo comunicara.

—El señor Vance también tiene motivos para creer que el número de teléfono que le dio está comprometido. Quiere que le informe a través de mí. Llevo veinticinco años a cargo de su seguridad personal.

—Sí, bueno, tendrá que decírmelo él mismo. Cuando se mejore, me lo hace saber y volveré al palacio.

Bosch cerró y pilló a Sloan por sorpresa. La puerta golpeó ruidosamente en su marco. Sloan llamó otra vez, pero para entonces Bosch estaba abriendo en silencio la puerta lateral a la cochera. Salió de la casa, luego abrió a hurtadillas la puerta de su Cherokee y se metió dentro. En el momento en que el motor arrancó, puso la marcha atrás y retrocedió con rapidez hacia la calle. Vio un sedán color cobre aparcado apuntando hacia el pie de la colina al otro lado de la calle. Sloan iba caminando hacia él. Bosch giró el volante y tiró a la derecha, luego aceleró el Cherokee colina arriba, pasando a toda velocidad junto a Sloan, que estaba ante la puerta de su coche. Sabía que Sloan usaría la cochera para dar la vuelta en la calle estrecha, una maniobra que le daría a Bosch tiempo suficiente para despistarlo.

Después de veinticinco años de vivir allí, tomar las curvas de Woodrow Wilson Drive era un acto instintivo para Bosch. Llegó con rapidez a la señal de *stop* de Mulholland Drive y giró bruscamente a la derecha sin detenerse. Luego siguió la serpiente de asfalto a lo largo de la cresta de la montaña hasta que llegó a Wrightwood Drive. Miró en los retrovisores y no vio rastro de Sloan ni de ningún otro coche que lo siguiera. Giró con brusquedad a la derecha en Wrightwood y enseguida descendió la ladera norte hasta Studio City para llegar al lecho del valle en Ventura Boulevard.

Al cabo de unos minutos estaba en Vineland, aparcado delante de un complejo de apartamentos llamado Sierra Winds. El edificio se alzaba junto al paso elevado de la autovía 101 y parecía viejo y deteriorado. Había una barrera sónica de hormigón de seis metros que recorría la curva de la autovía, pero Bosch imaginaba que el sonido del tráfico todavía barría el complejo de dos plantas como un viento de la sierra.

Lo importante, al fin y al cabo, era que Abigail Turnbull no vivía en una residencia. Bosch no tendría problema en llegar a su puerta y eso era un golpe de suerte.

10

Bosch deambuló cerca de la verja de entrada al complejo de apartamentos y actuó como si estuviera hablando por teléfono, cuando lo único que estaba haciendo era reproducir un mensaje de un año antes, cuando su hija se había marchado de casa al ser admitida en la Universidad de Chapman.

«Papá, es un día muy emocionante para mí y quiero darte las gracias por toda tu ayuda para hacerme llegar hasta aquí. Y estoy contenta de no estar demasiado lejos de ti y de saber que cuando nos necesitemos el uno al otro estaremos a solo una hora de distancia. Bueno, tal vez dos horas por el tráfico.»

Sonrió. No sabía cuánto tiempo se conservarían los mensajes en su teléfono, pero confiaba en poder escuchar siempre la alegría pura que percibía en la voz de su hija.

Vio a un hombre que se acercaba a la verja desde el otro lado y adaptó su paso para llegar al mismo tiempo que él. Actuó como si estuviera tratando de continuar con una conversación telefónica mientras buscaba la llave en su bolsillo.

—Fantástico —dijo al teléfono—. Eso mismo pienso yo.

El hombre del otro lado abrió la verja para salir. Bosch murmuró un gracias y entró. Conservó el mensaje de su hija una vez más y guardó su teléfono.

Los carteles por el sendero de piedra lo dirigieron al edificio que estaba buscando y encontró el apartamento de Abigail Turnbull en la planta baja. Al acercarse, vio que la puerta delantera estaba abierta detrás de una mosquitera. Oyó una voz procedente del interior del apartamento.

—¿Ya está todo, Abigail?

Se acercó más sin llamar y miró a través de la mosquitera. Vio un salón al extremo de un corto pasillo. Una mujer mayor estaba sentada en un sofá con una mesa plegable delante de ella. Parecía vieja y frágil y tenía gafas gruesas y lo que era a todas luces una peluca de cabello castaño. Otra mujer, mucho más joven, estaba retirando un plato de la mesa y recogiendo los cubiertos. La mujer que Bosch asumió que era Abigail estaba acabando un desayuno tardío o una comida temprana.

Bosch decidió esperar y ver si la cuidadora se iba después de limpiar. El apartamento daba a un pequeño patio donde el agua que caía en una fuente de tres pisos enmascaraba la mayor parte del ruido de la autovía. Era la razón más probable de que Turnbull pudiera dejar su puerta abierta. Bosch se sentó en un banco de hormigón prefabricado delante de la fuente y puso la pila de certificados de nacimiento a su lado. Miró el móvil para ver si tenía mensajes mientras esperaba. Al cabo de no más de cinco minutos, oyó la voz del apartamento otra vez.

—¿Quiere que deje la puerta abierta, Abigail?

Bosch oyó una respuesta ahogada y observó mientras la cuidadora salía del apartamento cargada con una bolsa isotérmica para transportar alimentos. Bosch reconoció que pertenecía a un servicio de comidas a domicilio para gente con problemas de movilidad con el que su hija había colaborado como voluntaria durante un tiempo en su último año de instituto. Se dio cuenta de que Maddie podría haberle llevado la comida a Abigail Turnbull.

La mujer siguió el camino hacia la verja. Bosch esperó un momento y se acercó a la puerta mosquitera para mirar al interior. Abigail Turnbull todavía estaba sentada en el sofá. La mesa plegable había desaparecido y en su lugar, delante de ella, había un andador de dos ruedas. La mujer estaba mirando a través de la sala a algo que Bosch no podía ver, pero le pareció oír el murmullo bajo de la televisión.

—¿Señora Turnbull?

Lo dijo en voz alta por si acaso la mujer había perdido audición. Sin embargo, su voz la sobresaltó y la anciana miró, atemorizada, hacia la puerta mosquitera.

—Lo siento —dijo Bosch con rapidez—. No quería asustarla. Quería saber si me permitiría hacerle unas preguntas.

La mujer miró a su alrededor como para ver si tenía alguien cerca en caso de que necesitara ayuda.

—¿Qué quiere? —preguntó.

—Soy detective —explicó Bosch—. Quiero preguntarle sobre un caso en el que estoy trabajando.

—No entiendo. No conozco a ningún detective.

Bosch probó a abrir la puerta mosquitera. No estaba cerrada. La abrió hasta la mitad para poder ver mejor a Turnbull. Mostró su placa del Departamento de Policía de San Fernando y sonrió.

—Estoy trabajando en una investigación en la que creo que puede ayudarme, Abigail.

La mujer que le había llevado la comida la había llamado por su nombre de pila completo. Bosch pensó que podía intentarlo. Turnbull no respondió, pero Bosch vio que cerraba los puños con nerviosismo.

—¿Le importa que pase? —preguntó Bosch—. Solo serán unos minutos.

—No recibo visitas. No tengo dinero para comprar nada.

Bosch entró muy despacio en el pasillo. No dejó de sonreír a pesar de que se sentía mal por asustar a una anciana.

—No quiero venderle nada, Abigail. Se lo prometo.

Recorrió el pasillo y entró en la salita. La tele estaba encendida y Ellen DeGeneres, en pantalla. Solo había un sofá y una silla de cocina en el rincón de la sala. Detrás había una cocina pequeña con media nevera. Bosch se puso los certificados de nacimiento bajo un brazo y sacó la identificación de la policía de San Fernando de la cartera. Ella la tomó con reticencia y la estudió.

—¿San Fernando? —dijo—. ¿Dónde está eso?

—No muy lejos —dijo Bosch—. He…

—¿Qué está investigando?

—Estoy buscando a alguien de hace mucho tiempo.

—No entiendo por qué quiere hablar conmigo. Nunca he estado en San Fernando.

Bosch señaló la silla que estaba contra la pared.

—¿Le importa que me siente?

—Adelante. Todavía no sé qué quiere de mí.

Bosch acercó la silla y se sentó delante de la mujer, con el andador entre ambos. Abigail llevaba una bata suelta con un patrón de flores descolorido. Todavía estaba mirando su identificación.

—¿Cómo se pronuncia su nombre? —preguntó.

—Hieronymus. Me pusieron el nombre de un pintor.

—Nunca he oído hablar de él.

—No es la única. Leí el artículo que salió en el periódico hace unos años sobre St. Helen. Citaba la historia que contó en la fiesta de aniversario. Sobre su hija que vino a buscar respuestas y la encontró.

—¿Qué pasa con eso?

—Estoy trabajando para un hombre, un hombre muy mayor, que está buscando respuestas. Su hijo nació en St. Helen y tengo la esperanza de que usted pueda ayudarme a encontrarlo.

Ella se echó atrás como para separarse de la conversación y negó con la cabeza.

—Nacieron muchos niños en St. Helen —dijo—. Y yo estuve allí cincuenta años. No puedo acordarme de todos los bebés. A la mayoría les cambiaban el nombre cuando se marchaban.

Bosch asintió.

—Lo sé. Pero creo que este fue un caso especial. Creo que recordará a la madre. Se llamaba Vibiana. Vibiana Duarte. Estoy hablando del año siguiente a que usted llegara a St. Helen.

Turnbull cerró los ojos como para protegerse de un gran dolor. Bosch supo al instante que Abigail conocía y recordaba a Vibiana, que su travesía en el tiempo había encontrado un destino.

—La recuerda, ¿verdad? —dijo.

Turnbull asintió una vez.

—Estaba allí. Fue un día espantoso.

—¿Puede hablarme de eso?

—¿Por qué? Fue hace mucho tiempo.

Bosch asintió. Era una pregunta válida.

—¿Recuerda cuando su hija acudió a St. Helen y la encontró? Lo consideró un milagro. Es lo mismo. Estoy trabajando para un hombre que quiere encontrar a su hijo, el hijo que tuvo con Vibiana.

Bosch vio la rabia aparecer en el rostro de la anciana y de inmediato lamentó sus palabras.

—No es lo mismo —dijo la mujer—. No lo obligaron a entregar al bebé. Abandonó a Vibby y luego abandonó a su hijo.

Bosch trató rápidamente de reparar el daño, pero se fijó en que Abigail había hablado del hijo de Vibiana en masculino.

—Lo sé, Abigail —dijo—. No es en absoluto lo mismo. Lo sé. Pero es un padre que está buscando a su hijo. Es viejo y morirá pronto. Tiene mucho que dar en herencia. Eso no compensará las cosas. Por supuesto que no. Pero esa decisión... ¿hemos de tomarla nosotros o el hijo? ¿Ni siquiera vamos a darle al hijo la oportunidad de elegir?

Abigail se quedó en silencio mientras consideraba las palabras de Bosch.

—No puedo ayudarle —dijo al fin—. No tengo ni idea de lo que ocurrió con ese chico después del día en que se lo llevaron.

—Basta con que me cuente lo que sabe —la tranquilizó Bosch—. Sé que es una historia espantosa, pero cuénteme lo que ocurrió. Si puede. Y hábleme del hijo de Vibby.

Turnbull proyectó su mirada en el suelo. Bosch sabía que estaba viendo el recuerdo y que iba a contar la historia. Estiró ambas manos y se agarró al andador como punto de apoyo.

—Era frágil ese niño —empezó—. Nació con muy poco peso. Teníamos una norma: ningún bebe podía irse a una casa hasta que pesara al menos dos kilos trescientos.

—¿Qué ocurrió? —preguntó Bosch.

—Bueno, la pareja que estaba allí para llevárselo no podía. Así no. Tenía que estar más sano y con más peso.

—¿Así que la adopción se retrasó?

—Ocurría algunas veces. Se retrasó. Le dijeron a Vibby que tenía que hacerle ganar peso. Tenía que tenerlo en su habitación y darle el pecho. Alimentarlo a todas horas para que se pusiera sano y ganara peso.

—¿Cuánto tiempo duró eso?

—Una semana. Tal vez más. Lo que sé es que Vibby disfrutó con su bebé de un tiempo del que ninguna de las otras mujeres disponía. Yo nunca lo tuve. Y entonces, al cabo de una semana, llegó la hora de entregarlo. La pareja volvió y la adopción siguió adelante. Se llevaron el bebé de Vibby.

Bosch asintió con tristeza. La historia empeoraba cada vez más.

—¿Qué le ocurrió a Vibby? —preguntó.

—Entonces yo trabajaba lavando la ropa —dijo—. No había mucho dinero. No había secadoras. Lo colgábamos todo en cuerdas, en el campo de detrás de la cocina. Antes de que construyeran el anexo allí.

»El caso es que, la mañana después de la adopción, llevé las sábanas a colgar y vi que faltaba una de las cuerdas.

—Vibiana.

—Y entonces me enteré. Una de las chicas me lo contó. Vibiana se había ahorcado. Había entrado en el cuarto de baño y había atado la cuerda a una de las tuberías de la ducha. La encontraron allí, pero era demasiado tarde. Estaba muerta.

Turnbull bajó la mirada. Era como si no quisiera establecer contacto visual con Bosch al contar una historia tan terrible.

A Bosch le repugnaba la historia. Le ponía enfermo. Pero necesitaba más. Necesitaba encontrar al hijo de Vibiana.

—¿Eso fue todo? —preguntó—. ¿Se llevaron al niño y nunca volvieron?

—Una vez que se iban, se iban.

—¿Recuerda su nombre? ¿El nombre de la pareja que lo adoptó?

—Vibby lo llamó Dominick. No sé si le mantuvieron el nombre. Por lo general no lo hacían. Yo llamé a mi hija Sarah. Cuando volvió se llamaba Kathleen.

Bosch sacó la pila de certificados de nacimiento. Estaba seguro de que recordaba haber visto el nombre de Dominick al repasar los documentos esa mañana en la terraza trasera de su casa. Empezó a pasar rápidamente la pila otra vez, buscando el nombre. Cuando lo encontró, estudió el nombre completo y la fecha. Dominick Santanello nació el 31 de enero de 1951. Pero su nacimiento no se registró en el padrón hasta al cabo de quince días. Sabía que el retraso probablemente fue causado porque el peso del bebé pospuso la adopción.

Le mostró la hoja a Turnbull.

—¿Es él? —preguntó—. ¿Dominick Santanello?

—Se lo he dicho —dijo Turnbull—. Solo sé cómo lo llamó ella.

—Es el único certificado de nacimiento de un Dominick en ese período. Tiene que ser él. Consta como un parto en casa, que es como lo hacían entonces.

—Pues supongo que ha encontrado a quien estaba buscando.

Bosch miró la partida de nacimiento. En la casilla donde constaba la raza del niño ponía «hisp.». La dirección de la familia Santanello estaba en Oxnard, en el condado de Ventura. Luca y Audrey Santanello, ambos de veintiséis años. La ocupación de Luca Santanello era vendedor de electrodomésticos.

Bosch se fijó en que Abigail Turnbull se agarraba con fuerza a los tubos de aluminio de su andador. Gracias a ella, Bosch creía que había encontrado al hijo de Whitney Vance, perdido desde hacía tanto tiempo, pero el precio había sido alto. Bosch sabía que le costaría mucho olvidar la historia de Vibiana Duarte.

11

Bosch condujo hacia el oeste desde Sierra Winds hasta que llegó a Laurel Canyon Boulevard, desde donde se dirigió al norte. Podría haber sido más rápido utilizar una autovía, pero Bosch quería tomarse su tiempo y pensar en la historia que le había contado Abigail Turnbull. También necesitaba comprar algo para comer y decidió pasar por un In-N-Out.

Después de comer en su coche al lado de la carretera, sacó su teléfono y pulsó el botón de rellamada para contactar con el último número que había marcado, el número que le había dado Whitney Vance. Una vez más la llamada quedó sin respuesta y Bosch dejó un mensaje.

—Señor Vance, soy Harry Bosch otra vez. Necesito que me llame. Creo que tengo la información que ha estado buscando.

Colgó, dejó el teléfono en el soporte para vasos de la consola central y se metió en el tráfico.

Tardó otros veinte minutos en terminar de cruzar el valle de sur a norte por Laurel Canyon. En Maclay giró a la derecha y se metió en San Fernando. Una vez más, la sala de detectives estaba vacía cuando entró. Bosch fue directamente a su cubículo.

Lo primero que hizo fue mirar su cuenta de correo electrónico del departamento. Tenía dos mensajes que por el asunto sabía que eran respuestas a sus preguntas en relación con el caso del Enmascarado. La primera era de un detective de la División de West Valley de la policía de Los Ángeles.

Estimado Harry Bosch, si es el antiguo detective del mismo nombre que demandó al departamento en el que sirvió más de treinta años espero que contraiga pronto un cáncer de culo y tenga una muerte lenta y dolorosa. Si no es él, disculpe. Pase un buen día.

Bosch leyó el mensaje dos veces y sintió que le hervía la sangre. No era por el sentimiento expresado. Eso no le importaba. Pulsó el botón de respuesta en el correo electrónico y enseguida redactó una respuesta.

Detective Mattson, me alegro de que los investigadores de la División de West Valley actúen con la profesionalidad que esperan los ciudadanos de Los Ángeles. Elegir insultar al que pide información en lugar de considerar la solicitud muestra una enorme dedicación al mandato del departamento de «servir y proteger». Gracias a usted sé que los depredadores sexuales de West Valley viven asustados.

Bosch estaba a punto de pulsar el botón de «Enviar» cuando se lo pensó mejor y borró el mensaje. Trató de dejar de lado su rabia. Al menos Mattson no era un detective que trabajara en las divisiones de Mission o Foothill, donde estaba seguro de que el Enmascarado podría haber actuado.

Siguió adelante y abrió el segundo mensaje. Lo había enviado un detective de Glendale y era solo una confirmación de que la solicitud de información de Bosch había sido recibida y pasada a él para que se ocupara. El detective decía que preguntaría en el departamento y contactaría con Bosch lo antes posible.

Bosch había recibido varios mensajes similares en respuesta a sus peticiones a ciegas. Por fortuna, solo habían llegado unos pocos como el de Mattson. La mayoría de detectives con los que había contactado eran profesionales y, aunque sobrecargados de casos y trabajo, prometían contestar a la petición de Bosch lo antes posible.

Harry cerró el programa de correo y abrió el acceso al Departamento de Tráfico. Era el momento de encontrar a Dominick Santanello. Al conectarse, Bosch hizo mentalmente el cálculo basándose en la fecha de nacimiento. Santanello tendría sesenta y cinco años. Tal vez acababa de jubilarse, tal vez vivía de una pensión, sin tener ni idea de que era heredero de una fortuna. Bosch se preguntó si alguna vez habría salido de su hogar adoptivo en Oxnard. ¿Sabía que era adoptado y que la vida de su madre había terminado al empezar la de él?

Bosch escribió el nombre y fecha de nacimiento y la base de datos enseguida devolvió un resultado, pero era una entrada muy breve. Mostraba que Dominick Santanello había recibido un carnet de conducir el 31 de enero de 1967, el día que había cumplido dieciséis años, la edad mínima para conducir. Sin embargo, el permiso nunca se había renovado. La última entrada del registro simplemente decía «Fallecido».

Bosch se recostó en su silla, sintiendo que le habían dado un puñetazo en el vientre. Llevaba menos de treinta y seis horas en el caso, pero estaba comprometido con la investigación. La historia de Vibiana, la historia de Abigail, la de Vance, incapaz de superar la culpa de sus acciones después de tantas décadas. Y todo para llegar a eso. Según Tráfico, el hijo de Vance había muerto antes de que su primer carnet de conducir hubiera expirado.

—Harry, ¿estás bien?

Bosch miró a la izquierda y vio que Bella Lourdes había entrado en la sala y se dirigía a su cubículo, al otro lado de la mampara.

—Estoy bien —dijo Bosch—. Solo... otro callejón sin salida.

—Conozco la sensación —admitió Lourdes.

Lourdes se sentó y desapareció del campo visual de Bosch. Medía menos de metro sesenta y la mampara la hizo desaparecer. Bosch se quedó mirando la pantalla de su ordenador. No había detalles sobre la muerte de Santanello, solo que esta se había producido durante el período de su primer permiso de conducir. Bosch había recibido su primer carnet un año antes que Santanello, en 1966. Estaba convencido de que entonces el período de validez era de cuatro años. Eso significaba que Santanello había muerto a una edad entre los dieciséis y los veinte.

Sabía que, cuando informara de la muerte del hijo de su cliente, tendría que proporcionar a Vance detalles plenos y convincentes. También sabía que, a finales de la década de 1960, la mayoría de los adolescentes que morían lo hacían en accidente de coche o en la guerra. Se inclinó hacia el terminal del ordenador, abrió el buscador y escribió «search the wall». Eso lo condujo a enlaces a un buen número de sitios web relacionados con el Memorial a los Veteranos de Vietnam en Washington D. C., donde constaban los nombres de cada uno de los más de cincuenta y ocho mil soldados que murieron durante la guerra grabados en una pared de granito negro.

Bosch eligió el sitio administrado por el Fondo del Memorial de Veteranos de Vietnam, porque lo había visitado antes tanto como donante como para buscar detalles de hombres con los que había servido y que sabía que nunca habían regresado a casa. Escribió el nombre de Dominick Santanello y su corazonada se confirmó cuando se abrió una página con una foto del soldado y los detalles de su servicio.

Antes de leer nada, Bosch miró la imagen. Hasta ese momento, no había visto fotos de ninguno de los protagonistas de la investigación. Solo había conjurado imágenes de Vibiana y de Dominick, pero en la pantalla había un retrato en blanco y negro de Santanello vestido con traje y corbata y sonriendo a la cámara. Tal vez era una foto de un anuario escolar o una imagen tomada durante su reclutamiento. El joven tenía cabello oscuro y ojos aún más oscuros, de mirada penetrante. Hasta en la imagen en blanco y negro quedaba claro para Bosch que tenía una mezcla de genes caucásicos y latinos. Bosch estudió los ojos y pensó que era allí donde veía el parecido con Whitney Vance. Bosch se sintió instintivamente seguro de que estaba mirando al hijo del anciano.

La página dedicada a Santanello especificaba el panel y número de línea donde estaba grabado su nombre en el Memorial de Vietnam. También contenía detalles básicos de su servicio y baja. Bosch los anotó en su libreta. Santanello figuraba como sanitario de la Marina. Su fecha de alistamiento era el 1 de junio de 1969, justo cuatro meses después de cumplir dieciocho años. Su fecha de baja fue el 9 de diciembre de 1970, en la provincia de Tay Ninh. Su destino asignado en el momento de la baja era el Primer Batallón Médico, Da Nang. También constaba la localización de sepultura final: el Cementerio Nacional de Los Ángeles.

Bosch había servido en el ejército en Vietnam como ingeniero de túneles, a los que más comúnmente se les conocía como ratas de los túneles. La especialidad de su misión lo llevó a muchas de las diferentes provincias y zonas de combate donde se habían descubierto redes de túneles del enemigo que había que despejar. También lo llevó a trabajar con soldados de todas las ramas del servicio: Fuerza Aérea, Armada, Marines. Eso le dio una rudimentaria visión general y un conocimiento del esfuerzo bélico que le permitía interpretar los detalles básicos de Dominick Santanello proporcionados por la web conmemorativa.

Bosch sabía que los sanitarios de la Marina eran soldados con conocimientos médicos que respaldaban a los marines. Cada unidad de reconocimiento de marines contaba con un sanitario asignado. Aunque la misión de Santanello era con el Primer Batallón Médico, en Da Nang, su muerte en la provincia de Tay Ninh, que discurría a lo largo de la frontera camboyana, le decía a Bosch que Santanello estaba en una misión de reconocimiento cuando lo mataron.

El sitio web conmemorativo estaba configurado para enumerar soldados por fecha de baja, ya que en el monumento también constaban los nombres de los muertos en el orden cronológico de sus fallecimientos. Esto significaba que Bosch podía hacer clic en las flechas de derecha e izquierda de su pantalla y ver los nombres y detalles de los soldados que murieron el mismo día que Santanello. Lo hizo en ese momento y determinó que un total de ocho hombres perdieron la vida en la provincia de Tay Ninh el 9 de diciembre de 1970.

En la guerra morían jóvenes por decenas casi cada día, pero Bosch pensó que era inusual que ocho hombres perdieran la vida en la misma provincia el mismo día. Tenía que haberse tratado de una emboscada o de una bomba de fuego amigo. Estudió los rangos y misiones de los soldados y los identificó a todos como marines, dos de ellos pilotos y uno artillero de puerta.

Esto fue una revelación. Bosch sabía que los artilleros de puerta volaban en helicópteros de transporte que desplazaban soldados a la selva o desde la selva. Se dio cuenta de que Dominick Santanello había sido derribado en un helicóptero. Lo habían matado en una aeronave que probablemente había ayudado a fabricar su padre, al que nunca conoció. La ironía cruel dejó anonadado a Bosch. No estaba seguro de cómo daría esa clase de noticia a Whitney Vance.

—¿Seguro que estás bien?

Bosch levantó la mirada y vio a Lourdes mirando en su cubículo por encima de la mampara de separación. Estaba fijándose en la pila de partidas de nacimiento que Bosch había dejado en su escritorio.

—Ah, sí, estoy bien —dijo con rapidez—. ¿Qué pasa?

Bosch trató de bajar el brazo con naturalidad sobre la pila, pero el movimiento le salió torpe y vio que ella se dio cuenta.

—He recibido un mensaje de una amiga que trabaja en Delitos Sexuales en Foothill —dijo Lourdes—. Dice que ha encontrado un caso que podría estar relacionado con nuestro hombre. No hay corte de mosquitera, pero otros aspectos coinciden.

Bosch sintió que el terror le subía por el pecho.

—¿Un caso nuevo? —preguntó.

—No, es viejo. Estaba buscando para nosotros en su tiempo libre y se lo encontró. Podría haber sido nuestro hombre antes de que empezara a cortar mosquiteras.

—Puede ser.

—¿Quieres venir conmigo?

—Eh...

—No, está bien, iré yo. Parece que estás ocupado.

—Podría ir, pero si te puedes ocupar tú...

—Claro. Te llamaré si hay algo con lo que entusiasmarse.

Lourdes se marchó y Bosch volvió al trabajo. Para mantener sus notas completas fue pantalla por pantalla y anotó los nombres y detalles de todos los hombres fallecidos durante la misión en Tay Ninh. Al hacerlo se dio cuenta de que solo uno de los hombres estaba asignado al puesto de artillero. Bosch sabía que siempre viajaban dos en cada helicóptero: dos lados, dos puertas, dos artilleros. Significaba que tanto si habían derribado el helicóptero de Tay Ninh como si simplemente se había estrellado, podría haber un superviviente.

Antes de salir de la web, Bosch volvió a la página dedicada a Dominick Santanello. Hizo clic en un botón que decía «Recordatorios» y accedió a una página donde la gente había dejado mensajes en honor al servicio y el sacrificio de Santanello. Bosch los pasó sin leerlos y calculó que había unos cuarenta mensajes dejados en un período iniciado en 1999, cuando, supuso Bosch, se había establecido el sitio web. Empezó a leerlos por el orden en que se habían dejado, comenzando con un mensaje de alguien que afirmaba que era compañero de clase de Dominick en Oxnard High y que siempre lo recordaría por su sacrificio en una tierra tan lejana.

Algunos de los recordatorios eran de completos desconocidos que simplemente deseaban honrar al soldado caído y al parecer habían llegado a esa entrada al azar. En cambio otros, como el compañero de clase, claramente lo conocían. Uno de los mensajes era de un hombre llamado Bill Bisinger, que se identificó como antiguo sanitario de la Marina. Se había formado con Santanello en San Diego antes de que ambos fueran embarcados a Vietnam a finales de 1969 y asignados a deberes médicos en el buque hospital *Sanctuary*, anclado en el mar de China meridional.

Este dato dio que pensar a Bosch. Él había estado en el *Sanctuary* a finales de 1969, después de ser herido en un túnel en Cu Chi. Se dio cuenta de que él y Santanello probablemente habían estado en el barco al mismo tiempo.

El recuerdo de Bisinger aportó algo de claridad a lo que le había ocurrido a Santanello. El hecho de que el mensaje estuviera escrito directamente para Dominick lo hacía todo más siniestro.

Nicky, recuerdo que estaba en el comedor del *Sanctuary* cuando me enteré de que os habían abatido. Al artillero que se quemó pero sobrevivió lo enviaron aquí y nos enteramos de la historia. Me sentí fatal. Morir tan lejos de casa y por algo que ya no parece tener mucho sentido... Recuerdo que te rogué que no fueras con el Primer Batallón. Te lo imploré. Te dije: «No bajes del barco, tío». Pero no escuchaste. Tenías que conseguir esa ICM y ver la guerra. Lo siento mucho, tío. Siento que te fallé porque no pude detenerte.

Bosch sabía que ICM significaba insignia de combate médico. Debajo del aluvión de sentimientos de Bisinger había un comentario de otra visitante del sitio llamada Olivia Macdonald.

No te sientas tan mal, Bill. Todos conocíamos a Nick y sabíamos lo tozudo que era y cuánto buscaba la aventura. Se alistó por la aventura. Eligió el cuerpo médico porque sabía que podría estar en medio de la acción sin tener que matar a nadie, solo ayudando a la gente. Ese era su espíritu y deberíamos celebrar eso y no cuestionarnos nuestras acciones.

El comentario mostraba un conocimiento íntimo de Santanello que hizo pensar a Bosch que Olivia era una familiar o tal vez una antigua novia. Bisinger había escrito un comentario de respuesta, dando las gracias a Olivia por su comprensión.

Bosch continuó revisando los mensajes y vio que Olivia Macdonald había publicado cinco veces más a lo largo de los años, siempre el 11 de noviembre, el Día de los Veteranos. Estas publicaciones no siempre eran tan íntimas y siempre iban en la línea de «muertos pero no olvidados».

Había un botón de suscripción en la parte superior de la página de recuerdo que permitía a los usuarios recibir una alerta cuando se publicaba un nuevo mensaje en la página de Santanello. Bosch bajó hasta la publicación de Bisinger y vio que el comentario de Olivia Macdonald se había realizado solo un día después de la publicación original. El agradecimiento de Bisinger a Macdonald se produjo el mismo día.

La rapidez de las respuestas indicaba a Bosch que tanto Macdonald como Bisinger se habían suscrito para recibir las alertas. Enseguida abrió un bloque de comentario bajo el agradecimiento a Bisinger y escribió un mensaje para los dos. No quería desvelar exactamente lo que estaba haciendo en un foro público, por infrecuentes que fueran las visitas a la página de recuerdo de Dominick Santanello. Redactó un mensaje que esperaba que provocaría que al menos uno de ellos contactara.

Olivia y Bill, soy un veterano de Vietnam. Fui herido en 1969 y tratado en el *Sanctuary*. Quiero hablar con vosotros de Nick. Tengo información.

Bosch dejó su dirección de correo personal y número de móvil en el mensaje y lo publicó. Esperaba tener noticias de uno de ellos pronto.

Bosch imprimió la pantalla en la que figuraba la foto de Dominick Santanello y luego desconectó el ordenador. Cerró la libreta y se la guardó en el bolsillo. Cogió la pila de partidas de nacimiento y salió del cubículo, llevándose la copia de la foto de la bandeja comunal de la impresora al salir de la oficina.

12

De vuelta en su coche, Bosch se quedó un momento sentado y se sintió culpable por no haber ido a la División de Foothill con Bella Lourdes para hablar con la detective que se ocupaba de delitos sexuales. Estaba poniendo su investigación privada por delante de su trabajo para el departamento, donde lo más acuciante era el caso del Enmascarado. Pensó en llamar a Lourdes y decirle que estaba en camino, pero lo cierto era que Lourdes podía encargarse sola. Iba a otra comisaría para hablar con otra detective. No era un trabajo que requiriera dos personas. Así pues, Bosch salió del aparcamiento y empezó a circular a velocidad lenta.

En el curso de la investigación, Bosch había estado en cada una de las residencias en las que el Enmascarado había agredido a mujeres. Estas visitas se produjeron a medida que los casos se relacionaron con un violador en serie. Ninguna de las víctimas continuaba viviendo en esos domicilios y el acceso a ellos fue difícil de organizar y breve. En un caso, la víctima accedió a regresar al lugar de los hechos con los detectives para explicarles la logística del crimen.

En esta ocasión, Bosch pasó por primera vez por delante de cada una de las casas en el orden cronológico de los asaltos. No estaba del todo seguro de qué podría sacar de ello, pero sabía que le ayudaría a seguir reflexionando sobre la investigación. Eso era importante. No quería que la investigación de Vance desplazara su determinación de encontrar al Enmascarado.

No tardó más de quince minutos en completar el circuito. Se detuvo delante de la última casa, después de encontrar aparcamiento con facilidad porque era día de limpieza de calle y uno de los lados estaba vacío. Buscó bajo el asiento y sacó la vieja guía Thomas Brothers. San Fernando era lo bastante pequeño para caber en una página del libro. Bosch había marcado con anterioridad los escenarios de las violaciones en la página y en ese momento las estudió otra vez.

No había ningún patrón discernible en las ubicaciones. Bosch y Lourdes ya habían buscado de manera exhaustiva aspectos en común: técnicos de reparación, carteros, lectores de contadores, etcétera, que podrían conectar las víctimas o sus direcciones o barrios. Pero el esfuerzo no dio ningún resultado que relacionara las cuatro víctimas y sus direcciones.

Lourdes creía que, de alguna manera, el violador había establecido contacto visual con las víctimas lejos de sus casas y luego las había seguido durante la fase de acoso del crimen. Bosch no estaba convencido. San Fernando era una población muy pequeña. La idea de que el violador se centrara en una víctima potencial en un lugar y la siguiera a otro perdía verosimilitud cuando cuatro de las cuatro veces este protocolo había conducido a una dirección en la pequeña población. Bosch creía que las víctimas de un modo o de otro habían sido seleccionadas cuando el violador las vio en sus casas o a las puertas de sus casas.

Bosch se volvió y estudió la fachada de la casa donde se sabía que el Enmascarado había atacado por última vez. Era una pequeña casa de posguerra con un porche delantero y un garaje de una plaza. El violador había cortado la mosquitera de una ventana trasera que daba a un dormitorio no utilizado. Bosch se fijó en que no se veía nada desde la calle.

Una sombra pasó junto a su ventanilla lateral y, al volverse, Bosch vio una furgoneta de correos que se detenía delante de su coche. El cartero bajó y se dirigió hacia la puerta delantera, donde había un buzón. Miró con naturalidad hacia el coche de Bosch, lo reconoció al volante y levantó el dedo corazón mientras caminaba hacia la puerta. Su nombre era Mitchell Maron y había sido fugazmente sospechoso de las violaciones, así como el objeto de un intento fallido de conseguir su ADN de forma subrepticia.

El episodio había ocurrido en el Starbucks de Truman un mes antes. Cuando Bosch y Lourdes descubrieron que Maron entregaba al correo en una ruta que incluía los domicilios de tres de las cuatro víctimas, decidieron que la forma más rápida de identificarlo o eliminarlo como sospechoso era conseguir su ADN y compararlo con el del violador. Lo vigilaron durante dos días y, aunque no hizo nada que suscitara sospecha, cada mañana paraba en el Starbucks, donde tomaba té y desayunaba un sándwich.

De forma un poco improvisada, Lourdes siguió a Maron a la cafetería el tercer día, pidió un té helado y se sentó a una mesa exterior junto al cartero. Cuando terminó de comer, el cartero se limpió la boca con una servilleta, la metió en la bolsa de papel vacía en la que le habían dado su sándwich y tiró la bolsa en una papelera cercana. En cuanto el hombre se dirigió otra vez a su furgoneta, Lourdes tomó posición para custodiar la papelera e impedir que la usaran otros clientes. Cuando vio que Maron subía a la furgoneta, Lourdes retiró la tapa de la papelera y miró en la bolsa de papel que él acababa de tirar. Se puso guantes de látex y sacó una bolsa de pruebas de plástico para recoger una posible muestra de ADN. Bosch salió del coche y sacó su móvil para poder grabar en vídeo la recogida de la bolsa, por si el ADN tenía que presentarse en un juicio. Los tribunales habían aceptado la validez de la recogida subrepticia de ADN en lugares públicos. Bosch necesitaba documentar también dónde se recogía la muestra.

El problema no previsto surgió porque Maron había olvidado su móvil en la mesa y se dio cuenta justo cuando estaba a punto de salir marcha atrás de su aparcamiento. Bajó otra vez de la furgoneta y fue a recuperar el teléfono. Al encontrarse con Bosch y Lourdes recogiendo la bolsa de su bocadillo, dijo:

—¿Qué coño están haciendo?

En ese punto, sabiendo que Maron podía huir, los detectives tuvieron que tratarlo como sospechoso. Le pidieron que los acompañara a comisaría a responder preguntas, a lo cual Maron accedió enrabietado. Durante el posterior interrogatorio, negó cualquier conocimiento de las violaciones. Admitió que conocía a tres de las víctimas por su nombre, pero dijo que era porque les entregaba el correo.

Mientras Bosch se encargaba del interrogatorio, Lourdes consiguió reunir a las cuatro víctimas conocidas y las hizo venir para una rueda de reconocimiento audiovisual. Como el violador había llevado máscara en cada uno de los asaltos, los detectives esperaban que alguna víctima pudiera hacer una identificación reconociendo su voz, manos u ojos.

Cuatro horas después del incidente en la cafetería, Maron, de manera voluntaria pero hosca, se colocó en una rueda de identificación que fue presenciada por separado por las cuatro mujeres. Extendió las manos y leyó frases dichas por el violador durante las agresiones. Ninguna de ellas lo identificó como su agresor.

Maron fue puesto en libertad ese día y su inocencia se confirmó una semana después cuando el ADN de la servilleta con la que se limpió la boca no coincidió con el ADN del violador. El jefe de policía le envió una carta de disculpa por el incidente y dándole las gracias por su cooperación.

Ahora, después de echar el correo en el buzón, Maron se encaminó otra vez a su furgoneta, pero enseguida hizo un giro brusco hacia el coche de Bosch. Harry bajó la ventanilla para aceptar la confrontación verbal.

—Hola, quería decirle que he contratado un abogado —dijo Maron—. Voy a demandarlos por detención indebida.

Bosch asintió como si la amenaza fuera para él algo habitual.

—Espero que sea un acuerdo condicionado —dijo.

—¿De qué demonios está hablando? —preguntó Maron.

—Espero que no pague a su abogado. Pónganlo en contingencia; eso significa que solo cobra si gana. Porque no va a ganar, Mitchell. Si le ha dicho otra cosa, le está mintiendo.

—Sí, claro.

—Accedió a acompañarnos. No hubo ninguna detención. Hasta le dejamos llevar la furgoneta de correos para que no le robaran nada. No tiene caso y los únicos que ganarán serán los abogados. Piénselo.

Maron se agachó y puso la mano en el marco de la ventanilla del Jeep.

—Entonces se supone que he de dejarlo estar —dijo—. Me sentí como si me hubieran violado a mí y me dice que no importa.

—Ni mucho menos, Mitchell —dijo Bosch—. Si le dice eso a una de las víctimas reales, lo pondrán en su lugar. Pasó por un par de horas de mierda. Lo que les pasó a ellas no tiene fin.

Maron golpeó en el marco de la ventanilla y se enderezó.

—¡Que le den!

Caminó hacia su furgoneta y arrancó haciendo rechinar los neumáticos. El efecto quedó cortado cuando veinte metros más adelante tuvo que pisar los frenos para entregar el correo en la siguiente casa.

Sonó el teléfono de Bosch. Vio que era Lourdes.

—Bella.

—Harry, ¿dónde estás?

—Por ahí. ¿Cómo ha ido en Foothill?

—Nada. Los casos no coinciden.

Bosch asintió.

—Oh, bueno. Acabo de encontrarme con nuestro Mitch Maron. Sigue cabreado con nosotros.

—¿En el Starbucks?

—No, estoy delante de la antigua casa de Frida López. Acaba de pasar a entregar el correo y decirme que soy un mierda. Dice que va a contratar un abogado.

—Sí, pues que tenga suerte. ¿Qué estás haciendo ahí?

—Nada. Solo pensando. Sigo con la esperanza de que se me ocurra algo. Creo que nuestro hombre… Algo me dice que no tardará en haber otro caso.

—Sé a qué te refieres. Por eso estaba tan entusiasmada con esta cuestión de Foothill. ¡Maldita sea! ¿Por qué no encontramos más casos?

—Esa es la cuestión.

Bosch oyó el clic de la llamada en espera en su móvil. Miró la pantalla y vio que era el número que le había dado Whitney Vance.

—Eh, tengo una llamada —dijo—. Hablamos mañana de los próximos movimientos.

—Vale, Harry —aceptó Lourdes.

Bosch cambió a la otra llamada.

—¿Señor Vance?

No hubo ninguna respuesta, solo silencio.

—Señor Vance, ¿está ahí?

Silencio.

Bosch se pegó el teléfono a la oreja y subió la ventanilla. Creía que lo había oído respirar. Se preguntó si era Vance y no podía hablar por el problema de salud que había mencionado Sloan.

—Señor Vance, ¿es usted?

Bosch esperó, pero no oyó nada y la llamada se desconectó.

13

Bosch se dirigió a la autovía 405, encaminándose al valle y al desfiladero de Sepúlveda. Tardó una hora en llegar al LAX, donde siguió lentamente el circuito en el nivel de salidas y aparcó en el último garaje. Cogió una linterna de la guantera y luego salió y enseguida rodeó el coche y se agachó para dirigir el haz de luz hacia los huecos de las ruedas y debajo de los parachoques y el depósito de gasolina. Pero sabía que, si su coche llevaba un localizador GPS, las posibilidades de que lo encontrara serían muy escasas. Los avances en tecnología de seguimiento habían hecho los dispositivos más pequeños y más fáciles de ocultar.

Había planeado comprar un inhibidor de GPS por Internet, pero tardaría unos días en recibirlo. Entretanto, entró en el coche para devolver la linterna a la guantera y guardar las partidas de nacimiento en una mochila que tenía en el suelo. Entonces cerró el vehículo y tomó el paso elevado para peatones hasta la terminal de United Airlines, donde bajó por una escalera mecánica hasta la planta de llegadas. Dando vueltas en torno a una cinta de maletas que estaba rodeada por viajeros recién bajados de un avión, se mezcló entre la multitud y salió por las puertas dobles a la zona de recogida. Cruzó los carriles de recogida hasta la isleta de alquiler de vehículos y subió a la primera lanzadera que vio, un autobús amarillo destinado a los mostradores de Hertz en Airport Boulevard. Preguntó al conductor si tenían coches disponibles y el conductor levantó el pulgar como respuesta.

El Cherokee que Bosch había dejado en el aparcamiento tenía veintidós años. En el mostrador de Hertz le ofrecieron la opción de probar un Cherokee nuevo, y la aceptó a pesar del recargo. Noventa minutos después de salir de San Fernando estaba otra vez en la 405, dirigiéndose al norte en un coche que no podía haber sido manipulado por nadie que quisiera seguirlo o controlar por GPS adónde iba. De todos modos, miró repetidamente a los retrovisores para estar seguro.

Al llegar a Westwood, Bosch salió de la autovía en Wilshire Boulevard y se dirigió al Cementerio Nacional de Los Ángeles. Eran cuarenta y seis hectáreas de tumbas en las que descansaban soldados de todas las guerras, de todas las campañas, desde la guerra de Secesión hasta la de Afganistán: miles de lápidas de mármol en filas perfectas que se alzaban como un testimonio de la precisión militar y las víctimas de la guerra.

Bosch tuvo que usar la pantalla de Find a Grave en el Bob Hope Memorial Chapel para localizar el sitio donde Dominick Santanello estaba enterrado en el campus norte. Aun así, no tardó en encontrarse delante del sepulcro que buscaba, mirando la hierba verde inmaculada y escuchando el silbido constante de la autovía cercana mientras el sol teñía el cielo de rosa al oeste. De alguna manera, en poco más de veinticuatro horas, había construido una sensación de familiaridad con ese soldado al que nunca había visto ni conocido. Los dos habían estado en ese barco en el mar de China meridional. Y a ello había que sumar el hecho de que solo Bosch conocía la historia secreta y las tragedias acumuladas en la corta vida del hombre fallecido.

Al cabo de un rato, Bosch sacó el móvil y tomó una foto de la lápida. Formaría parte del informe que finalmente le entregaría a Whitney Vance; si es que el anciano podía recibirlo.

Mientras todavía tenía el teléfono en la mano, este sonó con una nueva llamada. La pantalla mostraba un número con el prefijo 805, que Bosch sabía que correspondía al condado de Ventura. Aceptó la llamada.

—Harry Bosch.

—Eh, hola. Soy Olivia Macdonald. Dejó un mensaje en la página memorial de mi hermano. ¿Quería hablar conmigo?

Bosch asintió, reparando en que ya había contestado una pregunta. Dominick Santanello era su hermano.

—Gracias por llamar tan pronto, Olivia —dijo Bosch—. Ahora mismo estoy delante de la tumba de Nick en Westwood. En el cementerio de veteranos.

—¿En serio? —dijo—. No entiendo. ¿Qué está pasando?

—Tengo que hablar con usted. ¿Podemos vernos? Puedo ir a donde diga.

—Bueno, supongo, quiero decir, espere un momento. No. No hasta que me diga de qué se trata.

Bosch pensó unos segundos antes de responder. No quería mentirle, pero no podía desvelar su verdadero propósito. Todavía no. Estaba atado por la confidencialidad y la extrema complejidad de la historia. Olivia Macdonald no había bloqueado el número. Sabía que podía encontrarla aunque lo enviara al cuerno y le colgara. Pero la conexión que sentía con Dominick Santanello se extendía a su hermana. No quería herir ni asustar a esa mujer, que por el momento no era más que una voz al teléfono.

Decidió disparar a ciegas.

—Nick sabía que era adoptado, ¿no?

Hubo un largo silencio antes de que ella respondiera.

—Sí, lo sabía —dijo Olivia.

—¿Alguna vez se preguntó de dónde venía? —inquirió Bosch—. ¿Quién era su padre? Su madre...

—Conocía el nombre de su madre —dijo Olivia—. Vibiana. Le pusieron ese nombre por una iglesia. Pero nuestros padres adoptivos no sabían nada más. Nunca persiguió el pasado más allá de eso.

Bosch cerró los ojos un momento. Era otro elemento de confirmación. Le decía que, puesto que Olivia también había sido adoptada, podría comprender la necesidad de saber.

—Tengo más información —dijo—. Soy detective y conozco la historia completa.

Hubo una larga pausa antes de que Olivia hablara.

—De acuerdo. ¿Cuándo quiere que nos encontremos?

14

Bosch empezó la mañana del jueves comprando en Internet. Comparó varios detectores e inhibidores de GPS y eligió un dispositivo doble, que cumplía las dos funciones. Le costó doscientos dólares con un envío en dos días.

A continuación, fue al teléfono para llamar a un investigador del NCIS que trabajaba en el Centro Nacional de Registros Personales en San Luis, Misuri. Bosch conservaba el nombre y número de Gary McIntyre en una lista de contactos que se había llevado al marcharse del Departamento de Policía de Los Ángeles. McIntyre era un tipo dispuesto a cooperar y honesto con el que Bosch había trabajado al menos en tres casos anteriores como investigador de homicidios. En esta ocasión, Harry pensaba aprovechar esa experiencia y confianza mutua para obtener una copia del expediente militar de Santanello: el archivo que contenía todos los informes de su servicio en la Marina, desde su historial de instrucción hasta la ubicación de todas las bases en las que había estado estacionado, medallas que le habían concedido, su baja e historia disciplinaria y el informe de su muerte en combate.

El archivo de registros militares era una parada rutinaria en la investigación de casos abiertos por la frecuencia con la que el servicio militar marcaba las vidas de las personas. Era una buena forma de conseguir detalles de las víctimas, sospechosos y testigos. En este caso, Bosch ya conocía ese aspecto de la vida de Santanello, pero podría añadir una capa más profunda a la historia. Su investigación estaba casi finalizada y solo estaba buscando una forma de presentar un informe completo para Whitney Vance, así como posiblemente encontrar una forma de establecer una confirmación de ADN de que Dominick Santanello era su hijo. Como mínimo, Bosch se enorgullecía de hacer un trabajo concienzudo y completo.

Los archivos estaban disponibles para familiares y sus representantes, pero Bosch no se hallaba en posición de revelar que estaba trabajando para Whitney Vance. Pese a que podía jugar la carta policial, no quería que eso se volviera en su contra si McIntyre decidía comprobar si su solicitud formaba parte de una investigación del Departamento de Policía de San Fernando. Así pues, decidió ir de frente con McIntyre. Le contó que lo llamaba por un caso que tenía como investigador privado y en el que estaba tratando de confirmar a Santanello como hijo de un cliente cuyo nombre no podía desvelar. Le explicó a McIntyre que tenía después una reunión con una hermana adoptiva de Santanello y que podría obtener una carta de permiso de ella si se necesitaba.

McIntyre le dijo a Bosch que no se preocupara. Apreciaba la sinceridad y confiaría en él. Dijo que necesitaba un día o dos para localizar el archivo en cuestión y hacer una copia digital. Le prometió contactar con él cuando lo tuviera listo para enviárselo y hasta entonces Bosch podía venir con una carta de permiso de la familia. Bosch le dio las gracias y le dijo que esperaría su llamada.

Bosch no había quedado con Olivia Macdonald hasta la una, de manera que contaba con el resto de la mañana para revisar notas del caso y prepararse. Ya conocía un detalle que le animaba: la dirección de la casa de Olivia que ella le había dado coincidía con la de los padres de Dominick Santanello que constaba en su partida de nacimiento. Esto significaba que vivía en la casa donde había crecido el hermano adoptado. Podría parecer descabellado, pero eso hacía que encontrar una fuente de ADN estuviera entre las posibilidades.

Bosch hizo entonces una llamada al abogado defensor Mickey Haller, su hermanastro, para preguntarle si tenía referencias de algún laboratorio privado que fuera rápido, discreto y fiable para hacer una comparación de ADN, si encontraba una fuente. Hasta ese punto, Bosch solo había trabajado con casos de ADN como policía y había utilizado el laboratorio y recursos del departamento para hacer comparaciones.

—Uso un par de ellos; los dos son rápidos y fiables —dijo Haller—. Deja que lo adivine, al final Maddie ha descubierto que es demasiado lista para ser tu hija. Y tú estás tratando de demostrar que lo es.

—Muy gracioso —dijo Bosch.

—Bueno, entonces es por un caso. ¿Un caso privado?

—Algo así. No puedo hablar de ello, pero tengo que agradecértelo a ti. El cliente me eligió por ese asunto del año pasado en West Hollywood.

El caso al que Whitney Vance se había referido durante la entrevista involucraba a un cirujano plástico de Beverly Hills y un par de policías corruptos de Los Ángeles. Había terminado mal para todos ellos en West Hollywood, pero había comenzado con Bosch trabajando en un caso para Haller.

—Pues diría que me corresponde una comisión de los fondos que saques de esto, Harry —sugirió Haller.

—A mí no me lo parece. Pero si me conectas con el laboratorio de ADN podría haber algo para ti más adelante.

—Te enviaré un mensaje, hermanito.

—Gracias, hermanito.

Bosch salió de casa a las 11.30 para poder comprar algo para comer de camino a Oxnard. En la calle miró en todas direcciones para ver si lo vigilaban antes de subir una manzana hasta el lugar donde había aparcado el Cherokee alquilado. Comió tacos en Poquito Más, al pie de la colina, y se metió en la 101 para dirigirse hacia el oeste por el valle de San Fernando hasta el condado de Ventura.

Oxnard era la ciudad más grande del condado de Ventura. Su nombre, poco atractivo, se debía a un recolector de remolacha que había construido una planta procesadora en el asentamiento a finales del siglo XIX. La ciudad rodeaba por completo Port Hueneme, donde había una pequeña base de la Marina. Una de las preguntas que Bosch pensaba plantear a Olivia Macdonald era si la proximidad a la base fue lo que atrajo a su hermano a alistarse en la Marina.

El tráfico era razonable y Bosch llegó pronto a Oxnard. Usó el tiempo que le sobraba para dar una vuelta en coche por el puerto y luego a lo largo de Hollywood Beach, una línea de casas en el lado del Pacífico del puerto, donde las calles se llamaban La Brea, Sunset o Los Feliz por los bien conocidos bulevares de la ciudad del oropel.

Aparcó delante del domicilio de Olivia Macdonald justo a tiempo. La casa se encontraba en un barrio más viejo, de clase media, con bungalós de estilo californiano bien conservados. La mujer estaba esperando a Bosch en una silla del porche delantero. Harry calculó que eran de la misma edad y vio que, como su hermano adoptivo, ella probablemente también era de origen caucásico y latino. Tenía el pelo blanco como la nieve y se había vestido con unos tejanos descoloridos y una blusa blanca.

—Hola, soy Harry Bosch —se presentó.

Le tendió la mano y ella se la estrechó.

—Olivia —dijo—. Siéntese, por favor.

Bosch se sentó en una silla de mimbre frente a ella, al otro lado de una mesa con tablero de cristal. Había una jarra de té helado y dos vasos, y Bosch aceptó un vaso solo para ser cordial. Vio un sobre en la mesa en el que decía «No doblar» en letra manuscrita y supuso que contenía fotos.

—Bueno —dijo Olivia, después de servir dos vasos de té—. Quiere saber cosas de mi hermano. Mi primera pregunta es para quién trabaja.

Bosch sabía que empezaría así. También sabía que la forma en que respondiera a esa pregunta determinaría el grado de cooperación e información que recibiría de ella.

—Bueno, Olivia, esta es la parte complicada —explicó—. Me contrató un hombre que quería saber si tuvo un hijo en 1951. Pero parte del trato era que yo tenía que aceptar la más estricta confidencialidad y no revelar quién es mi jefe a nadie hasta que él me libere de esa promesa. Así que estoy entre dos fuegos. Es una paradoja. No puedo decirle quién me contrató hasta que confirme que su hermano era su hijo. Y usted no querrá hablar conmigo hasta que le diga quién me contrató.

—Bueno, ¿cómo lo va a confirmar? —dijo ella, moviendo una mano con impotencia—. Nicky murió en 1960.

Bosch vio una oportunidad.

—Hay formas. Esta es la casa donde creció, ¿no?

—¿Cómo lo sabe?

—Es la misma dirección que figura en su partida de nacimiento. La que presentaron después de que lo adoptaran. Podría haber aquí todavía algo que él usara. ¿Dejaron su habitación intacta?

—¿Qué? No, eso es siniestro. Además, he criado tres niños en esta casa después de volver aquí. No teníamos espacio para convertir su habitación en un museo. Las cosas de Nicky, lo que queda, están en el desván.

—¿Qué clase de cosas?

—Oh, no lo sé. Sus cosas de la guerra. Lo que mandó él y luego lo que enviaron después de que él muriera. Mis padres lo guardaron todo y luego cuando yo me mudé aquí lo puse ahí arriba. No estaba interesada en eso, pero mi madre me hizo prometer que no lo tiraría.

Bosch asintió. Tenía que encontrar una forma de subir al desván.

—¿Sus padres todavía viven? —preguntó.

—Mi padre murió hace veinticinco años. Mi madre vive, pero ya no sabe qué día es ni cómo se llama. Está en un centro donde la cuidan bien. Solo yo vivo aquí. Estoy divorciada, los chicos han creci-do y tienen su propia vida.

Bosch la había hecho hablar sin volver a su petición de saber quién le había contratado. Sabía que tenía que mantener la iner-cia y llevar la conversación en torno al desván y lo que había allí.

—Bueno, me ha dicho por teléfono que su hermano sabía que era adoptado.

—Sí, lo sabía —dijo—. Los dos lo sabíamos.

—¿Usted también nació en St. Helen?

Olivia asintió.

—Yo vine primero —dijo—. Mis padres adoptivos eran blancos y evidentemente yo era hispana. Entonces todo era muy blanco aquí y pensaban que sería bueno para mí tener un hermano como yo. Así que volvieron a St. Helen a por Dominick.

—Ha dicho que su hermano sabía el nombre de nacimiento de su madre. Vibiana. ¿Cómo lo sabía? Eso normalmente se ocultaba, al menos entonces.

—Tiene razón, así era. Yo nunca conocí el nombre de mi madre ni cuál era su historia. Cuando Nicky nació ya estaba asignado a mis padres. Estaban esperándolo. Pero estaba enfermo y los docto-res querían que se quedara con su madre un tiempo mientras le daba el pecho. Fue algo así.

—Y entonces sus padres la conocieron.

—Eso es. Durante unos días la visitaron y pasaron un tiempo con ella, supongo. Después, al crecer, se hizo obvio que no nos pa-recíamos a nuestros padres italoamericanos, así que hicimos pre-guntas. Nos contaron que éramos adoptados y la única cosa que sabían era que la madre de Nicky se llamaba Vibiana, porque la conocieron antes de que lo entregara.

No parecía que a Dominick y Olivia les contaran la historia completa de lo que le había ocurrido a Vibiana, tanto si sus padres lo sabían como si no.

—¿Sabe si alguna vez su hermano intentó encontrar a su madre y su padre cuando creció?

—No que yo sepa. Sabíamos cómo era ese sitio, St. Helen. Es donde nacían los bebés no deseados. Nunca traté de encontrar a mis padres naturales. No me importaba. Creo que a Nicky tampoco.

Bosch notó un leve tono de amargura en su voz. Más de sesenta años después, Olivia claramente albergaba cierta animadversión hacia los padres que la entregaron. Bosch sabía que no le serviría contarle que no estaba de acuerdo en que todos los bebés fueran no deseados en St. Helen. Algunas madres, tal vez todas ellas entonces, no tenían elección al respecto.

Decidió desplazar la conversación en una nueva dirección. Tomó un trago de té helado, la felicitó por la bebida, y luego señaló el sobre que estaba encima de la mesa.

—¿Son fotos? —preguntó.

—Pensaba que tal vez querría ver a Nicky —dijo ella—. También hay un artículo sobre él del periódico.

Olivia abrió el sobre y le pasó a Bosch una pila de fotos y un recorte de periódico doblado. Todo estaba descolorido y amarillento por el paso del tiempo.

Bosch miró primero el recorte, lo desplegó con cuidado para que no se partiera por el pliegue. Era imposible determinar de qué periódico había salido, pero el contenido del artículo le pareció muy local. El titular decía: «Deportista de Oxnard muerto en Vietnam», y el texto confirmaba mucho de lo que Bosch ya había deducido. Santanello murió cuando él y cuatro marines estaban regresando de una misión en la provincia de Tay Ninh. El helicóptero en el que viajaban recibió el impacto de disparos de francotiradores y se estrelló en un arrozal. El artículo decía que Santanello era un deportista completo que había jugado al fútbol americano, baloncesto y béisbol en Oxnard High. También citaba a la madre de Santanello, que decía que su hijo había estado muy orgulloso de servir a su país, a pesar del sentimiento antibelicista en Estados Unidos en el momento.

Bosch dobló otra vez el recorte y se lo devolvió a Olivia. Luego cogió las fotos. Parecían estar en orden cronológico, mostrando a Dominick como un niño y luego como un adolescente. Aparecía en la playa, jugando a baloncesto, montando en bicicleta. Había una foto de Dominick con indumentaria de béisbol y otra de él y una chica con ropa formal. Una imagen familiar incluía a su hermana y padres adoptivos. Bosch estudió a Olivia de joven. Era guapa, y ella y Dominick parecían hermanos reales. Su tez, ojos y color de cabello coincidían.

En la última foto de la pila se veía a Dominick con un peto de la Marina, gorra de marinero inclinada hacia atrás, el cabello cortado al uno en los lados. Estaba de pie con las manos en las caderas, con un campo verde bien cuidado tras él. A Bosch no le parecía Vietnam y la sonrisa era despreocupada, la expresión ingenua de alguien que todavía no ha probado el primer bocado de la guerra. Bosch suponía que era del período de instrucción básica.

—Me encanta esa foto —dijo Olivia—. Es muy Nick.

—¿Dónde hizo la instrucción? —preguntó Bosch.

—En la zona de San Diego. La preparación médica en Balboa, luego formación de combate y la Escuela de Medicina de Campaña en Pendleton.

—¿Alguna vez fue a visitarlo?

—Solo una vez, cuando fuimos para su graduación en la escuela del hospital. Esa fue la última vez que lo vi.

Bosch observó la foto. Se fijó en algo y miró más de cerca. La camisa que vestía Santanello estaba muy arrugada de ser lavada a mano y escurrida, así que era difícil leerlo, pero el nombre escrito en el bolsillo de la camisa parecía que decía Lewis, no Santanello.

—El nombre en la camisa... Pone...

—Lewis. Sí, por eso está sonriendo. Se cambió la camisa con un amigo llamado Lewis que no podía aprobar la prueba de natación. Los dos llevaban la misma ropa, el mismo corte de pelo. La única forma de diferenciarlos eran los nombres escritos en las camisas, y eso era lo único que miraban los instructores cuando hacían las pruebas. Así que Lewis no sabía nadar y Nicky se presentó en la piscina con su camisa. Se registró con su nombre e hizo la prueba por él.

Olivia rio. Bosch asintió y sonrió. Una historia típica del servicio militar, incluido lo de que se enrolara en la Marina alguien que no sabía nadar.

—Entonces ¿qué hizo que Dominick se alistara? —preguntó—. ¿Y por qué la Marina? ¿Por qué quería ser sanitario?

La sonrisa que había quedado en el rostro de Olivia por la anécdota con Lewis desapareció.

—Oh, Dios mío, cometió un gran error —dijo—. Era joven y estúpido y lo pagó con su vida.

Olivia explicó que su hermano había cumplido dieciocho años en enero de su último curso de instituto. Eso lo hacía mayor que sus compañeros de clase. Como era obligatorio entonces durante la guerra, se presentó a servicios de selección para la prueba física previa al reclutamiento. Cinco meses después, al graduarse en el instituto, le dieron su tarjeta de reclutamiento y vio que había sido clasificado como 1A, lo cual significaba que era apto para el reclutamiento y, probablemente, lo enviarían al sureste de Asia.

—Eso fue antes del sorteo de reclutamiento —explicó Olivia—. El funcionamiento era que los mayores iban primero y él era uno de los mayores que salía del instituto. Sabía que iban a reclutarlo (era solo cuestión de tiempo), así que se alistó para poder elegir y fue a la Marina. Había tenido un trabajo de verano en la base de Hueneme y siempre le caían bien los marinos que venían. Pensaba que eran geniales.

—¿No iba a ir a la facultad? —preguntó Bosch—. Le habrían dado una prórroga y la guerra estaba perdiendo fuelle en el sesenta y nueve. Nixon estaba recortando las tropas.

Olivia negó con la cabeza.

—No, nada de universidad. Era muy listo, pero no le gustaba estudiar. No tenía paciencia para eso. Le gustaban las películas y los deportes y la fotografía. Creo que también quería solucionar un poco las cosas. Nuestro padre vendía neveras. No había dinero para la universidad.

Esa última información, que faltaba dinero, resonó en la mente de Bosch. Si Whitney Vance hubiera cumplido con su responsabilidad y hubiera pagado la educación de su hijo, no habría faltado dinero y Dominick no se habría acercado a Vietnam. Bosch trató de deshacerse de esos pensamientos y concentrarse en la entrevista.

—¿Quería ser sanitario? —preguntó.

—Eso es otra historia —dijo Olivia—. Cuando se alistó le dieron a elegir qué camino tomar. Estaba indeciso. Había algo en él; quería estar cerca, pero no tan cerca, ¿entiende? Había una lista de diferentes cosas que podías hacer y les dijo que quería ser reportero-fotógrafo o sanitario de combate. Pensaba, bueno, que eso lo llevaría donde estaba la acción, pero no tendría que matar a gente a diestro y siniestro.

Bosch había conocido a muchos jóvenes así en Vietnam. Gente que quería estar en la batalla sin tener que estar en la batalla. La mayoría de los soldados solo tenían diecinueve o veinte años. Era hora de demostrar quién eras, lo que podías hacer.

—Así que lo hicieron sanitario y lo prepararon para la batalla —dijo Olivia—. Su primera misión en el extranjero fue en el buque hospital, pero eso fue solo para aclimatarse. Estuvo allí unos tres o cuatro meses y luego lo pusieron con los marines y estuvo en combate… Y, por supuesto, lo mataron.

Terminó la historia en tono natural. La historia tenía casi cincuenta años y probablemente Olivia la había contado y había pensado en ella decenas de miles de veces. Ya era una historia familiar y la emoción había desaparecido.

—Qué triste —dijo ella entonces—. Solo le quedaban un par de semanas allí. Envió una carta diciendo que estaría en casa por Navidad. Pero nunca volvió.

Su tono se había tornado melancólico, y Bosch pensó que tal vez había llegado demasiado deprisa a la conclusión de que ya no suponía una carga emocional para ella. Dio otro trago de té helado antes de plantear la siguiente pregunta.

—Ha mencionado que enviaron algunas de sus cosas. ¿Está todo en el desván?

Olivia asintió.

—Un par de cajas. Nicky envió cosas a casa, porque estaba a punto de volver. Le quedaba poco, y luego la Marina envió también su cofre. Mis padres lo conservaron todo y yo lo puse allí. No me gustaba mirarlo, la verdad. Era solo un mal recordatorio.

A pesar de los sentimientos de Olivia respecto a las pertenencias de guerra de su hermano, Bosch se puso nervioso con la excitación de la posibilidad.

—Olivia —dijo—. ¿Puedo subir al desván y mirar sus cosas?

La mujer torció el gesto, como si Bosch hubiera cruzado alguna línea con la pregunta.

—¿Por qué?

Bosch se inclinó hacia delante sobre la mesa. Sabía que tenía que ser sincero. Necesitaba subir al desván.

—Porque podría ayudarme. Estoy buscando algo que lo relacione con el hombre que me contrató.

—¿Se refiere a ADN en cosas tan viejas?

—Es posible. Y porque estuve allí cuando tenía la edad de su hermano. Como le he dicho en el sitio del memorial, incluso estuve en el mismo buque hospital, tal vez incluso al mismo tiempo que él. Me ayudará mirar sus cosas. No solo por el caso. Por mí también.

Olivia pensó un momento antes de responder.

—Bueno, le diré una cosa. Yo no voy a subir a ese desván. La escalera está demasiado desvencijada y tengo miedo de caerme. Si usted quiere subir, puede hacerlo, pero por su cuenta y riesgo.

—Está bien —accedió Bosch—. Gracias, Olivia.

Terminó su té helado y se levantó.

15

Olivia tenía razón respecto a la escalera. Era un chisme plegable unido a la puerta abatible del desván, en el techo del rellano del piso de arriba. Bosch no era en absoluto un hombre pesado. Nervudo era la descripción que mejor lo había definido toda su vida. Pero, cuando se subió a la escalera de madera, esta crujió bajo su peso y Harry temió que las bisagras de la puerta cedieran. Olivia se quedó de pie debajo y lo observó con nerviosismo. Después de subir cuatro travesaños, Bosch pudo estirarse, agarrarse del marco del techo y redistribuir con seguridad parte de su peso.

—Debería haber un cordel para encender la luz ahí —dijo Olivia.

Bosch llegó hasta arriba sin que la escalera se derrumbara y agitó la mano en la oscuridad hasta que capturó el cordel. Una vez que la luz se encendió, miró a su alrededor para orientarse. Olivia le habló desde abajo.

—No he estado ahí arriba en años, pero creo que sus cosas están en el rincón de la derecha al fondo.

Bosch se dirigió hacia allí. Estaba oscuro en los recovecos del desván. Sacó del bolsillo la linterna con la que Olivia lo había provisto. Apuntó el foco al fondo a la derecha, donde el techo se inclinaba bruscamente hacia abajo y enseguida vio la forma conocida de un cofre del ejército. Tuvo que agacharse para llegar a él y se golpeó la cabeza con una de las vigas. En ese punto, se agachó para reptar hasta que llegó al cofre.

Había una caja de cartón encima del cofre. Bosch la enfocó con la linterna y vio que era la caja que había mencionado Olivia, la que su hermano había enviado desde Da Nang. Dominick Santanello era tanto el remitente como el destinatario. La dirección del remite era el Primer Batallón Médico Da Nang. La cinta estaba amarillenta y se despegaba, pero Bosch se dio cuenta de que la caja se había abierto y vuelto a cerrar antes de ser guardada. La levantó del cofre y la dejó a un lado.

El cofre era una caja sencilla de contrachapado, pintada de un verde grisáceo y ya descolorida hasta el extremo de que el grano de la madera resultaba perfectamente visible. Había algo escrito con plantilla y desdibujado en el panel superior.

DOMINICK SANTANELLO HM3

Bosch interpretó con facilidad el código. Solo en el ejército HM3 significaba asistente médico de hospital de tercera clase. Eso significaba que el rango real de Santanello era suboficial de tercera clase.

Bosch sacó del bolsillo los guantes de látex y se los puso antes de manipular el cofre. Tenía un solo cierre. Bosch lo abrió e iluminó el contenido con la linterna. Captó de inmediato un olor a tierra que le evocó un destello fugaz de los túneles en los que había estado. La caja de madera olía a Vietnam.

—¿La ha encontrado? —gritó Olivia desde abajo.

Bosch se repuso un momento antes de responder.

—Sí. Está todo aquí. Me quedaré un rato.

—Vale —dijo ella—. Avise si necesita algo. Voy abajo a hacer la colada un momento.

El cofre estaba bien organizado, con la ropa doblada en la parte superior. Bosch levantó con cuidado cada una de las prendas, las examinó y las puso encima de la caja de cartón que había dejado a un lado. Él había servido en el ejército, pero sabía que en todos los cuerpos militares, cuando las pertenencias de un soldado muerto en combate se embarcaban a casa a la familia de luto, antes se revisaban para evitar avergonzar o contribuir a la pena. Todas las revistas y libros que mostraban desnudez se eliminaban, así como cualquier foto de chicas vietnamitas o filipinas, cualquier clase de drogas o material relacionado con estas y cualquier diario personal que contuviera detalles de movimientos de tropas, misiones tácticas o incluso crímenes de guerra.

Lo que quedaba para devolver era ropa y unos pocos artículos de ocio. Bosch sacó varios juegos de ropa militar —de camuflaje y verdes—, así como ropa interior y calcetines. Al fondo de la caja, había una pila de novelas de bolsillo populares a finales de la década de 1960, entre ellas una que Bosch recordaba que había tenido en su propio cofre: *El lobo estepario,* de Hermann Hesse. Había un cartón de Lucky Strike lleno junto con un mechero Zippo con un galón de la base naval de Subic Bay en Olongapo, Filipinas.

Había, asimismo, una pila de cartas sujetas con una goma elástica que se rompió en cuanto Bosch trató de sacarla. Harry hojeó los sobres. Todos los remitentes eran familiares y la dirección era la misma, la casa en la que Bosch se encontraba en ese momento. La mayoría de las cartas eran de Olivia.

Bosch no sintió la necesidad de entrometerse en esas comunicaciones privadas. Supuso que eran cartas de ánimo en las que los seres queridos de Dominick le decían que rezaban por que regresara sano y salvo de la guerra.

Había un neceser cerrado con cremallera en la caja y Bosch lo levantó con cuidado. Más que ninguna otra cosa, eso era lo que había venido a buscar. Abrió la cremallera, lo desplegó y lo iluminó con la linterna. El neceser contenía los elementos habituales: maquinilla, polvo de afeitar, cepillo de dientes, dentífrico, cortaúñas, cepillo y peine.

Bosch no sacó nada, porque quería dejar esa responsabilidad al laboratorio de ADN. El contenido era tan viejo que temía perder un folículo suelto o algún fragmento microscópico de piel o sangre al moverlo.

Al sostener la linterna en ángulo, vio pelos en las púas del peine. Cada uno de ellos era más largo de dos centímetros y Bosch supuso que, una vez que lo habían mandado al quinto infierno, Santanello se había dejado crecer el cabello como hacían muchos chicos.

A continuación, Bosch iluminó una maquinilla de afeitar anticuada de doble hoja que estaba sujeta al neceser con una correa de cuero. Parecía limpia, pero Bosch solo podía ver uno de sus bordes. Sabía que la mina de oro del ADN sería que hubiera sangre en ella. Un ligero corte con la cuchilla podía haber dejado un micropunto de sangre, y no necesitaría nada más.

Bosch no tenía ni idea de si podía extraerse ADN de pelo o saliva seca en un cepillo de dientes o incluso de pelos en la navaja de afeitar de doble hoja, pero sabía que la sangre funcionaría. En la Unidad de Casos Abiertos de la policía de Los Ángeles había trabajado en investigaciones donde sangre casi tan vieja como esta había dado como resultado un código ADN sólido. Tal vez tendría suerte con lo que había en el neceser. Lo entregaría sin tocarlo a uno de los laboratorios propuestos por Mickey Haller. Siempre y cuando pudiera convencer a Olivia de que se lo prestara.

Después de cerrar la cremallera del neceser, Bosch dejó este en el suelo de madera, a su derecha. Allí reuniría todo lo que pretendía llevarse con el permiso de Olivia. Volvió al cofre aparentemente vacío y usó la linterna y sus dedos para buscar un doble fondo. Sabía por experiencia que algunos soldados sacaban el panel inferior de un cofre sin usar y lo ponían en el interior de su propio cofre para crear un doble fondo donde ocultar drogas, armas no autorizadas y revistas *Playboy*.

No había ningún panel extraíble. Santanello no había ocultado nada en su cofre. Bosch pensó que era curioso que entre el contenido no hubiera fotos ni cartas de gente que no perteneciera a su familia.

Bosch volvió a llenar con cuidado el cofre y bajó la tapa para cerrarlo. Al hacerlo, el haz de la linterna captó algo. Harry examinó la cara interior de la tapa del cofre con atención y, sujetando la linterna en un ángulo oblicuo, alcanzó a ver varias líneas de decoloración en la madera. Se dio cuenta de que eran marcas creadas por adhesivo que habían quedado en la superficie después de arrancar cinta. En algún momento, Santanello había pegado algo —seguramente, fotografías— en el interior de su cofre.

No era extraño. El interior de un cofre se usaba a menudo como el interior de una taquilla de instituto. Bosch recordó que muchos soldados pegaban fotos de novias, mujeres e hijos dentro de sus cofres. A veces símbolos, otras veces dibujos enviados por sus hijos y en ocasiones el póster central de una revista.

No se sabía si Santanello los había retirado o si lo había hecho la unidad de muertos en acción de la Marina al preparar sus pertenencias, pero hizo que Bosch se interesara más en lo que había en la caja que Santanello había enviado a casa. Ahora la abrió e iluminó su contenido.

La caja aparentemente contenía las pertenencias que más importaban a Santanello y que quería asegurarse de que llegaran a Oxnard mientras él se acercaba a cumplir con su período de servicio. En la parte superior había dos juegos de ropa de civil; ropa que Santanello no habría estado autorizado a tener en Vietnam. Había tejanos, pantalones de algodón, camisas y calcetines negros. Debajo de la ropa había unas Converse y un par de botas negras brillantes. Tener ropa de civil no estaba autorizado, pero era habitual. No era ningún secreto que llevar uniforme al viajar a casa después de completar un período de servicio o estando de permiso en ciudades extranjeras podía causar confrontaciones con civiles debido a la impopularidad de la guerra en todo el mundo.

Sin embargo, Bosch también sabía que había otro motivo para tener ropa de civil. En un período de un año, cada soldado gozaba de un permiso de una semana a los seis meses y otro permiso condicionado a los nueve, donde el soldado esperaba la posibilidad de una plaza libre en un avión que partiera. Había cinco destinos oficiales de permiso y ninguno de ellos era el continente de Estados Unidos, porque regresar allí no estaba autorizado. Ahora bien, un soldado que tenía ropa de civil podía cambiarse en una habitación de hotel en Honolulú y luego volver al aeropuerto para tomar un avión a Los Ángeles o San Francisco, siempre que eludiera a la policía militar que buscaba esos subterfugios en el aeropuerto. Era otra razón para dejarte crecer el cabello en la selva, como aparentemente había hecho Santanello. Un tipo de civil en el aeropuerto de Honolulú era fácil de localizar por la policía militar si llevaba las patillas recortadas y corte de pelo militar. El cabello largo proporcionaba cobertura.

El propio Bosch lo había hecho en dos ocasiones durante su período en Vietnam: había regresado a Los Ángeles para pasar cinco días con una novia en 1969 y luego había vuelto otra vez seis meses más tarde, aunque ya no había ninguna novia. Santanello había muerto cuando llevaba más de once meses de servicio en Vietnam. Eso significaba que había tenido al menos un permiso, probablemente, dos. Tal vez había viajado a escondidas a California.

Debajo de la ropa, Bosch encontró un *walkman* compacto y una cámara, ambos en sus cajas originales; el *walkman* tenía una etiqueta con el precio del PX de Da Nang. Al lado de esos dos elementos había filas de casetes colocadas con el lomo hacia arriba en el fondo de la caja. Bosch vio otro cartón de Lucky Strike y otro mechero Zippo, este usado y con la insignia del Batallón Médico de la Marina en el costado. Había un ejemplar muy gastado de *El señor de los anillos,* de J. R. R. Tolkien, y Bosch vio varios collares de cuentas y otros recuerdos comprados en diferentes lugares en los que Santanello había estado destinado durante su servicio en la Marina.

Bosch experimentó una sensación de *déjà vu* al examinar el contenido. Él también leyó a Tolkien en Vietnam. Era un libro popular entre combatientes veteranos, una rica fantasía sobre otro mundo que los apartaba de la realidad del lugar donde se encontraban y de lo que estaban haciendo. Bosch estudió los nombres de los grupos y artistas en las cajas de casete y recordó haber escuchado la misma música en Vietnam: Hendrix, Cream, los Rolling Stones, los Moody Blues y otros.

Junto con esa familiaridad, llegó su experiencia y conocimiento de cómo funcionaban las cosas en el sureste de Asia. Las mismas chicas vietnamitas que vendían los collares en los muelles del White Elephant en Da Nang también vendían canutos ya enrollados en paquetes de diez que encajaban a la perfección en paquetes de cigarrillos para transportarlos con facilidad a la selva. Si querías cincuenta canutos comprabas una lata de Coca-Cola con una tapa falsa. El uso de marihuana era generalizado y abierto. El dicho popular rezaba: «¿Qué es lo peor que me puede pasar si me pillan? ¿Que me manden a Vietnam?».

Bosch abrió el cartón de Lucky Strike y sacó un paquete. Como sospechaba, contenía diez porros expertamente enrollados y bien envueltos en papel de plata para mantener la frescura. Suponía que todos los paquetes del cartón serían iguales. Santanello probablemente había adquirido el hábito de colocarse en la Marina y quería asegurarse de que tenía un amplio suministro para su regreso a casa.

Todo era levemente interesante para Bosch, porque despertaba sus propios recuerdos de su época en Vietnam, pero no vio nada más en la caja que pudiera confirmar de inmediato que Whitney Vance era el padre de Dominick Santanello. Ese era su propósito allí, la confirmación de paternidad. Si tenía que informar a Vance de que su linaje había terminado con un helicóptero abatido en la provincia de Tay Ninh, tenía que hacer todo lo posible para asegurarse de que le decía la verdad al anciano.

Volvió a meter el paquete en el cartón de cigarrillos y lo dejó a un lado. A continuación, levantó las cajas que contenían la cámara y el *walkman* y, justo cuando se estaba preguntando dónde estaban las fotos que acompañaban a la cámara, vio que en el fondo de la caja había un montón de fotos en blanco y negro y sobres que contenían negativos de películas. Las fotos parecían bien preservadas, porque no habían estado expuestas a la luz en décadas.

Bosch sacó las dos filas de cintas de casete para poder acceder a las fotos. Se preguntó si Santanello había tratado de ocultarlas de su familia por si acaso abrían la caja antes de que él llegara a casa. Bosch las reunió en una sola pila y las sacó de la caja.

Había cuarenta y dos fotos en total y recorrían todo el espectro de experiencias de Vietnam. Había imágenes de la selva, imágenes de chicas vietnamitas en el White Elephant, fotos tomadas en el buque hospital que Bosch reconoció como el *Sanctuary* y, curiosamente, fotos tomadas desde helicópteros en vuelo sobre la selva y la en apariencia interminable cuadrícula de arrozales.

Bosch había apilado las fotos en un orden que no era ni cronológico ni temático, sino un batiburrillo de imágenes que una vez más le resultaban demasiado familiares. Pero esas sensaciones neblinosas cristalizaron en un recuerdo cuando se encontró con tres imágenes consecutivas de la cubierta del *Sanctuary* que llenaban un par de centenares de militares heridos durante un espectáculo de Nochebuena en el que participaron Bob Hope y Connie Stevens. En la primera foto, los dos artistas estaban uno junto al otro, Stevens cantando con la boca abierta, los soldados de primera fila atentos y con expresión embelesada. La segunda foto se centraba en la multitud en la proa, con Monkey Mountain visible en la distancia, al otro lado del agua. La tercera foto mostraba a Hope despidiéndose en medio de una ovación del público puesto en pie al final del espectáculo.

Bosch había estado allí. Herido por una lanza de bambú en un túnel, lo habían tratado en el *Sanctuary* durante cuatro semanas en diciembre de 1969. La herida en sí había sanado deprisa, pero la infección que le provocó había sido más resistente. Perdió ocho kilos de un cuerpo ya delgado durante el tratamiento en el buque hospital, pero en la última semana del mes había recuperado la salud lo suficiente para recibir órdenes de regreso al deber para el día después de Navidad.

La presencia de Hope y su *troupe* se había anunciado desde hacía semanas, y Bosch, como todos los demás que estaban a bordo, había estado deseando ver al legendario cómico y su invitada, Stevens, una actriz y cantante bastante famosa que Bosch conocía por sus apariciones en las series de televisión *Intriga en Hawái* y *77 Sunset Strip*.

En Nochebuena, fuertes vientos y olas altas barrieron el mar de China meridional y se las estaban teniendo con el buque. Los hombres a bordo empezaron a concentrarse en la cubierta superior cuando cuatro helicópteros que transportaban a Hope, sus acompañantes y la banda se acercaron a la popa lanzada. Sin embargo, cuando los helicópteros se acercaron, se determinó que el aterrizaje en el buque inestable era demasiado arriesgado. El *Sanctuary* se había botado antes de que se inventaran los helicópteros. Una pequeña zona de aterrizaje construida en la popa parecía un sello de correos en movimiento desde el aire.

Los hombres observaron cómo los helicópteros daban media vuelta y se dirigían otra vez a Da Nang. Un gruñido colectivo recorrió la multitud. Los hombres poco a poco empezaron a abandonar la cubierta y volver a sus camas cuando alguien miró hacia Da Nang y gritó: «Esperad, ¡vuelven!».

Tenía razón solo en parte. Uno de los cuatro helicópteros había dado media vuelta de nuevo y se estaba dirigiendo al *Sanctuary*. Su piloto aterrizó al tercer intento y de la puerta corredera bajó Bob Hope, junto con Connie Stevens, Neil Armstrong y un saxofonista de *jazz* llamado Quentin McKinzie.

El rugido que se alzó de la multitud que regresaba a cubierta provocó una descarga eléctrica en la columna de Bosch cuando pensó en ello casi cincuenta años después. No tenían banda de acompañamiento ni coro, pero Hope y compañía le habían dicho al piloto que diera la vuelta y aterrizara. Demonios, Neil Armstrong se había posado en la puta luna cinco meses antes; ¿tan difícil era posar un helicóptero en un barco?

Armstrong ofreció palabras de ánimo a las tropas y McKinzie hizo algunos solos con su instrumento. Hope contó sus chistes y Stevens cantó a capela, emocionando con una interpretación lenta del éxito de Joni Mitchell *Both Sides Now*. Bosch lo recordaba como uno de sus mejores días como soldado.

Años después, siendo detective del Departamento de Policía de Los Ángeles, Bosch fue llamado para proporcionar seguridad de paisano en el Shubert Theatre para el estreno de un musical llamado *Mamma mia!* Se esperaba una gran afluencia de famosos, y pidieron al departamento que reforzara la seguridad del propio teatro. De pie en el vestíbulo principal, con su atención moviéndose entre caras y manos, Bosch de repente reconoció a Connie Stevens entre los famosos. Como un acechador se abrió paso entre la multitud hacia ella. Se quitó la placa del cinturón y la guardó en la mano por si la necesitaba para acercarse. Pero llegó a Stevens sin problemas y, cuando ella hizo una pausa en la conversación, Bosch le dijo:

—¿Señora Stevens?

Ella lo miró y él trató de contar la historia. Que estuvo allí ese día en el *Sanctuary* cuando ella, Bob Hope y los demás pidieron al piloto de ese helicóptero que diera la vuelta. Quería decirle lo que había significado entonces y lo que todavía significaba, pero se le hizo un nudo en la garganta y no le salieron las palabras. Lo único que logró decir fue: «Nochebuena, 1969. Buque hospital».

Stevens lo miró un momento y comprendió, luego, simplemente lo abrazó. Le susurró al oído: «El *Sanctuary*. Llegó bien a casa».

Bosch asintió y se separaron. Sin pensar, Bosch le puso su placa en la mano. Luego se alejó otra vez hacia la multitud para hacer su trabajo. Los otros detectives de la División de Hollywood le tomaron el pelo durante semanas después de que informara de que había perdido su placa. Sin embargo, Bosch recordaba el día que vio a Connie Stevens en el Shubert como una de sus mejores jornadas como policía.

—¿Sigue bien ahí arriba?

Bosch despertó de su ensoñación, con la mirada todavía en la fotografía de la multitud en la cubierta superior del *Sanctuary*.

—Sí —dijo—. Ya casi he terminado.

Volvió a estudiar la foto. Sabía que él estaba en algún lugar en la multitud, pero no pudo encontrar su propio rostro. Miró una vez más todas las fotos de Santanello, sabiendo que Dominick no estaba en ninguna de ellas porque estaba detrás de la cámara.

Al final, Bosch cogió y estudió una fotografía con técnica de cámara rápida que mostraba la silueta de Monkey Mountain iluminada desde atrás con bengalas de fósforo blanco durante un combate nocturno. Bosch recordó que en el *Sanctuary* la gente se alineaba en cubierta para observar el espectáculo de luz que se producía con frecuencia cuando el nodo de comunicaciones en lo alto de la montaña era atacado.

La conclusión de Bosch fue que Santanello había sido un fotógrafo de talento y tal vez habría tenido una carrera profesional si hubiera sobrevivido a la guerra. Harry podría haberse quedado todo el día mirando las fotos, pero las dejó de lado para terminar su examen de las pertenencias del soldado muerto.

A continuación, abrió la caja roja que contenía la cámara de Santanello. Era una Leica M4, una cámara compacta que cabía en uno de los bolsillos del uniforme de faena. Tenía el cuerpo negro para que reflejara menos cuando estaba en la selva. Bosch examinó el resto de la caja y solo había un manual de instrucciones.

Bosch sabía que las Leicas eran cámaras caras, así que supuso que Santanello se tomaba en serio la fotografía. Sin embargo, no había muchas fotos en papel en la caja. Miró los sobres que contenían tiras de negativos y determinó que había muchas más imágenes de película revelada que las que estaban en papel. Supuso que

143

Santanello no había tenido dinero ni acceso para imprimir todo su trabajo mientras estaba en Vietnam. Probablemente, planeaba hacerlo al regresar a Estados Unidos.

La última cosa que hizo Bosch fue abrir la tapa posterior de la cámara para ver si Santanello había usado el espacio para ocultar más drogas. En cambio, encontró un rollo de película en torno al enganche. Al principio pensó que había abierto la cámara de una película no expuesta, pero al desenrollar la cinta se dio cuenta de que eran negativos ya revelados que habían sido enrollados y luego ocultados en la cámara.

La película era quebradiza y crujió y se quebró en sus manos al intentar desenrollarla y mirar las imágenes. Cogió un trozo con tres imágenes y lo levantó al haz de la linterna. Vio que en cada imagen había una foto de una mujer con lo que parecía una montaña a su espalda.

Y la mujer tenía un bebé en brazos.

16

Bosch se dirigió a Burbank por la mañana y se metió en una zona industrial y comercial cerca del aeropuerto y del Valhalla Memorial Park. A un par de manzanas del cementerio entró en el aparcamiento situado delante de Flashpoint Graphix. Había llamado antes y lo esperaban.

Flashpoint era una compañía en expansión que creaba ilustraciones fotográficas a gran escala para vallas publicitarias, edificios, autobuses y otros medios de difusión de propaganda. Cualquier día podía contemplarse su elaborado trabajo en todo un espectro de ubicaciones en Los Ángeles y más allá. No había un ángulo en ninguna esquina de Sunset Strip que no incluyera una creación de Flashpoint. Y todo estaba dirigido por un hombre llamado Guy Claudy, que en una vida anterior había sido fotógrafo forense del Departamento de Policía de Los Ángeles. Bosch y Claudy habían trabajado juntos en diversas escenas del crimen en los años ochenta y noventa, antes de que Guy se marchara para abrir su propio negocio de fotografía y gráficos. Los dos habían permanecido en contacto a lo largo de los años, normalmente yendo a uno o dos partidos de los Dodgers cada temporada, y, cuando Bosch llamó esa mañana para pedir un favor, Claudy le dijo que se pasara.

Claudy, vestido con estilo informal con tejanos y una camisa Tommy Bahama, fue a buscar a Bosch a una zona de recepción anodina —Flashpoint no era en realidad un negocio orientado a la calle— y lo condujo a una oficina más opulenta, aunque no lujosa, donde de las paredes colgaban fotografías enmarcadas de los años de gloria de los Dodgers. Bosch supo sin necesidad de preguntarlo que Claudy había tomado las fotos durante un breve período como fotógrafo del equipo. En una de ellas aparecía el *pitcher* Fernando Valenzuela exultante desde el montículo. Las gafas le permitieron a Bosch situar la foto: hacia el final de la azarosa carrera del *pitcher*. Señaló la imagen.

—El *no-hitter* —aventuró—. Los Cardinals, 1990.

—Sí —dijo Claudy—. Buena memoria.

—Recuerdo que estaba de vigilancia en Echo Park. En White Knoll. Estábamos Frankie Sheehan y yo, ¿recuerdas el caso del Fabricante de Muñecas?

—Por supuesto. Lo detuvisteis.

—Sí, bueno, esa noche estábamos vigilando a otro tipo en White Knoll y desde allí se veía el estadio y escuchamos a Vinny narrar el *no-hitter*. Oíamos la transmisión que salía de las ventanas abiertas de las casas. Quería abandonar la vigilancia y acercarme para la última entrada. No sé, mostrar la placa para entrar al estadio y verlo. Pero nos quedamos y escuchamos a Vinny. Recuerdo que terminó en juego doble.

—Sí, y eso no me lo esperaba: Guerrero haciendo un doble. Casi no pude sacar la foto porque estaba cargando. Y, tío, ¿qué vamos a hacer sin Vinny?

Era una referencia a la jubilación de Vin Scully, el venerable *speaker* de los Dodgers que había narrado los partidos del equipo desde 1950, un período increíblemente largo que se remontaba al tiempo en que eran los Dodgers de Brooklyn.

—No lo sé —dijo Bosch—. Puede que empezara en Brooklyn, pero es la voz de esta ciudad. No será lo mismo sin él.

Se sentaron con aire pesimista uno a cada lado de un escritorio y Bosch trató de cambiar de tema.

—Bueno, tienes un buen local aquí —comentó, completamente impresionado por lo grande que era el negocio de su amigo—. No tenía ni idea.

—Tres mil setecientos metros cuadrados, es el tamaño de un supermercado —confirmó Claudy—. Y necesitamos más espacio. Pero ¿sabes qué? Todavía echo de menos los crímenes. Dime que me has traído algo de un crimen.

Bosch sonrió.

—Bueno, tengo un misterio, pero no creo que haya un crimen de por medio.

—Un misterio está bien. Me conformaré con eso. ¿Qué tenemos?

Bosch le entregó el sobre que había traído del coche. Contenía los negativos que incluían la imagen de la mujer y el bebé. Se los había mostrado a Olivia Macdonald, pero ella no tenía ni idea de quién era la mujer ni el bebé. Igual de intrigada que Harry, Olivia le había permitido llevarse el sobre junto con el neceser.

—Estoy en un caso privado —dijo Bosch—. Y he encontrado estos negativos. Tienen casi cincuenta años y han estado en un desván sin aire acondicionado ni calefacción. Además, están dañados: se resquebrajaron y se me partieron en la mano cuando los encontré. Quiero saber qué puedes hacer con ellos.

Claudy abrió el sobre y vació el contenido en el escritorio. Se inclinó y miró los trozos rotos de la tira de negativos sin tocarlos.

—En algunos negativos parece que hay una mujer delante de la cima de una montaña —dijo Bosch—. Estoy interesado en todo, pero sobre todo en esas fotos. La mujer. Creo que la localización es algún lugar de Vietnam.

—Sí, está un poco abombado aquí. Un poco resquebrajado. Es una película Fuji.

—¿Qué significa?

—Normalmente, aguanta muy bien. ¿Quién es?

—No lo sé. Por eso quiero verla. Y al bebé que tiene en brazos.

—Vale —dijo Claudy—. Creo que puedo hacer algo con esto. Mis chicos están en el laboratorio. Lo volveremos a lavar y a secar. Luego positivaremos. Veo algunas huellas de dedos y puede que se hayan fijado después de tanto tiempo.

Bosch consideró eso. Su hipótesis era que Santanello fue quien tomó las fotos. Estaban en su cámara y con otros negativos de fotos tomadas por él. ¿Por qué alguien iba a enviar negativos revelados a un soldado en Vietnam? No obstante, si alguna vez se cuestionaba que fuera cierto, las huellas dactilares podrían ser útiles.

—¿Para cuándo lo quieres? —preguntó Claudy.

—Para ayer —respondió Bosch.

Claudy sonrió.

—Por supuesto —dijo—. Harry *el Prisas*.

Bosch sonrió y asintió. Nadie lo había llamado así desde que Claudy había abandonado el departamento.

—Pues dame una hora —dijo Claudy—. Puedes ir a nuestra sala de descanso y hacerte un Nespresso.

—Odio esas cápsulas —repuso Bosch.

—Pues vete a dar un paseo al cementerio. Es más de tu estilo. Una hora.

—Una hora.

Bosch se levantó.

—Dale recuerdos de mi parte a Oliver Hardy —comentó Claudy—. Está allí.

—Lo haré —aseguró Bosch.

Bosch salió de Flashpoint y se dirigió a Valhalla Drive. Hasta que entró en el cementerio junto a un enorme monumento no recordó que en su búsqueda de Whitney Vance había leído que el padre de Vance estaba enterrado allí. Cerca de Caltech y bajo la ruta aérea del Bob Hope Airport, el cementerio era el lugar de reposo final de diversos pioneros de la aviación, diseñadores y pilotos acrobáticos. Estaban enterrados o recordados dentro y alrededor de una estructura en cúpula del templo a la aviación llamado Pórtico de las Alas Plegadas. Bosch encontró la placa memorial de Nelson Vance en el suelo de baldosas del templo.

Nelson Vance
Pionero visionario del aire
Primer defensor de la potencia aérea de Estados Unidos, cuya profética visión y liderazgo fueron un factor fundamental en la supremacía estadounidense en el aire en la guerra y la paz

Bosch se fijó en que había un espacio en la placa memorial para otra sepultura y se preguntó si ya estaba reservada como destino final de Whitney Vance.

Salió caminando del templo y se acercó al memorial a los astronautas fallecidos en dos desastres distintos de transbordadores espaciales. Luego miró al otro lado de uno de los parterres y vio el inicio de un funeral cerca de una de las grandes fuentes. Decidió no aventurarse más en el cementerio, por no convertirse en un turista en medio del dolor, y se dirigió otra vez a Flashpoint sin buscar la tumba de la mitad más pesada de la pareja cómica que formaron Laurel y Hardy.

Claudy ya estaba listo para recibirlo cuando Bosch regresó. Lo hicieron pasar a una sala de secado del laboratorio, donde había unas fotografías en blanco y negro de 20 × 25 en una tabla de plástico. Las fotos todavía estaban mojadas por los líquidos del positivado, y un técnico de laboratorio estaba eliminando el exceso de humedad con unas pinzas de escurrir. El marco exterior se veía en algunas de las imágenes y otras mostraban las huellas dactilares a las que se había referido Claudy. Algunas de las fotos estaban completamente quemadas por la exposición a la luz y otras exhibían distintos grados de daño en el negativo. Sin embargo, había tres imágenes que estaban intactas al menos en un noventa por ciento. Y una de ellas era una imagen de la mujer y el bebé.

La primera cosa en la que se fijó Bosch fue en que se había equivocado respecto a que la mujer estaba delante de una montaña en

Vietnam. No era la ladera de una montaña y no era Vietnam. Era el reconocible tejado del Hotel del Coronado, cerca de San Diego. Una vez que Bosch registró la ubicación, se acercó para estudiar a la mujer y el bebé. La mujer era latina y Bosch vio una cinta en el cabello del bebé. Una niña, de no más de un mes o dos.

La boca de la mujer estaba abierta en una sonrisa que mostraba una felicidad desbordante. Bosch estudió sus pupilas y la luz de felicidad que había en ellas. Había amor en esos ojos. Por el bebé. Por la persona de detrás de la cámara.

Las otras fotos eran imágenes plenas y fragmentos de una serie de fotografías tomadas en la playa de detrás del Coronado. Fotos de la mujer, del bebé, de las olas centelleantes.

—¿Te ayuda? —preguntó Claudy.

Estaba detrás de Bosch, sin interferir mientras Harry estudiaba las imágenes.

—Eso creo, sí —dijo Bosch.

Consideró la totalidad de las circunstancias. Las fotos y sus temas eran lo bastante importantes para que Dominick Santanello intentara esconderlas al enviar sus pertenencias a casa desde Vietnam. La cuestión era por qué. ¿Era su hija? ¿Tenía una familia secreta de la cual su familia en Oxnard no sabía nada? En ese caso, ¿por qué el secretismo? Miró con atención a la mujer de la foto. Parecía tener unos veinticinco o treinta años. Dominick todavía no había cumplido los veinte. ¿La diferencia de edad era el motivo de que no se lo hubiera contado a sus padres y hermana?

Otra pregunta era la situación. Las fotos se habían tomado durante un viaje a la playa del Coronado o cerca. ¿Cuándo había sido? ¿Y por qué una tira de negativos de unas fotos que claramente se habían tomado en Estados Unidos se incluían entre las propiedades enviadas a casa desde Vietnam?

Bosch examinó las fotos otra vez, buscando algo que pudiera ayudarle a situar las imágenes en el tiempo. No vio nada.

—Por si sirve, el tipo era bueno —dijo Claudy—. Tenía buen ojo.

Bosch coincidió.

—¿Está muerto? —preguntó Claudy.

—Sí —dijo Bosch—. No salió vivo de Vietnam.

—Es una pena.

—Sí. Vi algo de su otro trabajo. De la selva. De sus misiones.

—Me encantaría verlo. Tal vez se pueda hacer algo con eso.

Bosch asintió, pero su concentración estaba en las fotos que tenía delante.

—No se puede saber cuándo se tomaron las fotos, ¿no? —preguntó.

—No, no había marca de tiempo en la película —dijo Claudy—. No se hacía entonces.

Bosch ya se lo esperaba.

—Pero lo que sí puedo decirte es cuándo se fabricó la película —añadió Claudy—. Con un margen de error de tres meses. Fuji codificaba su *stock* de películas según el ciclo de producción.

Bosch se volvió y miró a Claudy.

—Enséñamelo.

Claudy se adelantó y fue a una de las imágenes positivadas a partir de un negativo roto. El marco del negativo formaba parte de la imagen. Claudy señaló a una serie de letras y números en el marco.

—Marcaban la película por año y tres meses de manufacturación. ¿Lo ves aquí? Es esto.

Señaló a una sección del código: 70-AJ.

—Está película se fabricó entre abril y junio de 1970 —dijo.

Bosch consideró la información.

—Pero ¿podría haberse usado en cualquier momento a partir de entonces? —preguntó.

—Sí —dijo Claudy—. Solo marca cuándo se hizo, no cuándo se usó en una cámara.

Algo no cuadraba en eso. La película se había manufacturado en abril de 1970 y el fotógrafo, Dominick Santanello, había muerto en diciembre de 1970. Podría haber usado la película en algún momento de los ocho meses transcurridos entre esas fechas, luego, haberlo enviado a casa con sus pertenencias.

—Sabes dónde es, ¿no? —preguntó Claudy.

—Sí, el Hotel del Coronado —dijo Bosch.

—No ha cambiado mucho.

—No.

Bosch miró la foto de la madre y el hijo otra vez y de pronto se iluminó. Lo entendió.

Dominick Santanello hizo la instrucción en la zona de San Diego en 1969, pero lo habían enviado al extranjero antes del final del año. Bosch estaba mirando fotos tomadas en San Diego como muy pronto en abril de 1970 y eso fue mucho después de que Santanello estuviera en Vietnam.

—Volvió —dijo Bosch.

—¿Qué? —preguntó Claudy.

Bosch no respondió. Estaba surcando la ola. Las cosas iban encajando en cascada. La ropa de civil en la caja, el pelo largo en las púas del peine, las fotos arrancadas de la cara interior del cofre y las fotos ocultas del bebé en la playa. Santanello había hecho un viaje no autorizado a Estados Unidos. Ocultó los negativos de las fotos, porque eran pruebas de su infracción. Se había arriesgado a enfrentarse a un tribunal y a la prisión militar para ver a su novia.

Y a su hija recién nacida.

Bosch lo sabía. Había una heredera en alguna parte. Nacida en 1970. Whitney Vance tenía una nieta. Bosch estaba seguro de ello.

17

Claudy puso todas las fotos en una carpeta de cartón para impedir que se doblaran o dañaran. En el coche, Bosch abrió la carpeta y miró la foto de la mujer y el bebé una vez más. Sabía que tenía que verificar muchos aspectos de su teoría y que algunos podrían no confirmarse nunca. Los negativos de la película que produjeron las fotos de la carpeta se encontraban ocultos en la cámara de Nick Santanello, pero eso no significaba necesariamente que fueran fotos tomadas por él. Alguien podía haber sacado las fotos para él y luego haberle enviado los negativos a Vietnam. Harry sabía que era una posibilidad que no podía descartar por completo, pero su instinto le decía que ese era un escenario improbable. Los negativos se habían encontrado con su cámara y otros negativos de fotos tomadas por él. Estaba claro para Bosch que Santanello había tomado la foto de la mujer y el bebé.

La otra cuestión que pendía sobre la teoría era por qué Santanello había ocultado su relación y paternidad a su familia de Oxnard, sobre todo, a su hermana. Bosch sabía que las dinámicas familiares eran casi tan únicas como las huellas dactilares y podría necesitar muchas más visitas a Olivia para conocer la verdad de las relaciones en el seno de la familia Santanello. Decidió que la mejor forma de aprovechar su tiempo sería demostrar o no que Santanello era el hijo de Whitney Vance y que podría haber producido un heredero: el bebé de las fotos del Hotel del Coronado.

Las otras explicaciones vendrían después, si todavía importaban llegado el momento.

Cerró la carpeta y volvió a colocar la banda elástica en torno a ella.

Antes de arrancar el coche, Bosch sacó su móvil y llamó a Gary McIntyre, el investigador del Centro Nacional de Registros Personales. El día anterior, Olivia Macdonald había escrito un mensaje de correo electrónico concediendo a Bosch permiso para recibir y revisar registros del servicio militar de su hermano. Decidió verificar con McIntyre el estado de su búsqueda.

—Acabo de terminar de reunirlo todo —dijo McIntyre—. Es demasiado grande para enviarlo por correo electrónico. Lo pondré en nuestro sitio de descargas y te mandaré la contraseña por correo electrónico.

Bosch no estaba seguro de cuándo tendría acceso a un ordenador para descargar el voluminoso archivo, o si sabría cómo hacerlo.

—Está bien —dijo—. Pero hoy estoy en la carretera en dirección a San Diego y no estoy seguro de que pueda acceder. Me gustaría saber lo que tienes de su período de instrucción, porque estaré allí.

Bosch dejó que eso flotara en el aire. Sabía que un tipo como McIntyre estaría desbordado de peticiones de registros procedentes de todo el país y que tendría que pasar al siguiente caso. Aun así, Harry confiaba en que la intriga que envolvía el registro de Santanello —un soldado muerto cuarenta y seis años atrás— se impondría y animaría a McIntyre a responder al menos unas cuantas preguntas al teléfono. El investigador del NCIS probablemente pasaba la mayor parte de sus días buscando archivos de veteranos de la guerra del Golfo acusados de crímenes relacionados con las drogas y el alcohol o encerrados en psiquiátricos contra su voluntad.

Al final, McIntyre respondió.

—Si no te importa oírme comer el sándwich de carne que acaban de traerme al escritorio, puedo repasar el material y responder unas pocas preguntas.

Bosch sacó su libreta.

—Perfecto —dijo.

—¿Qué estás buscando? —preguntó McIntyre.

—Solo para confirmarlo, ¿podemos empezar con la versión corta de sus destinos? El dónde y el cuándo.

—Claro.

Bosch tomó notas mientras McIntyre, entre ruidosos mordiscos de su sándwich, leía el registro de destinos militares de Santanello. Había llegado a un campo de formación en el Centro de Instrucción Naval de San Diego en junio de 1969. Después de la graduación, recibió órdenes de desplazarse a la escuela del Hospital Naval Balboa. Su formación continuó entonces en la Escuela de Medicina de Campaña en Camp Pendleton, en Oceanside, y en diciembre lo enviaron a Vietnam, donde fue asignado al buque hospital *Sanctuary*. Después de cuatro meses en el barco, lo asignaron a una MTA (misión temporal adicional) en el Primer Batallón Médico en Da Nang y empezó a acompañar unidades de reconocimiento de los marines en la selva. Permaneció siete meses en ese batallón, hasta que murió en acción.

Bosch pensó en el mechero Zippo con la insignia de Subic Bay que había encontrado entre las pertenencias de Santanello en el desván de Olivia Macdonald. Todavía estaba en su caja y parecía un recuerdo.

—Entonces ¿nunca estuvo en Olongapo? —preguntó.

—No, aquí no consta —dijo McIntyre.

Bosch pensó que tal vez Santanello había intercambiado su Zippo con un médico o un soldado que hubiera estado previamente destinado a la base de las Filipinas. Posiblemente, alguien con el que había servido o al que había cuidado en el *Sanctuary*.

—¿Qué más? —preguntó McIntyre.

—Vale, estoy tratando de encontrar a gente con la que pueda hablar —dijo Bosch—. Gente con la que tuviera una relación estrecha. ¿Tienes las órdenes MTA de la instrucción en Balboa?

Bosch esperó. Estaba a punto de pedirle a McIntyre que fuera más allá de lo que probablemente había previsto al acceder a responder preguntas mientras comía. Bosch sabía por propia experiencia que, por la naturaleza aleatoria de la formación de un soldado y sus destinos en el ejército, pocas relaciones perduraban. No obstante, como Santanello había seguido una formación como sanitario, podría haber uno o dos compañeros más que hubieran hecho el mismo recorrido, y era probable que hubiera establecido vínculos con esas caras familiares en un mar de desconocidos.

—Sí, lo tengo —dijo McIntyre.

—¿Enumera a todo el personal transferido con las mismas órdenes? —preguntó Bosch.

—Sí. Catorce tipos de su clase de instrucción básica fueron a Balboa. .

—Bien. ¿Y las órdenes de Balboa al Campamento Médico en Pendleton? ¿Hay alguien con el que hiciera los tres pasos?

—¿Quieres decir de básica a Balboa y a Pendleton? Mierda, puedo pasarme el día, Bosch.

—Sé que es mucho, pero, si tienes las listas ahí, ¿hay alguien en esa lista de catorce que fuera con él a Pendleton?

Bosch pensó que la solicitud no era tan complicada como McIntyre le estaba diciendo, pero no iba a insinuar eso.

—Espera —dijo McIntyre a regañadientes.

Bosch se quedó en silencio. No quería meter la pata diciendo algo que detuviera la cooperación. Pasaron cuatro minutos sin que oyera ningún sonido, ni siquiera el de McIntyre masticando.

—Tres tipos —dijo al fin.

—Así que tres hombres en total estuvieron con él en las tres etapas de formación —repitió Bosch.

—Eso es. ¿Listo para apuntar?

—Listo.

McIntyre recitó y deletreó tres nombres: Jorge García-Lavín, Donald C. Stanley y Halley B. Lewis. Bosch recordó el nombre de

Lewis bordado en la camisa que Santanello llevaba en la foto que le había mostrado Olivia. Lo tomó como una señal de que eran amigos. Ahora tenía una pista.

—Por cierto —dijo McIntyre—. Dos de estos tipos murieron en acción.

Bosch se quedó sin aire en su esperanza de encontrar a alguien que pudiera ayudarle a identificar a la mujer y el bebé en la fotografía del Hotel del Coronado.

—¿Quiénes? —preguntó.

—García-Lavín y Stanley —dijo McIntyre—. Y en serio tengo que volver a mi trabajo, Harry. Todo está en el archivo que puedes descargar.

—Lo descargaré en cuanto pueda —afirmó Bosch con rapidez—. Una última pregunta y te dejo. Halley B. Lewis. ¿Tienes lugar y fecha de nacimiento?

—Aquí dice Tallahassee, Florida. Es lo único que tengo.

—Entonces me quedo con eso. Y no sabes cuánto te lo agradezco, Gary. Pasa un buen día.

Bosch colgó, arrancó el coche y se dirigió al oeste hacia la 170, que lo llevaría hasta San Fernando. Su plan era usar el ordenador del departamento para localizar a Halley B. Lewis y ver qué podía recordar de su compañero Dominick Santanello. Mientras conducía pensó en los porcentajes. Cuatro hombres pasan juntos la formación básica, la preparación médica preliminar y luego van juntos a la escuela de medicina de campaña. Luego los envían juntos a Vietnam y solo uno vuelve vivo a casa.

Bosch sabía por propia experiencia en Vietnam que los sanitarios eran objetivos de alto valor. Eran el número tres en la lista de cualquier francotirador del Vietcong, después del teniente y el encargado de la radio. Eliminas al líder, luego, las comunicaciones. Después de eso, eliminas el triaje médico y tienes una unidad enemiga completamente atemorizada y desconcertada. Harry sabía que la mayoría de los sanitarios no llevaban ninguna identificación que indicara su papel en una misión de reconocimiento.

Bosch se preguntó si Halley B. Lewis sabía lo afortunado que había sido.

18

Bosch llamó al número privado de Whitney Vance de camino a San Fernando y se encontró de nuevo con el pitido que desviaba directamente la llamada al buzón de voz. Otra vez pidió a Vance que lo llamara. Después de colgar, se preguntó cuál era el estatus de Vance como cliente. Si ya no se estaban comunicando, ¿Bosch todavía trabajaba para él? Harry estaba comprometido con la investigación y su tiempo estaba pagado. En todo caso, no iba a parar lo que había empezado.

A continuación, pegó un tiro a ciegas y llamó a información telefónica de Tallahassee, Florida. Solicitó el número de Halley B. Lewis y le dijeron que solo había uno en la lista bajo ese nombre y era de un bufete de abogados. Bosch pidió que le conectaran y pronto la llamada fue respondida por una secretaria que puso a Bosch en espera cuando él se identificó y dijo que quería hablar con el señor Lewis sobre Dominick Santanello, de la Escuela de Medicina de Campaña en Camp Pendleton. Pasó al menos un minuto, y Bosch aprovechó el tiempo para formular lo que iba a decirle al hombre, si se ponía al teléfono, sin violar su acuerdo de confidencialidad con Vance.

—Soy Halley Lewis —dijo una voz al fin—. ¿De qué se trata?

—Señor Lewis, soy un investigador de Los Ángeles —se presentó Bosch—. Gracias por atender mi llamada. Estoy trabajando en una investigación relacionada con el difunto Dominick Santanello. He…

—Nick murió hace casi cincuenta años.

—Sí, señor, lo sé.

—¿Qué está investigando sobre él?

Bosch dejó caer su respuesta preparada.

—Es una investigación confidencial, pero puedo decirle que implica tratar de determinar si Dominick dejó un heredero.

Hubo un momento de silencio antes de que Lewis respondiera.

—¿Un heredero? Tenía diecinueve años cuando lo mataron en Vietnam.

—Así es, señor. Faltaba un mes para que cumpliera veinte. Eso no significa que no pudiera tener un hijo.

—¿Y eso es lo que está tratando de descubrir?

—Sí. Estoy interesado en el período en el que estuvo en el condado de San Diego durante la instrucción básica y luego su formación en Balboa y Pendleton. Estoy trabajando con el NCIS en esto y su investigador me dijo que usted estuvo en las mismas unidades que Nick hasta que él recibió órdenes para ir a Vietnam.

—Es cierto. ¿Por qué el NCIS está implicado en algo como esto?

—Contacté para obtener el expediente militar de Nick y pudimos determinar que usted era uno de los tres hombres que estuvo con Nick en las tres fases de formación. Es el único que sigue vivo.

—Lo sé. No hace falta que me lo diga.

Bosch había tomado Victory Boulevard hacia North Hollywood y en ese momento giró al norte en la 170. La fortaleza de las montañas de San Gabriel ocupaba todo su parabrisas.

—Entonces ¿por qué cree que yo podría saber si Nick tuvo un hijo o no? —preguntó Lewis.

—Porque eran amigos —dijo Bosch.

—¿Cómo sabe eso? Solo porque estuvimos en las mismas unidades de formación no significa que...

—Hizo esa prueba de natación por usted. Se puso su camisa y se hizo pasar por usted.

Hubo un largo silencio antes de que Lewis preguntara a Bosch cómo sabía esa historia.

—Vi la foto. La hermana de Nick me contó la historia.

—No he pensado en eso en mucho tiempo —dijo Lewis—. Pero para responder a su pregunta, no sé si Nick tuvo un heredero. Si fue padre, no me lo contó.

—Si fue padre, la niña habría nacido después de que todos ustedes recibieran órdenes al final de la Escuela de Medicina de Campaña. Nick habría estado en Vietnam.

—Y yo en Subic Bay. Ha dicho «niña».

—Vi una foto que él tomó. Aparece una mujer y un bebé, una niña, en la playa, junto al Hotel del Coronado. La madre era latina. ¿Recuerda que estuviera con una mujer entonces?

—Recuerdo a una mujer, sí. Era mayor que él y lo cautivó.

—¿Lo cautivó?

—Nick cayó bajo su hechizo. Fue al final, cuando estábamos en Pendleton. La conoció en un bar de Oceanside. Iban allí a buscar chicos como él.

—¿Qué quiere decir «como él»?

—Hispanos, mexicanos. Estaba todo ese Orgullo Chicano entonces. Era como si reclutaran a los mexicanos para sacarlos de la base. Nick era latino, pero sus padres eran blancos. Lo sabía porque los conocí en la graduación. Pero me dijo que era adoptado y que su madre biológica era mexicana. Esta gente apuntaba a eso, supongo. Su verdadera identidad, ¿sabe?

—¿Y esta mujer que ha mencionado formaba parte de eso?

—Sí. Recuerdo que Stanley y yo intentamos que Nick recuperara el sentido. Pero dijo que estaba enamorado. No era por la cuestión mexicana; era por ella.

—¿Recuerda el nombre de la mujer?

—No, la verdad es que no. Fue hace mucho tiempo.

Bosch trató de disimular su decepción.

—¿Qué aspecto tenía?

—Pelo oscuro, guapa. Era mayor, pero no mucho. Veinticinco, tal vez treinta. Nick decía que era artista.

Bosch sabía que, si mantenía a Lewis hablando de esa época, podrían surgir más detalles.

—¿Dónde se conocieron?

—Tuvo que ser en el Surfrider, íbamos mucho allí. O en otro de los bares que había cerca de la base.

—¿Y él iba a verla en su permiso de fin de semana?

—Sí. Estaba ese lugar en San Diego donde podía verla cuando tenía libertad. Era en el barrio hispano y debajo de un puente o una autopista y lo llamaban Chicano Way o algo por el estilo. Fue hace mucho tiempo y es difícil recordarlo. Pero me lo contó. Estaban tratando de convertirlo en un parque y pintaron grafitis en la autovía. Nick empezó a hablar de esa gente como si fuera su nueva familia. Usaba palabras en español, y era gracioso, porque él no sabía hablarlo. Nunca lo aprendió.

Era todo información interesante y Bosch vio que encajaba con otras partes de la historia que ya conocía. Estaba pensando en qué preguntar a continuación cuando llegó el premio gordo de su llamada a ciegas a Tallahassee.

—Gabriela —dijo Lewis—. Me acabo de acordar.

—¿Se llamaba así? —preguntó Bosch.

No había logrado eliminar la emoción de su voz.

—Sí, ahora estoy seguro —contestó Lewis—. Gabriela.

—¿Recuerda el apellido?

Lewis rio.

—No puedo creer ni cómo me ha venido el nombre de la nada.

—Es muy útil.

Bosch empezó a finalizar la conversación. Le dio a Lewis su número de teléfono y le pidió que lo llamara si recordaba algo más sobre Gabriela o el tiempo que estuvo Santanello en San Diego.

—Así que regresó a Tallahassee después del servicio —dijo Bosch, solo para llevar la conversación hacia el final.

—Sí, volví —confirmó Lewis—. Ya tenía bastante de California, Vietnam, todo eso. He estado aquí desde entonces.

—¿A qué clase de derecho se dedica?

—Oh, cualquier cosa que necesite. En una ciudad como Tallahassee vale la pena diversificar. Me gusta decir que la única cosa que no hago es defender a jugadores del FSU. Soy un *gator* y no puedo cruzar esa línea.

Bosch suponía que Lewis se estaba refiriendo a alguna rivalidad estatal, pero lo superaba. Su conocimiento de los deportes solo recientemente se había extendido más allá de los Dodgers a un interés somero en el regreso a Los Ángeles de los Rams.

—¿Puedo preguntar algo? —dijo Lewis—. ¿Quién quiere saber si Nick dejó un heredero?

—Puede preguntar, señor Lewis, pero es la única pregunta que no puedo responderle.

—Nick no tenía nada y su familia muy poco. Tiene que ver con su adopción, ¿no?

Bosch se quedó en silencio, Lewis lo había pillado.

—Lo sé, no puede responder —dijo Lewis—. Soy abogado. Supongo que tengo que respetar eso.

Bosch decidió colgar antes de que Lewis entendiera algo y planteara otra pregunta.

—Gracias, señor Lewis, le agradezco mucho su ayuda.

Bosch colgó y decidió continuar a San Fernando, aunque ya había encontrado a Lewis. Comprobaría cosas relacionadas con el Enmascarado y trabajaría un poco en Internet para confirmar la información que Lewis le había proporcionado. Pero sabía que, sin duda, al final se dirigiría al sur hacia San Diego por el caso.

Unos minutos más tarde, dobló por la calle 1 en San Fernando y vio tres furgonetas de la televisión aparcadas delante de la comisaría.

19

Bosch entró en la comisaría por la puerta lateral y se dirigió por el pasillo trasero a la sala de detectives. En la encrucijada con el pasillo principal miró a la derecha y vio gente congregada junto a la puerta de la sala de reunión. Entre ellos estaba Bella Lourdes, que captó de reojo a Bosch y le hizo una seña para que se acercara. Lourdes llevaba tejanos y un polo negro con la placa del departamento y la designación de la unidad en el pecho izquierdo. Su pistola y su verdadera placa estaban en su cinturón.

—¿Qué está pasando? —preguntó Bosch.

—Hemos tenido suerte —dijo Lourdes—. El Enmascarado lo ha intentado hoy, pero la víctima ha escapado. El jefe dice que ya basta. Va a hacerlo público.

Bosch se limitó a asentir. Seguía pensando que era un error, pero comprendía la presión sobre Valdez. El hecho de que no hubiera comunicado los casos previos ya iba a quedar bastante mal. A Lourdes no le faltaba razón en eso. Tenían suerte de que el jefe no estuviera en la sala hablando a los medios de una quinta violación.

—¿Dónde está la víctima? —preguntó Bosch.

—En la Sala de Guerra —dijo Lourdes—. Sigue temblando. Le estaba dando un poco de tiempo.

—¿Cómo es que no me han llamado?

Lourdes pareció sorprendida.

—El capitán ha dicho que no ha podido localizarte.

Bosch simplemente negó con la cabeza. Era un movimiento penoso por parte de Treviño, pero tenía cosas más importantes de las que preocuparse.

Bosch miró por encima de las cabezas de Lourdes y los demás al pasillo para tratar de divisar la conferencia de prensa. Alcanzó a ver a Valdez y Treviño en la parte delantera de la sala. No podía saber cuántos miembros de los medios se habían presentado, porque los periodistas estaban sentados y los operadores de cámara se habían colocado en la parte trasera. Sabía que todo dependía de lo que hubiera ocurrido en Los Ángeles ese día. Un violador en serie suelto en San Fernando, donde la población en gran medida no hacía caso de los medios en inglés, probablemente no suscitaba un interés masivo. Había visto que una de las furgonetas aparcadas fuera era de Univisión Noticias. Eso haría correr la voz a escala local.

—Bueno, ¿Treviño o Valdez han hablado de un control?

—¿Un control? —preguntó Lourdes.

—Ocultar algo que solo sepamos nosotros y el violador. Así podemos descartar falsas confesiones, confirmar una confesión auténtica.

—Eh..., no, eso no se ha mencionado.

—Tal vez Treviño debería haber intentado llamarme en lugar de jugármela. —Bosch se apartó del grupo—. ¿Estás lista para ir a hablar con ella? ¿Qué tal su inglés?

—Entiende el inglés —dijo Lourdes—, pero prefiere hablar en español.

Bosch asintió. Empezaron a recorrer el pasillo hacia la oficina de detectives. La Sala de Guerra era una gran sala de reuniones junto a la sala de brigada, con una mesa larga y una pizarra blanca que ocupaba toda la pared donde se dibujaban gráficos y se discutían operaciones, casos y despliegues. Por lo general, se utilizaba para operaciones como batidas de controles de alcoholemia y cobertura de manifestaciones.

—Entonces ¿qué sabemos? —preguntó Bosch.

—Probablemente, la conoces o la reconocerás —dijo Lourdes—. Es barista en el Starbucks. Trabaja a tiempo parcial en el turno de mañana. De seis a once cada día.

—¿Cómo se llama?

—Beatriz. Apellido, Sahagún.

Bosch no podía relacionar el nombre con una cara. Había tres mujeres que normalmente trabajaban en el Starbucks por las mañanas cuando él iba. Suponía que la reconocería cuando entrara en la Sala de Guerra.

—¿Fue directamente a casa después de trabajar? —preguntó Bosch.

—Sí, y él la estaba esperando —explicó Lourdes—. Vive en la 7, a una manzana de Maclay. Encaja en el perfil: casa unifamiliar, residencial contiguo a un establecimiento comercial. Ella entra y de inmediato sabe que algo no va bien.

—¿Vio la mosquitera?

—No, no vio nada. Lo olió.

—¿Lo olió?

—Dice que al entrar notó que algo en la casa no olía bien. Y recordaba nuestro patinazo con el cartero. Estaba trabajando en el Starbucks el día que fuimos a por Maron. La siguiente vez que fue a por café y un sándwich, Maron le contó a las chicas de la barra que la policía lo había tomado por un violador que estaba actuando en el barrio. Así que hoy se ha alarmado de inmediato. Entra en casa, algo no está bien, así que coge la escoba de la cocina.

—Joder, una chica valiente. Debería haberse largado pitando.

—Y tanto, ya lo sé. Y encima se ha acercado a él a escondidas. Entra en el dormitorio y sabe que está detrás de la cortina. Se da cuenta. Así que agarra la escoba como si fuera Adrián González y le arrea al tipo. Justo en la cara. Él cae y la cortina se desploma con él. El tipo está desorientado, no sabe qué coño ha pasado y simplemente salta por la ventana y se larga. Y quiero decir a través del cristal.

—¿Quién se está ocupando de esa escena?

—El equipo A, y el capitán ha puesto a Sisto para controlar. Pero, Harry, ¿sabes qué? Tenemos el cuchillo.

—Guau.

—Al tío se le cayó cuando ella le golpeó y luego se enredó en la cortina y lo dejó allí. Sisto acaba de llamarme para decirme que lo han encontrado.

—¿El jefe lo sabe?

—No.

—Ese es nuestro control. Hemos de decirle a Sisto y al equipo A que no lo mencionen.

—Entendido.

—¿Qué máscara llevaba?

—No hemos llegado a eso con ella.

—¿Y el ciclo menstrual?

—Tampoco se lo he preguntado.

Ya estaban junto a la puerta de la Sala de Guerra.

—Vale —dijo Bosch—. ¿Estás lista? Tú llevas la voz cantante.

—Vamos allá.

Bosch abrió la puerta y la sostuvo para dejar pasar a Lourdes. De inmediato reconoció a la mujer sentada ante una mesa grande como la persona que le preparaba los cafés helados en el Starbucks de la esquina. Siempre estaba sonriendo y era amable y le preparaba el café antes de que él lo pidiera.

Beatriz Sahagún estaba enviando un mensaje de texto a alguien cuando entraron. Levantó la mirada con solemnidad y reconoció a Bosch. Una pequeña sonrisa apareció en su rostro.

—*Latte* con hielo —dijo.

Bosch asintió y le devolvió la sonrisa. Le tendió la mano y ella se la estrechó.

—Beatriz, soy Harry Bosch. Me alegro de que esté bien.

Bosch y Lourdes se sentaron al otro lado de la mesa y empezaron a hacerle preguntas. Con la historia general ya conocida, Lourdes pudo profundizar más y surgieron nuevos detalles. Bosch planteó alguna pregunta de vez en cuando, y Lourdes la repitió en español para asegurarse de que no se entendía mal. Beatriz respondió con lentitud y de forma reflexiva, y eso permitió a Bosch comprender la mayoría de lo que se decía sin necesidad de que Lourdes lo tradujera.

Beatriz tenía veinticuatro años y encajaba en el perfil físico de las víctimas anteriores del Enmascarado. Tenía el pelo largo y castaño, ojos oscuros y constitución delgada. Llevaba dos años trabajando en el Starbucks, sobre todo de barista, porque sus conocimientos de inglés no estaban a la altura requerida para ocuparse de pedidos y pagos. Informó a Bosch y Lourdes de que no había tenido encuentros problemáticos con clientes o compañeros de trabajo. No había tenido acosadores ni problemas con novios anteriores. Compartía su casa con otra barista de Starbucks que por lo general trabajaba en el turno de día y no estaba en el momento de la intrusión.

En el transcurso de la entrevista, Beatriz reveló que el intruso que había entrado en su casa llevaba una máscara de lucha libre y ofreció la misma descripción de esta que la anterior víctima del Enmascarado: negra, verde y roja.

También reveló que controlaba su ciclo menstrual en un calendario que tenía en la mesita de noche. Explicó que había sido educada como una católica estricta y había practicado antes el método de control de natalidad basado en el ciclo menstrual con su antiguo novio.

Los detectives prestaron particular atención a lo que había alertado a Beatriz de la posibilidad de que hubiera un intruso en la casa. El olor. Mediante preguntas minuciosas, Sahagún reveló que creía que no era olor a cigarrillo, sino el olor exudado por alguien que fuma. Bosch comprendió la diferencia y pensó que era una buena percepción. El Enmascarado era fumador. No fumó mientras estuvo en la casa de Beatriz, pero dejó un rastro que ella captó.

Beatriz se abrazó a sí misma durante la mayor parte de la conversación. Había actuado de manera instintiva al ir a por el intruso en lugar de huir y con el tiempo se estaba dando cuenta de lo arriesgada que había sido esa decisión. Cuando terminaron con la entrevista, los detectives le sugirieron que saliera por la puerta lateral para evitar a periodistas que pudieran estar en el vecindario. También le ofrecieron llevarla a casa para recoger ropa y las pertenencias que pudiera necesitar durante al menos unos días. Bosch y Lourdes recomendaron que ella y su compañera de piso no se quedaran en la casa durante un tiempo, tanto porque los técnicos de la escena del crimen y los investigadores querrían acceso como por razones de seguridad. Los detectives no sugirieron de manera específica que el Enmascarado podría volver, pero la idea no estaba lejos de sus mentes.

Lourdes llamó a Sisto para avisarle de que iban hacia allí y luego fueron en el coche municipal de Lourdes hasta el domicilio de la víctima.

Sisto estaba esperando delante de la casa. Había nacido y se había educado en la ciudad y el de San Fernando era el único departamento para el que había trabajado. Lourdes tenía experiencia con el Departamento del Sheriff del condado de Los Ángeles antes de ir a San Fernando. Sisto iba vestido de forma similar a Lourdes, con tejanos y polo negro. Parecía ser el uniforme informal de detective que más empleaba la pareja. Desde que había empezado a trabajar para el Departamento de Policía de San Fernando, Bosch había quedado impresionado con la capacidad y dedicación de Lourdes, pero no tanto con la de Sisto. A Harry le parecía que Sisto estaba cumpliendo el expediente. Siempre estaba enviando mensajes en su teléfono y era más probable que charlara de la previsión de olas de la mañana a que sacara a relucir casos o cuestiones policiales. Algunos detectives ponían fotos u otros recordatorios de casos en sus mesas y tablones de anuncios, otros ponían recordatorios de sus intereses fuera del trabajo. Sisto era de estos últimos. Su escritorio estaba repleto de surf y parafernalia de los Dodgers. Al verlo por primera vez, a Bosch ni siquiera le pareció la mesa de un detective.

Lourdes se quedó cerca de Beatriz cuando ella entró en la casa y guardó ropa y un neceser en una maleta y una mochila. Después de prepararlo todo, Lourdes le preguntó si podía contar la historia una vez más *in situ*. Beatriz aceptó y Bosch se volvió a maravillar de su decisión de atravesar la casa buscando al intruso en lugar de echar a correr lo más deprisa posible para largarse de allí.

Lourdes se ofreció a llevar a Beatriz a la casa de su madre, también en San Fernando, y Bosch se quedó con Sisto y el equipo forense. Primero inspeccionó la ventana trasera donde el violador había cortado la mosquitera para irrumpir en la casa. Era muy similar a los otros casos.

Bosch a continuación pidió a Sisto que le mostrara el cuchillo que había recuperado de la maraña de la cortina caída. Sisto sacó una bolsa de pruebas de plástico de una bolsa de papel marrón que contenía varios elementos.

—El Departamento Forense ya lo ha examinado —dijo Sisto—. Está limpio. No hay huellas. El tipo llevaba guantes y máscara.

Bosch asintió al examinar el cuchillo a través del plástico. Era una navaja plegable negra y la hoja estaba abierta. Vio el logo del fabricante estampado en la hoja junto con algunos códigos numéricos demasiado pequeños y difíciles de leer a través del plástico. Se aseguraría de volver a mirarlo en el entorno controlado de la sala de detectives.

—Bonito cuchillo —añadió Sisto—. Lo he buscado en mi teléfono. Está hecho por una compañía llamada TitaniumEdge. Se llama Socom Black. La hoja negra está hecha así para no reflejar la luz; ya sabes, por si sales de noche y tienes que acuchillar a alguien.

Lo dijo con un sarcasmo que a Bosch no le hizo ninguna gracia.

—Sí, lo sé —dijo Bosch.

—He mirado un par de blogs de cuchillos mientras estaba esperando aquí; sí, hay blogs de cuchillos. Un montón dicen que el Socom Black es el mejor de todos.

—¿El mejor para qué? —preguntó Bosch.

—Para cosas que acojonan, supongo. Crímenes. Socom probablemente son las siglas de alguna clase de fuerzas especiales.

—Comando de Operaciones Especiales. Fuerza Delta.

Sisto pareció sorprendido.

—Vaya. Supongo que entiendes de rollos militares.

—Entiendo de unas cuantas cosas.

Bosch le devolvió el cuchillo con cautela.

No estaba seguro de qué pensaba Sisto de él. Habían tenido poca interacción, aunque sus escritorios en la brigada solo estaban separados por una mampara. Sisto se ocupaba de delitos contra la propiedad y Bosch no dedicaba su tiempo a delitos contra la propiedad no resueltos, así que habían tenido pocos motivos de conversación más allá de los saludos rutinarios de cada día. Bosch suponía que Sisto, al que doblaba en edad, lo veía como una especie de reliquia del pasado. El hecho de que Harry casi siempre llevara chaqueta y corbata cuando venía a trabajar gratis probablemente también lo confundía.

—¿Así que la navaja no estaba plegada cuando la encontraste? —preguntó Bosch—. ¿El tipo estaba detrás de la cortina con la navaja abierta?

—Sí, preparado —dijo Sisto—. ¿Crees que tendría que plegarla para que nadie se corte?

—No. Archívala como la encontraste. Y ten cuidado con ella. Avisa a la gente de que está abierta. Mejor trata de conseguir una caja cuando la lleves a control de pruebas.

Sisto asintió al tiempo que volvía a colocar con cuidado la navaja en la bolsa de pruebas más grande. Bosch se acercó a la ventana y miró el cristal roto en el patio. El Enmascarado se había lanzado por la ventana y había roto tanto el cristal como el marco. La primera idea de Bosch era que tenía que haber resultado herido. El golpe con el palo de la escoba lo dejó tan desconcertado que pensó en huir en lugar de luchar, la reacción contraria a la de su pretendida víctima. Pero atravesar la ventana y arrancar el marco además del cristal requería mucha fuerza.

—¿Sangre o algo en el cristal? —preguntó.

—Hasta el momento no —dijo Sisto.

—¿Te han informado del cuchillo? No hablamos de ello con nadie, y menos de la marca y modelo.

—Recibido. ¿Crees que alguien va a venir a confesar esto?

—Cosas más raras he visto. Nunca se sabe.

Bosch sacó su teléfono y empezó a alejarse de Sisto para poder hablar en privado. Salió al pasillo y luego a la cocina, donde marcó el número de su hija. Como de costumbre, ella no respondió. El uso principal que su hija le daba al teléfono era enviar mensajes de texto y controlar sus redes sociales. Sin embargo, Bosch también sabía que, aunque Maddie no contestara sus llamadas ni se enterara de ellas —tenía el teléfono siempre en silencio—, sí escuchaba los mensajes que le dejaba.

Como esperaba, la llamada saltó al contestador.

—Hola, soy papá. Solo quería ver cómo estás. Espero que todo vaya bien y estés bien. Puede que pase por Orange en algún momento de esta semana de camino a San Diego por un caso. Avísame si quieres tomar un café o comer algo. Tal vez cenar. Bueno, nada más. Te quiero y espero verte pronto… Eh, pon agua en el cuenco del perro.

Después de colgar salió por la puerta principal de la casa, donde había un agente de patrulla apostado. Se llamaba Hernández.

—¿Quién está al mando esta noche? —preguntó Bosch.

—El sargento Rosenberg —dijo Hernández.

—¿Puedes llamarlo y preguntarle si puede pasar a buscarme? Tengo que volver a comisaría.

—Sí, señor.

Bosch caminó hasta la acera para esperar que viniera el coche patrulla de Irwin Rosenberg. Necesitaba que lo acercara, pero también tenía que pedirle a Rosenberg, que estaba al mando de la guardia nocturna, que ordenara que la patrulla vigilara la casa de Beatriz Sahagún.

Miró su teléfono y vio que acababa de recibir un mensaje de Maddie que decía que podía ir a cenar si él pasaba por allí y que había un restaurante que tenía ganas de probar. Bosch contestó que quedarían lo antes posible, en cuanto se despejara su agenda. Sabía que su hija, el viaje a San Diego y el caso Vance iban a quedar en espera al menos un par de días. Tendría que quedarse con el caso del Enmascarado, aunque solo fuera para estar listo para responder a lo que la atención de los medios inevitablemente conllevaría.

20

Bosch fue el primero en llegar a la oficina de detectives el sábado por la mañana y la única cosa que lo habría hecho sentir más orgulloso que eso habría sido quedarse toda la noche trabajando en el caso. No obstante, su estatus como voluntario le permitía elegir su horario y optó por una noche de dormir bien en lugar de investigar un caso hasta el amanecer. Ya no tenía edad para eso. Eso lo reservaría para homicidios.

En el interior de la comisaría había parado en la sala de comunicaciones y había cogido la pila de mensajes que habían recibido desde que la noticia sobre el violador en serie había llegado a los medios la tarde anterior. También se pasó por la unidad de control de pruebas y retiró el cuchillo recuperado en la escena del crimen.

Ya en su escritorio sorbió el *latte* helado del Starbucks y empezó a revisar los mensajes. Mientras hacía un examen inicial creó una segunda pila de mensajes en los cuales se señalaba que la persona que había llamado solo hablaba en español. Esos se los pasaría a Lourdes para que los revisara e hiciera un seguimiento. Esperaba ocuparse del caso del Enmascarado durante el fin de semana. Sisto estaba de guardia para otros casos que necesitaran un detective y el capitán Treviño tenía que llegar, porque según la rotación era el fin de semana en que le tocaba estar a cargo del departamento.

Entre los mensajes solo en español había una llamada anónima de una mujer que informó de que ella también había sido atacada por un violador que llevaba una máscara como las que llevaban los luchadores mexicanos. Se negó a revelar su nombre, porque reconocía que estaba en el país de forma ilegal y la operadora de la policía no logró convencerla de que no se tomaría ninguna medida contra ella si informaba completamente del crimen.

Bosch siempre había esperado que hubiera otros casos que desconocía, pero leer el mensaje fue desgarrador, porque la mujer le dijo a la operadora que la agresión se había cometido casi tres años antes. Bosch se dio cuenta de que la víctima había vivido con las consecuencias psicológicas y tal vez incluso físicas del horrible asalto durante todo ese tiempo sin poder siquiera aferrarse a la esperanza de que un día la justicia prevalecería y su agresor tendría que responder de su crimen. Había renunciado a todo eso al decidir no denunciar el crimen por temor a que ello condujera a su deportación.

Había gente que no tendría compasión de ella, y Bosch lo sabía. Gente que argumentaría que el hecho de que hubiera permanecido en silencio sobre la agresión había permitido al violador pasar a la siguiente víctima sin preocuparse por la atención de la policía. Bosch podía entenderlo hasta cierto punto, pero para él se imponía la compasión por la situación de la víctima silenciosa. Sin conocer siquiera los detalles de cómo había llegado al país, Bosch sabía que su camino no había sido fácil y ese deseo de quedarse, fueran cuales fuesen las consecuencias —incluso guardar silencio sobre una violación—, era lo que lo conmovía. Los políticos podían hablar de construir muros y cambiar leyes para que no entrara gente, pero al final eran meros símbolos. Ni una cosa ni otra detendría la marea más que una escollera a la entrada del puerto. Nada podía contener la marea de esperanza y deseo.

Bosch rodeó el cubículo y dejó la pila de mensajes solo en español en el escritorio de Lourdes. Era la primera vez que se acercaba y miraba su espacio de trabajo desde ese ángulo. Vio el habitual despliegue de boletines policiales y volantes de personas en busca y captura. Había un volante en el que aparecía una mujer desaparecida que había atormentado al departamento durante diez años, porque nunca había sido encontrada y se temía lo peor. Clavado en el centro de la mampara que separaba sus escritorios había varias fotos de un niño. En algunas de las fotos se lo veía en brazos de Lourdes u otra mujer, y en otras se veía a los tres en abrazos de grupo. Bosch se detuvo un momento para inclinarse y mirar la felicidad en las fotos y justo entonces se abrió la puerta de la sala y entró Lourdes.

—¿Qué estás haciendo? —preguntó ella al coger un rotulador y anotar su hora de entrada en la pizarra de asistencia de la brigada.

—Eh, solo estaba dejándote estos mensajes de teléfono —dijo retrocediendo para permitirle acceder a su espacio—. Son llamadas en español de anoche.

Lourdes lo rodeó para entrar en su cubículo.

—Oh, vale. Gracias.

—Eh, ¿es tu hijo?

—Sí, Rodrigo.

—No sabía que tuvieras un hijo.

—Pues ya ves.

Se produjo un silencio incómodo mientras Lourdes esperaba a que Bosch preguntara si la otra mujer formaba parte de la relación y cuál de las dos había tenido el niño o si era adoptado. Bosch eligió no seguir ese camino.

—El mensaje de arriba es de otra víctima —dijo, al empezar a rodear los cubículos hasta su propio escritorio—. No ha dado su nombre, pero ha dicho que era ilegal. Según el centro de comunicaciones, llamó desde un teléfono público que hay al lado del tribunal.

—Bueno, sabíamos que probablemente había más casos —dijo Lourdes.

—Yo también tengo una pila que revisar. Y he sacado el cuchillo de control de pruebas.

—¿El cuchillo? ¿Por qué?

—Estos cuchillos de tecnología militar son piezas de coleccionista. Es posible que podamos rastrearlo. —Volvió a su escritorio y desapareció del campo visual de Lourdes.

Bosch miró primero la pila de mensajes que sabía que probablemente agotarían una buena parte de su día ofreciendo poco o nada a cambio y, luego, el cuchillo.

Eligió el cuchillo. Se puso unos guantes de látex y sacó el arma de la bolsa de pruebas. El ruido del plástico hizo que Lourdes se levantara y mirara por encima de la partición.

—No lo vi anoche —dijo.

Bosch lo levantó para que ella pudiera examinarlo de cerca.

—Parece completamente salvaje —añadió Lourdes.

—Desde luego, es para usar en una brigada asesina silenciosa —dijo Bosch.

Sacó el cuchillo otra vez y lo sostuvo en horizontal con la hoja desplegada. Hizo el gesto de atacar a alguien desde atrás, tapándole la boca con la mano derecha y luego colocando la punta de la hoja en el cuello del objetivo con la izquierda. A continuación, cortó hacia afuera con el cuchillo.

—Empiezas en un lado y cortas todas las arterias del cuello —dijo—. No hay sonido y el objetivo se desangra en menos de veinte segundos. Listo.

—¿El objetivo? —dijo Lourdes—. ¿Tú eras uno de esos tipos, Harry? En una guerra quiero decir.

—Estuve en una guerra mucho antes de que tú nacieras. Pero no teníamos nada parecido a esto. Poníamos betún en nuestros cuchillos.

Lourdes pareció confundida.

—Para que no reflejaran en la oscuridad —explicó Bosch.

—Claro.

Bosch dejó el cuchillo en su escritorio, avergonzado de su demostración.

—¿Crees que nuestro hombre es un exmilitar? —preguntó Lourdes.

—No, no lo creo —dijo Bosch.

—¿Por qué?

—Porque ayer huyó. Creo que si tuviera formación militar se habría recompuesto, se habría recuperado y habría avanzado. Habría vuelto contra Beatriz. Tal vez la habría matado.

Lourdes lo miró un momento y luego señaló el *latte* helado que estaba dejando una marca de humedad en el cartapacio.

—¿Estaba hoy en el Starbucks?

—No. No me sorprende. Pero puede ser que simplemente tenga fiesta los sábados.

—Sí, bueno, voy a empezar a llamar a algunas de estas personas. Espero que no te moleste.

—No, no molesta.

Lourdes desapareció de su campo visual otra vez y Bosch se puso las gafas de lectura para examinar el cuchillo. Sin embargo, al mirar el arma colocada en su cartapacio vio otra cosa. Vio el rostro de un hombre al que había matado en un túnel más de cuarenta años antes. Bosch se había metido en un recoveco del túnel y el hombre había pasado a su lado en la oscuridad. No lo había visto, no lo había olido. Bosch lo agarró desde atrás, le puso una mano en la cara, sobre la boca, y le cortó la garganta con su cuchillo. Terminó de forma tan rápida y tan eficiente que a Bosch no le salpicó ni una gota de sangre arterial. Siempre recordaba el último aliento del hombre exhalando contra la palma de la mano con la que le había tapado la boca. Recordaba que cerró los ojos del hombre cuando este cayó bañado en sangre.

—¿Harry?

Bosch salió de su recuerdo. El capitán Treviño estaba detrás de él en el cubículo.

—Lo siento, solo estaba pensando —balbuceó Bosch—. ¿Qué pasa, capitán?

—Firme en la pizarra —dijo Treviño—. No quiero volver a tener que decírselo.

Bosch giró en su silla y vio a Treviño señalando hacia la puerta donde estaba la pizarra.

—Sí, sí, ahora voy.

Se levantó y Treviño retrocedió para que él pudiera salir del cubículo. El capitán habló a su espalda.

—¿Es este el cuchillo? —preguntó Treviño.

—Sí —dijo Bosch.

Bosch cogió un rotulador del borde inferior del tablón y anotó que había llegado a las 6.15 esa mañana. No había mirado exactamente la hora, pero sabía que había estado en el Starbucks a las 6.00.

Treviño entró en su despacho y cerró la puerta. Bosch regresó al cuchillo de su escritorio. Esta vez dejó de lado el viaje en el tiempo y se inclinó para poder leer los números estampados en la hoja negra. En un lado del logo de TitaniumEdge aparecía la fecha de fabricación —09/08— y en el otro lado había unas cifras que Bosch suponía que correspondían al número de serie único del arma. Anotó ambos y se conectó con la web de TitaniumEdge.

Al hacerlo, oyó que Lourdes empezaba una de sus llamadas en español. Bosch entendió lo suficiente para saber que estaba llamando a alguien que había identificado como el violador a una persona que conocía. Bosch sabía que sería una llamada rápida. Los investigadores estaban seguros al noventa y cinco por ciento de que estaban buscando a un hombre caucásico. Cualquiera que llamara acusando a un latino se equivocaba y, probablemente, buscaba causar dificultades en la vida de un enemigo personal.

Bosch encontró el sitio de TitaniumEdge y enseguida descubrió que los propietarios de sus cuchillos podían registrarlos en el momento de la compra o después. No era algo requerido y Bosch suponía que, en la mayoría de los casos, los propietarios no se molestaban en hacerlo. El fabricante del cuchillo estaba situado en

Pensilvania, cerca de las fábricas de acero que producían la materia prima de sus armas. El sitio web mostraba que la compañía fabricaba varias navajas distintas. Sin saber si estaría abierto un sábado, Bosch decidió probar y llamó al teléfono que figuraba en la web. La llamada fue contestada por una operadora y Harry preguntó por el encargado.

—Hoy tenemos aquí a Johnny y George. Son los jefes.

—¿Alguno de ellos está disponible? —preguntó—. No importa cuál.

La mujer puso a Bosch en espera y al cabo de dos minutos una voz masculina brusca apareció en la línea. Si había alguna voz que encajara con el fabricante de un cuchillo de hoja negra era esa.

—Habla Johnny.

—Johnny, soy el detective Bosch del SFPD en California. Me estaba preguntando si podría disponer de unos minutos de su tiempo para colaborar con una investigación que tenemos en marcha aquí.

Hubo una pausa. Bosch se había acostumbrado a usar las siglas SFPD al llamar fuera de la ciudad, porque había posibilidades de que el receptor de la llamada saltara a la conclusión de que Bosch estaba llamando desde el Departamento de Policía de San Francisco y estuviera más dispuesto a ayudar que si sabían que llamaban desde la pequeña San Fernando.

—¿SFPD? —dijo finalmente Johnny—. Nunca he estado en California.

—Bueno, no se trata de usted, señor —explicó Bosch—. Se trata de un cuchillo que recuperamos en una escena del crimen.

—¿Alguien resultó herido?

—No que sepamos. A un ladrón se le cayó cuando lo perseguían en una casa a la que había entrado.

—Da la impresión de que iba a usarlo para hacer daño a nadie.

—Nunca lo sabremos. Se le cayó y estoy tratando de localizarlo. He visto en su sitio web que los compradores pueden registrarlos. Me estaba preguntando si podría saber si este se registró.

—¿Qué arma es?

—Es una navaja Socom Black. Hoja negra de diez centímetros. En la hoja dice que se fabricó en septiembre de 2008.

—Sí, ya no las fabricamos.

—Pero sigue siendo un elemento muy valorado por los coleccionistas, por lo que me han dicho.

—Bueno, deje que lo busque en el ordenador y a ver qué tenemos.

Bosch estaba animado por la cooperación. Johnny preguntó el número de serie y Bosch se lo leyó de la hoja de la navaja. Harry oyó que tecleaba en un ordenador.

—Bueno, está registrada —dijo Johnny—, pero por desgracia es una navaja robada.

—¿De veras?

Sin embargo, no era una información sorprendente. Pensaba que era poco probable que un violador en serie usara un arma que podía rastrearse directamente a él, incluso si narcisísticamente suponía que nunca perdería el cuchillo o sería identificado como sospechoso.

—Sí, se robó un par de años después de que lo adquiriera el comprador original —dijo Johnny—. Al menos fue entonces cuando este nos lo notificó.

—Bueno, se ha encontrado —dijo Bosch—. Y ese propietario lo recuperará después de que terminemos con el caso. ¿Puede darme esa información?

Ahí era donde Bosch esperaba que Johnny no pidiera una orden. Eso retrasaría sobremanera el seguimiento de esa pista. Molestar a un juez en fin de semana para que firmara una orden relacionada con una parte menor de una investigación no era algo que le apeteciera hacer.

—Siempre estamos encantados de ayudar al Ejército y a la Policía —dijo Johnny patrióticamente.

Bosch anotó entonces el nombre y dirección del comprador original del cuchillo en 2010. Era un tal Jonathan Danbury, y su dirección, al menos entonces, estaba en Santa Clarita, a no más de treinta minutos por la autovía 5 desde San Fernando.

Bosch agradeció al fabricante del cuchillo por su cooperación y puso fin a la llamada. De inmediato, accedió a la base de datos de Tráfico para ver si podía localizar a Jonathan Danbury. Enseguida descubrió que Danbury todavía vivía en la misma casa que cuando denunció el robo de la navaja en 2010. Bosch averiguó también que Danbury tenía en la actualidad treinta y seis años y carecía de antecedentes penales.

Bosch esperó a que Lourdes terminara una llamada en español. En el momento en que ella colgó, captó su atención.

—Bella.

—¿Qué?

—¿Lista para dar una vuelta? Tengo una pista sobre el cuchillo. Un tipo en Santa Clarita que denunció su robo hace seis años.

Lourdes levantó la cabeza por encima de la mampara.

—Lo que estoy es lista para suicidarme —dijo—. Esta gente... Solo están delatando a sus antiguos novios, a cualquiera que quieran que lo moleste la policía. Y hay un montón de violaciones en citas, es triste decirlo. Mujeres que creen que el tipo que las forzó es nuestro tipo.

—Vamos a seguir recibiendo esas llamadas hasta que encontremos al culpable.

—Lo sé. Solo esperaba estar mañana con mi hijo. Pero me quedaré aquí clavada si siguen entrando estas llamadas.

—Yo me ocuparé mañana. Tómate el día. Dejaré las llamadas solo en español para el lunes.

—¿En serio?

—En serio.

—Gracias. ¿Sabemos cómo robaron el cuchillo entonces?

—Todavía no. ¿Lista para salir?

—¿Podría ser nuestro hombre? ¿Denunciar el robo del cuchillo como tapadera?

Bosch se encogió de hombros y señaló su ordenador.

—No tiene antecedentes —dijo—. El perfil decía que buscáramos casos anteriores. Pequeñas cosas que dan paso a otras más graves.

—Los perfiles no siempre son acertados —repuso Lourdes—. Yo conduciré.

Esto último era una broma entre ellos. Como agente de reserva, Bosch no disponía de vehículo oficial. Lourdes tenía que conducir cuando se trataba de asuntos policiales oficiales.

En el camino de salida de la brigada, Lourdes se detuvo para anotar la hora y su destino (Santa Clarita) en la pizarra de la puerta de la sala de brigada.

Bosch no lo hizo.

21

Santa Clarita era una comunidad dormitorio en expansión construida en la grieta de las montañas de San Gabriel y Santa Susana. Se hallaba al norte de Los Ángeles y permanecía protegida de la gran ciudad y sus males por esas mismas cadenas montañosas. Era un lugar que desde el principio atrajo a familias hacia el norte de la metrópoli, familias que buscaban casas más baratas, escuelas más nuevas, parques más verdes y menos delincuencia. Esas mismas características también atrajeron a centenares de agentes de policía que querían alejarse de los lugares que protegían y servían. Se decía que con el tiempo Santa Clarita se convirtió en el lugar más seguro del condado para vivir, porque casi en cada manzana residía un policía.

De todos modos, ni siquiera con ese disuasivo y las montañas como muro se podía escapar de los males de la gran ciudad, y estos finalmente empezaron a migrar a través de los pasos montañosos hacia los barrios y parques. Jonathan Danbury podía dar fe de ello. Explicó a Bosch y Lourdes que su navaja TitaniumEdge de trescientos dólares había sido robada de la guantera de su coche estacionado en el sendero de su casa en Featherstar Avenue. Para añadir sal a la herida, el robo se produjo justo enfrente de la casa de un agente del *sheriff*.

Era un bonito barrio de viviendas de clase media y media alta, con un canal de desagüe natural llamado Haskell Canyon Wash que recorría la parte de atrás de las casas. Danbury había abierto la puerta en camiseta, bermudas y chanclas. Explicó que era un agente de viajes por Internet que trabajaba desde casa y que su mujer vendía propiedades inmobiliarias en la zona de Saugus, en el valle de San Fernando. Dijo que se había olvidado de su navaja robada hasta que Bosch la presentó en su bolsa de pruebas.

—Nunca había vuelto a verla —dijo—. Caray.

—Denunció su robo a TitaniumEdge hace seis años —dijo Bosch—. ¿También presentó una denuncia al Departamento del Sheriff?

Santa Clarita carecía de departamento de policía y desde los inicios contrataba los servicios del Departamento del Sheriff del Condado de Los Ángeles.

—Los llamé —dijo Danbury—. De hecho, Tillman, el agente que vivía enfrente entonces, vino y tramitó la denuncia. Pero nunca surgió nada.

—¿Hubo un seguimiento de un detective? —preguntó Bosch.

—Creo recordar que recibí una llamada, pero no estaban muy entusiasmados con el tema. El detective pensó que seguramente fueron los chicos del barrio. Qué osados. —Señaló al otro lado de la calle para ilustrar su relato—. Con un coche del *sheriff* aparcado allí mismo y el mío aquí, a seis metros, y estos chicos tienen los cojones de abrir el coche y robarme la navaja.

—¿Rompieron la ventanilla, saltó la alarma del coche?

—No. El detective llegó a la conclusión de que me había dejado el coche sin cerrar e hizo que pareciera culpa mía. Pero no lo dejé abierto. Nunca lo hago. Supongo que tendrían una ganzúa o algo que usaron para forzar la cerradura.

—¿Así que no se realizaron detenciones, que usted sepa?

—Si las hubo, desde luego no me lo dijeron.

—¿Guarda una copia de la denuncia, señor? —preguntó Lourdes.

—La guardé, pero fue hace mucho tiempo —dijo Dunbury—. Tengo tres hijos y llevo un negocio aquí. Por eso no les hago pasar. La casa está en perpetuo desorden y necesitaría tiempo para buscar la denuncia entre toda la basura que llamamos casa.

Rio. Bosch no lo hizo. Lourdes se limitó a asentir.

Danbury señaló la bolsa de pruebas.

—Bueno, no veo sangre —dijo Danbury—. Por favor, no me digan que acuchillaron a alguien.

—No apuñalaron a nadie —dijo Bosch.

—Parece algo grave si han venido hasta aquí.

—Es algo grave, pero no podemos hablar de ello.

Bosch buscó en el bolsillo interior de su chaqueta y actuó como si no encontrara lo que estaba buscando. Luego se palpó el otro bolsillo.

—¿No tendrá un cigarrillo, señor Danbury? —preguntó.

—No, no fumo —dijo Danbury—. Lo siento. —Señaló la navaja—. Bueno, ¿la recuperaré? —preguntó—. Probablemente, ahora vale más de lo que pagué por ella. La gente las colecciona.

—Eso he oído —dijo Bosch—. La detective Lourdes le dará una tarjeta. Puede contactar con ella dentro de unas semanas para recuperarla. ¿Puedo preguntarle algo? ¿Por qué tenía la navaja?

—Bueno, para ser sincero, tengo un cuñado que es exmilitar y colecciona estas cosas. Pensé que quizá sería bueno tener un poco de protección, aunque creo que más que nada lo hice por impresionarlo. La encargué y al principio la guardaba en mi mesita de noche. Luego me di cuenta de que era estúpido y que alguno de los niños podría hacerse daño. Así que la puse en la guantera del coche. En realidad, me olvidé de ella hasta que entré en el coche un día y vi la guantera abierta. Miré y la navaja no estaba.

—¿Se llevaron algo más? —preguntó Lourdes.

—No, solo la navaja —dijo Danbury—. Era la única cosa de valor en todo el coche.

Bosch asintió, luego se volvió y miró a la casa del otro lado de la calle.

—¿Adónde se mudó el agente del *sheriff*? —preguntó.

—No lo sé —dijo Danbury—. No éramos amigos. Puede que se fuera a Simi Valley.

Bosch asintió. Habían sacado lo que habían podido de la navaja de Danbury y este aparentemente había pasado el test del fumador. Decidió jugársela con una pregunta que podría resultar en el final airado de una conversación voluntaria.

—¿Le importa decirnos dónde estuvo ayer a mediodía? —preguntó.

Danbury los miró con incomodidad un momento y luego esbozó una sonrisa torpe.

—Eh, vamos, ¿qué es esto? —preguntó—. ¿Soy sospechoso de algo?

—Es una pregunta de rutina —dijo Bosch—. La navaja se encontró en un robo ayer a mediodía. Solo nos ahorraría tiempo si puede decirnos dónde estuvo. Si no, nuestro jefe verá que no está en el informe y nos mandara a molestarlo otra vez.

Danbury retrocedió y puso la mano en el pomo de la puerta. Estaba a punto de zanjar el asunto dando un portazo.

—Estuve aquí todo el día —respondió cortante—. Salvo cuando fui a buscar a dos de mis hijos a la escuela para llevarlos al médico alrededor de las once. Todo eso puede comprobarse con facilidad. ¿Algo más?

—No, señor —dijo Bosch—. Gracias por su tiempo.

Lourdes entregó a Danbury una tarjeta con su teléfono y siguió a Bosch a la escalera de entrada. Oyeron que la puerta se cerraba con brusquedad tras ellos.

Pusieron rumbo a la autovía y pararon en el *drive-thru* de una franquicia de comida rápida para que Bosch pudiera tomar algo mientras se dirigían al sur. Lourdes dijo que ya había comido antes y no pidió nada. No hablaron de la entrevista al principio. Bosch quería pensar en la conversación con Danbury antes de discutirla. Una vez que estuvieron en la 5 y Lourdes hubo abierto las ventanillas para eliminar el olor de comida rápida, Bosch sacó el tema.

—Bueno, ¿qué opinas de Danbury?

Lourdes cerró las ventanillas.

—No lo sé —dijo ella—. Esperaba que supiera quién se había llevado el cuchillo. Hemos de conseguir la denuncia al *sheriff,* solo para ver si investigaron a alguien.

—Entonces ¿no crees que denunciara el robo como tapadera?

—¿Denunció el robo y dos años después empezó a violar a gente en San Fernando? No creo que cuadre —dijo Lourdes.

—Las violaciones denunciadas empezaron dos años después. Como sabemos por la gente que llamó anoche, probablemente, hay otras violaciones. Podrían haber empezado antes.

—Es verdad, pero no veo a Danbury. No tiene antecedentes. No encaja en el perfil. No fuma. Está casado, tiene hijos.

—Dijiste que los perfiles no siempre aciertan —le recordó Bosch—. Tenía la hora de comer libre trabajando en casa y con los niños en la escuela.

—Pero no ayer. Nos ha dado una coartada que podemos comprobar fácilmente con el médico y la escuela. No es él, Harry.

Bosch asintió. Estaba de acuerdo, pero sentía que era bueno hacer de abogado del diablo para evitar el pensamiento de túnel.

—Sigue siendo raro cuando lo piensas —dijo Lourdes.

—¿Pensar en qué? —preguntó Bosch.

—Que una navaja robada aquí en la Santa Clarita de ojos azules termine en manos de un hombre blanco enmascarado que persigue latinas en San Fernando.

—Sí. Hemos hablado del lado racial de esto. Tal vez hemos de darle más importancia ahora.

—¿Cómo?

—Volviendo a la policía de Los Ángeles. Probablemente en Foothill y Mission tienen archivos de amenazas racistas, detenciones, esa clase de cosas. Tal vez consigamos algunos nombres.

—Vale, puedo hacer eso.

—El lunes. Tómate libre mañana.

—Lo estoy planeando.

Sin embargo, Harry sabía que ella se había presentado voluntaria para establecer contacto con las divisiones del Departamento de Policía de Los Ángeles por la aversión que mostraban hacia él en algunos sectores del departamento. Lourdes quería asegurarse de tener acceso a archivos del LAPD y que no la incordiaran porque alguien tuviera una rencilla con Bosch.

—¿Dónde vives, Bella? —preguntó Bosch.

—En Chatsworth. Tenemos una casa cerca de Winnetka.

—Es bonito.

—Nos gusta. Pero es lo mismo en todas partes. Todo es cuestión de las escuelas. Y allí tenemos buenas escuelas.

Bosch supuso por las fotos que había visto clavadas en la mampara que Rodrigo no tenía más de tres años. Lourdes ya se estaba preocupando por su futuro.

—Yo tengo una hija de diecinueve años —dijo—. Ha sufrido algunos golpes duros en la vida. Perdió a su madre joven. Pero lo ha superado. Los chicos son asombrosos, siempre y cuando los empujen en la dirección correcta desde casa.

Lourdes se limitó a asentir con la cabeza y Bosch se sintió estúpido por dispensar consejos indeseados y obvios.

—¿Rodrigo es aficionado a los Dodgers? —preguntó.

—Es muy pequeño, pero lo será —dijo ella.

—Entonces eres tú. Dijiste que Beatriz usó el palo de escoba como Adrián González.

González era un ídolo de los aficionados, sobre todo, entre los latinos.

—Sí, nos encanta ir a Chavez Ravine y ver a Gonzo.

Bosch asintió y volvió a centrarse en el trabajo.

—Entonces, ¿nada de valor en las llamadas de esta mañana?

—Nada. Tenías razón. No creo que vaya a surgir nada y ahora este hombre sabe que hemos conectado los puntos. ¿Por qué va a quedarse?

—Yo ni siquiera me he puesto con mi montón. A lo mejor tenemos suerte.

De regreso en la comisaría, Bosch por fin hurgó en su pila de chivatazos y mensajes telefónicos. Pasó las seis horas siguientes trabajando en eso, haciendo llamadas y planteando preguntas. Igual que Lourdes, terminó sin nada en las manos salvo haber reforzado su creencia en que los seres humanos se hunden hasta lo más ruin cuando se les presenta la oportunidad adecuada. Estaban tratando de atrapar a un violador en serie que estaba evolucionando, según el perfil, en un asesino, y la gente aprovechaba la situación para ajustar cuentas con sus enemigos.

22

El domingo no fue diferente. Bosch fue recibido a su llegada por una nueva tanda de notas sobre llamadas de colaboración ciudadana. Las repasó con rapidez en su cubículo. Separó primero las comunicaciones solo en español, que dejó en el escritorio de Lourdes para que ella se ocupara al día siguiente. Luego respondió los restantes avisos con llamadas cuando fue necesario o tirándolos a la papelera cuando correspondía. A mediodía había completado la tarea y solo contaba con una pista viable a cambio del esfuerzo.

La pista procedía de una comunicante anónima que informó de que había visto a un hombre enmascarado corriendo por la calle 7 hacia Maclay poco después de las doce de mediodía del viernes. Se negó a dar su nombre y había llamado desde un teléfono móvil con el número bloqueado. Le dijo a la operadora que ella iba conduciendo hacia el oeste por la 7 cuando vio al hombre con la máscara. Él iba corriendo en dirección este por el lado contrario de la calle y en un momento se detuvo para tratar de abrir tres coches aparcados en la 7. Cuando no pudo abrir ninguno de los vehículos, continuó corriendo hacia Maclay. La comunicante dijo que perdió de vista al hombre después de pasar junto a él.

Bosch estaba intrigado por la información, porque la hora del avistamiento coincidía con el asalto frustrado a Beatriz Sahagún a solo unas manzanas de distancia. Lo que inclinaba la llamada todavía más hacia el lado de la legitimidad era que la comunicante describió la máscara que llevaba el hombre que corría como negra con un dibujo verde y rojo. Esto coincidía con la descripción de Sahagún de la máscara que llevaba el violador y esta no se había comunicado a los medios.

Lo que incomodaba a Bosch de la llamada era por qué el sospechoso no se había quitado la máscara al huir de la casa de Sahagún. Un hombre enmascarado corriendo habría captado mucha más atención que solo un hombre corriendo. Harry pensó que tal vez el violador seguía desorientado después de haber sido golpeado por Sahagún con un palo de escoba. Otra razón podía ser que fuera conocido por la gente en ese barrio y quisiera ocultar su identidad.

La comunicante no dijo nada de si el hombre llevaba guantes, pero Bosch suponía que si no se había quitado la máscara seguiría con los guantes puestos.

Bosch se levantó de la silla de su escritorio y empezó a pasear por la minúscula sala de detectives mientras consideraba la información y su posible significado. El escenario, tal y como lo había explicado la comunicante anónima, sugería que el Enmascarado estaba tratando de encontrar un coche que no estuviera cerrado con llave y que pudiera robar para huir. Esto hacía suponer que no contaba con un vehículo de fuga o que el que tenía, por alguna razón desconocida, no estaba disponible. Esta idea fue lo que más intrigó a Bosch. Los anteriores asaltos atribuidos al Enmascarado parecían cuidadosamente planeados y coreografiados. Escapar siempre es un elemento crítico de cualquier plan. ¿Qué le ocurrió al vehículo de fuga? ¿Había un cómplice que sintió pánico y huyó? ¿O había otra razón para escapar a pie?

La segunda cuestión era la máscara. La comunicante afirmó que el sospechoso estaba corriendo hacia Maclay, una calle comercial llena de pequeñas tiendas y restaurantes. A mediodía del viernes, habría vehículos y peatones en Maclay Avenue y la aparición de un hombre con una máscara de lucha libre mexicana sería advertida por muchos. Y, sin embargo, era la única llamada que hasta el momento había mencionado al hombre que corría. Esto le decía a Bosch que el Enmascarado se quitó la máscara al llegar a la esquina y, o bien giró por Maclay, o bien cruzó la avenida.

Bosch sabía que no encontraría las respuestas a sus preguntas mientras paseaba por la sala de detectives. Volvió a su mesa y cogió sus llaves y sus gafas de sol del escritorio.

Al salir de la oficina casi se topó con el capitán Treviño, que estaba en el pasillo.

—Hola, capitán.

—Harry, ¿adónde va?

—Voy a comprar algo para comer.

Bosch continuó. Tal vez comprara algo para comer mientras estaba fuera, pero no tenía ningún interés en compartir su destino real con Treviño. Si la llamada anónima daba lugar a una pista legítima, informaría al jefe. Aceleró el paso para llegar a la puerta lateral de la comisaría antes de que Treviño comprobara la pizarra de asistencia de la brigada y viera que Bosch otra vez no había firmado ni la entrada ni la salida.

Harry tardó tres minutos en conducir hasta la esquina de Maclay y la 7. Aparcó su Cherokee alquilado y bajó. Se quedó en la esquina y miró alrededor. Era un cruce de zonas comerciales y residenciales. Maclay era una sucesión de pequeños comercios, tiendas y restaurantes. La 7 estaba llena de pequeñas propiedades con verja que se suponía que eran viviendas unifamiliares. Bosch sabía que muchos de esos hogares eran compartidos por varias familias, y todavía más gente vivía de manera ilegal en garajes reconvertidos.

Encontró una papelera cerca de la esquina y se le ocurrió una idea. Si el violador se había quitado la máscara y los guantes al llegar a Maclay…, ¿se los guardó? ¿Los llevó en las manos o metidos en los bolsillos? ¿O los tiró? Se sabía que tenía acceso a más máscaras que había usado en sus crímenes. Tirar la máscara de luchador y los guantes habría sido la acción más lógica una vez que estuvo en la concurrida calle comercial.

Bosch fue a la papelera y levantó la tapa. Habían pasado más de cuarenta y ocho horas desde el intento de violación a Beatriz Sahagún. Bosch no creía que el ayuntamiento hubiera vaciado la papelera en ese período y no se equivocaba. Había sido un fin de semana de mucho movimiento en Maclay y la papelera estaba casi llena. Bosch sacó unos guantes de látex del bolsillo de la chaqueta. Se quitó la chaqueta y la colgó del respaldo de un banco en una parada de autobús cercana. A continuación, se puso los guantes, se subió las mangas y se puso manos a la obra.

Era un proceso asqueroso con la papelera llena en su mayor parte de comida podrida y algún que otro pañal desechable. También parecía que en algún momento del fin de semana alguien había vomitado directamente en el receptáculo. Necesitó diez buenos minutos de concienzudo trabajo para llegar al fondo. No encontró ni máscara ni guantes.

Impasible, Bosch fue a la siguiente papelera, a veinte metros de distancia, y empezó el mismo proceso. Sin la chaqueta, su placa quedaba a la vista en su cinturón, y eso probablemente impidió que los comerciantes y paseantes le preguntaran qué estaba haciendo. En la segunda papelera captó la atención de una familia que comía a las puertas de una taquería a tres metros de él. Bosch trató de llevar a cabo su búsqueda mientras colocaba su cuerpo como pantalla visual. Había más restos de similares características en la segunda papelera, pero encontró el premio a medio camino de su segunda excavación. Entre la basura había una máscara de luchador de cuero negro con un dibujo verde y rojo.

Bosch se enderezó, se apartó de la papelera, se quitó los guantes y los tiró al suelo. Acto seguido, sacó su móvil e hizo varias fotos de la máscara en el interior de la papelera. Después de documentar el hallazgo, llamó a la sala de comunicaciones de la policía de San Fernando y le dijo al agente responsable que necesitaba que un equipo de pruebas del Departamento del Sheriff recogiera la máscara del receptáculo de la basura.

—¿No puede embolsarla y etiquetarla usted? —preguntó el agente.

—No, no puedo embolsarla y etiquetarla —dijo Bosch—. Va a haber material genético dentro y posiblemente fuera de la máscara. Quiero ir con pies de plomo con esto para que ningún abogado le diga a un jurado que lo hice todo mal y eché a perder el caso. ¿De acuerdo?

—Bueno, bueno, solo preguntaba. Necesito que lo autorice el capitán Treviño antes de llamar al *sheriff*. Puede que tarde un rato.

—Estaré aquí esperando.

Un rato se convirtió en tres horas. Bosch esperó con paciencia, pasando parte del tiempo hablando con Lourdes cuando ella lo llamó después de que él le mandara una foto de la máscara. Era un buen hallazgo y ayudaría a dar una nueva dimensión a su comprensión del Enmascarado. También coincidieron en que indudablemente habría material genético dentro de la máscara que podría relacionarse con el violador. En ese sentido sería como el semen recogido en tres de los otros asaltos: un vínculo definitivo, pero solo si se identificaba al sospechoso. Bosch dijo que tenía esperanza de conseguir algo mejor. Bastaba con que el cuero de la máscara conservara una huella dactilar dejada al ponerse o quitarse la máscara. Una huella dactilar aportaría una nueva perspectiva. Todo indicaba que al Enmascarado nunca le habían tomado una muestra de ADN, pero podían haberle tomado las huellas dactilares. Un carnet de conducir en California requería huellas dactilares. Si había una huella en la máscara podrían tener lo que necesitaban. Bosch había trabajado en casos con el Departamento de Policía de Los Ángeles en los que se habían sacado huellas de abrigos de piel y botas. No era descabellado esperar que la máscara fuera lo que resolviera el caso.

—Lo has hecho bien, Harry —dijo Lourdes—. Ahora siento no estar trabajando hoy.

—No pasa nada —repuso Bosch—. Estamos los dos en el caso. Lo que hago yo lo haces tú y viceversa.

—Bueno, esa actitud pondrá contento al capitán Treviño.

—Que es lo que queremos.

Lourdes estaba riendo cuando colgaron.

Bosch volvió a esperar. A lo largo de la tarde, tuvo que apartar reiteradamente a peatones que pretendían usar la papelera para su propósito público. El único caso en que se le escapó alguien fue cuando recordó que había dejado la chaqueta en el banco de la parada de autobús de la esquina y fue a recuperarla. Al volver vio que una mujer que empujaba un carrito de bebé tiraba algo en el receptáculo que contenía la máscara. Había salido de improviso y Bosch llegó demasiado tarde para detenerla. Esperaba encontrarse otro pañal, pero en cambio se encontró un cucurucho a medio comer salpicado directamente en la máscara.

Maldiciéndose a sí mismo, Bosch se puso guantes otra vez, metió la mano y sacudió el mejunje de chocolate derretido de la máscara. Cuando lo hizo, vio un solo guante muy parecido al que él mismo llevaba debajo de la máscara. Eso redujo su nivel de frustración, aunque no mucho.

El equipo forense del Departamento del Sheriff no llegó hasta casi las cuatro y los dos hombres que lo formaban no parecían demasiado complacidos de recibir una llamada el domingo por la tarde ni por la perspectiva de trabajar en una papelera. Bosch no se disculpó y les pidió que fotografiaran, documentaran y recogieran las pruebas. Ese proceso, que incluía vaciar todo el contenido de la papelera en láminas de plástico y luego examinar cada elemento antes de transferirlo a una segunda lámina se prolongó casi dos horas.

Al final, se recuperaron la máscara y dos guantes que se llevaron al laboratorio del *sheriff* para su análisis concienzudo. Bosch pidió que se dieran prisa, pero el jefe del equipo forense se limitó a asentir y sonreír como si estuviera tratando con un niño ingenuo que pensaba que era el primero en la cola de la vida.

Bosch regresó a la oficina de detectives a las siete y no vio rastro del capitán Treviño. La puerta de su oficina estaba cerrada y el ventanillo oscuro. Se sentó en su cubículo y escribió un informe de pruebas sobre la recuperación de la máscara y los guantes y la llamada anónima que había conducido a ellos. Luego imprimió dos copias, una para su archivo y otra para el capitán.

Volvió al ordenador y cumplimentó un formulario de solicitud de laboratorio complementaria que enviaría al laboratorio del *sheriff* en Cal State y serviría como medio de duplicar la solicitud de urgencia. El momento era bueno. Un mensajero del laboratorio hacía una parada semanal en el Departamento de Policía de San Fernando los lunes para entregar y recoger pruebas. La solicitud urgente de Bosch llegaría al laboratorio al día siguiente por la tarde, incluso si el técnico forense que recogía las pruebas no transmitía su demanda verbal. En la petición, Bosch solicitaba un examen completo del interior y exterior de la máscara para buscar huellas dactilares, pelo u otro material genético. Además, pedía que el laboratorio comprobara el interior de los guantes de látex en busca de pruebas similares. Citó el hecho de que la investigación correspondía a un caso de violador en serie como la razón para darse prisa con el análisis. Escribió: «Este criminal no pondrá fin a su terror y violencia contra las mujeres hasta que lo detengamos. Por favor, dense prisa».

En esta ocasión imprimió tres copias del documento: una para su propio archivo del caso, otra para Treviño y la tercera para el mensajero del laboratorio. Después de dejar la tercera copia en la sala de control de pruebas, Bosch estaba listo para irse a casa. Había tenido un buen día y había conseguido una buena pista con la máscara y los guantes. Sin embargo, se dirigió otra vez a su cubículo para cambiar de caso y dedicar algo de tiempo a la investigación de Vance. Gracias a la pizarra de asistencia sabía que Treviño se había marchado hacía rato y no volvería, de manera que no había motivo para temer que lo descubrieran.

Bosch estaba intrigado por la historia que le había contado Halley Lewis, según el cual Nick Santanello se había visto atraído al movimiento Orgullo Chicano durante su instrucción en San Diego. Su descripción del parque bajo un paso elevado de la autovía merecía una verificación. Bosch lo estudió desde varios ángulos en Google y enseguida estuvo buscando fotos y un mapa de un lugar llamado Chicano Park, que estaba situado debajo de la autovía 5 y la salida al puente que cruzaba la bahía de San Diego hasta la isla del Coronado.

Las fotos del parque mostraban decenas de murales pintados en cada uno de los pilares de hormigón que sostenían el puente y la autovía que pasaba por encima. Los murales mostraban alegorías religiosas, tradición cultural y a individuos notables en el movimiento Orgullo Chicano. Un pilar estaba pintado con un mural que señalaba la fundación del parque en abril de 1970. Bosch se dio cuenta de que Santanello estaba entonces en Vietnam, lo cual significaba que su relación con la mujer que Lewis había identificado como Gabriela empezó antes de que el parque fuera formalmente aprobado por el ayuntamiento e inaugurado.

El mural que estaba contemplando enumeraba al pie los artistas fundadores del parque. La lista era larga y la pintura se había ido desvayendo. Los nombres desaparecían bajo un lecho de zinnias que rodeaban el pie del pilar como una corona. Bosch no vio el nombre de Gabriela, pero se dio cuenta de que había nombres que no podía distinguir.

Cerró la foto y pasó los siguientes veinte minutos buscando en Internet un mejor ángulo del pilar o una foto anterior tomada antes de que la corona de flores creciera y ocultara los nombres. No encontró nada y se sintió frustrado. No había ninguna garantía de que Gabriela apareciera mencionada en el mural, pero sabía que tendría que parar en el parque y comprobarlo cuando viajara a San Diego para buscar entre los registros de nacimiento de 1970 el de una niña con un padre llamado Dominick Santanello.

Después de una parada en el Art's Deli de Studio City para una comida que le serviría de almuerzo y cena, Bosch llegó a Woodrow

Wilson Drive a última hora de la tarde. Aparcó como de costumbre al pasar la curva y luego caminó hasta su casa. Sacó del buzón el correo de toda una semana, incluida una cajita que también habían metido allí.

Entró en la casa y dejó los sobres en la mesa del comedor para ocuparse de eso después. Abrió la caja y encontró el detector e inhibidor GPS que había pedido.

Sacó una cerveza de la nevera y se quitó la chaqueta antes de llevarse el dispositivo a la silla reclinable que tenía delante de la tele del salón. Normalmente, habría puesto un disco, pero quería mirar las noticias para ver si salía algo de la historia del Enmascarado.

Puso el canal 5, porque era un canal independiente local que prestaba atención a noticias de fuera de Hollywood. Bosch había visto una furgoneta de noticias con un 5 en el lateral delante de la comisaría de policía el viernes cuando se celebró la conferencia de prensa.

El informativo ya había empezado cuando encendió la televisión. Empezó a leer el manual de instrucciones que venía con el dispositivo GPS y mantuvo un oído en la tele.

Estaba a medio camino de aprender a identificar un dispositivo GPS e inhibir su señal cuando el tono del locutor de las noticias captó su atención.

«… Vance fue clave en el desarrollo de las tecnologías furtivas.»

Bosch levantó la mirada y vio una foto de un Whitney Vance mucho más joven en la pantalla. La imagen desapareció y el presentador continuó con la siguiente noticia.

Bosch se inclinó hacia delante en su silla, completamente alerta. Cogió el mando a distancia y cambió al canal 9, pero no había nada sobre Vance. Bosch se levantó y fue al portátil de la mesa del salón. Abrió la página del *Los Angeles Times*. El primer titular decía:

Fallece el multimillonario Whitney Vance
El magnate del acero también dejó huella en la aviación

El artículo era breve, porque la información era escasa. Se limitaba a afirmar que *Aviation Week* estaba informando en su web de que Whitney Vance había fallecido después de una breve enfermedad. La noticia citaba fuentes no identificadas y no daba más detalles, salvo para señalar que Vance había muerto en paz en su casa de Pasadena.

Bosch cerró el portátil de golpe.

—Maldita sea —exclamó.

El artículo del *Times* ni siquiera confirmaba la información de *Aviation Week*. Bosch se levantó y paseó por el salón, sin estar seguro de lo que podía hacer. Se sentía culpable en cierto modo y no confiaba en la información de que Vance hubiera muerto en paz en su casa.

Al volver a la mesa del comedor vio la tarjeta de visita que le había dado Vance. Sacó su teléfono y marcó el número. Esta vez respondieron.

—¿Hola?

Bosch sabía que la voz no pertenecía a Whitney Vance. No dijo nada.

—¿Es el señor Bosch?

Bosch dudó, pero respondió.

—¿Quién es?

—Soy Sloan.

—¿De verdad está muerto?

—Sí, el señor Vance ha fallecido. Y eso significa que sus servicios ya no son necesarios. Adiós, señor Bosch.

—¿Lo han matado, cabrones?

Sloan colgó a mitad de la pregunta. Bosch casi pulsó el botón de rellamada, pero sabía que Sloan no contestaría. El número pronto quedó mudo y enseguida ocurriría lo mismo con la conexión de Bosch con el imperio de Vance.

—Maldita sea —dijo otra vez.

Sus palabras resonaron en la casa vacía.

23

Bosch se quedó despierto la mitad de la noche pasando de la CNN a Fox News y luego se conectó al sitio web del *Times,* con la esperanza de encontrar una actualización sobre la muerte de Whitney Vance. Sin embargo, se quedó decepcionado con el supuesto ciclo de noticias de veinticuatro horas. No había ninguna actualización ni detalles sobre la muerte. Lo único que hacía cada cadena era añadir trasfondo, sacando viejos recortes y añadiéndolos al final de la escasa información sobre el fallecimiento. Alrededor de las dos de la mañana, la CNN reemitió la entrevista de Larry King a Vance con ocasión de la publicación de su libro. Bosch la miró con interés, porque mostraba una versión mucho más vivaz e interesante del personaje.

Después de eso, en algún momento, Bosch se quedó dormido en la silla de cuero delante de la televisión, con cuatro botellas vacías en la mesa que tenía al lado. La tele todavía estaba encendida y la primera imagen que vio fue la de la furgoneta del forense saliendo de la mansión de Vance en San Rafael y pasando por delante de la cámara. Esta se centró entonces en la verja de acero negra cerrándose.

La calle aparecía oscura en la imagen del vídeo, pero no había indicación de la hora. Como Vance recibiría un tratamiento de VIP por parte de la oficina del forense, Bosch supuso que el cadáver no había sido retirado hasta bien entrada la noche, después de una investigación concienzuda en la que habrían participado detectives del Departamento de Policía de Pasadena.

Eran las siete de la mañana en Los Ángeles y eso significaba que los medios del este ya estaban metidos en la historia de Vance. El presentador de la CNN dio paso a un periodista de economía que habló de que Vance conservaba la mayoría de las acciones de la compañía que su padre había fundado y se preguntó qué ocurriría ahora que había muerto. El periodista aseguró que Vance no tenía «herederos conocidos» y, por ello, quedaba por ver qué instrucciones había dejado en su testamento para la distribución de su riqueza y acciones. También dio a entender que podría haber sorpresas en el testamento. Añadió que el albacea de Vance, un abogado de Century City llamado Cecil Dobbs, no pudo ser localizado para que hiciera ningún comentario porque era muy temprano en Los Ángeles.

Bosch sabía que tenía que ir a San Fernando para seguir trabajando en las últimas comunicaciones ciudadanas y pistas del caso del Enmascarado. Lentamente se levantó de la silla de cuero, notó que su espalda protestaba en media docena de sitios y se acercó al dormitorio para ducharse y prepararse para el día.

La ducha lo hizo sentirse fresco, al menos temporalmente. Al vestirse, se dio cuenta de que tenía hambre.

En la cocina se preparó media taza de café y luego empezó a buscar algo para comer. Desde que su hija ya no vivía en casa, Bosch había dejado de mantener la alacena y la nevera abastecidas. Lo único que encontró fue una caja de gofres Eggo en el congelador que contenía dos últimas obleas que exhibían una quemadura por hielo. Bosch puso los dos en la tostadora y cruzó los dedos. Verificó los armarios y la nevera una segunda vez y no encontró ningún sirope, mantequilla o siquiera mantequilla de cacahuete en ninguna parte. Iba a tener que comérselos a palo seco.

Se tomó el café en una taza que conservaba de sus días en Homicidios del Departamento de Policía de Los Ángeles. En torno a la circunferencia de la taza se leía: «Nuestro día empieza cuando el tuyo termina». Se dio cuenta de que el que los gofres no llevaran sirope ni ningún otro aditivo hacía que se pudieran transportar mejor. Se sentó a la mesa del comedor y se comió los gofres con la mano mientras ordenaba los sobres que se habían acumulado en la mesa. Era un proceso fácil, porque cuatro de cada cinco elementos eran correo no deseado que podía identificar con facilidad sin necesidad de abrirlo. Dejó esos sobres en una pila a la izquierda y el correo que abriría y del que se ocuparía a la derecha. Había también cartas dirigidas a sus vecinos que habían dejado en su buzón por error.

Estaba a medio camino de la pila cuando se encontró con un sobre acolchado de 20 × 13 con un objeto pesado en su interior. No había remite y su propia dirección estaba escrita con mano poco firme. El sobre tenía un matasellos de South Pasadena. Lo abrió y sacó el objeto, una pluma de oro que reconoció de inmediato. La estilográfica llevaba un tapón, pero sabía que era la de Whitney Vance. Había también dos documentos distintos doblados de un papel amarillo pálido de mucho gramaje. Bosch desdobló el primero y se encontró ante una carta manuscrita de Whitney Vance. El papel tenía un membrete con el nombre de Vance y la dirección en San Rafael Avenue impresa al pie.

La carta estaba fechada el miércoles anterior. Al día siguiente de que Bosch acudiera a Pasadena a reunirse con Vance.

Detective Bosch:

Si está leyendo esto, entonces mi más leal Ida ha conseguido llevarle este sobre. Deposito mi confianza en usted como he hecho con ella durante muchas décadas.

Fue un placer verlo ayer y me doy cuenta de que es usted un hombre de honor que hará lo que es debido en cualquier circunstancia. Confío en su integridad. No importa lo que me ocurra, quiero que continúe su búsqueda. Si hay un heredero de lo que tengo en esta tierra, quiero que esa persona reciba lo que es mío. Quiero que encuentre a esa persona y confío en que lo hará. Eso da a un anciano una sensación de redención, saber que ha hecho lo correcto al final.

Tenga cuidado. Sea vigilante y decidido.

Whitney P. Vance
5 de octubre de 2016

Bosch releyó la carta antes de desdoblar el segundo documento. Estaba manuscrito con la misma caligrafía temblorosa pero legible que el primero.

Whitney Vance
Testamento
5 de octubre de 2016

Yo, Whitney Vance, de Pasadena, condado de Los Ángeles, California, escribo a mano este testamento con el fin de declarar mis deseos para la distribución de mi herencia después de mi muerte. En la fecha de este testamento, tengo mente clara y estoy plenamente capacitado para decidir sobre mis propios asuntos. No estoy casado. Por este testamento revoco explícitamente cualesquiera otros y previos testamentos y codicilos, declarándolos nulos, sin efecto e inválidos.

En este momento he contratado los servicios de investigación de Hieronymus Bosch para que determine y localice a mi heredero natural, concebido en la primavera de 1950 por Vibiana Duarte y dado a luz por ella en su momento. Encargo al señor Bosch que presente a mi heredero natural con pruebas genealógicas y científicas razonablemente suficientes de herencia y descendencia genética, para que mi heredero natural reciba mi legado.

Nombro a Hieronymus Bosch único albacea de este testamento. No se exigirá al señor Bosch ningún compromiso ni otro título como ejecutor de mi testamento. Él deberá pagar mis deudas y obligaciones legítimas, que incluirán un pago razonablemente generoso por sus servicios.

A Ida Townes Forsythe, mi secretaria, amiga y confidente durante treinta y cinco años, otorgo y lego 10.000.000 $ (diez millones de dólares), junto con mi gratitud por su servicio leal, ayuda y amistad.

A mi heredero natural, mi progenie y descendiente genético, y el último de mi estirpe, otorgo y lego el resto de mis propiedades, en su totalidad, de cualquier especie y carácter, incluidas todas mis cuenta bancarias, todas mis acciones, valores y participaciones en negocios, mis casas y todas mis propiedades de pleno dominio y todas mis propiedades inmobiliarias, posesiones y enseres. En particular, a mi heredero natural lego la pluma con la que está escrito este testamento. Está hecha de oro obtenido por nuestros progenitores y ha sido transmitida durante generaciones para que se conserve y se entregue a las generaciones sucesivas de nuestro linaje.

Escrito de mi puño y letra,
Whitney P. Vance
5 de octubre de 2016 a las 11.30 hora del Pacífico

Bosch estaba anonadado por lo que tenía en sus manos. Releyó el testamento, pero eso no redujo su asombro. Sostenía un documento que en esencia valía miles de millones de dólares, un documento que podía cambiar el rumbo de una corporación e industria gigantesca, por no mencionar la vida y la familia de una mujer nacida cuarenta y seis años antes de un padre al que nunca conoció.

Es decir, si la mujer todavía estaba viva y Bosch podía encontrarla.

Bosch leyó la primera carta por tercera vez y se tomó muy en serio el encargo de Whitney Vance. Sería vigilante y decidido.

Volvió a doblar los dos documentos y los devolvió al sobre. Sopesó la pesada pluma en la mano un momento y luego la devolvió también al sobre. Se dio cuenta de que en algún momento habría un proceso de autentificación y que ya podría haberlo afectado por su manejo de los documentos. Se llevó el sobre a la cocina y encontró una bolsa de plástico grande con cierre para preservarlos.

Bosch también sabía que tenía que proteger el paquete. Sospechaba que habría muchas fuerzas con intención de destruirlo. Pensarlo le recordó que cuando murió Howard Hughes salieron a relucir distintos testamentos. No recordaba cómo se decidió esa herencia, pero sí se acordaba de las múltiples reclamaciones de la fortuna. Lo mismo podía ocurrir con Vance. Bosch sabía que tenía que hacer copias de los documentos contenidos en el sobre y luego poner a buen recaudo los originales en su caja de seguridad.

Volvió a la sala y apagó la televisión para poder hacer una llamada. Pulsó el número de marcación rápida del móvil de Mickey Haller y su hermanastro contestó después del primer tono.

—¿Qué pasa, hermanito?

—¿Eres mi abogado?

—¿Qué? Claro que sí. ¿Qué has hecho ahora?

—Muy gracioso. Pero esto no te lo vas a creer. ¿Estás sentado?

—Estoy sentado en la parte de atrás del Lincoln, de camino a ver a mi chica Clara Foltz.

La traducción era que Haller se dirigía al tribunal. El tribunal central se conocía formalmente como Centro de Justicia Penal Clara Shortridge Foltz.

—¿Te has enterado de la muerte de Whitney Vance? —preguntó Bosch.

—He oído algo por la radio, sí —dijo Haller—. Pero ¿qué me importa que un multimillonario estire la pata?

—Bueno, tengo en la mano su testamento. Me lo mandó a mí. Me nombra su albacea y no tengo ni idea de qué hacer con esto.

—¿Me estás tomando el pelo, hermanito?

—No, hermanito, no te estoy tomando el pelo.

—¿Dónde estás?

—En casa.

—Espera.

Bosch oyó entonces que Haller redirigía a su chófer de su destino, en el centro de la ciudad, al paso de Cahuenga, donde vivía Bosch. Enseguida volvió a la línea.

—¿Cómo coño has terminado con su testamento?

Bosch le hizo un breve resumen del caso Vance. También desveló que era el caso por el que lo había llamado para conseguir una referencia de un laboratorio de ADN privado.

—Vale, ¿quién más sabe que tienes este testamento? —preguntó Haller.

—Nadie —dijo Bosch—. En realidad, alguien podría saberlo. Llegó en el correo y la carta de Vance dice que encargó la tarea a su secretaria de siempre. Pero no sé si ella sabía lo que había en el paquete que me mandó. El testamento le deja diez millones.

—Es una buena razón para asegurarse de que te llega el testamento. ¿Dices que llegó en el correo? ¿Lo mandó certificado, has tenido que firmar?

—No, estaba metido en el buzón con todo el correo basura.

—Muy arriesgado, pero quizá era la mejor forma de hacértelo llegar sin levantar sospechas. Sacarlo a hurtadillas con la secretaria, que ella lo eche en un buzón. Muy bien, escucha, tengo que colgar para poder conseguir a alguien que me sustituya en una vista incoatoria. Pero no te muevas. Voy para allá.

—¿Todavía tienes esa fotocopiadora en el coche?

—Claro.

—Bien. Tenemos que hacer copias.

—Desde luego.

—¿Tienes alguna idea de herencias y testamentos, Mick?

—Eh, hermano, me conoces. Hay caso, es mío. No importa qué clase de caso sea, puedo ocuparme. Y, si algo no lo sé, puedo conseguir a alguien que ayude. Llegaré en media hora.

Cuando Bosch colgó el teléfono, se preguntó si había cometido un error crucial al meter al abogado del Lincoln en el caso. Su instinto le decía que la falta de experiencia de Haller en derecho de sucesiones quedaría más que equilibrado por su inteligencia de calle y su astucia legal. Bosch lo había visto trabajar y sabía que poseía algo que no iba con la formación, algo que no enseñaban en ninguna escuela. Tenía un profundo vacío que de alguna manera llenaba plantándose como David contra los Goliat del mundo, ya tuvieran estos la forma del poder y la autoridad del Estado o la de una corporación multimillonaria. Bosch tampoco tenía dudas de que Haller lo protegería. Podía confiar en él. Y tenía una sensación creciente de que podría ser el apoyo más importante en los días venideros.

Miró su reloj y vio que ya eran casi las nueve y Bella Lourdes estaría en la comisaría. Llamó, pero ella no respondió. Supuso que era porque ya estaba trabajando al teléfono, respondiendo la serie de llamadas de colaboración que había dejado en su escritorio. Estaba grabándole un mensaje para pedirle que lo llamara cuando el tono de llamada en espera le indicó que ya lo estaba haciendo.

—Buenos días —dijo Bosch.

—Buenos días. ¿Dónde estás?

—Todavía estoy en casa. Vas a tener que manejar las cosas sola hoy.

Lourdes gruñó y preguntó por qué.

—Ha surgido algo en un caso privado en el que estoy trabajando —dijo—. No puede esperar.

—¿El de las partidas de nacimiento?

—¿Cómo…?

Bosch recordó que la había visto mirar la pila de copias que había dejado en el cubículo.

—No importa —dijo Bosch—. No se lo menciones a nadie. Debería volver en un par de días.

—¿Un par de días? —exclamó Lourdes—. Harry, el hierro está candente ahora. El tipo acaba de tratar de actuar por primera vez que sepamos desde hace ocho meses. Ahora tenemos la máscara. Están pasando cosas y te necesitamos aquí.

—Lo sé, lo sé. Pero este otro asunto no puede esperar y parece que tengo que ir a San Diego.

—Me tienes en ascuas, Harry. ¿Cuál es el caso?

—No puedo decírtelo ahora. Cuando pueda, lo haré.

—Es muy bonito por tu parte. Y es más importante que un tipo que va por ahí violando a chicas mexicanas.

—No es más importante. Pero los dos sabemos que el Enmascarado está calmado ahora con toda esta atención. A menos que ya se haya largado. Y, si lo ha hecho, estamos perdiendo el tiempo, de todos modos.

—Está bien, se lo comunicaré al capitán y estoy segura de que estará contento de no tenerte por aquí. Lo último que quiere es que lo resuelvas.

—Ahí estamos.

—No, ahí estás tú. Largándote del caso.

—Mira, no me largo. Este otro asunto se resolverá pronto. Y estaré a solo una llamada de distancia. De hecho, hay algo que quería hacer hoy, pero tendrás que ocuparte tú.

—¿Y qué es?

—La comunicante que me llevó a la máscara dijo que el tipo estaba probando las puertas de los coches mientras corría.

—¿Y?

—Así que ocurrió algo que malbarató su fuga.

—Sí, Beatriz le arreó con el palo de escoba.

—Algo más. Perdió el coche.

—¿Quieres decir que tenía un chófer de fuga? A lo mejor estamos buscando a más de un sospechoso. Máscaras diferentes, violadores diferentes, pero que actúan juntos… ¿Es eso?

—No, el ADN es de un culpable.

—Sí, lo olvidaba. Entonces ¿crees que es un violador con un chófer de fuga?

—Lo pensé, pero sería muy extraño. La mayoría de los criminales en serie son solitarios. Hay excepciones, pero son raras. La mayor parte del tiempo juegas con los porcentajes y te va bien.

—Vale, entonces ¿qué?

—Creo que deberías registrar la casa de Beatriz otra vez. ¿Tenéis un detector de metales?

—¿Un detector de metales? ¿Para qué?

—Para el patio trasero, junto a la ventana por la que saltó el Enmascarado. Creo que tal vez perdió las llaves de su coche de fuga cuando atravesó la ventana y cayó al suelo. Hay un lecho de enredaderas y tierra allí.

—Sí, lo vi.

—Fue un movimiento de pánico. Está desorientado por el escobazo, se le cae la navaja, salta por la ventana y cae al suelo. Las llaves salen volando. Entonces ¿qué hace? No puede sentarse allí a buscar por los matorrales y enredaderas. Tiene que largarse. Así que echa a correr.

—Me suena complicado.

—Tal vez. Pero este tipo es un planificador y ahí estaba, corriendo por la calle, tratando de encontrar un coche sin cerrar para salir zumbando.

—Cierto.

—De todos modos, ¿qué más vas a hacer, seguimiento de chivatazos y casos parecidos todo el día?

—Ya estás otra vez contra la colaboración ciudadana. Pero tienes razón. Y tienen un detector de metales en Obras Públicas para buscar cañerías subterráneas y cables y cosas. Lo usamos una vez para encontrar un arma que un pandillero envolvió en plástico y enterró en su jardín. Eso lo relacionó con un asalto con arma mortal. Si Dockweiler está allí, nos dejará usarlo. Si está de buen humor.

—Cógelo y pásalo por los matorrales y el suelo de debajo de esa ventana.

—No hay que cogerlo. Es como un cortacésped. Tiene ruedas.

—Entonces llévate a Sisto. Dale una oportunidad de redimirse.

—¿Redimirse de qué?

—No creo que pusiera todo su empeño el otro día. No hacía otra cosa que «cuidarnos» la escena, jugando con su móvil todo el tiempo, sin prestar atención. No es su caso, no está implicado. Entre tú y yo, su registro fue descuidado. Tuvimos suerte de que encontrara la navaja sin cortarse.

—Pero no somos sentenciosos, ¿eh?

—En mis tiempos decíamos que un tipo así no podía encontrar mierda en su bigote con un peine.

—¡Solo somos brutales!

—Sé lo que veo. Me alegro de trabajar contigo y no con él.

Lourdes hizo una pausa y Bosch supo que era para sonreír.

—Creo que hay un cumplido en alguna parte —dijo ella entonces—. Y viene del gran Harry Bosch, nada menos. En todo caso, suena a plan. Te tendré al tanto.

—Recuerda que, si encuentras algo, me debes una cerveza. También deberías preguntar a Sisto por robos de coches en la zona 2, al otro lado de Maclay, el viernes. Tal vez el Enmascarado encontró un coche allí.

—Te llueven las ideas hoy.

—Sí, por eso me pagan.

—Y todo por una llamada a la línea ciudadana que jurabas que iba a ser una pérdida de tiempo total.

—Cuando uno se equivoca, se equivoca; y reconozco que me equivoqué.

—Es la primera vez que se oye, amigos.

—Tengo que colgar, Bella. Ten cuidado.

—Tú también, con lo que sea tu caso supersecreto.

—Recibido.

Colgaron.

24

Mientras Haller estudiaba la carta y el testamento que Bosch había sacado de la bolsa y extendido con manos enguantadas en la mesa del comedor, Harry trabajó en su ordenador, tratando de conseguir acceso a los certificados de nacimiento de 1970 en el condado de San Diego. La muerte de Whitney Vance lo cambiaba todo. Sentía una necesidad más urgente de precisar la cuestión del heredero. Necesitaba llevarlo al nivel del ADN. Necesitaba encontrar a la hija de Dominick Santanello.

Por desgracia, descubrió que la información digitalizada de la Oficina de Registros Vitales y Estadísticas solo se remontaba veinticuatro años. Como le había ocurrido en su búsqueda del certificado de Santanello, necesitaría revisar a mano registros en papel o en microfilm para encontrar un nacimiento en el condado de San Diego en 1970. Estaba anotando la dirección de la oficina en Rosecrans Street cuando Haller completó su primera valoración de los dos documentos.

—Esto es extraordinario —exclamó.

Bosch lo miró.

—¿Qué?

—Todo esto —dijo Haller—. Lo que tenemos aquí es un testamento ológrafo, ¿sí? Eso significa que es manuscrito. Y lo he comprobado de camino hacia aquí. Los testamentos ológrafos se aceptan como instrumentos legales después de verificación en California.

—Vance probablemente lo sabía.

—Oh, sabía mucho. Por eso te mandó la pluma. No por la razón absurda que dice en el testamento. Te la mandó porque sabía que la verificación es la clave. Dices que, cuando lo conociste la semana pasada en la mansión, estaba en plenas facultades físicas y mentales como dice aquí.

—Sí.

—Y no exhibía ninguna señal de enfermedad o amenaza para la salud.

—Aparte de ser viejo y estar frágil, ninguna.

—Me pregunto qué encontrará el forense.

—Yo me pregunto si el forense lo mirará siquiera. Un hombre de ochenta y cinco años se muere, no van a darle muchas vueltas. No es ningún misterio.

—¿Quieres decir que no habrá autopsia?

—Debería haberla, pero eso no significa que la haya. Si la policía de Pasadena ha considerado la escena como una muerte natural, podría no haber una autopsia completa a menos que en la inspección del forense se encuentren señales visibles de lo contrario.

—Supongo que ya lo veremos. ¿Tienes algún contacto en la policía de Pasadena?

—No. ¿Tú?

—No.

Al llegar, el chófer de Haller había traído la impresora-fotocopiadora del Lincoln y había vuelto a esperar al volante. Haller ahora sacó los guantes del dispensador de cartón que Bosch había colocado sobre la mesa. Se puso un par y empezó a hacer copias de los documentos.

—¿Por qué no tienes una fotocopiadora aquí? —preguntó mientras trabajaba.

—La tenía —dijo Bosch—. Tenía una impresora-fotocopiadora, pero Maddie se la llevó a la facultad. No he tenido tiempo de comprar otra.

—¿Cómo le va?

—Bien. ¿Y a Hayley?

—También bien. Está muy enganchada.

—Eso es bueno.

Siguió un silencio incómodo. Las hijas de ambos —de la misma edad y cada una la única prima de la otra— habían ingresado en la Universidad de Chapman. Sin embargo, al optar por diferentes carreras e intereses, no habían formado el vínculo estrecho que sus padres habían esperado y deseado. Compartieron habitación el primer año, pero tomaron caminos separados en el segundo. Hayley se había quedado en la residencia y Maddie había alquilado la casa con otras compañeras de la Facultad de Psicología.

Después de hacer al menos un docena de copias del testamento, Haller pasó a la carta que Vance escribió a Bosch y empezó a hacer el mismo número de copias.

—¿Por qué tantas? —preguntó Harry.

—Porque nunca se sabe.

Bosch pensó que eso no era una respuesta.

—¿Qué hacemos ahora? —inquirió.

—Nada —dijo Haller.

—¿Qué?

—Nada. Por ahora. Nada público, nada en los tribunales. Solo somos discretos y esperamos.

—¿Por qué?

—Tú sigue con el caso. Confirma que Vance tiene un heredero. Cuando tengamos eso, vemos quién hace un movimiento, vemos qué hace la corporación. Cuando hagan su movimiento, nosotros haremos el nuestro. Pero haremos nuestro movimiento desde la posición de saber lo que pretenden.

—Ni siquiera sabemos quiénes son.

—Claro que sí. Son todos ellos. Es la corporación, el consejo de administración, la gente de seguridad, son todos ellos.

—Bueno, podrían estar vigilándonos ahora mismo.

—Hemos de darlo por sentado. Pero no saben qué tenemos aquí. De lo contrario, este paquete no habría estado en tu buzón cuatro días.

Bosch asintió. Era un buen razonamiento. Haller hizo un gesto hacia los documentos de la mesa, refiriéndose a los dos originales.

—Hemos de salvaguardarlos —dijo—. A toda costa.

—Tengo una caja de seguridad —le informó Bosch—. En Studio City.

—Puedes apostar que ya lo saben. Probablemente, lo saben todo de ti. Así que hacemos copias y pones las copias en la caja del banco. Si te están observando, pensarán que es allí donde está el testamento.

—¿Y dónde estará realmente?

—Se te ocurrirá algo. Pero no me lo digas.

—¿Por qué no?

—Por si recibo una orden de un juez para presentar el testamento. Si no lo tengo y no sé dónde está, no puedo presentarlo.

—Muy astuto.

—También hemos de contactar con Ida Forsythe. Si tienes razón en que fue ella quien llevó esto al correo, hemos de cerrar su historia en una declaración. Formará parte de la cadena de autenticidad. Necesitaremos verificación de cada paso que demos. Cuando al final vaya a un tribunal con esto, no quiero estar en la cuerda floja.

—Puedo conseguir su dirección. Si tiene carnet de conducir.

Todavía con guantes, Haller cogió la pluma de oro.

—Y esto —dijo—. ¿Estás seguro de que es la que viste la semana pasada?

—Casi seguro. También la vi en fotos, en una pared de la mansión. Una foto de él firmando un libro a Larry King.

—Bien. Puede que llevemos a Larry al juicio para que lo certifique, eso nos daría un titular o dos. También necesitamos que Ida lo confirme. Recuerda, verificación a todos los niveles. Su pluma, su firma con la tinta de la pluma. Lo confirmaremos. Tengo un laboratorio que se encargará de eso, cuando llegue el momento.

En cuanto terminó con las copias, Haller empezó a ordenar los documentos, creando una docena de juegos.

—¿Tienes clips? —preguntó.

—No —dijo Bosch.

—Tengo algunos en el coche. Quédate la mitad y yo me quedaré la otra mitad. Pon una copia debajo del colchón, en la caja de seguridad. No vendrá mal tenerlos en muchos sitios. Yo haré lo mismo.

—¿Qué harás tú ahora?

—Voy al tribunal y actúo como si no supiera nada de esto mientras tú encuentras y confirmas a esa heredera.

—Cuando la localice, ¿se lo digo o lo confirmo a escondidas?

—Eso será decisión tuya cuando llegue el momento. Pero, decidas lo que decidas, recuerda que la discreción es nuestra ventaja, por ahora.

—Entendido.

Haller salió por la puerta principal y silbó para captar la atención de su chófer. Le hizo una seña para que entrara a buscar la impresora-fotocopiadora. Luego bajó la escalera de entrada y miró a ambos lados de la calle antes de volver a entrar.

El chófer desconectó la máquina y enrolló el cable en torno a ella para poder cargarla hasta el coche sin tropezar. Haller se acercó a la puerta corredera de cristal del salón para contemplar la vista del paso de Cahuenga.

—Tu vista es más tranquila —dijo—. Hay muchos árboles.

Haller vivía al otro lado de la colina, con una vista sin restricciones al otro lado de Sunset Strip y la inmensa extensión de la ciudad. Bosch esquivó a Haller y abrió la puerta medio metro para que su hermanastro pudiera oír el silbido interminable de la autovía al pie del paso.

—No tan tranquila —apuntó Bosch.

—Suena como el océano —dijo Haller.

—Aquí mucha gente dice eso. Para mí suena como una autovía.

—¿Sabes?, has visto mucho con todos los asesinatos que has investigado durante todos esos años. Toda la depravación humana. La crueldad.

Haller mantuvo la mirada enfocada en el paso. Había un gavilán colirrojo planeando con las alas extendidas sobre la cima, al otro lado de la autovía.

—Pero no has visto nada como esto —continuó—. Hay miles de millones de dólares en juego aquí. Y la gente hará cualquier cosa (y quiero decir cualquier cosa) por mantener el control. Prepárate para eso.

—Tú también —dijo Bosch.

25

Veinte minutos más tarde, Bosch salió de la casa. Llegó al Cherokee alquilado y usó el detector GPS por primera vez. Caminó en torno al vehículo, sosteniendo el dispositivo bajo, con la antena señalando hacia el bastidor y los huecos de las ruedas. No obtuvo ninguna respuesta. Abrió el capó y llevó a cabo un proceso similar, como explicaba el manual. Una vez más, nada. Luego cambió el dispositivo a su frecuencia de inhibición como precaución adicional y se puso al volante.

Tomó Wrightwood hasta Ventura, en Studio City, y luego se dirigió al oeste hacia su banco, que estaba situado en un centro comercial, cerca de Laurel Canyon Boulevard. No había utilizado la caja de seguridad en al menos dos años. Contenía principalmente sus propios documentos: certificados de nacimiento, matrimonio y divorcio y documentación del servicio militar. Guardaba sus dos Corazones Púrpura en una caja, junto con una felicitación que había recibido del jefe de policía por salvar de un incendio a una mujer embarazada cuando era un policía novato. Puso una copia de los documentos de Vance en la caja y devolvió esta al empleado del banco.

Bosch miró a su alrededor cuando volvió al coche de alquiler e inicialmente no vio ninguna señal de vigilancia. Sin embargo, en cuanto salió del aparcamiento del banco a Laurel Canyon, vio en su espejo retrovisor que un coche con los vidrios tintados salía por un acceso diferente del mismo aparcamiento y se quedaba detrás de él, a un centenar de metros.

Harry sabía que era un centro comercial concurrido, de manera que no concluyó de inmediato que lo estaban siguiendo. Decidió evitar la autovía de todos modos, y permaneció en Laurel Canyon para mantener un mejor control del tráfico a sus espaldas. Continuando hacia el norte, miró al espejo más o menos cada manzana. Por su rejilla característica, identificó al vehículo que lo seguía como una berlina BMW.

Después de tres kilómetros, seguía en Laurel Canyon, y el BMW todavía estaba detrás de él, entre el tráfico. Aunque Bosch había reducido la velocidad en ocasiones y acelerado en otras y el BMW había cambiado de carril en el bulevar de cuatro carriles, la distancia entre ellos nunca había variado.

Bosch se convenció cada vez más de que lo estaban siguiendo. Decidió intentar confirmarlo haciendo una maniobra básica de nudo. Tomó la siguiente calle a la derecha, pisó el acelerador y frenó en la señal de *stop* al final de la calle. Volvió a girar a la derecha y luego a la derecha otra vez en el siguiente *stop*. Luego condujo a la velocidad límite de nuevo hacia Laurel Canyon Boulevard. Miró en los retrovisores. El BMW no lo había seguido en la maniobra.

Volvió a girar en Laurel Canyon y continuó hacia el norte. No vio ninguna señal del BMW. O bien estaba muy al norte de él, porque el conductor no lo estaba siguiendo, o bien había abandonado porque la maniobra de Bosch había revelado al conductor que lo habían descubierto.

Diez minutos después, Bosch entró en el aparcamiento de empleados de la comisaría de San Fernando. Accedió al edificio por la puerta lateral y encontró el despacho de detectives vacío. Se preguntó si Sisto habría ido con Lourdes a registrar de nuevo la casa de Sahagún. Tal vez Bella le había contado a Sisto su mala valoración del registro del viernes y como resultado este había insistido en acompañarla.

En su escritorio, Bosch cogió el teléfono y llamó a Lourdes para preguntarle cómo iba la búsqueda, pero la llamada fue al buzón de voz. Harry le dejó un mensaje pidiéndole que lo llamara cuando estuviera libre.

Sin ninguna señal de Treviño, Bosch a continuación hizo una búsqueda en Tráfico sobre Ida Townes Forsythe y encontró una dirección en Arroyo Drive, en South Pasadena. Recordó al entrar en Google Maps e introducir la dirección que el sobre de Vance llevaba un matasellos de South Pasadena. Abrió Street View y vio que Forsythe tenía una casa muy bonita en una calle con vistas a Arroyo Seco Wash. Daba la impresión de que Vance había cuidado bien de su empleada más veterana y leal.

Lo último que hizo Bosch en la sala de detectives fue sacar el archivo de uno de los crímenes sin resolver en el que estaba trabajando y cumplimentar un formulario de recogida de pruebas. Calificó la prueba como «propiedad de la víctima», y puso el sobre de correo con los dos documentos originales de Vance y la pluma de oro en la preceptiva bolsa de plástico. Cerró la bolsa y la guardó en una caja de pruebas. Cerró también esta con cinta roja de seguridad que revelaría cualquier signo de manipulación.

Bosch llevó la caja a la sala de control de pruebas y la puso en el armario donde ya se acumulaban otras pruebas de esa investigación. Bosch creía que el testamento original de Vance estaba ya bien escondido y a salvo. El agente de control de pruebas le imprimió un recibo y él se lo llevó al escritorio para ponerlo en el expediente del caso. Estaba cerrando el cajón cuando sonó el intercomunicador. Era el agente de la entrada.

—Detective Bosch, tiene una visita aquí.

Bosch suponía que era alguien que venía con lo que creía que era una pista sobre el Enmascarado. Sabía que no podía empantanarse con ese caso en ese momento. Pulsó el botón del intercomunicador.

—¿Es una pista del Enmascarado? ¿Puede pedir a quien sea que vuelva esta tarde y pregunte por la detective Lourdes?

No hubo ninguna respuesta inmediata y Bosch supuso que el agente de la entrada estaba pidiendo al visitante que declarara cuál era el motivo de su visita. Sabía que si era otra víctima del Enmascarado, tendría que dejarlo todo y ocuparse. No podía permitir que una potencial sexta víctima saliera de la comisaría sin que nadie hablara con ella.

Abrió la pantalla con la página de Tráfico en la que aparecían los datos de Ida Forsythe y la imprimió para tener su dirección a mano para poder ir a su casa y hablar con ella. Estaba a punto de recuperarla de la impresora comunitaria, cuando la voz del hombre de la entrada sonó de nuevo en el intercomunicador.

—Ha preguntado por usted de manera específica, detective Bosch. Dice que es sobre el caso Vance.

Bosch se quedó mirando el teléfono de su escritorio unos segundos antes de responder.

—Dígale que ya salgo. Un minuto.

Bosch cerró la sesión del ordenador y salió de la sala de detectives. En lugar de tomar el pasillo principal que conducía a la entrada de la comisaría, utilizó una puerta lateral. Luego rodeó por el exterior la comisaría, se quedó en un rincón del edificio y examinó la calle para tratar de determinar si su visitante había venido solo.

No se fijó en nadie que pareciera sospechoso, pero sí vio un BMW verde oscuro con ventanillas casi tintadas de negro aparcado delante del Departamento de Obras Públicas, frente a la comisaría. El coche era tan largo como el Town Car de Haller y Bosch vio a un chófer esperando al volante.

Enseguida volvió a la entrada lateral de la comisaría y se dirigió al vestíbulo de entrada. Estaba esperando que el visitante fuera Sloan, pero al verlo se dio cuenta de que había apuntado bajo. Era Creighton, el hombre que lo había enviado hacia Vance.

—¿Ha tenido problemas para seguirme? —dijo Bosch a modo de saludo—. ¿Ha venido a que le cuente mi itinerario?

Creighton asintió con la cabeza, reconociendo que había seguido a Bosch.

—Sí, debería haberlo sabido —reconoció—. Probablemente, nos ha calado desde el banco.

—¿Qué quiere, Creighton?

Creighton torció el gesto. El hecho de que usara el apellido sin más señalaba que los viejos vínculos del Departamento de Policía de Los Ángeles ya no servían de nada.

—Quiero que lo deje —dijo Creighton.

—No sé de qué está hablando —soltó Bosch—. ¿Que deje qué?

—Su cliente ha muerto. Su trabajo ha terminado. Se lo pido en nombre de la corporación, que es lo único que queda ahora, deje lo que está haciendo.

—¿Qué le hace pensar que estoy haciendo algo?

—Sabemos lo que está haciendo y por qué. Incluso sabemos lo que está haciendo su abogado de bajo presupuesto. Lo hemos estado vigilando.

Bosch había examinado a conciencia la calle antes de salir de casa. Supo en ese momento que, más que fijarse en personas y coches, debería haber buscado cámaras. Se preguntó si también habían estado dentro de su casa. Y, dando el salto a Haller, Bosch supuso que el abogado había hecho una llamada sobre el caso que también lo había puesto en el radar.

Miró a Creighton sin mostrar ninguna indicación de estar siendo intimidado.

—Bueno, tomaré todo esto en consideración —dijo—. Ya sabe dónde está la salida.

Se apartó de Creighton, pero entonces el antiguo subdirector de la Policía habló otra vez.

—No creo que esté entendiendo la posición en la que se encuentra.

Bosch se dio la vuelta y se acercó a él. Se colocó a unos centímetros de su cara.

—¿Qué posición es esa?

—Está pisando terreno muy peligroso. Tiene que tomar decisiones prudentes. Represento a gente que recompensa a aquellos que toman decisiones prudentes.

—No sé si es una amenaza, un soborno o las dos cosas.

—Tómelo como quiera.

—Pues lo tomaré como una amenaza y un soborno. Está detenido.

Bosch lo agarró del codo y en un movimiento ágil hizo bascular a Creighton hacia la pared embaldosada del vestíbulo. Presionando con una mano la espalda de Creighton, Bosch metió la otra por debajo de su chaqueta para sacar las esposas. Creighton intentó girar la cabeza para encararse a él.

—¿Qué coño está haciendo? —espetó.

—Está detenido por amenazar a un agente de policía y por intento de soborno —dijo Bosch—. Separe las piernas y mantenga la cara contra la pared.

Creighton parecía demasiado anonadado para reaccionar. Bosch le dio una patada en un talón y el pie del hombre se deslizó por las baldosas. Bosch terminó de esposarlo, lo cacheó y encontró una pistola enfundada en la cadera derecha de Creighton.

—Está cometiendo un gran error —protestó Creighton.

—Tal vez —dijo Bosch—. Pero me gusta porque es un capullo pomposo, Cretino.

—Saldré en quince minutos.

—Sabía que siempre lo llamaron así, ¿verdad? ¿Cretino? Vamos.

Harry hizo una seña con la cabeza al agente de la entrada, que estaba detrás de una ventana de plexiglás, y este desbloqueó la puerta. Bosch condujo a Creighton a la sección de calabozos de la comisaría, donde lo entregó al agente responsable.

Rellenó un informe de detención y guardó la pistola en una taquilla de propiedades, luego se llevó al agente a un lado y le dijo que se tomara su tiempo antes de dejar que Creighton llamara a su abogado.

Lo último que Bosch vio de Creighton fue que lo encerraban detrás de una puerta de acero sólida con una cama individual. Sabía que no estaría allí mucho, pero le daría a Bosch tiempo suficiente para dirigirse al sur sin que lo siguieran.

Bosch decidió dejar para otro día la entrevista con Ida Townes Forsythe. Tomó la autovía 5, que lo llevaría a San Diego, con una posible parada en el condado de Orange.

Miró su reloj e hizo algunos cálculos antes de llamar a su hija. Como de costumbre, la llamada fue directamente al buzón de voz. Harry le dijo que pasaría por la zona entre las doce y media y la una, y se ofreció para llevarla a comer o tomar un café si ella tenía tiempo y ganas. Añadió que tenía que hablar con ella de algo.

Media hora más tarde, estaba atravesando el centro de Los Ángeles cuando recibió la respuesta de Maddie.

—¿Vienes por la 5? —preguntó.

—Eso, hola —dijo Bosch—. Sí, estoy en la 5. No hay mucho tráfico, así que creo que llegaré sobre las doce y cuarto.

—Podemos ir a comer. ¿Qué me querías contar?

—Bueno, hablemos en la comida. ¿Quieres que quedemos en algún sitio o te paso a recoger?

El trayecto desde la autovía al campus le llevaría unos quince minutos.

—Tengo un aparcamiento perfecto, ¿puedes pasar a recogerme?

—Sí, te lo acabo de ofrecer. ¿Qué te apetece comer?

—Hay un sitio que quiero probar en Bolsa.

Bosch sabía que Bolsa Avenue estaba en el corazón de una zona conocida como Little Saigon, y lejos del campus.

—Eh —dijo—. Está un poco lejos de la universidad. Si paso a buscarte, luego vamos allí y te vuelvo a dejar probablemente tardaré demasiado. Tengo que ir a…

—Vale, yo conduciré. Nos vemos allí.

—¿No podemos ir a algún sitio cerca de la facultad, Mads? Si es vietnamita, sabes que no…

—Papá, han pasado cincuenta años. ¿Por qué no puedes comer esa comida? Es racista.

Bosch se quedó en silencio un buen rato mientras componía una respuesta. Trató de hablar de la forma más calmada posible, pero las cosas hervían en su interior. No solo lo que le había dicho su hija. También Creighton, el Enmascarado, todo.

—Maddie, esto no tiene nada que ver con el racismo y deberías tener cuidado al hacer una acusación como esa —dijo—. Cuando tenía tu edad, estaba en Vietnam, combatiendo para proteger a la gente de allí. Y me había presentado voluntario. ¿Eso fue racista?

—No es tan sencillo, papá. Supuestamente, estabas combatiendo el comunismo. De todos modos, me parece raro que tengas esa posición tan radical contra la comida.

Bosch se quedó en silencio. Había cosas de sí mismo y de su vida que nunca había querido compartir con su hija. Los cuatro años completos de su servicio militar eran una de ellas. Maddie sabía que su padre había estado en el ejército, pero él nunca le había hablado de los detalles de aquella época en el sureste asiático.

—Mira, allí comí esa comida durante dos años —dijo—. Cada día, en cada comida.

—¿Por qué? ¿No tenían comida americana en la base?

—Sí, pero no podía comerla. Si lo hubiera hecho me habrían olido en los túneles. Tenía que oler como ellos.

Esta vez le tocó a Maddie quedarse en silencio.

—No... ¿Qué significa eso? —preguntó ella por fin.

—Hueles según lo que comes. En espacios cerrados, todo sale por los poros. Mi trabajo era entrar en túneles, y no quería que el enemigo supiera que estaba allí. Así que comía su comida todos los días, en todas las comidas, y ya no puedo hacerlo más. Me recuerda todo aquello. ¿Vale?

Solo hubo silencio por parte de Maddie. Bosch sostuvo la parte superior del volante y tamborileó con los dedos. De inmediato lamentó lo que le había contado.

—Mira, nos podemos saltar la comida hoy —dijo—. Iré a San Diego antes y me ocuparé de mis cosas. Tal vez cuando vuelva mañana podamos quedar a comer o cenar. Si tengo suerte allí y termino con todo, podríamos desayunar temprano mañana.

El desayuno era la comida favorita de Maddie y el Old Towne estaba cerca de la facultad y lleno de buenos sitios a los que ir.

—Tengo clase por la mañana —dijo Maddie—. Pero probemos mañana a comer o cenar.

—¿Seguro que te viene bien?

—Sí, claro. Pero ¿qué ibas a contarme?

Decidió que no quería asustarla advirtiéndole que tuviera precaución extra, porque el caso en el que estaba trabajando podía solaparse con su mundo. Lo reservaría para el día siguiente y su conversación en persona.

—Puede esperar —dijo—. Te llamaré por la mañana para ver cómo quedamos.

Terminaron la conversación y Bosch reflexionó sobre ella durante la siguiente hora mientras se dirigía al sur a través del condado de Orange. Detestaba la idea de cargar a su hija con cualquier cosa de su pasado o su presente. No le parecía justo.

26

Bosch estaba avanzando a ritmo lento pero firme hacia San Diego cuando recibió la llamada del jefe Valdez que sabía que llegaría.

—¿Ha detenido al subdirector Creighton?

Lo dijo a medio camino entre la pregunta y la afirmación.

—Ya no es subdirector —le corrigió Bosch—. Ni siquiera es policía.

—No importa —repuso Valdez—. ¿Tiene alguna idea de las consecuencias que tendrá en las relaciones entre los dos departamentos?

—Sí, va a mejorarlas. En el LAPD no le caía bien a nadie. Usted estuvo allí. Ya lo sabe.

—No, no lo sé. Y no importa. Acabo de soltarlo.

Bosch no se sorprendió.

—¿Por qué? —preguntó de todos modos.

—Porque no tiene caso —dijo Valdez—. Ha tenido una discusión. Es lo único que oyó López. Dice que él lo amenazó. Él puede darle la vuelta y decir que lo amenazó usted. Es a ver quién mea más lejos. No tiene ningún testigo que lo corrobore y nadie en la fiscalía irá a ninguna parte con esto.

Bosch supuso que López era el agente de la entrada. Era bueno saber que Valdez al menos había investigado la denuncia que Bosch había escrito antes de soltar a Creighton.

—¿Cuándo lo ha soltado? —preguntó.

—Acaba de salir por la puerta —dijo Valdez—. Y no estaba contento. ¿Dónde demonios está y por qué se ha ido?

—Estoy trabajando en un caso, jefe, y no tiene que ver con San Fernando. No puedo pararlo.

—Ahora nos implica a nosotros. Cretino dice que va a demandarnos a usted y a nosotros.

Era bueno oír a Valdez usar el apodo con el que la tropa había bautizado a Creighton. Le decía a Bosch que, en última instancia, el jefe estaba en su rincón. Bosch pensó en Mitchell Maron, el cartero, que también estaba amenazando con una demanda.

—Sí, bueno, dígale que se ponga a la cola —dijo—. Jefe, tengo que colgar.

—No sé qué está haciendo —reconoció Valdez—, pero tenga cuidado. Los tipos como Cretino no son nada bueno.

—Entendido —dijo Bosch.

La autopista se despejó cuando Bosch finalmente cruzó al condado de San Diego. A las 14.30 aparcó por fin debajo de la sección de la 5 que se elevaba sobre Barrio Logan. Estaba en Chicano Park.

Las fotos de Internet no hacían justicia a los murales. En vivo, los colores eran vibrantes y las imágenes asombrosas. La mera cifra era impactante. Pilar tras pilar, muro tras muro de pinturas captaban la atención desde todos los ángulos. Bosch estuvo paseando cinco minutos antes de encontrar el mural que enumeraba los nombres de los artistas originales. La corona de zinnias ahora ocultaba una parte mayor todavía del mural inferior, y los nombres de los artistas. Bosch se agachó y apartó las flores con las manos para leer los nombres.

Mientras que muchos de los murales del parque parecían haber sido repintados a lo largo de los años para mantener los colores y los mensajes vibrantes, los nombres de detrás de las flores se habían desdibujado y resultaban casi ilegibles. Bosch sacó su libreta. Estaba pensando que podría tener que anotar los nombres que pudiera leer con la esperanza de contactar con esos artistas y que le condujeran a Gabriela. Pero entonces vio las partes superiores de nombres que estaban por debajo de la línea de tierra. Dejó la libreta, se agachó y empezó a sacar tierra y arrancar zinnias.

El primer nombre que descubrió fue el de Lucas Ortiz. Se movió a la derecha y continuó cavando, manchándose las manos con el suelo oscuro y húmedo. Pronto descubrió el nombre de Gabriela. Cogió ritmo con excitación y estaba justo limpiando la tierra del apellido Lida cuando oyó voz atronadora a su espalda.

—¡Cabrón! —le gritó en español.

Bosch se sobresaltó. Miró por encima del hombro para ver a un hombre detrás de él con los brazos bien extendidos en la posición universal que significa: «¿¡Qué coño estás haciendo!?». El hombre llevaba un uniforme de trabajo verde.

Bosch se levantó de un salto.

—Eh, lo siento —dijo, y lo repitió en español.

Empezó a sacudirse la tierra de las manos, pero las dos las tenía cubiertas de tierra húmeda y su intento de limpiarse no sirvió de nada. El hombre al que se enfrentaba tenía cincuenta y tantos años, corpulento, de pelo gris y grueso y bigote espeso del mismo color. En un parche ovalado sobre el bolsillo de la camisa se leía su nombre: «Javier». Llevaba gafas de sol, pero estas no ocultaban su mirada de enfado a Bosch.

—Quería ver... —empezó Bosch.

Se volvió y señaló hacia el pie del pilar.

—Eh, los nombres —añadió en español—, debajo de la tierra.

—Hablo inglés, estúpido. Se está cargando mi jardín. ¿Qué coño le pasa?

—Perdón, estaba buscando un nombre. Una artista que estaba entre los originales de aquí.

—Había un montón.

Javier pasó al lado de Bosch y se agachó en el lugar donde había estado Bosch. Empezó a volver a colocar las flores con esmero en su lugar, manejándolas con mucho más cuidado que Bosch.

—¿Lucas Ortiz? —preguntó.

—No, el otro —dijo Bosch—. Gabriela Lida. ¿Sigue por aquí?

—¿Quién quiere saberlo?

—Soy investigador priva…

—No, ¿quién quiere saberlo?

Bosch lo entendió.

—Si puede ayudarme, me gustaría pagar por los daños que he causado.

—¿Cuánto paga?

Era el momento de que Bosch sacara el dinero que llevaba en el bolsillo, pero tenía las manos sucias. Miró a su alrededor y vio una fuente embaldosada que formaba parte de la pieza central del parque.

—Espere —dijo.

Se acercó y se mojó los manos en la fuente para limpiarse la tierra. Luego se las sacudió y buscó en su bolsillo. Miró su fajo de billetes y sacó tres de los cuatro billetes de veinte que llevaba. Volvió con Javier. Esperaba no estar a punto de gastar sesenta dólares para que le dijeran que Gabriela Lida estaba muerta y enterrada igual que su nombre en el pilar.

Javier negó con la cabeza cuando Bosch volvió a él.

—Ahora me ha jodido la fuente —dijo—. La tierra se mete en el filtro y tengo que limpiarlo.

—Tengo sesenta dólares —dijo Bosch—. Eso lo cubre todo. ¿Dónde puedo encontrar a Gabriela Lida?

Extendió el dinero y Javier lo cogió con una mano sucia.

—Trabajaba aquí y dirigía el colectivo —dijo—. Pero ahora se ha retirado. Que yo sepa, todavía vive en el Mercado.

—¿Vive en un mercado? —preguntó Bosch.

—No, cabrón, el Mercado. Es un complejo de apartamentos, tío. En Newton.

—¿Todavía se apellida Lida?

—Exacto.

Era todo lo que Bosch necesitaba. Se dirigió otra vez a su coche. Diez minutos más tarde, aparcó delante de la entrada principal de un complejo de apartamentos de bajos ingresos bien cuidados. Verificó la lista de residentes de la entrada y poco después llamó a una puerta verde recién pintada.

Bosch sostenía la carpeta de cartulina de Flashpoint Graphix a un costado. Levantó la otra mano para llamar otra vez justo cuando abrió la puerta una mujer imponente que, según los cálculos de Bosch, tendría al menos setenta años, pero parecía más joven. Tenía pómulos bien definidos, unos ojos oscuros sorprendentes y piel morena todavía lisa. Llevaba el pelo largo y plateado, y lucía unos pendientes de turquesa pulida.

Bosch lentamente bajó la mano. No le cabía duda, a pesar de todos los años transcurridos, de que era la mujer de la foto.

—Sí —dijo ella—. ¿Se ha perdido?

—No lo creo —negó Bosch—. ¿Es usted Gabriela Lida?

—Sí. ¿Qué quiere?

Haller le había dicho a Bosch que tendría que decidir él cuando llegara el momento. Ese momento había llegado y Bosch sintió que no había necesidad ni tiempo para jugar con esa mujer.

—Soy Harry Bosch —se presentó—. Soy investigador de Los Ángeles y estoy buscando a la hija de Dominick Santanello.

La mención del nombre pareció afilar la mirada de su mujer. Bosch vio partes iguales de curiosidad y preocupación.

—Mi hija no vive aquí. ¿Cómo sabe que es la hija de Dominick?

—Porque empecé con él, y él me llevó a usted. Deje que le enseñe algo.

Levantó la carpeta, retiró la banda elástica y la abrió delante de ella, sosteniéndola como en un atril para que Gabriela pudiera ver las fotos e irlas pasando. Bosch notó que la mujer contenía la respiración al estirarse y levantar la imagen de 20×25 en la que sostenía al bebé. Las lágrimas empezaron a aflorar a sus ojos.

—Las hizo Nick —susurró—. Nunca las había visto.

Bosch asintió.

—Estuvieron en su cámara en un desván durante muchos años —dijo—. ¿Cómo se llama su hija?

—La llamamos Vibiana —dijo Gabriela—. Era el nombre que él quería.

—Por su madre.

Gabriela Lida apartó su atención de la foto para mirar a Bosch.

—¿Quién es usted? —preguntó.

—Si me deja entrar, tengo que contarle muchas cosas —dijo Bosch.

Ella dudó un momento, luego retrocedió y le permitió pasar.

Bosch inicialmente explicó su presencia diciéndole a Gabriela que había sido contratado por alguien de la familia de Dominick Santanello para ver si había sido padre antes de fallecer. Ella aceptó esa explicación, y en el curso de la siguiente hora se sentaron en un pequeño salón y Bosch oyó la historia del breve romance entre Gabriela y Dominick.

Era una perspectiva diferente de la misma historia que Halley Lewis de Tallahassee le había contado a Bosch. Gabriela había conocido a Dominick en un bar de Oceanside con el propósito expreso de despertar en él sus raíces y el orgullo por su cultura. Pero esos motivos pronto dejaron paso a la pasión que floreció entre ellos y se hicieron pareja.

—Hicimos planes para cuando volviera y se licenciara —dijo Gabriela—. Quería ser fotógrafo. Íbamos a hacer un proyecto juntos, en la frontera. Él iba a fotografiar, yo iba a pintar.

Dijo que descubrió que estaba embarazada cuando Santanello estaba a punto de terminar su instrucción en Pendleton y a la espera de recibir órdenes para ir a Vietnam. Era una época desgarradora y él repetidamente se ofreció a desertar de la Marina para estar con ella. Cada una de esas veces ella lo convenció de que no lo hiciera, y después tuvo que cargar con una culpa aplastante al descubrir que lo habían matado en Asia.

Gabriela confirmó que Dominick había entrado a escondidas en el país dos veces aprovechando sus permisos en Vietnam. La primera vez asistió a la inauguración de Chicano Park y la segunda vez fue para ver a su hija recién nacida. La familia pasó los únicos cuatro días que tuvieron juntos en la isla del Coronado. Gabriela dijo que la fotografía que Bosch le mostró fue tomada después de un «matrimonio» improvisado en la playa, oficiado por un amigo artista.

—Fue en broma —dijo ella—. Pensábamos que tendríamos la ocasión de casarnos de verdad cuando él volviera a final de año.

Bosch preguntó a Gabriela por qué nunca contactó con la familia de Dominick después de su muerte y ella explicó que temía que sus padres pudieran intentar arrebatarle el bebé.

—Yo vivía en un arrabal —explicó—. No tenía dinero. Me preocupaba que pudieran ganar en un tribunal y quitarme a Vibiana. Eso me habría matado.

Bosch no mencionó lo mucho que los sentimientos de Gabriela se parecían al conflicto de la abuela de su hija y cuyo nombre esta llevaba. Pero su respuesta sirvió como transición a preguntas sobre Vibiana y dónde estaba. Gabriela reveló que residía en Los Ángeles y también era artista. Era una escultora que vivía y trabajaba en el Arts District del centro. Había estado casada, pero ya no lo estaba. La sorpresa fue que tenía un niño de nueve años de ese matrimonio. El niño se llamaba Gilberto Veracruz.

Bosch se dio cuenta de que había encontrado otro heredero. Whitney Vance tenía un bisnieto del que nunca supo.

27

La Oficina de Registros Vitales y Estadísticas del condado de San Diego cerraba a las cinco de la tarde. Bosch entró apresuradamente por la puerta a las 16.35 y, por suerte, no encontró a nadie en la cola de la ventanilla donde decía: «Certificados de nacimiento, certificados de defunción, cambios de nombre». Solo tenía que pedir un documento, y conseguirlo en ese momento le ahorraría tener que quedarse a pasar la noche en San Diego.

Bosch dejó los Apartamentos Mercado convencido de que Vibiana y Gilberto Veracruz eran descendientes directos de Whitney Vance. Si eso podía demostrarse, serían herederos legítimos de la fortuna del industrial. Por supuesto, los análisis genéticos serían la clave, pero Bosch también quería recopilar documentación legal que acompañara a las pruebas científicas y formara parte de un paquete convincente para un juez. Gabriela le había dicho que había anotado el nombre de Dominick en el certificado de nacimiento de su hija. Detalles como ese completarían el paquete.

En la ventanilla, Bosch proporcionó el nombre de Vibiana Santanello y la fecha en la que había nacido, y solicitó una copia certificada de su partida de nacimiento. Mientras esperaba a que el empleado la encontrara y la imprimiera, consideró algunas de las otras revelaciones y confirmaciones surgidas de su conversación con Gabriela.

Bosch le había preguntado cómo se había enterado de la muerte de Santanello en Vietnam y ella le contó que estuvo segura de que lo habían matado cuando transcurrió una semana sin recibir una carta suya. Nunca había pasado tanto tiempo sin escribirle. Su intuición, por desgracia, se confirmó después, cuando vio un artículo en el periódico que hablaba de cómo el derribo de un único helicóptero en Vietnam había golpeado con particular dureza el sur de California. Todos los marines del helicóptero vivían en California y habían estado previamente estacionados en la base aérea de los marines de El Toro, en el condado de Orange. El único sanitario que había muerto se había formado en Camp Pendleton, en San Diego, después de haberse educado en Oxnard.

Gabriela también contó a Bosch que la cara de Dominick estaba en uno de los murales del parque. Ella lo había puesto allí muchos años antes. Estaba en el mural llamado *Cara de los héroes:* varias imágenes de hombres y mujeres que formaban un rostro. Bosch recordaba haber visto el mural al atravesar el parque ese día.

—Aquí tiene, señor —dijo el empleado a Bosch—. Pague en la ventanilla que está a su izquierda.

Bosch cogió el documento y se dirigió a la ventanilla de pago. Lo estudió mientras caminaba y vio que constaba el nombre de Dominick Santanello como padre. Se dio cuenta de lo cerca que estaba de terminar el viaje al que lo había enviado Whitney Vance y se sintió decepcionado por el hecho de que el anciano no estuviera en la línea de meta.

Enseguida se encontró de vuelta en la 5 y dirigiéndose al norte. Le había dicho a Gabriela que le convenía no revelar nada de su conversación con Bosch a nadie. No se habían puesto en contacto de inmediato con Vibiana, porque, como Gabriela le había contado, su hija llevaba una vida alejada del boato de la tecnología digital. No tenía teléfono móvil y rara vez respondía al teléfono en el estudio *loft* donde vivía y trabajaba.

Bosch planeaba visitar el estudio de Vibiana a la mañana siguiente. Entretanto, en el trayecto de brutal hora punta de regreso a Los Ángeles, habló largo y tendido con Mickey Haller, quien dijo que había hecho algunas indagaciones discretas por su parte.

—Pasadena lo consideró una muerte natural, pero habrá una autopsia —dijo—. Creo que Kapoor busca los titulares, así que va a exprimir la causa de la muerte todo lo que pueda.

Bhavin Kapoor era el asediado jefe forense del condado de Los Ángeles. En meses recientes había estado en el punto de mira por mala gestión y retrasos en procesar autopsias en una institución que se ocupaba de más de ocho mil al año. Las agencias policiales y los seres queridos de víctimas de homicidios y accidentes se quejaban de que algunas autopsias tardaban meses en completarse, retrasando investigaciones, funerales y la posibilidad de cerrar las heridas. Los medios añadieron leña al fuego cuando se reveló que algunos cadáveres se confundieron en la Gran Cripta, un gigantesco centro refrigerado que contenía más de un centenar de cuerpos. Los gigantescos ventiladores de turbina que mantenían la temperatura hicieron volar algunas de las etiquetas que se colocaban en el dedo gordo del pie y terminaron recolocadas en otros dedos.

Evidentemente, Kapoor, buscando titulares que no implicaran un escándalo, había decidido proceder con una autopsia del cadáver de Whitney Vance para poder celebrar una conferencia de prensa que tratara de algo que no fuera la gestión de su departamento.

—Ya verás —dijo Haller—, algún periodista listo lo volverá contra él y dirá que el multimillonario no tendrá que esperar para la autopsia como todos los demás. Hasta en la muerte, los ricos tienen un trato de privilegio, ese será el titular.

Bosch sabía que la observación era precisa y le sorprendió que los asesores de Kapoor, si es que los tenía, no se lo hubieran advertido.

Haller preguntó a Bosch qué había encontrado en San Diego, y Harry le informó de que podría haber dos descendientes directos. Narró su conversación con Gabriela y le dijo a Haller que pronto podría llegar la hora de los análisis de ADN. Subrayó lo que tenía: una muestra sellada de Vance, aunque él no había sido testigo de cómo se había tomado la muestra del anciano. Varios elementos que pertenecían a Dominick Santanello, incluida una cuchilla que podría tener sangre. Una muestra que había tomado a Gabriela Lida por si se necesitaba. Y planeaba tomar una muestra a Vibiana cuando la viera al día siguiente. Por el momento pensaba dejar al margen al hijo de Vibiana, el presunto bisnieto de Vance.

—La única cosa que va a importar es el ADN de Vibiana —dijo Haller—. Necesitaremos mostrar la cadena hereditaria, y creo que la tienes. Pero va a reducirse al ADN de Vibiana y a si ella coincide o no como descendiente directa de Vance.

—Hemos de hacerlo a ciegas, ¿no? —dijo Bosch—. No decirles que la muestra es de Vance. Solo darles la muestra de Vibiana. Y luego ver lo que dicen.

—De acuerdo. Lo último que queremos es que sepan de quién es el ADN que tienen. Trabajaré en eso y prepararé algo con uno de los laboratorios que te di. El que sea más rápido. En cuanto consigas la muestra de Vibiana, empezamos.

—Espero que sea mañana.

—Estaría muy bien. ¿Qué hiciste con la muestra de Vance?

—Está en mi nevera.

—No estoy seguro de que sea el lugar más seguro. Y no creo que necesite refrigeración.

—No la necesita. Solo la escondí allí.

—Me gusta la idea de mantenerlo por separado del testamento y la pluma. No quiero todo en el mismo sitio. Solo me preocupa que esté en tu casa. Probablemente, es el primer sitio donde mirarán.

—Ya estás otra vez con el plural.

—Lo sé. Pero es así. Tal vez deberías pensar en otro lugar.

Bosch le habló a Haller de su encontronazo con Creighton y su sospecha de que podría haber instalado cámaras para vigilar su casa.

—Lo primero que haré mañana por la mañana será comprobarlo —dijo—. Estará oscuro cuando llegue allí esta noche. La cuestión es que no había nadie allí esta mañana. Busqué un localizador de GPS en mi coche. No había ninguno y aun así Creighton me siguió en Laurel Canyon Boulevard.

—A lo mejor era un puto dron —dijo Haller—. Los están usando en todas partes ahora.

—Tendré que acordarme de mirar hacia arriba. Tú también. Creighton dijo que sabía que tú también estabas en el caso.

—No me sorprende.

Bosch ya divisaba las luces del centro a través del parabrisas. Por fin se estaba acercando a casa y notó que el agotamiento de todo el día en la carretera hacía mella en él. Estaba exhausto y quería descansar. Decidió que se saltaría la cena a cambio de dormir un rato más.

Su mente se alejó de la conversación cuando la idea de comer le recordó que necesitaba llamar o enviar un mensaje de texto a su hija para decirle que se había ido a casa y pasaría por el campus al día siguiente. Su encuentro tendría que esperar.

Tal vez fuera algo positivo, pensó Bosch. Después de su última llamada, podría venir bien un poco de tiempo y distancia entre ellos.

—Harry ¿sigues ahí? —preguntó Haller.

Bosch volvió a centrarse.

—Aquí estoy —dijo—. Se acaba de cortar un segundo. Estoy pasando por una zona de poca cobertura. Adelante.

Haller dijo que quería discutir una estrategia para determinar dónde y cuándo deberían actuar en el tribunal. Era una forma sutil de elegir un juez, pero Haller explicó que decidir en qué tribunal presentar el testamento podría darles ventaja. Dijo que suponía que la sucesión de Vance se abriría en Pasadena, cerca de donde había vivido y muerto, pero eso no requería que una reclamación tuviera que presentarse también allí. Si Vibiana Veracruz estaba decidida a establecerse como heredera de Vance, podía presentar la demanda en el tribunal que le resultara más conveniente.

Para Bosch, estas eran decisiones que escapaban a sus competencias, y así se lo dijo a Haller. Su trabajo, su responsabilidad y su promesa a Vance se limitaban a encontrar al heredero, si existía, y recopilar pruebas que demostraran la línea de sangre. Las estrategias legales relacionadas con la reclamación de la fortuna de Vance eran decisiones que correspondían a Haller.

Bosch añadió algo que había estado pensando desde su conversación con Gabriela.

—¿Y si no lo quieren? —preguntó.

—¿Si no quieren qué? —repuso Haller.

—El dinero. ¿Y si Vibiana no lo quiere? Son artistas. ¿Y si no quieren implicarse en dirigir una corporación, sentarse en una junta de administración, estar en ese mundo? Cuando le dije a Gabriela que su hija y nieto podrían ser herederos de mucho dinero, se encogió de hombros. Dijo que no había tenido dinero en setenta años y que no lo quería ahora.

—No va a ocurrir —dijo Haller—. Es dinero para cambiar el mundo. Lo aceptará. ¿Qué artista no quiere cambiar el mundo?

—La mayoría quieren cambiarlo con su arte y no con dinero.

Bosch recibió una señal de llamada en espera y vio que era del Departamento de Policía de San Fernando. Pensó que tal vez era Bella Lourdes que llamaba para contarle los resultados del segundo registro en la casa de Sahagún. Le dijo a Haller que tenía que colgar y que lo llamaría al día siguiente después de que encontrara a Vibiana y hablara con ella.

Cambió de llamada, pero no era Lourdes.

—Bosch, soy el jefe Valdez. ¿Dónde está?

—Eh, voy hacia el norte, estoy pasando por el centro. ¿Qué ocurre?

—¿Está con Bella?

—¿Bella? No, ¿por qué iba a estar con Bella?

Valdez no hizo caso de la pregunta de Bosch y planteó otra. El tono serio en su voz captó la atención de Bosch.

—¿Ha tenido noticias de ella hoy?

—No desde que hemos hablado por teléfono esta mañana. ¿Por qué? ¿Qué está pasando, jefe?

—No podemos encontrarla y no recibimos respuestas suyas en el móvil ni en la radio. Ha fichado esta mañana en la pizarra del departamento, pero no ha firmado la salida. No es propio de ella. Treviño estaba trabajando en presupuestos conmigo hoy, así que no ha pasado por la sala de detectives. No la ha visto.

—¿Su coche está en el aparcamiento?

—Tanto su coche privado como el que tiene asignado siguen en el aparcamiento y su compañera ha llamado y ha dicho que no ha ido a casa.

Se abrió un boquete en el pecho de Bosch.

—¿Ha hablado con Sisto? —preguntó.

—Sí, tampoco la ha visto —contestó Valdez—. Ha dicho que la ha llamado esta mañana para ver si podía acompañarla, pero estaba ocupado con un robo comercial.

Bosch pisó más a fondo el pedal del acelerador.

—Jefe, envíe un coche ahora mismo a la casa de Sahagún. Iba allí.

—¿Por qué? ¿Qué...?

—Envíe el coche, jefe. Ahora. Dígales que busquen dentro y fuera de la casa, en particular, en el patio trasero. Podemos hablar después. Voy de camino y estaré allí en treinta minutos o menos. Envíe un coche.

—Ahora mismo.

Bosch colgó y marcó el número de Bella, aunque sabía que era improbable que contestara si no estaba respondiendo al jefe de policía.

La llamada fue al buzón de voz, y Bosch colgó. Sintió que el boquete en su pecho se hacía más ancho y más profundo.

28

Bosch dejó atrás el aplastante tráfico del final del día después de pasar por el centro. A toda velocidad y haciendo un uso ilegal del arcén, cubrió la distancia restante hasta San Fernando en veinte minutos. Se sentía afortunado de conducir el coche de alquiler, porque sabía que su viejo Cherokee no alcanzaba la velocidad que mantuvo.

En la comisaría entró con rapidez por el pasillo de atrás hasta el despacho del jefe, pero lo encontró vacío, con el helicóptero de juguete moviéndose en un patrón circular, propulsado por la brisa del aire acondicionado.

Luego fue a la sala de detectives y encontró a Valdez de pie en el cubículo de Lourdes junto con Treviño, Sisto y el sargento Rosenberg, el responsable del turno de noche. Supo por las expresiones de preocupación en sus rostros que todavía no habían localizado a la detective desaparecida.

—¿Han mirado en la casa de Sahagún? —preguntó.

—Hemos enviado un coche —explicó Valdez—. No está ahí, no parece que haya estado.

—Maldita sea —dijo Bosch—. ¿Dónde más estamos buscando?

—No importa —intervino Treviño—. ¿Dónde ha estado hoy?

Lo dijo en tono acusatorio, como si Bosch tuviera algún conocimiento del paradero de la detective desaparecida.

—Tenía que ir a San Diego —respondió Bosch—. Uno de mis casos privados. Fui allí y volví.

—Entonces ¿quién demonios es Ida Townes Forsythe?

Bosch miró a Treviño.

—¿Qué?

—Ya me ha oído. ¿Quién es Ida Townes Forsythe? —Levantó una hoja en la que figuraba la información de Tráfico de Forsythe.

Bosch de repente se dio cuenta de que la había dejado en la bandeja de la impresora esa mañana cuando lo distrajo la llamada desde el vestíbulo por la visita de Creighton.

—Sí, lo he olvidado, he estado aquí esta mañana unos veinte minutos —explicó—. Imprimí eso, pero ¿qué tiene que ver con Bella?

—No lo sabemos —dijo Treviño—. Estamos tratando de descubrir qué coño está pasando aquí. Encuentro esto en la impresora y luego miro nuestra cuenta de Tráfico para ver si fue Bella la que sacó esto y en cambio he visto que fue usted. ¿Quién es?

—Mire, Ida Forsythe no tiene nada que ver con esto, ¿vale? Forma parte de un caso privado en el que estoy trabajando.

Bosch sabía que era una confesión que no debería haber hecho, pero no estaba de humor para enfrentarse a Treviño y quería concentrarse con rapidez en Bella.

Por un momento, el rostro de Treviño lo delató. Bosch distinguió un deleite apenas enmascarado, sabiendo que acababa de poner al descubierto a Bosch delante del hombre que lo había traído al departamento.

—No, no vale —dijo Treviño—. De hecho, es causa de despido. Y podría suponer también cargos.

Treviño miró a Valdez al hablar, como diciendo: le advertí que este tipo solo nos usaba para tener acceso.

—¿Sabe qué le digo, capitán? —dijo Bosch—. Puede despedirme y acusarme en cuanto encontremos a Bella. —Se volvió y dirigió su siguiente pregunta a Valdez—. ¿Qué más estamos haciendo?

—Hemos llamado a todos y estamos buscando —dijo el jefe—. Lo hemos comunicado al LAPD y también al Departamento del Sheriff. ¿Por qué nos pidió que miráramos en la casa de Sahagún?

—Porque me dijo esta mañana que iría a registrarla otra vez —dijo Bosch.

—¿Por qué?

Bosch explicó rápidamente la conversación que había tenido con Lourdes esa mañana, incluida su teoría de que el Enmascarado podría haber perdido la llave de su coche de fuga, lo cual explicaría que huyera corriendo de la escena del crimen e intentara encontrar un coche sin cerrar para largarse.

—No había ninguna llave —dijo Sisto—. La habría encontrado.

—Nunca hace daño verificarlo con otros ojos —replicó Bosch—. Cuando ella ha llamado para ver si podías acompañarla, ¿te ha preguntado sobre robos de coche en la zona 2 el viernes?

Sisto se dio cuenta de que era un detalle que no había mencionado al jefe y al capitán antes.

—Sí, es verdad —dijo—. Le he dicho que todavía no había tenido tiempo para mirar los robos de coches del viernes.

Treviño se acercó con rapidez a la fila de tablillas que colgaban de la pared detrás del escritorio de Sisto. Era allí donde se guardaban las denuncias de crímenes contra la propiedad en tablillas diferentes en función del crimen. Treviño cogió la tablilla marcada «Coches» y miró la hoja de arriba. Luego pasó varios de los informes.

—Tenemos uno del viernes en zona 3 —dijo—. Otro el sábado.

Valdez se volvió hacia Rosenberg.

—Irwin, coja esos informes —ordenó—. Envíe un coche a cada localización, que descubran si Lourdes estuvo allí haciendo el seguimiento.

—Recibido —contestó Rosenberg—. Me ocuparé de uno yo mismo.

Cogió la tablilla de Treviño y enseguida se dirigió a la puerta.

—¿Aún hay alguien en Obras Públicas? —preguntó Bosch.

—A esta hora de la noche está cerrado —respondió Valdez—. ¿Por qué?

—¿Podemos entrar? Esta mañana Bella dijo que iba a pedir un detector de metales para buscar en la casa de Sahagún.

—Sé que al menos podemos llegar al patio —dijo Treviño—. Es donde ponemos gasolina.

—Vamos —dijo Valdez.

Los cuatro hombres salieron de la comisaría por la puerta principal y enseguida cruzaron la calle hasta el complejo de Obras Públicas. Caminaron por el lado izquierdo del edificio hasta la puerta que daba al patio de vehículos y el almacén, y Valdez abrió con una llave de tarjeta que sacó de la billetera.

Al entrar en el patio, los hombres se dividieron y empezaron a buscar a Lourdes dentro y entre varios camiones y furgonetas. Bosch se dirigió a la pared del fondo, donde había un taller cubierto y diversas mesas de trabajo. Detrás de él oyó que se abrían y cerraban puertas de vehículos y la voz del jefe que se tensaba al gritar el nombre de Bella.

Pero no hubo respuesta.

Bosch se sirvió de la luz de su teléfono para encontrar el interruptor que encendía los fluorescentes del taller. Había tres mesas separadas, posicionadas en perpendicular a la pared del fondo. Estas mesas tenían estantes llenos de herramientas y materiales, así como máquinas fijadas y elementos como cortadoras de tubos, muelas, taladros y sierras para madera. Parecía que habían dejado proyectos a medio hacer en cada una de las mesas.

Encima de la tercera mesa había un estante que contenía trozos de dos metros y medio de tuberías de acero inoxidable. Bosch recordó que Lourdes había dicho que usaban un detector de metales para encontrar tuberías subterráneas. Supuso que la tercera mesa sería para tuberías y proyectos relacionados con el alcantarillado y que, si había un detector de metales, estaría allí.

Lourdes había descrito el detector de metales como algo con ruedas, como un cortacésped, y no la clase de detector manual que había visto usar a buscadores de tesoros en la playa.

Bosch no vio nada y giró en círculo examinando con la mirada todo el equipo y las mesas de trabajo que lo rodeaban. Finalmente, localizó un manillar debajo de una de las mesas de trabajo. Se acercó y sacó un artefacto naranja brillante con ruedas que tenía aproximadamente la mitad del tamaño de una podadora de mano.

Tuvo que estudiarlo para saber qué era. Había un panel de control fijado en el manillar. Pulsó el botón de arranque y se encendió una luz de LED con un visor de radar triangular y otros controles de alcance y profundidad.

—Está aquí —dijo.

Sus palabras atrajeron a los otros tres hombres desde sus propias búsquedas infructuosas.

—Bueno, si lo usó, lo devolvió —dijo Valdez.

El jefe dio una patada con una de sus botas contra el suelo de cemento, mostrando su frustración ante otra pista que no daba resultado alguno.

Bosch puso ambas manos en el manillar del detector de metales y lo levantó. Levantó las dos ruedas traseras del suelo, pero incluso eso costaba.

—Esto es pesado —dijo—. Si lo usó, necesitó ayuda para llevarlo a la casa de Sahagún. No cabría en el coche.

—¿Deberíamos buscarla dentro? —preguntó Sisto.

El jefe se volvió y miró a la puerta que conducía a las oficinas de Obras Públicas. Los otros tres se acercaron y Bosch los siguió después de aparcar en su lugar el detector de metales. Valdez trató de abrir la puerta, pero estaba cerrada. Se volvió hacia Sisto, el más joven de todos.

—Dele una patada —ordenó.

—Es una puerta de metal, jefe —protestó Sisto.

—Pruebe —insistió Valdez—. Es joven y fuerte.

Sisto asestó tres patadas a la puerta con el talón. Cada una de ellas fue más fuerte que la anterior, pero la puerta no cedió. Su cara morena adoptó un color granate con el esfuerzo. Respiró profundamente y estaba a punto de intentarlo una cuarta vez cuando el jefe de policía levantó un brazo para detenerlo.

—Vale, espere, espere —dijo Valdez—. No va a ceder. Hemos de ver si conseguimos a alguien que nos abra con una llave.

Treviño miró a Bosch.

—¿Lleva sus ganzúas, figura? —preguntó.

Era la primera vez que Treviño lo llamaba así a la cara, una referencia obvia al currículum de Bosch en el Departamento de Policía de Los Ángeles.

—No —dijo Bosch.

Harry se apartó de ellos hasta la camioneta más cercana. Se estiró sobre el capó, levantó el limpiaparabrisas y lo retorció a derecha e izquierda. Tiró con fuerza y lo arrancó.

—Harry, ¿qué está haciendo? —preguntó Valdez.

—Solo deme un minuto —respondió Bosch.

Llevó el limpiaparabrisas a una de las mesas de trabajo y con unos alicates arrancó la banda de goma de la tira de metal plana y delgada que la sujetaba. Luego cogió unas tijeras de chapa para cortar dos trozos de ocho centímetros. Volvió a coger los alicates y convirtió las dos tiras de metal en una ganzúa y un gancho plano. Tuvo lo que necesitaba en menos de dos minutos.

Bosch volvió a la puerta, se agachó delante de la cerradura y se puso a trabajar.

—Lo ha hecho antes —comentó Valdez.

—Varias veces —reconoció Bosch—. Que alguien me ilumine con el teléfono.

Los otros tres hombres encendieron las linternas de sus móviles y enfocaron al cerrojo, por encima del hombro de Bosch. Harry tardó tres minutos más en girar el pestillo y abrir la puerta.

—¿Bella? —gritó Valdez al entrar.

Ninguna respuesta. Sisto pulsó los interruptores y los cuatro empezaron a recorrer un pasillo mientras los fluorescentes aniquilaban la oscuridad. Fueron desviándose de uno en uno en los despachos que encontraban a su paso. Valdez siguió gritando el nombre de la detective desaparecida, pero los despachos estaban tan silenciosos como una iglesia un lunes por la noche. Bosch fue el último en desviarse y entró en la oficina de inspección municipal, cuyos tres cubículos estaban tan apretados como la sala de detectives al otro lado de la calle. Recorrió la sala mirando en cada cubículo, pero sin encontrar ningún rastro de Lourdes.

Enseguida entró Sisto.

—¿Encuentras algo?

—No.

—Mierda.

Bosch vio el nombre en uno de los escritorios. Le recordó algo de la conversación de esa mañana con Lourdes.

—Sisto, ¿Bella tuvo algún problema con Dockweiler?

—¿Qué quieres decir?

—Esta mañana, cuando ha dicho que vendría aquí a pedir el detector de metales, ha dicho que podía pedir ayuda de Dockweiler. Luego comentó algo de que esperaba que estuviera de buen humor. ¿Hubo algún problema entre ellos?

—¿Tal vez porque ella se quedó su trabajo y a él lo enviaron a Obras Públicas?

—Sonaba a otra cosa.

Sisto tuvo que considerar más la pregunta antes de pensar otra respuesta.

—Eh, no creo que fuera gran cosa, pero cuando él estaba en la brigada con nosotros recuerdo que a veces hubo fricción entre ellos. No creo que al principio Dock captara el hecho de que ella era de la acera de enfrente. Hizo un comentario sobre una lesbiana, no recuerdo quién era, pero la llamó «comefelpudos» o algo así. Bella se le echó encima y la situación estuvo bastante tensa durante un tiempo.

Bosch estudió a Sisto, a la espera de algo más.

—¿Nada más? —le instó.

—Supongo que no —dijo Sisto—. Bueno, no lo sé.

—¿Y tú? ¿Tuviste algún problema con él?

—¿Yo? No, nada.

—¿Hablabas con él? ¿Charlabais?

—Sí, un poco. No mucho.

—¿No le gustaban las lesbianas o no le gustaban las mujeres?

—No, no es gay, si te refieres a eso.

—No me refiero a eso. Vamos, Sisto, ¿qué clase de hombre es?

—Mira, tío, no lo sé. Me contó una vez que cuando trabajaba con el *sheriff* en Wayside hacían cosas a los gais.

Eso le sonó familiar a Bosch. Wayside Honor Rancho era una cárcel del condado situada en el valle de Santa Clarita. Todos los nuevos agentes del *sheriff* eran asignados a una prisión al salir de la academia. Bosch recordaba que Lourdes le había contado que, cuando todo indicaba que pasarían muchos años antes de que hubiera una oportunidad de que la transfirieran de la división de prisión, empezó a presentarse a otros departamentos y terminó en San Fernando.

—¿Qué cosas hacían?

—Decía que los ponían en situaciones comprometidas. Los metían en módulos donde sabían que los joderían, que les pegarían. Hacían apuestas sobre cuánto tiempo pasaría antes de que los atacaran.

—¿Conocía a Bella cuando estuvo allí?

—No lo sé. Nunca se lo pregunté.

—¿Quién fue el primero en llegar a San Fernando?

—Estoy casi seguro de que fue Dock.

Bosch asintió. Dockweiler era más veterano que Bella; sin embargo, se la quedaron a ella y no a él cuando llegaron los recortes. Eso tuvo que aumentar la animadversión.

—¿Qué pasó cuando lo trasladaron del departamento? —preguntó—. ¿Estaba cabreado?

—Bueno, sí, ¿no lo estarías tú? —respondió Sisto—. Pero estaba tranquilo. Le encontraron un puesto aquí. Así que fue un poco un traslado lateral, ni siquiera le bajaron el sueldo.

—Salvo que no tenía placa ni pistola.

—Creo que en inspección municipal llevan placa.

—No es lo mismo, Sisto. Alguna vez has oído la frase: «Si no eres policía, eres una piltrafa».

—Eh, no.

Bosch se quedó callado mientras estudiaba el escritorio de Dockweiler. Nada parecía sospechoso. Oyó el timbre de un mensaje de texto en el teléfono de Sisto.

Clavado a la mampara de separación entre el escritorio de Dockweiler y otro había un mapa de la ciudad, dividida en cuatro zonas que semejaban las áreas de patrulla del departamento de policía. Había también una lista de pistas para localizar conversiones de garaje ilegales con ejemplos fotográficos de cada elemento delator.

Alargues, cables y tubos entre la casa y el garaje.

Cinta en las holguras de la puerta del garaje.

Unidades de aire acondicionado en paredes de garaje.

Rejillas de barbacoa más cerca del garaje que de la casa.

Barcas, bicicletas y otros elementos almacenados fuera del garaje.

Al estudiar la lista, Bosch vio mentalmente las casas en las que habían ocurrido las violaciones del Enmascarado. Hacía menos de una semana, había hecho un circuito que abarcaba los cuatro domicilios. En ese momento vio lo que no había visto entonces. Cada casa tenía un garaje, todas estaban en un barrio donde las conversiones ilegales de garajes eran un problema y atraerían la atención de inspectores municipales. La casa de Beatriz Sahagún también tenía un garaje.

—Es él —dijo Bosch en voz baja.

Sisto no lo oyó. Bosch siguió dándole vueltas, reflexionando sobre lo que sabía. Dockweiler podía deambular por la ciudad como inspector municipal. Podría haber llamado a la puerta para llevar a cabo inspecciones y seleccionar a las víctimas durante el curso de su trabajo. Era la razón de que siempre llevara máscara.

Se dio cuenta de que también era Dockweiler quien tenía la llave extra de su escritorio. Se la había quedado al marcharse del departamento y se había colado para leer el expediente de la investigación una vez que Bosch había conectado los casos. Sabía lo que sabía Bosch y lo que estaba haciendo a cada paso de la investigación. Y Harry comprendió que lo más horroroso era que había enviado a Lourdes directo hacia él. El temor y la culpa al darse cuenta de ello hirvieron en él. Se volvió del escritorio y vio a Sisto escribiendo un mensaje en su teléfono.

—¿Es Dockweiler? —preguntó—. ¿Estás escribiendo a Dockweiler?

—No, tío, es mi novia —dijo Sisto—. Quiere saber dónde estoy. ¿Por qué iba a...?

Bosch le arrancó el teléfono de la mano a Sisto y miró la pantalla.

—Eh, ¿qué cojones...? —exclamó Sisto.

Bosch leyó el mensaje y confirmó que era una nota inocua que decía que volvería pronto a casa. Luego le tiró el teléfono al joven detective, pero el lanzamiento fue demasiado fuerte para una distancia tan corta. Se coló entre las manos de Sisto, le golpeó en el pecho y luego cayó ruidosamente al suelo.

—¡Capullo! —gritó Sisto mientras se agachaba con rapidez para recoger el teléfono del suelo—. Más vale que no...

Cuando Sisto se levantó, Bosch actuó con rapidez, lo agarró por el cuello de la camisa y lo empujó hacia la puerta de la sala, golpeándole con fuerza la espalda y la cabeza contra ella. Luego se colocó a unos centímetros de su rostro.

—Vago de mierda, deberías haber ido con ella hoy. Ahora está en alguna parte y hemos de encontrarla. ¿Lo entiendes? —Bosch lo sacudió con fuerza contra la puerta otra vez—. ¿Dónde vive Dockweiler?

—¡No lo sé! ¡Suéltame!

Sisto se sacó de encima a Bosch con tanta fuerza que casi lo mandó a la pared de enfrente. Golpeó un mostrador con la cadera y una cafetera de cristal vacía cayó del plato caliente y se hizo añicos en el suelo.

Atraídos por las voces y el cristal roto, Valdez y Treviño llegaron corriendo a la puerta. Esta golpeó a Sisto desde atrás y lo sacó de en medio.

—¿Qué demonios está pasando? —preguntó Valdez.

Con una mano en la nuca, Sisto señaló con un dedo a Bosch con la otra.

—Está loco. Que no se me acerque.

Bosch lo señaló.

—Deberías haber ido con ella. Pero le pusiste una excusa y Bella fue sola.

—¿Y tú, viejo? No era mi caso. Era el tuyo. Tú deberías estar allí y no yo.

Bosch le dio la espalda a Sisto y miró a Valdez.

—¿Dónde vive Dockweiler?

—En Santa Clarita, creo —dijo Valdez—. Al menos cuando trabajaba para mí. ¿Por qué? ¿Qué está pasando aquí?

El jefe puso una mano en el hombro de Bosch para impedir que se dirigiera hacia Sisto. Bosch se zafó y señaló el escritorio de Dockweiler, como si este fuera una prueba irrefutable de algo que solo él podía ver.

—Es él —aseguró Bosch—. Dockweiler es el Enmascarado. Y tiene a Bella.

29

Tomaron dos coches y se dirigieron en código 3 por la autovía 5. Valdez y Bosch iban en el coche delantero, con el primero al volante. El jefe de policía había tenido la prudencia de separar a Bosch de Sisto, quien conducía el segundo vehículo; con Treviño a su lado y probablemente cabreado por el hecho de que las tensiones entre Bosch y Sisto hubieran resultado en que lo separaran del jefe.

Valdez estaba al teléfono, ladrando una orden a alguien del centro de comunicaciones.

—No me importa —dijo—. Llame a quien tenga que llamar, pero consiga la maldita dirección. No me importa que tenga que enviar coches a sus casas para que le den una respuesta.

Valdez colgó y soltó un improperio. Hasta el momento, el centro de comunicaciones no había logrado establecer contacto con el director de Obras Públicas ni con el responsable de contrataciones del ayuntamiento para obtener acceso a los registros de nóminas y a la dirección de Dockweiler. Habían buscado registros de Tráfico antes de salir de comisaría y descubrieron que Dockweiler de alguna manera se había beneficiado de un fallo burocrático para mantener el bloqueo de agente del orden en su dirección casi cinco años después de abandonar el departamento de policía.

Así pues, se estaban dirigiendo al valle de Santa Clarita sobre la única base del recuerdo de Valdez de que Dockweiler vivía allí cinco años antes.

—Puede que lleguemos allí y no tengamos adónde ir —dijo Valdez. Golpeó el volante con la palma abierta y cambió de tema—. ¿Qué ha pasado ahí con Sisto, Harry? Nunca lo había visto actuar así.

—Lo siento, jefe —se disculpó Bosch—. Perdí los nervios. Si pudiera haberme lanzado a mí mismo contra la puerta lo habría hecho. Pero se lo he cargado a Sisto.

—¿Qué se ha cargado?

—Yo debería haber estado con Bella hoy. Es mi caso, debería haber estado allí. En cambio, le dije que se llevara a Sisto y tendría que haber sabido que iría sola si él no estaba.

—Mire, ni siquiera sabemos si esto de Dockweiler es cierto. Así que deje de fustigarse. Le necesito concentrado ahí. —Valdez señaló al norte a través del parabrisas.

Bosch trató de pensar en otra fuente para conseguir la dirección de Dockweiler. Si todavía gozaba de medidas de protección policiales sería complicado encontrarlo. Pensó en llamar a Wayside y ver si alguno de los agentes de la prisión lo recordaba y podía conocer su dirección. Parecía una posibilidad remota, porque Dockweiler había dejado el Departamento del Sheriff hacía mucho tiempo.

—¿Cuándo vino a trabajar a San Fernando? —preguntó Bosch.

—Fue en el 2005 o 2006, creo —dijo Valdez—. Ya estaba aquí cuando yo llegué. Sí, sería en el 2006, porque recuerdo que llevaba poco más de cinco años cuando tuve que echarlo.

—Sisto me ha dicho que Dockweiler formaba parte de un grupo de agentes de Wayside que manipulaba reclusos y preparaba peleas.

—Recuerdo que echaron a unos cuantos agentes del *sheriff* entonces. Los Blancos de Wayside, ¿le suena?

Bosch lo estaba recordando. Era difícil distinguir grupos o incidentes específicos, porque tenía la impresión de que el Departamento del Sheriff había sufrido un escándalo tras otro en las prisiones durante la última década. El anterior *sheriff* había dimitido, desacreditado durante una investigación del FBI de la situación en la cárcel. Se enfrentaba a un juicio por corrupción y varios de sus agentes ya habían ingresado en prisión. Estas eran algunas de las razones por las que Bella Lourdes le había dicho a Bosch que necesitaba salir, aunque eso significara trasladarse a un departamento mucho más pequeño como el de San Fernando.

—Entonces ¿por qué lo echó a él en lugar de a Bella? —preguntó Bosch—. Tenía más antigüedad, ¿no?

—Sí, pero yo tenía que hacer lo que fuera mejor para el departamento —dijo Valdez.

—Buena respuesta política.

—Es la verdad. Conoce a Bella. Se busca la vida. Le encanta el trabajo, quiere hacer cosas. Dockweiler... era un poco matón. Así que, cuando Marvin me dijo que podía ofrecer a uno de mis hombres un puesto en inspección municipal, me quedé con Lourdes y transferí a Dockweiler. Pensé que encajaba con él. No sé, decirle a la gente que cortara el césped y recortara los setos.

Marvin era Marvin Hodge, el gerente municipal. Bosch negó con la cabeza cuando la respuesta del jefe le recordó sus fallos en el caso del Enmascarado.

—¿Qué? —preguntó Valdez—. Creo que tomé la decisión correcta.

—No, no es eso —dijo Bosch—. Tomó la decisión correcta. Pero probablemente no conmigo. Se me han pasado muchas cosas en este caso. Supongo que el tiempo me está oxidando.

—¿Qué se le pasó?

—Bueno, el miércoles pasado di una vuelta por las primeras cuatro escenas del crimen, las que conocemos. Todo en un viaje y en orden cronológico. Nunca lo había hecho antes y estaba tratando de ver si surgía alguna chispa, si al final descubría cuál era el vínculo. Y no lo vi. Estaba allí mismo y no lo vi. Todas las casas tenían garajes.

—Sí, pero eso es muy común. Casi todas las casas construidas desde la Segunda Guerra Mundial tienen garaje. En esta ciudad, todo el mundo.

—No importa. Debería haberlo entendido. Apuesto mi siguiente paga a que vamos a descubrir que Dockweiler inspeccionó esas casas y esos garajes para ver si hubo conversión y alojamiento no permitido; tiene la maldita hoja de indicios delatores pegada en la pared de su cubículo. Así es como elegía a sus víctimas. Por eso llevaba las máscaras. Porque las víctimas podrían recordarlo de la inspección.

—No tiene paga, Harry.

—Y después de esto no me la merezco.

—Mire, por lo que respecta a Dockweiler, solo es una hipótesis ahora mismo. Todavía no tenemos ni la más mínima prueba de que sea el Enmascarado. La teoría parece buena, pero las teorías no conducen a condenas.

—Es él.

—Solo porque no deje de decirlo no va a confirmarlo.

—Bueno, más vale que sea él. De lo contrario, estamos buscando a Bella donde no está.

Esta última reflexión de Bosch llevó el silencio al coche durante los siguientes kilómetros. Sin embargo, al cabo de un rato, Bosch empezó a plantear preguntas para no agobiarse en pensamientos sobre Bella.

—¿Cómo se tomó Dockweiler que le dieran puerta? —preguntó.

—Bueno, si lo dice así suena bastante mal —dijo Valdez—. Pero cada vez que tuvimos que hacer un recorte hicimos lo posible para recolocar a la gente o buscar un plan para ellos. Así que, como he dicho, Marvin me ofreció el puesto en Obras Públicas para que lo usara y coloqué a Dockweiler allí. Él lo aceptó, pero no estaba muy contento. Quería que trasladáramos el puesto de Obras Públicas al departamento de policía, pero no funciona así.

—¿Le molestó que no prescindieran antes de Lourdes y Sisto?

—Bueno, no sé si lo sabe, pero Sisto es hijo de un veterano concejal de la ciudad. No iba a ir a ninguna parte, y Dockweiler lo sabía. Así que, sí, centró su malestar en Bella, dijo que estaba donde estaba porque era una dos por uno. Luego me preguntó si el hecho de ser lesbiana la convertía en una tres por uno.

El teléfono del jefe sonó y él contestó de inmediato.

—Sí.

Escuchó y luego repitió una dirección en Stonington Drive, Saugus, para que Bosch la memorizara. Bosch reconoció la dirección y de inmediato sintió una carga de adrenalina cuando encajó una confirmación más sobre Dockweiler.

—Interesante —dijo Valdez al teléfono—. Envíeme un enlace de mapa en un mensaje de texto de ese segundo lugar. Y será mejor que empiece a llamar al ERE. Según lo que nos encontremos allí, decidiré sobre eso. Envíeme otro mensaje cuando todo el mundo esté listo para actuar.

Bosch sabía que el Equipo de Respuesta Especial era la versión del SWAT del Departamento de Policía de San Fernando. Los agentes del equipo procedían de todo el departamento y todos tenían preparación para incidentes críticos y armas de alto nivel.

Valdez colgó.

—¿Ha buscado la dirección en el GPS? —preguntó.

—No —dijo Bosch—. Ya sé cómo llegar allí. Está en Haskell Canyon, y Bella y yo estuvimos en ese barrio el sábado buscando la navaja del Enmascarado.

—Está de broma.

—No. Dockweiler tiene que ser nuestro hombre. El propietario original de la navaja denunció que la robaron de su coche en su sendero. Nos contó que un agente del *sheriff* vivía al otro lado de la calle entonces. Dockweiler probablemente conocía a ese agente, había estado en esa parte del barrio. Tal vez vio al propietario original con la navaja. No sé cómo exactamente, pero sé que está demasiado cerca para que sea un coincidencia. No hay coincidencias. Dockweiler robó la navaja.

Valdez asintió. Estaba convirtiéndose en un creyente.

—Está encajando, Harry —admitió.

—Esperemos que no sea demasiado tarde para Bella —dijo Bosch.

30

Bosch dirigió a Valdez a Saugus y a un barrio situado al otro lado del Haskell Canyon Wash, donde se había robado la navaja del Enmascarado a su propietario original.

Por el camino, el jefe de policía reveló a Bosch la segunda parte de la llamada telefónica que había recibido desde el centro de comunicaciones. Explicó que el ayuntamiento tenía una política que exigía que todos los empleados solicitaran aprobación antes de trabajar en segundas ocupaciones. Esto permitía al ayuntamiento protegerse de empleados que se metían en conflictos de intereses o en segundos empleos que podrían resultar embarazosos. La política se había instaurado una década antes, cuando el *Los Angeles Times* informó de que una funcionaria municipal estaba produciendo vídeos porno en los que también actuaba bajo el nombre de Torrid Tori.

—Así que hace dos años Dockweiler solicitó una autorización para trabajar a tiempo parcial por la noche como vigilante de seguridad en el Harris Movie Ranch de Canyon Country —dijo Valdez—. Eso nos da otra localización. ¿Ha estado alguna vez allí?

—Nunca —reconoció Bosch.

—Es un sitio bonito. He ido un par de veces con mi cuñado, que es guionista. Es enorme, casi cien hectáreas. Ruedan de todo: *westerns,* bazofias de detectives, hasta ciencia ficción. Hay toda clase de construcciones en el bosque que usan para filmar y esas cosas. Si

Dockweiler tiene acceso, odio decirlo, pero podríamos estar buscando a Bella allí hasta el amanecer. Así que he puesto al ERE en espera. Sabremos si vamos a necesitarlos cuando lleguemos a la casa de Dockweiler y veamos qué hay allí.

Bosch asintió. Era un buen plan.

—¿Cómo quiere actuar en su casa? —preguntó—. ¿Ir de frente o esquematizarlo antes?

—¿Qué? —preguntó Valdez.

—Esquematizarlo. ¿No lo recuerda del departamento? Examinar la escena a escondidas y luego trazar un plan. En lugar de simplemente llamar a la puerta.

—Vale, entonces creo que podríamos esquematizarlo. ¿Usted?

—De acuerdo.

Valdez llamó a Treviño y lo informó de todo, incluida la teoría del rancho de filmación que podría entrar en juego más tarde. Les dio la dirección confirmada de la casa de Dockweiler y prepararon un plan. Los coches entrarían en la manzana uno por cada lado, aparcarían y luego los cuatro hombres avanzarían a pie, examinando el exterior de la casa y reuniéndose en el patio trasero si este era accesible.

—Recuerden —dijo Valdez—. Este tipo era policía. Hemos de contar con que tenga armas.

Cuando el jefe colgó, ya estaban en el barrio y era hora de separarse. Valdez apagó las luces. Entró en la manzana desde el lado norte y aparcó a tres casas de la dirección de Dockweiler. Antes de bajar del coche, tanto Bosch como Valdez sacaron sus armas y tiraron de la corredera para asegurarse de que tenían una bala en la recámara. Luego volvieron a enfundar.

Bosch supuso que tenía más experiencia táctica que el jefe de policía, de modo que se puso en cabeza sin consultarlo antes. Valdez se quedó atrás mientras avanzaban por la calle. No era un entorno urbano. No había coches aparcados en la calle y muy pocos en los senderos. La situación les proporcionaba muy poco abrigo y

Bosch avistó con facilidad a Sisto y Treviño, que avanzaban desde el otro lado.

Harry se desvió hacia la parte delantera de la casa contigua a la de Dockweiler. Se quedó en la esquina del garaje. Valdez apareció a su lado y ambos examinaron el domicilio de Dockweiler. Era una vivienda estilo rancho de tamaño modesto. No había ninguna valla que impidiera el acceso al patio trasero. Eso significaba que muy probablemente no habría perros. La luz que había sobre la puerta delantera estaba encendida, pero daba la impresión de que el interior de la casa estaba oscuro.

Bosch hizo una seña a Valdez y avanzaron por el patio lateral y luego hacia la parte posterior de la casa de Dockweiler. Bosch trató de mirar al interior a través de todas las ventanas que pasaban, pero las cortinas estaban corridas y estaba demasiado oscuro en la casa para ver nada.

Cuando Bosch y Valdez llegaron al patio de atrás, Treviño y Sisto ya estaban allí, de pie junto a una barbacoa exterior. Había también una luz encendida sobre la puerta trasera, pero era de escasa potencia y la claridad no llegaba muy lejos.

Los cuatro hombres se reunieron junto a la barbacoa. Bosch miró a su alrededor. El patio descendía hacia el torrente, donde la oscuridad era total. Harry miró la parte de atrás de la casa una vez más y se fijó en una construcción externa en el lado derecho, una habitación pequeña, casi toda con paredes de cristal. Parecía un anexo que desentonaba con la casa y se preguntó si Dockweiler, agente de inspección municipal, lo había añadido sin permiso.

—Parece que no hay nadie en casa —dijo Sisto.

—Tenemos que asegurarnos —indicó Bosch—. ¿Qué tal si ustedes dos se quedan en la puerta de atrás y el jefe y yo vamos a llamar a la puerta principal?

—Parece un plan —dijo Valdez antes de que ninguno de los otros dos pudiera protestar por sus deberes de refuerzo.

Bosch avanzó de nuevo por el lateral de la casa. Valdez lo siguió después de ordenar al equipo del patio de atrás que permaneciera alerta. Estaban casi en la esquina delantera cuando un vehículo giró hacia el sendero y sus faros barrieron el césped.

Bosch se agazapó contra la pared y Valdez se apostó detrás de él. Se oyó un ruido mecánico y Bosch supo que era la puerta del garaje al abrirse. Sin embargo, este sonido no fue seguido por el de un vehículo entrando. En cambio, Bosch oyó que el motor se apagaba y, a continuación, la puerta del vehículo se abría y se cerraba. Unos segundos después, hubo otro pesado estruendo metálico que Bosch no supo identificar.

Bosch miró a Valdez y le hizo una seña. Acto seguido, se acercó a la esquina y miró al patio delantero. El vehículo era una camioneta blanca con una cubierta. Bosch vio a un hombre junto al portón trasero, que acababa de abrir. Se estaba inclinando hacia la parte posterior de la camioneta, pero Harry no podía ver qué estaba haciendo. No vio a nadie más dentro ni alrededor de la camioneta. Se volvió hacia Valdez y susurró.

—Cámbieme el sitio y dígame si es él —dijo.

Intercambiaron posiciones y Valdez miró desde el borde de la casa. Tuvo que esperar hasta que el hombre se apartó de la parte posterior de la camioneta para poder verlo. Luego levantó un pulgar. Era Dockweiler.

—¿Puede ver qué está haciendo? —preguntó Bosch—. ¿Bella está en la camioneta?

Valdez negó con la cabeza. Bosch no sabía si era un no a ambas preguntas o solo a la primera.

De repente, sonó una melodía aguda y el jefe enseguida sacó el teléfono de su cinturón y apagó el sonido.

Por supuesto, era demasiado tarde.

—¡Alto ahí!

La voz atronó desde el patio delantero. Era Dockweiler.

—¡No se mueva!

Bosch estaba detrás de Valdez y no podía ver a Dockweiler. Se quedó quieto contra el lateral de la casa, sabiendo que, si Dockweiler pensaba que había un único intruso, podría hacer alguna cosa.

—Tengo una pistola y buena puntería —gritó Dockweiler—. Salga y déjeme ver las manos.

El haz de una linterna iluminó la esquina de la casa y Valdez quedó expuesto como objetivo. Bosch no podía ver lo que veía Valdez, pero sabía que Dockweiler estaba amenazando con usar una pistola. El jefe levantó las manos y salió a la luz. Fue un movimiento valiente, y Bosch sabía que pretendía alejar la atención de Dockweiler de la esquina.

—Eh, Dock, calma —dijo Valdez—. Soy el jefe Valdez. Puede bajar el arma.

La voz de Dockweiler transmitió una sorpresa auténtica.

—¿Jefe? ¿Qué está haciendo aquí?

Valdez siguió caminando recto hacia la calle. Bosch silenciosamente sacó el arma de su cartuchera y la empuñó con las dos manos. Si oía a Dockweiler amartillar el arma no dudaría en salir y abatirlo.

—Estaba buscando a Bella —dijo Valdez.

—¿Bella? —dijo Dockweiler—. ¿Se refiere a Lourdes? ¿Por qué iba a estar aquí? Creo que vive en la ciudad.

—Vamos, Dock. Baje el arma. Me conoce. No hay ninguna amenaza aquí. Estoy al descubierto. Bájela.

Bosch se preguntó si Sisto y Treviño habían oído alguna parte de la confrontación y qué acción podrían tomar. Miró a lo largo del lateral de la casa en dirección al patio de atrás y no vio a nadie. Si estaban viniendo, lo estaban haciendo por el otro lado de la casa. Sería un buen movimiento, pues les daría dos ángulos sobre el hombre armado.

Bosch se volvió y se acercó a la esquina. Valdez estaba ya a casi seis metros de la casa y a medio camino de la calle. Todavía tenía las manos levantadas, y el haz de luz de la linterna le recordó a Bosch, por la manera en que le ajustaba el polo negro, que el jefe no llevaba chaleco antibalas debajo. Era un detalle que debía tener en cuenta en las decisiones que Harry estaba a punto de tomar. Sabía que tendría que actuar primero para impedir que Dockweiler disparara a Valdez.

—¿Por qué ha venido, jefe? —preguntó Dockweiler.

—Se lo he dicho —respondió Valdez con calma—. Estoy buscando a Bella.

—¿Quién le ha enviado? ¿Ha sido ese tipo, Bosch?

—¿Qué le hace pensar en él?

Antes de que Dockweiler pudiera responder, hubo un coro de gritos desde el patio delantero y Bosch reconoció las voces de Treviño y Sisto.

—¡Baje la pistola!

—Dockweiler, ¡la pistola!

Bosch avanzó y salió del lateral de la casa. Dockweiler había movido la linterna y el cañón de su pistola al otro lado, donde Treviño y Sisto se hallaban uno junto al otro en posición de combate.

Bosch se dio cuenta de que tenía ventaja sobre Dockweiler, que estaba tan preocupado por los otros tres hombres en el patio que no esperaba a un cuarto. Bosch corrió hasta la parte de atrás de la camioneta en menos de tres segundos.

Valdez vio a Bosch y supo que tenía que apartar el punto de mira del arma de Dockweiler de los otros dos hombres antes del impacto de Bosch.

—Kurt, ¡aquí! —gritó.

Dockweiler empezó a mover la linterna y el cañón de su arma otra vez hacia el jefe de policía. Bosch le golpeó con todo el cuerpo, impactando con su pecho en el brazo izquierdo y la parte superior del torso de Dockweiler. Este dejó escapar un sonido sordo cuando el aire salió de sus pulmones y cayó pesadamente al suelo. Bosch salió rebotado y cayó al suelo hacia el otro lado.

No se disparó ni un tiro. Sisto actuó y saltó sobre Dockweiler antes de que este pudiera recuperarse del impacto. Le cogió la mano con la que sostenía el arma y lo obligó a soltarla, luego la lanzó al césped a una distancia de seguridad. Valdez enseguida se sumó a la refriega y Dockweiler, un hombre más grande que cualquiera de los cuatro, quedó reducido. Bosch se acercó por el suelo y apoyó su peso en la parte posterior de las piernas del hombre mientras Treviño le echaba los brazos atrás para esposarlo.

—¿Qué coño es esto? —gritó Dockweiler.

—¿Dónde está? —gritó Valdez en respuesta—. ¿Dónde está Bella?

—No sé de qué está hablando —logró decir Dockweiler, a pesar de que Sisto le aplastó la cara en la hierba de su jardín delantero—. No he visto a esa zorra ni he hablado con ella en dos años.

Valdez se retiró de la pila y se levantó.

—Levántenlo —ordenó—. Lo llevaremos dentro. A ver si lleva las llaves.

La linterna había caído a la hierba y estaba señalando en sentido contrario a los cinco hombres. Bosch la alcanzó y empezó a barrer la hierba en busca de la pistola. Cuando la localizó se levantó y fue a cogerla.

Dockweiler aprovechó la oportunidad para hacer un último intento de levantarse. Treviño le clavó un rodillazo en las costillas y el impacto puso fin al movimiento. Dockweiler dejó de resistirse.

—Vale, vale —dijo—. Me rindo. ¿Qué es esto, capullos? ¿Cuatro contra uno? A la mierda.

Treviño y Sisto empezaron a revisarle los bolsillos en busca de llaves.

—No, a la mierda tú, Dockweiler —dijo Sisto—. Dinos dónde está Bella. Sabemos que la tienes.

—Han perdido el juicio —respondió Dockweiler.

Bosch iluminó la puerta abierta de la camioneta. Avanzó para poder angular la luz en la cubierta, temeroso de lo que podría encontrarse.

Sin embargo, solo había un surtido de herramientas en la parte de atrás de la camioneta y no le quedó inmediatamente claro lo que Dockweiler había estado haciendo allí cuando ellos lo observaban desde la esquina de la casa.

Bosch reparó en un llavero y lo cogió.

—Tengo las llaves —informó a los otros.

Mientras Sisto y Treviño levantaban a Dockweiler, Valdez se acercó a examinar la parte de atrás de la camioneta.

—Esto no va precisamente según el manual —dijo Bosch—. ¿Cómo quiere manejarlo a partir aquí? No tenemos orden y no va a invitarnos a entrar.

—No hay CP, pero las CA son claras, en mi opinión —dijo Valdez—. Hemos de entrar en la casa. Vamos a abrirla.

Bosch coincidió, pero siempre estaba bien que el jefe de policía en persona tomara la decisión. Se requería una causa probable y la firma de un juez para una orden de registro, pero las circunstancias apremiantes se imponían sobre todo eso. No había ninguna definición legal definitiva que delineara con precisión los límites en los cuales las emergencias permitían una relajación de las protecciones constitucionales. Aun así, Bosch sentía que una agente de policía desaparecida y un antiguo colega armado servirían como justificación en cualquier tribunal del país.

Miró en el garaje abierto al dirigirse a la puerta principal. Estaba lleno de cajas y palés. No había ningún espacio para aparcar la camioneta allí y eso lo llevó a preguntarse por qué Dockweiler había abierto la puerta.

Cuando llegó a la puerta principal, enfocó el llavero con la linterna. Había varias llaves, entre ellas una que Bosch reconoció como la llave universal que abría todos los vehículos de policía y municipales, así como una pequeña llave de bronce que abriría una cerradura más pequeña. Buscó en su bolsillo y sacó sus propias llaves. Comparó la pequeña llave de bronce del archivador de su cubículo en la sala de detectives con la que estaba en el llavero de Dockweiler. Los dientes encajaban a la perfección.

Bosch ya no tenía dudas. Dockweiler había guardado la llave de su escritorio en la sala de detectives después de que lo trasladaran a Obras Públicas y era él quien había estado revisando clandestinamente el expediente del Enmascarado.

Bosch abrió la puerta delantera con la segunda llave que probó y aguantó la puerta mientras Sisto y Treviño metían a Dockweiler dentro.

Valdez fue el último en entrar. Bosch estaba sosteniendo el llavero de Dockweiler por la llave del archivador.

—¿Qué es eso? —preguntó Valdez.

—La llave de mi archivador está en su llavero —dijo Bosch—. La semana pasada me di cuenta de que alguien estaba revisando mis expedientes, sobre todo, el del Enmascarado. Yo, eh…, pensé que era alguien de la brigada. Pero era él.

Valdez asintió. Era otro detalle que encajaba.

—¿Dónde lo metemos? —preguntó Sisto.

—En la cocina, si hay una mesa y sillas —sugirió Treviño—. Espóselo a una silla.

Bosch siguió al jefe por el recibidor, se dirigió a la izquierda hacia la cocina y observó que Sisto y Treviño utilizaban dos pares de esposas para sujetar a Dockweiler a una silla situada delante de una mesa repleta en un pequeño comedor que era el añadido de cristal en el que Bosch había reparado desde el patio trasero. Tenía ventanas de suelo a techo en tres de los lados con persianas venecianas para ayudar a controlar el calor que generaba el sol en el cristal. Bosch se preguntó si Dockweiler había considerado eso cuando añadió el cerramiento a su casa.

—Esto es una idiotez —dijo el antiguo detective en cuanto estuvo inmovilizado en la silla—. No tienen orden, no tienen caso, han llegado aquí a la brava. Esto no se sostendrá. Se derrumbará y los tendré por las pelotas a todos. Y al ayuntamiento de San Fernando.

Dockweiler tenía la cara sucia por la pelea en el jardín delantero. Sin embargo, bajo la severa luz fluorescente de la cocina, Bosch distinguió una ligera decoloración en las comisuras de los ojos y un grosor antinatural de la parte superior de la nariz: restos de hematomas e hinchazón de un impacto significativo. También se dio cuenta de que Dockweiler había intentado ocultar el moretón de color amarillo granate con maquillaje.

La mesa de la cocina estaba preparada como puesto de pago de facturas. Había recibos de tarjeta de crédito y dos talonarios de cheques apilados de cualquier manera a la izquierda. A la derecha Bosch vio resguardos de pago, extractos bancarios y pilas de correo sin abrir. En el centro había una taza de café llena de bolígrafos y lápices y un cenicero repleto de colillas de cigarrillo. La casa tenía el olor característico de una vivienda de fumador. Bosch lo captaba con cada respiración.

Harry se acercó a la ventana de encima del fregadero de la cocina y la abrió para que entrara aire fresco. Se acercó a la mesa. Apartó la taza hacia la izquierda de la mesa, porque no quería que nada se interpusiera entre él y Dockweiler cuando hablaran. Empezó a separar la silla que estaba justo enfrente de él. Sabía que había dos cosas en juego en el interrogatorio que estaba a punto de empezar: Bella Lourdes y el caso del Enmascarado.

Bosch estaba a punto de sentarse cuando Treviño lo detuvo.

—Espere, espere. —Señaló al pasillo—. Jefe, salgamos y hablemos un momento —añadió Treviño—. Bosch, usted también. Sisto, espere y vigílelo.

—Sí, salgan y hablen de ello —se burló Dockweiler—. A ver si entienden cómo la han cagado con todo esto y cómo lo van a arreglar.

Bosch se volvió en el arco que comunicaba la cocina con el pasillo. Miró a Dockweiler, luego a Sisto. Asintió. Al margen de sus diferencias, Sisto y Treviño habían actuado bien al aproximarse desde el lateral de la casa. De lo contrario, el jefe podría estar muerto en ese momento.

Sisto asintió a su vez.

Treviño encabezó la comitiva por el pasillo hasta la puerta de entrada. Bosch y Valdez lo siguieron. Hablaron en voz baja y Treviño fue directo al grano.

—Yo me encargo del interrogatorio —dijo.

Bosch miró de Treviño a Valdez y esperó un momento a que el jefe se opusiera a esa idea. Pero Valdez no dijo nada. Bosch miró otra vez a Treviño.

—Espere un minuto —dijo—. Es mi caso. Lo conozco mejor que nadie. Debería llevar yo el interrogatorio.

—La prioridad aquí es Bella —repuso Treviño—. No el caso. Y yo la conozco mejor que usted.

Bosch negó con la cabeza como si no lo entendiera.

—Eso no tiene sentido —dijo—. No importa lo bien que la conozca. Se trata de conocer el caso. Es el Enmascarado. Ha raptado a Bella, porque se acercó demasiado en el caso o lo descubrió cuando estuvo con él. Déjeme hablar con él.

—Todavía no estamos seguros de que sea el Enmascarado —dijo Treviño—. Primero tenemos que...

—¿Le ha visto los ojos? —le interrumpió Bosch—. Hinchados y morados por el golpe de Beatriz Sahagún con el palo. Trata de ocultarlo con maquillaje. No cabe duda. Es el Enmascarado. Puede que usted no lo sepa, pero yo lo sé. —Bosch otra vez apeló a Valdez—. Jefe, tengo que hacer esto.

—Harry —dijo el jefe—. El capitán y yo hemos hablado antes de que surgiera lo de Bella. Eh, se trata de lo que puede ocurrir más adelante, en un juicio, con su historial.

—¿Mi historial? —preguntó Bosch—. ¿En serio? ¿Se refiere a los más de cien casos de homicidio que he resuelto? ¿Ese historial?

—Sabe lo que quiere decir —terció Treviño—. Sus controversias. Lo convertirían en un objetivo en un juicio. Lo debilitarían.

—También está la cuestión de la reserva —agregó Valdez—. No trabaja a tiempo completo y eso es algo que un abogado explotará en un juicio. No tendrá buen aspecto delante de un jurado.

—Probablemente, hago tantas horas como Sisto —dijo Bosch.

—No importa —le rebatió Treviño—. Está en la reserva. Es lo que hay. Yo voy a ocuparme de este interrogatorio y quiero que usted registre la casa y busque alguna señal de Bella, cualquier prueba de que haya estado aquí. Y, cuando termine con eso, vaya a ocuparse de la camioneta.

Por tercera vez, Bosch miró a Valdez, y le quedó claro que apoyaba a Treviño en eso.

—Hágalo, Harry —dijo—. Hágalo por Bella.

—Sí, claro —aceptó Bosch—. Por Bella. Llámenme cuando me necesiten.

Treviño se volvió y empezó a dirigirse hacia la cocina.

Valdez se entretuvo un poco y se limitó a hacer un gesto con la cabeza a Bosch antes de seguir a su capitán. Harry estaba absolutamente frustrado de que lo apartaran de su propio caso, pero no le interesaba poner su orgullo profesional y sus emociones por encima del objetivo último, sobre todo cuando no sabían nada de Bella Lourdes. No le cabía duda de que debería ocuparse él del interrogatorio ni de que estaba más capacitado y tenía más aptitudes para sacarle información a Dockweiler. Pero también creía que al final tendría la oportunidad de usarlas.

—¿Capitán? —dijo.

Treviño se volvió a mirarlo.

—No olvide leerle sus derechos —sugirió Bosch.

—Por supuesto —dijo Treviño. Y cruzó el arco que daba a la cocina.

31

Bosch entró en el salón y, a continuación, enfiló un pasillo que conducía a los dormitorios. Sabía que tenía que ser muy cuidadoso y dejar de lado las emociones. Creía que las circunstancias apremiantes de tener a una agente desaparecida autorizaban el registro de la casa de Dockweiler sin riesgo legal. No obstante, buscar pruebas del caso del Enmascarado era otro cantar. Necesitaría una orden para eso. La contradicción lo situaba en una encrucijada. Tenía que registrar la casa en busca de Lourdes o cualquier indicación de dónde estaba, pero no podía hurgar más en busca de pruebas que demostraran que Dockweiler había cometido las violaciones.

También tenía que ser realista. Su nuevo conocimiento de Dockweiler y el hecho de que se hubiera guardado una llave y hubiera estado entrando en secreto en la comisaría para leer informes de la investigación eran pruebas inapelables de que él era el Enmascarado. Con esa conclusión en mente, a Bosch le parecía improbable que fueran a encontrar a Bella viva, y poco probable que fueran a encontrarla en absoluto. Necesitaba poner el caso del Enmascarado en primer plano y preservarlo ante cualquier futuro cuestionamiento legal.

Se puso unos guantes de látex y empezó el registro por el final del pasillo, avanzando otra vez hacia la cocina. Había tres dormitorios, pero solo uno se utilizaba como tal. Buscó primero en la habitación de Dockweiler y la encontró desordenada, con ropa y zapatos extendidos por el suelo en torno a la cama, probablemente, en los mismos lugares donde habían caído. La cama estaba sin hacer y las sábanas tenían una capa gris de aspecto sórdido. Las paredes se veían amarillentas de años sin una capa de pintura. El cuarto tenía un olor agrio, a sudor y humo de cigarrillo. Bosch se tapó la boca con una mano enguantada al recorrerlo.

El cuarto de baño adjunto estaba igual de descuidado, con más ropa lanzada en la bañera y un inodoro repugnantemente manchado. Bosch cogió un colgador del suelo y pescó en la bañera para asegurarse de que no había nada ni nadie oculto bajo la ropa. Las prendas de la bañera parecían tener una suciedad diferente a la de la ropa dejada en el suelo del dormitorio. Estaban cubiertas de una materia granulosa que Bosch creía que podría ser polvo de cemento. Se preguntó si eran restos de una inspección de un proyecto de Obras Públicas.

La cabina de la ducha estaba vacía, con sus baldosas blancas tan sucias como las sábanas del dormitorio, y en el desagüe había quedado atrapado más polvo y gránulos de cemento. A continuación, pasó a un vestidor del cuarto de baño y lo encontró sorprendentemente limpio, sobre todo porque la mayoría de las prendas de ropa que normalmente debería haber contenido estaban en el suelo de la habitación y en la bañera.

Los otros dos dormitorios se utilizaban para almacenamiento. La habitación pequeña estaba forrada de armarios con puertas de cristal en los que se exponían diversos rifles y escopetas. La mayoría tenían etiquetas sujetas a los gatillos que identificaban la munición con la que presumiblemente estaban cargados. El dormitorio de invitados, más grande, se usaba para almacenar productos de supervivencia. Había palés apilados de agua embotellada, bebidas energéticas y cajas de productos en polvo y enlatados que, seguramente, no caducarían en mucho tiempo.

Los armarios de ambos dormitorios estaban igual de llenos, y no había rastro de Bella en ese lado de la casa. Mientras se abría paso por la zona de dormitorios, Bosch oía voces ahogadas procedentes de la cocina. No podía discernir las palabras, pero distinguía los tonos y las voces. Era Treviño el que más hablaba. No iba a ninguna parte con Dockweiler.

En el pasillo, Bosch se fijó en una trampilla de acceso a un desván en el techo. Había rastros de huellas dactilares en el marco y alrededor, pero estas no ofrecían ninguna pista de cuánto tiempo había pasado desde la última vez que Dockweiler había estado allí.

Bosch miró alrededor y vio un palo de metro veinte, con un gancho en su extremo, apoyado contra la pared del rincón. Lo cogió y pasó el gancho por el cáncamo de la puerta del desván. Al abrir se encontró con un espacio muy similar a la entrada al desván de la casa de Olivia Macdonald. Desdobló la escalera de bisagra y empezó a subir.

Bosch dio con un cordel que encendía la luz del techo y enseguida examinó el desván. El espacio era pequeño y había más cajas de suministros de supervivencia apiladas hasta las vigas del techo. Bosch subió hasta arriba para poder mirar en torno a las cajas y en todos los rincones del desván para asegurarse de que Bella Lourdes no estaba allí. Bajó, pero dejó el desván abierto y la escalera desdoblada para que se pudiera acceder y realizar un registro más concienzudo con una orden judicial.

Cuando Bosch entró en el salón y la zona de comedor pudo oír con claridad lo que se estaba diciendo en la cocina. Dockweiler no estaba cooperando y Treviño había pasado a un modo de interrogación amenazante que Bosch sabía que rara vez tenía éxito.

—Está jodido, amigo —dijo Treviño—. Es un caso de ADN. En cuanto equiparemos el suyo con el recogido en las víctimas, se terminó. Está acabado. Le caerán sentencias consecutivas y nunca volverá a respirar al aire libre. La única forma que tiene de ayudarnos es devolvernos a Bella. Díganos dónde está y nos pondremos de su lado. Con el fiscal, con el juez, con todo.

La súplica de Treviño fue recibida con silencio. Todo lo que dijo el capitán era cierto, pero expresarlo como una amenaza rara vez conducía a que un sospechoso con el perfil del Enmascarado cooperara y hablara. Bosch sabía que un buen interrogatorio tendría que apelar a su narcisismo, a su genio. Harry habría intentado hacer pensar a Dockweiler que estaba controlando el interrogatorio y arrancarle información gota a gota.

Bosch cruzó el salón y entró en el recibidor. Vio a Valdez apoyado en la pared, junto al arco de la cocina, observando cómo el interrogatorio de Dockweiler no iba a ninguna parte. El jefe se volvió para mirar a Bosch y levantó la barbilla para preguntarle si había encontrado algo. Bosch se limitó a negar con la cabeza.

Justo antes del arco de la cocina, había una puerta que conducía al garaje. Bosch entró, encendió las luces del techo y cerró la puerta tras de sí. El espacio también se usaba para almacenar productos de supervivencia. Había más palés de comida enlatada, agua y mezclas en polvo. De alguna manera, Dockweiler se había hecho con un suministro de comida preparada producida por el ejército. Había también artículos no comestibles. Cajas de baterías, linternas, kits de primeros auxilios, eliminadores de CO_2, filtros de agua y aditivos de enzimas para filtrado de agua y uso en inodoros químicos. Había barras quimioluminiscentes y artículos médicos como Betadine y yoduro potásico. Bosch los recordaba de su formación militar, cuando la amenaza de un holocausto nuclear provocado por la Unión Soviética parecía real. Ambos productos actuaban como protectores para la tiroides de cánceres causados por el yoduro radiactivo. Daba la impresión de que Dockweiler estaba preparado para cualquier eventualidad, desde un ataque terrorista a una detonación nuclear.

Bosch volvió a la puerta y se asomó otra vez al pasillo de entrada. Captó la atención de Valdez y le hizo una seña para que viniera al garaje.

Cuando entró el jefe de policía, sus ojos se fijaron en las pilas de suministros en el centro del garaje.

—¿Qué es todo esto? —preguntó.

—Dockweiler es un supervivencialista —dijo Bosch—. Parece que se gasta todo su dinero en este material. El desván y dos de los dormitorios están llenos de suministros y armas para el día D. Tiene un arsenal en un dormitorio. Y parece que podría pasar tres o cuatro meses con todo esto siempre que no le importe comer estofado del ejército de una lata.

—Bueno, espero que tenga algún abrelatas.

—Podría explicar algo de su motivación. Cuando el mundo llega al final, la gente actúa, toma lo que quiere. ¿Treviño saca algo?

—No, nada. Dockweiler está jugando, lo niega todo, luego insinúa que podría saber algo.

Bosch asintió. Suponía que tendría su oportunidad cuando terminara con el registro.

—Voy a echar un vistazo rápido en la camioneta y luego llamaré a un juez. Quiero una orden legal para hacer un registro a fondo de todo esto.

Valdez era lo bastante listo para interpretar el pensamiento de Bosch.

—Cree que Bella está muerta, ¿no?

Bosch dudó, pero enseguida asintió sombríamente.

—Quiero decir, ¿para qué mantenerla con vida? —dijo—. El perfil decía que este tipo pasaría al asesinato. Bella podía identificarlo. ¿Por qué dejarla con vida?

Valdez dejó caer la barbilla al pecho.

—Lo siento, jefe —dijo Bosch—. Solo quiero ser realista.

—Lo sé —admitió Valdez—. Pero no vamos a parar hasta que la encontremos. De un modo o de otro.

—Desde luego.

Valdez le apretó el brazo y volvió a entrar en la casa.

Bosch recorrió un pasaje estrecho entre pilas de material hasta el sendero de entrada y la camioneta de Dockweiler. La cabina no estaba cerrada con llave y la abrió del lado del pasajero, porque era más probable que fuera el lugar que mostrara algún indicio de que

Bella Lourdes había estado allí. En el asiento del pasajero había una gran bolsa cerrada de un restaurante McDonald's. Bosch se quitó un guante y colocó el dorso de los dedos en la bolsa. Estaba ligeramente caliente al tacto, y Bosch supuso que Dockweiler había pasado a comprar comida antes de volver a casa.

Bosch se puso otra vez el guante y abrió la bolsa. Todavía tenía la linterna que había encontrado en el jardín delantero. La sacó del bolsillo de atrás y apuntó el haz de luz a la bolsa. Contó dos cajas de cartón de hamburguesas y dos porciones grandes de patatas fritas.

Bosch sabía que el contenido de la bolsa podía constituir fácilmente la comida de un hombre grande como Dockweiler, pero también sabía que era más probable que fuera comida para dos. Por primera vez desde que entró en la casa de Dockweiler, sintió la esperanza de que Bella estuviera viva. Se preguntó si Dockweiler estaría haciendo una parada en su casa antes de llevar la comida a su cautiva en algún otro lugar o si Bella estaba ahí en alguna parte y todavía no la había encontrado. Pensó en el torrente que corría al pie de la pendiente de detrás de la casa de Dockweiler. Tal vez Lourdes estaba allí.

Dejó la bolsa de comida en su sitio y usó el haz de luz para peinar la alfombrilla oscura y los laterales del asiento del pasajero. No vio nada que captara su atención ni que indicara que Bella había estado en la camioneta.

Mantuvo la linterna encendida y pasó a la parte trasera de la camioneta. Iluminó los recovecos de la caja de la camioneta y la cubierta. Una vez más no vio nada relacionado con Lourdes o el Enmascarado. Aun así, Dockweiler había estado haciendo algo en la parte posterior cuando el teléfono del jefe disparó la alarma. También había abierto el garaje con un propósito distinto al de aparcar su camioneta. Bosch todavía no podía adivinar qué pretendía.

En la parte de atrás de la camioneta había una carretilla volcada, una carretilla de mano de dos ruedas y varias herramientas grandes —tres palas, una azada, una escoba y un pico—, así como diversas lonas para mantener los espacios limpios. Las palas no eran iguales. Una tenía una punta para cavar y las otras dos tenían bordes rectos de diferentes anchuras. Bosch sabía que estas se utilizaban para recoger escombros. Todas estaban sucias: la pala de punta con una tierra rojiza y las de hoja recta con el mismo polvo de cemento gris que había en la bañera.

Bosch iluminó la rueda de goma de la carretilla y vio trozos más grandes de cemento atrapados en la banda de rodadura. Sin duda, Dockweiler había estado trabajando en un proyecto reciente relacionado con el cemento, pero Bosch contuvo la angustia de que hubiera enterrado a Bella Lourdes. La ropa de la bañera con los mismos restos y las herramientas hablaban de varios cambios de ropa. Todo indicaba que se trataba de un proyecto a largo plazo, no de algo iniciado en las últimas ocho horas, cuando Bella había desaparecido.

El suelo anaranjado en la hoja de la pala le dio que pensar, de todos modos. Podía haberse usado y ensuciado en cualquier momento.

Bosch tiró de la carretilla de dos ruedas hacia la parte de atrás para poder examinarla con más atención. Supuso que Dockweiler la usaba para mover pilas de cajas en la casa y el garaje. Luego se fijó en una etiqueta pegada al eje entre las dos ruedas de goma. Decía:

Propiedad del Departamento de Obras Públicas
Ayuntamiento de San Fernando

Dockweiler había robado o tomado prestada la carretilla para su propio uso. Bosch supuso que, si miraba con atención, muchas de las herramientas del camión y el garaje también habrían salido de las mesas de trabajo de Obras Públicas. Pero no estaba seguro de cómo encajaba la carretilla con lo que Dockweiler estaba haciendo esa noche en la parte de atrás de la camioneta.

Bosch sintió que había llevado las circunstancias apremiantes hasta el máximo permitido. Se apartó de la camioneta y sacó su teléfono. Se desplazó con rapidez por su lista de contactos hasta la letra J, donde guardaba información de contacto de jueces con los que había tenido experiencias lo bastante positivas como para pedirles su número de móvil y que se lo dieran.

En primer lugar, llamó al juez Robert O'Neill, que había presidido un juicio de cuatro meses en el cual Bosch había sido el detective principal. Bosch miró su reloj después de establecer la llamada y vio que todavía no eran las once de la noche, que siempre parecía ser la hora de las brujas con los jueces. Se molestaban cuando los llamabas más tarde, aunque se tratara de una emergencia.

O'Neill respondió enseguida sin el menor signo de sueño o de haber bebido en su voz. Eso era algo destacable. Bosch había investigado en una ocasión un caso donde el abogado defensor cuestionó la validez de una orden de registro porque había sido firmada por un juez a las tres de la mañana, después de que Bosch lo despertara.

—Juez O'Neill, soy Harry Bosch. Espero no haberlo despertado.

—Harry, ¿cómo está? Y no, no me ha despertado. Estos días me acuesto tarde y me levantó más tarde todavía.

Bosch no estaba seguro de qué significaba esta última parte.

—¿Está de vacaciones, señor? ¿Puede aprobar un registro por teléfono? Tenemos una agente…

—Deje que lo detenga aquí, Harry. Parece que no le ha llegado la noticia. Estoy fuera de la judicatura. Me jubilé hace tres meses.

Bosch estaba desconcertado y avergonzado. Desde que se había retirado del Departamento de Policía de Los Ángeles no había seguido la pista de quién estaba en las salas de tribunal del edificio Foltz.

—¿Se ha jubilado?

—Sí —dijo O'Neill—. Y lo último que oí es que usted también. ¿Esto es alguna broma?

—Oh, no, señor. Ninguna broma. Ahora estoy trabajando para el Departamento de Policía de San Fernando. Y tengo que colgar. Tenemos una situación de emergencia aquí. Lamento haberlo molestado.

Bosch colgó antes de que O'Neill pudiera preguntar nada más y hacerle perder tiempo. Fue con rapidez a su lista de contactos, borró a O'Neill y luego llamó a un juez llamado John Houghton, que era el siguiente en la lista de jueces amistosos con Bosch. Era conocido como *Pistolero* Houghton entre polis locales y abogados, porque tenía permiso para llevar un arma oculta y en una ocasión había disparado al techo de su tribunal para restablecer el orden durante una disputa entre acusados en un juicio contra la mafia mexicana. Fue posteriormente censurado por el comité judicial del condado y la abogacía de California y acusado por el fiscal municipal de uso ilegal de un arma de fuego, una falta. A pesar de todo ello, rutinariamente ganaba de manera aplastante la reelección al cargo de juez.

También él respondió con voz clara.

—¿Harry Bosch? Pensaba que se había retirado.

—Retirado y contratado, señoría. Trabajo para la policía de San Fernando ahora. A tiempo parcial en sus casos atrasados. Pero lo llamo porque tenemos una emergencia absoluta ahora, una agente desaparecida. Estoy delante de la casa de un sospechoso y necesito hacer un registro. Esperamos encontrarla viva.

—¿Una agente?

—Sí, señor. Una detective. Creemos que el sospechoso de una serie de violaciones la ha raptado hace siete u ocho horas. Hemos hecho una búsqueda rápida de la propiedad bajo circunstancias apremiantes. Ahora nos gustaría volver a entrar para hacer una búsqueda más profunda de la agente y cualquier cosa relacionada con los casos de violación.

—Entiendo.

—Todo esto va muy deprisa y no tengo tiempo de volver a comisaría para escribir una solicitud. ¿Puedo explicarle la causa probable y enviárselo por escrito mañana?

—Adelante.

Salvado el primer escollo, Bosch dedicó los siguientes cinco minutos a detallar los pasos dados y las pruebas que los habían conducido a Dockweiler como sospechoso del caso del Enmascarado. Utilizó muchos otros elementos de información que no podía conectar ni con el caso del Enmascarado ni con el rapto de Bella Lourdes, pero que sabía que ayudarían a pintar la imagen para el juez y conducirían a la aprobación de su registro. Cosas como las herramientas de cavar, la bolsa caliente de comida para dos, el estado caótico de la casa. Todo ello, combinado con los antecedentes de Dockweiler como antiguo agente de policía, convenció a Houghton, que concedió a Bosch el permiso para registrar la casa y el vehículo de Dockweiler.

Bosch agradeció profusamente al juez y le prometió entregarle una petición de orden escrita al día siguiente.

—Le tomo la palabra —dijo Houghton.

32

Después de colgar, Bosch volvió a la casa e hizo una seña a Valdez, que había vuelto al mismo lugar del pasillo, bajo el arco de entrada a la cocina.

El jefe de policía se apresuró a dirigirse al lugar donde Bosch esperaba, junto a la puerta de la casa. Bosch oyó voces de la cocina, pero esta vez no era Treviño el que hablaba. Era Dockweiler.

Valdez habló antes de que Bosch pudiera informarle de la orden telefónica que acababa de obtener.

—Treviño lo ha vencido —susurró con excitación—. Va a decirnos dónde está. Dice que sigue viva.

La noticia pilló a Bosch por sorpresa.

—¿Treviño lo ha vencido?

Valdez asintió.

—Lo negó, lo negó y lo negó hasta que soltó: «Vale, me tienen».

Bosch tenía que verlo. Empezó a recorrer el pasillo hacia la cocina, preguntándose si lo que le hacía dudar del éxito de Treviño era su propia vanidad y orgullo herido u otra cosa.

Entró en la cocina y vio a Dockweiler todavía al otro lado de la mesa, con las manos doblemente esposadas a su espalda y a la silla. Cuando levantó la mirada y vio que era Bosch y no Valdez, una expresión fugaz pasó por el rostro del expolicía. Bosch no estaba seguro de si era decepción o alguna otra reacción. Nunca había visto a Dockweiler antes de los hechos de esa noche y no tenía con qué comparar sus expresiones faciales. Pero enseguida tuvo una traducción.

Dockweiler lo señaló con la barbilla.

—No lo quiero aquí —dijo—. No voy a hablar si está aquí.

Treviño se volvió y vio que era Bosch, no Valdez, quien había molestado al sospechoso.

—Detective Bosch —dijo—. ¿Por qué no...?

—¿Por qué no? —preguntó Bosch a Dockweiler por encima de la voz del capitán—. ¿Tiene miedo de que sepa que está contando un rollo?

—¡Bosch! —ladró Treviño—. Salga de aquí. Ahora. Tenemos la plena cooperación de este hombre, y si lo quiere fuera, está fuera.

Bosch no se movió. Era una ridiculez.

—No le queda mucho aire —dijo Dockweiler—. Si quieren andarse con jueguecitos, lo que ocurra será culpa suya, Bosch.

Bosch sintió que Valdez le agarraba de la parte superior del brazo por detrás. Estaba a punto de sacarlo de la cocina. Miró a Sisto, que estaba apoyado en la encimera, detrás de Treviño. Hizo una mueca y negó con la cabeza, como si Bosch se hubiera convertido en alguna clase de incordio que tenían que soportar.

—Harry, vamos a salir —dijo Valdez.

Bosch miró a Dockweiler una última vez y trató de interpretarlo. Pero era una mirada vacía. Los ojos de un psicópata. Ilegibles. En ese momento supo que era una trampa. Simplemente, no sabía cuál.

Bosch notó que Valdez tiraba de su brazo y finalmente se volvió hacia el arco. Salió de la cocina y se encaminó hacia la puerta de la casa. Valdez lo siguió para asegurarse de que no volvía.

—Vamos afuera —dijo Valdez.

Salieron por la puerta principal y Valdez la cerró a su espalda.

—Harry, hemos de hacerlo así —explicó Valdez—. El tipo está hablando y dice que nos llevará a ella. No tenemos elección.

—Es una treta —dijo Bosch—. Solo está buscando una oportunidad de actuar.

—Ya lo sabemos. No somos estúpidos. Y no vamos a sacarlo de la casa en plena noche. Si de verdad quiere cooperar y mostrarnos dónde está Bella, puede dibujarnos un plano. Pero va a quedarse en esa silla, no cabe duda.

—Mire, jefe..., hay algo que no encaja. Las cosas no cuadran con lo que estoy viendo en su camioneta y en la casa y todo. Tenemos que...

—¿Qué es lo que no cuadra?

—Todavía no lo sé. Si hubiera estado allí dentro y hubiera oído lo que decía o si hubiera podido hacer preguntas, podría entenderlo. Pero...

—Mire, he de volver a entrar y controlar esto. Solo quédese tranquilo y, cuando tengamos lo que necesitamos de él, se lo entregaré. Podrá encabezar la carga al ir a buscar a Bella.

—No necesito ser el héroe, no se trata de eso. Todavía creo que es mentira. No va a hacerlo. Ha leído el perfil del Enmascarado. Está todo ahí. Tipos como estos nunca lo reconocen. Son manipuladores hasta el final.

—No puedo seguir discutiendo, Harry. Tengo que entrar. Quédese fuera de la casa.

Valdez le dio la espalda y volvió a entrar en la casa. Bosch se quedó allí durante un buen rato, pensando y tratando de interpretar la expresión que había visto en el rostro de Dockweiler.

Al cabo de unos momentos, decidió ir a la parte de atrás de la casa para intentar ver lo que estaba ocurriendo en la cocina. Valdez le había ordenado quedarse fuera de la casa. No le había dicho en qué parte del exterior.

Bosch enseguida avanzó por el lateral hasta el patio de atrás. La cocina se encontraba al fondo y la mesa donde Dockweiler y Treviño se sentaban uno frente al otro se hallaba en la zona de comedor del invernadero de cristal. Las persianas estaban abiertas hasta tres cuartos y brillaban con las luces interiores. Bosch sabía que los hombres de dentro solo verían sus propios reflejos en el cristal y no a él de pie en el exterior.

Podía oír lo que se estaba diciendo en la sala por la ventana abierta de encima del fregadero. Y casi todo procedía de Dockweiler. Tenía una de sus manos libres y podía usar un lápiz para dibujar un plano en una hoja grande extendida sobre la mesa.

—A esta sección la llaman John Ford Forty —dijo—. Creo que filmaron parte de una de las épicas de John Wayne allí y, sobre todo, se usa para *westerns* y pelis de terror: las típicas de gritos en una cabaña en el bosque que van directamente a *streaming*. Hay unas dieciséis cabañas diferentes allí que pueden usarse para filmar.

—Entonces ¿dónde está Bella? —le presionó Treviño.

—Está en esta de aquí —dijo Dockweiler.

Usó el lápiz para dibujar algo en el mapa, pero la parte superior de su torso bloqueaba la visión de Bosch desde atrás. Dockweiler entonces dejó el lápiz en la mesa e hizo algunas señas en el mapa con el dedo.

—Entran aquí, díganle al que esté en la puerta que tienen que llegar a la casa de Bonney. Los acompañarán y allí es donde la encontrarán. Todo es desmontable en estas casas. Paredes, ventanas, techos. Para filmar. Su chica está en una trinchera debajo del suelo. El suelo se levanta de una pieza.

—Más vale que no sea mentira, Dockweiler —dijo Valdez.

—No es mentira —dijo Dockweiler—. Puedo llevarlos allí si quieren.

Dockweiler hizo un gesto como para decir: «¿Por qué no me da una oportunidad?». Al gesticular, el codo de Dockweiler tocó el lápiz y este cayó de la mesa, rebotando en su muslo y cayendo al suelo.

—Ups —dijo.

Se agachó hacia el suelo para recoger el lápiz, una maniobra dificultada porque su muñeca izquierda todavía estaba esposada a su espalda a uno de los barrotes de la silla.

A través de la ventana de detrás de Dockweiler, Bosch tuvo una perspectiva privilegiada y única sobre lo que ocurrió a continuación. Dio la impresión de desarrollarse a cámara lenta. Dockweiler se estiró hacia el lápiz caído en el suelo, pero no logró alcanzarlo porque estaba amarrado a la silla. Sin embargo, el impulso del movimiento levantó su brazo hacia la mesa. Cogió algo unido a la parte inferior de la mesa y sacó el brazo por encima de esta.

En un instante estaba apuntando a Treviño con una pistola semiautomática.

—¡Que nadie se mueva!

Los tres hombres que se hallaban frente a Dockweiler se paralizaron.

Bosch lenta y silenciosamente sacó el arma de su cartuchera y apuntó con las dos manos a la espalda de Dockweiler. Sabía que estaba legitimado para disparar a matar, pero no tenía un disparo limpio con Treviño sentado al otro lado del objetivo.

Dockweiler usó el cañón de su arma para indicar a Valdez que se metiera en la cocina. El jefe de policía obedeció, levantando las manos a la altura del pecho.

Delante de Dockweiler, las encimeras de la cocina creaban una U donde el sospechoso acorraló a los tres policías. Ordenó a Treviño que se levantara y volviera a la U con Valdez y Sisto.

—Tranquilo —dijo Treviño al retroceder—. Pensaba que estábamos hablando y que íbamos a dilucidar esto.

—Ustedes estaban hablando —replicó Dockweiler—. Y ahora es hora de cerrar la boca.

—Vale, vale, no hay problema.

Dockweiler entonces les ordenó uno a uno que desenfundaran sus armas, las dejaran en el suelo y las empujaran hacia él de una patada. En ese momento se levantó de la silla y giró la mano izquierda, con la silla colgando de las esposas. Apoyó la mano en la mesa y ordenó a Sisto que se acercara y le quitara las esposas de la muñeca. Sisto obedeció y luego retrocedió a los confines de las encimeras de la cocina.

Con Dockweiler de pie, Bosch tenía un objetivo más grande, pero seguía sin contar con un disparo seguro. No sabía lo suficiente de ciencia balística para calcular cuánto se desviaría un tiro a través de un cristal. Solo sabía que, si disparaba múltiples tiros, los que siguieran al primero serían limpios.

Además, existía el riesgo de que Dockweiler pudiera disparar si la primera bala que atravesara el cristal no llegaba a su objetivo.

Bosch bajó la mirada para asegurarse de que estaba bien asentado en el patio de cemento y dio un paso para acercarse al cristal. Dockweiler se hallaba a menos de dos metros y medio de distancia con una hoja de cristal de grosor desconocido entre ellos. Bosch estaba resignado a esperar hasta que tuviera que disparar.

—¿Dónde está Bosch? —preguntó Dockweiler.

—Está fuera revisando su camioneta —dijo Valdez.

—Lo quiero aquí.

—Puedo ir a buscarlo.

Valdez hizo un movimiento hacia el arco que inmediatamente provocó que Dockweiler lo apuntara con el arma.

—No sea estúpido —dijo Dockweiler—. Llámelo y dígale que venga aquí. No le diga por qué, solo dígale que venga.

Valdez lentamente buscó en su cinturón y sacó el móvil. Bosch se dio cuenta de que su teléfono estaba a punto de sonar y eso delataría su posición. Estaba a punto de meter la mano en el bolsillo para silenciarlo cuando se dio cuenta de que era precisamente eso lo que quería ocurriera.

Bosch dio un paso a su derecha, de modo que se situó en un ángulo que ponía a Dockweiler directamente entre su punto de mira y Valdez. Treviño y Sisto estaban a salvo, y Bosch contaba con que Valdez tuviera bien arraigada la formación del Departamento de Policía de Los Ángeles y supiera qué hacer antes de que se produjera el disparo.

Mantuvo el agarre con las dos manos y esperó la llamada. Su teléfono vibró primero, dándole una fracción de segundo de advertencia. Entonces llegó el sonido: una melodía penetrante elegida por su hija hacía mucho tiempo. Bosch estaba apuntando al centro de masa corporal —la espalda de Dockweiler—, pero su atención se centraba en su nuca.

Vio reaccionar a Dockweiler. Había oído el teléfono. Levantó la cabeza unos centímetros y entonces se volvió ligeramente hacia la izquierda al intentar localizar el origen del sonido. Bosch esperó otra fracción de segundo a que Valdez reaccionara y abrió fuego.

Disparó seis balas a través de la ventana en menos de tres segundos. El sonido reverberó desde el cristal y el techo en saliente, creando un tremendo rebote de sonido. El cristal estalló y las balas astillaron las persianas. Bosch prestó atención a mantener el punto de mira en un plano horizontal. No quería disparos en ángulo hacia abajo, hacia el suelo, donde esperaba que estuviera Valdez.

Dockweiler se derrumbó sobre la mesa y luego rodó a la izquierda y se precipitó al suelo. Bosch levantó el cañón de su arma y observó mientras Treviño y Sisto, que todavía estaban de pie, se movían hacia el hombre.

—¡Alto el fuego! —gritó Treviño—. Ha caído, ha caído.

El cristal del marco de la ventana había desaparecido y las persianas colgaban hechas jirones. El olor de pólvora quemada llenó las fosas nasales de Bosch. Cogió las persianas y las arrancó para poder entrar por la ventana del tamaño de una puerta.

Primero se fijó en Valdez, que estaba sentado en el suelo, con las piernas separadas delante de él, de espaldas a los armarios inferiores. Todavía tenía el móvil en la mano, pero su llamada a Bosch había saltado al buzón. Estaba mirando a Dockweiler en el suelo, a un metro y medio de distancia. Levantó la mirada a Bosch.

—¿Todo el mundo está bien? —preguntó Bosch.

Valdez asintió, y Bosch se fijó en el agujero de bala del cajón, a medio metro a la izquierda de la cabeza del jefe.

Bosch miró a continuación a Dockweiler. El hombretón estaba boca abajo en el suelo, con la boca torcida hacia la izquierda. No se estaba moviendo, pero tenía los ojos abiertos y tomaba aire con un silbido laborioso en cada una de sus inspiraciones. Bosch vio tres impactos de bala. Uno estaba en medio de la espalda, un poco desplazado hacia la izquierda, otro estaba en la nalga izquierda y otro en el codo izquierdo.

Bosch se agachó en el suelo al lado del sospechoso y miró a Treviño.

—Buenos disparos —dijo Treviño.

Bosch asintió. Entonces se inclinó más y miró debajo de la mesa. Vio la cartuchera unida a la parte inferior del tablero de la mesa. Treviño siguió su mirada e hizo lo mismo.

—Hijo de perra —dijo.

—Un buen supervivencialista está preparado para todo —sentenció Bosch—. Creo que vamos a encontrar armas escondidas por todas partes.

Bosch sacó unos guantes de látex del bolsillo. Cuando se los estaba poniendo, se inclinó para acercarse a la cara de Dockweiler.

—Dockweiler, ¿puede oírme? —preguntó—. ¿Puede hablar?

Dockweiler tragó con fuerza antes de responder.

—Lléveme al… hospital.

Bosch asintió.

—Sí, vamos a hacerlo —dijo—. Pero primero tenemos que saber dónde está Bella. Nos lo dice y llamamos a una ambulancia de rescate.

—Harry —intervino Valdez.

Bosch se puso en cuclillas.

—Pueden salir —dijo—. Me ocuparé de esto.

—Harry —repitió Valdez—. No podemos hacerlo así.

—¿Quiere a Bella viva? —preguntó Bosch.

—Antes ha dicho que dudaba que estuviera viva.

—Eso fue antes de que encontrara comida caliente en la camioneta. Está viva y Dockweiler va a decirnos dónde.

Sisto pasó por encima de la mesa y cogió el plano que Dockweiler había dibujado.

—Tenemos esto —dijo.

—Sí, un mapa del tesoro —dijo Bosch—. Si crees que está allí, será mejor que vayas corriendo para ser el héroe.

Sisto miró a Valdez y luego a Treviño, sin comprender que Dockweiler había estado jugando con ellos todo el tiempo con el único objetivo de tener una mano libre para coger su arma oculta.

Valdez levantó su móvil y apagó la llamada a Bosch. A continuación, pulsó un botón de marcación rápida.

—Necesitamos una ambulancia de rescate en esta dirección —dijo—. Un sospechoso caído con múltiples heridas de bala. Tiene que venir el Departamento del Sheriff. Dígales que nos hace falta un equipo de tiroteos.

Valdez miró a Bosch al colgar, el mensaje silencioso era que actuarían siguiendo las normas.

Bosch se agachó y lo intentó una vez más con Dockweiler.

—¿Dónde está, Dockweiler? —dijo—. Dínoslo ahora o no llegarás vivo al hospital.

—Harry —dijo Valdez—. Levántese y salga.

Bosch no le hizo caso. Se inclinó más hacia la oreja de Dockweiler.

—¿Dónde está? —preguntó.

—Jódete —dijo Dockweiler entre toma y toma de aire—. Te he dicho que nada cambia para mí. Será mejor que sepas que le has fallado.

Logró curvar su labio hacia atrás en lo que Bosch suponía que era una sonrisa. Bosch empezó a acercar una mano enguantada hacia la herida de bala de su espalda.

—¡Bosch! —gritó Valdez—. ¡Fuera! ¡Ahora! ¡Es una orden!

El jefe se puso en pie y se movió para apartar a Bosch de Dockweiler si era necesario. Harry lo miró y se levantó. Se sostuvieron la mirada el uno al otro hasta que finalmente Bosch habló.

—Sé que Bella está aquí —dijo.

33

Bosch sabía que le quedaba poco tiempo en el caso. Pronto llegaría a la escena el equipo de Tiroteos con Agentes Implicados del Departamento del Sheriff y lo aislarían a él y a los otros agentes de San Fernando. Mientras el personal médico se ocupaba de estabilizar a Dockweiler y luego subirlo a la camilla de la ambulancia, Bosch sacó una linterna potente de una de las cajas del garaje y se dirigió desde el patio por la bajada que llevaba al Haskell Canyon Wash.

Estaba a cuarenta metros de la casa cuando oyó que gritaban su nombre desde atrás. Se volvió y vio a Sisto que corría para darle alcance.

—¿Qué estás haciendo? —preguntó Sisto.

—Voy a buscar en el torrente —dijo Bosch.

—¿A Bella? Entonces ayudaré.

—¿Qué pasa con Dockweiler? ¿Quién va al hospital con él?

—Creo que el capitán. Pero no importa. Dockweiler no irá a ninguna parte. He oído hablar al equipo de emergencias. Han dicho que una bala podría haberle seccionado la médula.

Bosch pensó en ello un momento. La idea de que Dockweiler pudiera sobrevivir y pasar el resto de su vida en una silla de ruedas no le suscitaba ninguna compasión. Lo que Dockweiler había hecho a sus víctimas —incluida Bella, aunque Bosch no sabía exactamente lo que había sufrido Bella a manos de Dockweiler— lo descalificaba para merecer ningún tipo de compasión.

—Vale, pero hemos de darnos deprisa —dijo Bosch—. En cuanto llegue el equipo de tiroteos estoy fuera. Todos estaremos fuera.

—Bueno, ¿qué quieres que haga?

Bosch buscó en su bolsillo. Todavía tenía la linterna que había cogido del patio delantero como respaldo. La encendió y se la pasó a Sisto.

—Tú ve hacia un lado y yo hacia el otro.

—¿Crees que está atada a un árbol o algo así?

—Puede ser. ¿Quién sabe? Solo espero que esté viva. Cuando lleguemos allí nos separamos y buscamos.

—Recibido.

Los dos hombres continuaron bajando. El torrente era poco más que un barranco con matorrales crecidos que quedó sin edificar por ser zona inundable. Bosch suponía que la mayoría de los días era apenas un arroyo, pero durante las tormentas podía convertirse en un río. Pasaron señales de advertencia de aumento rápido del caudal durante las tormentas, señales que tenían por objeto impedir que los niños jugaran en el torrente.

Cuando la pendiente empezó a nivelarse y el suelo se tornó más blando, Bosch se fijó en lo que parecía una rodera en el sendero. No tenía más de quince centímetros de ancho y siete de profundidad y la siguió hasta el borde del agua. Antes de separarse de Sisto se agachó y puso su linterna en la rodera. Vio lo que parecía la huella de un neumático.

Bosch levantó el haz de luz de su linterna y siguió la rodera hasta las aguas poco profundas del torrente. El agua estaba limpia y se veía el fondo. Harry distinguió lo que parecía tierra gris en algunos lugares, grandes trozos de roca gris en otros. Algunos de los bordes llanos pulidos eran el elemento delator. Era cemento que se había formado, endurecido y luego roto. Eran escombros de construcción.

—Harry, ¿vamos a buscarla? —preguntó Sisto.

—Espera un segundo —dijo Bosch—. Calma.

Bosch apagó la linterna y se quedó al borde del agua. Pensó en lo que había visto y en lo que sabía. Los escombros de cemento. Las armas y suministros. La carretilla de una rueda y la carretilla de mano robadas de Obras Públicas. La comida caliente en el asiento delantero de la camioneta. Comprendió lo que pretendía Dockweiler y lo que estaba haciendo antes en la parte de atrás de su camioneta cuando el teléfono del jefe lo interrumpió.

—Dockweiler está construyendo algo —dijo—. Ha estado llevando carretillas de cemento y polvo aquí y tirándolos al torrente.

—Vale —aceptó Sisto—. ¿Qué significa eso?

—Significa que estamos buscando donde no debemos —dijo Bosch.

Se levantó abruptamente y volvió a encender la linterna. Se volvió y miró atrás por la pendiente hacia las luces de la cocina de la casa de Dockweiler.

—Me he equivocado —dijo—. Hemos de volver.

—¿Qué? —preguntó Sisto—. Pensaba que íbamos a...

Bosch ya estaba corriendo por la pendiente. Sisto dejó de hablar y empezó a seguirlo.

La pendiente agotó a Bosch y al pasar junto a la casa ya estaba moviéndose a un trote moderado. A través de las ventanas del invernadero vio a hombres de traje y supo que los investigadores del *sheriff* ya estaban en la escena. No sabía si eran miembros del equipo de Tiroteos con Agentes Implicados y tampoco se detuvo para averiguarlo. Vio al jefe Valdez con ellos. Estaba gesticulando y señalando, muy probablemente dándoles el informe detallado de lo que había ocurrido.

Bosch continuó por el lateral de la casa hasta el patio delantero.

Había dos coches de patrulla del *sheriff* y un vehículo sin identificar aparcado delante, pero al parecer todo el mundo estaba dentro. Bosch fue directamente a la parte de atrás de la camioneta de Dockweiler y empezó a sacar la carretilla de dos ruedas. Sisto le dio alcance allí y le ayudó a bajar al suelo la pesada carretilla.

—¿Qué estás haciendo, Harry?

—Hemos de mover esas cajas del garaje —dijo Bosch.

—¿Por qué? ¿Qué hay dentro?

—No se trata de lo que hay dentro. Se trata de lo que hay debajo. —Empujó la carretilla hacia el garaje—. Dockweiler estaba a punto de sacar esto de su camioneta para empezar a mover esas cajas.

—¿Por qué?

—Porque tenía comida caliente en la camioneta e iba a entregarla.

—Harry, no te sigo.

—Está bien, Sisto. Solo empieza a mover cajas.

Bosch empezó con la primera fila de cajas, deslizando la hoja de la carretilla debajo de la caja inferior y luego inclinando la carretilla y la columna de cajas hacia atrás. Enseguida salió del garaje de espaldas y fue hacia la parte delantera de la camioneta. Dejó la columna de cajas, tiró de la carretilla hacia atrás y enseguida volvió a por más. Sisto trabajaba solo con sus músculos. Movía las cajas de dos en dos y de tres en tres, apilándolas en el sendero, al lado de la camioneta.

En cinco minutos habían abierto un camino de entrada entre las pilas, y Bosch se encontró con una alfombra de goma que cubría el suelo. Estaba concebida para recoger aceite del vehículo aparcado en el garaje. Bosch usó la carretilla para mover unas pocas pilas de cajas más y luego se agachó y tiró de la alfombra.

Había una tapa de alcantarilla metálica alineada con el suelo de cemento. Tenía el escudo del ayuntamiento de San Fernando grabado. Bosch se agachó y puso dos dedos en lo que parecían agujeros de ventilación y trató de levantar la pesada placa metálica. No lo consiguió. Miró a su alrededor en busca de Sisto.

—Ayúdame con esto.

—Espera, Harry —dijo Sisto.

El joven desapareció del campo de visión de Bosch y no volvió en unos segundos. Cuando regresó llevaba una larga barra de hierro que estaba doblada para formar un mango en un extremo y con un gancho en el otro.

—¿Cómo demonios has encontrado eso? —preguntó Bosch mientras se apartaba.

—Lo había visto en la mesa de trabajo y me pregunté para qué era —dijo Sisto—. Entonces lo he entendido. He visto a tipos de Obras Públicas utilizándolos en las calles.

Metió el gancho en uno de los agujeros de la placa de hierro y empezó a levantarla.

—Probablemente, lo robó de ahí —dijo Bosch—. ¿Necesitas ayuda?

—Ya está —dijo Sisto.

Levantó la tapa de alcantarilla y esta resonó en el suelo de cemento. Bosch se inclinó sobre el agujero y miró abajo. La luz cenital del garaje reveló una escalera que conducía a la oscuridad. Bosch fue a la pila de cajas donde había visto unas barritas de luz química. Abrió la caja y sacó varias. Detrás de él oyó que Sisto gritaba en el agujero que había abierto.

—¿Bella?

No hubo ninguna respuesta.

Bosch regresó y comenzó a abrir las barritas, encendiéndolas y tirándolas al agujero. A continuación, empezó a bajar la escalera. El descenso no tenía más de tres metros, pero faltaba el último peldaño en la escalera y casi cayó al poner el pie donde debería haber estado ese escalón. Se dejó caer el resto del camino y buscó su linterna en el bolsillo de atrás. La encendió y enfocó las paredes de cemento de una cámara que todavía estaba claramente en construcción. Había soportes de hierro y moldes de contrachapado para cemento. Láminas de plástico colgaban de un improvisado andamio. Había aire, pero no suficiente. Bosch se encontró al borde de hiperventilar al dar una bocanada en busca de oxígeno. Suponía que aún no se había instalado un sistema de limpieza y filtración de aire o no estaba operativo. El único aire fresco que entraba en la cámara era el que llegaba desde la abertura superior.

Se dio cuenta de que ese era el sueño de Dockweiler. Había estado construyendo un búnker subterráneo donde podría retirarse y esconderse cuando llegara el gran terremoto o la bomba o los terroristas.

—¿Hay algo? —preguntó Sisto en voz alta.

—Sigo mirando —dijo Bosch.

—Voy a bajar.

—Ten cuidado. Falta el último peldaño.

Bosch empezó a recorrer la cámara sorteando los escombros de construcción. Abrió una cortina de plástico y tuvo que dar un paso para subir a una sección que estaba casi completa, con las paredes alisadas y el suelo nivelado y cubierto por una alfombra de plástico negro. Barrió todas las superficies con el haz de su linterna, pero no vio nada. Bella no estaba allí.

Bosch describió un círculo completo. Se había equivocado.

Sisto pasó a través de la cortina de plástico.

—¿No está aquí?

—No.

—Mierda.

—Hemos de mirar en la casa.

—Tal vez estaba diciendo la verdad sobre el rancho de las películas.

Bosch se abrió paso separando el plástico y bajó el escalón a la primera cámara. Cuando llegó a la escalera, se dio cuenta de que no faltaba ningún peldaño. La escalera simplemente se extendía hasta el nivel donde estaría el suelo cuando la cámara se completara.

Se volvió y casi se chocó con Sisto. Pasó a su lado y luego otra vez a través de la cortina de plástico a la sala finalizada. Iluminó el suelo, buscando una grieta.

—Pensaba que íbamos a volver a subir —dijo Sisto.

—Ayúdame —dijo Bosch—. Creo que Bella está aquí. Levanta este suelo.

Se colocaron uno a cada lado de la estancia y empezaron a levantar la estera de goma. Era una sola pieza cortada a medida del espacio. Al retirarla, Bosch vio que había un entarimado de madera debajo. Empezó a buscar una bisagra o una grieta o alguna indicación de un compartimento oculto, pero no vio nada.

Bosch dio un puñetazo en la madera y determinó que, sin duda, había un hueco debajo. Sisto también empezó a golpear el suelo.

—¿Bella? ¿Bella?

Ninguna respuesta. Bosch corrió por el suelo hasta la cortina de plástico, la agarró y tiró de ella hacia abajo, haciendo que el marco metálico cayera con ella.

—¡Cuidado! —gritó Sisto.

Un montante del marco golpeó a Bosch en el hombro, pero eso no lo desalentó. Estaba volando con adrenalina.

Saltó otra vez a la habitación de delante e iluminó la contrahuella de veinte centímetros del peldaño. Vio una juntura que rodeaba por completo la superficie y se curvaba con el contorno del suelo de cemento. De rodillas, entró y trató de abrir la tabla, pero no lo consiguió.

—Ayúdame a abrir esto —le dijo a Sisto.

El joven detective se agachó al lado de Bosch y trató de meter las uñas en la juntura. Sin éxito.

—Cuidado —dijo Bosch.

Cogió un trozo del marco de la cortina caído y metió el borde en la juntura. Una vez que estuvo bien encajado levantó el marco y la juntura se abrió un par de centímetros. Sisto metió los dedos y levantó la tabla.

Bosch dejó caer el marco con un ruido metálico y enfocó con la linterna el estrecho espacio de debajo del suelo de la segunda habitación.

Vio unos pies descalzos en una manta. Los pies estaban atados entre sí. El espacio debajo del suelo quedaba empotrado y era más profundo de lo que las dimensiones del suelo y el escalón indicaban desde el exterior.

—¡Está aquí!

Bosch metió los brazos en el interior, agarró ambos lados de la manta y tiró hacia fuera. Bella Lourdes salió deslizándose del estrecho espacio negro en una manta extendida sobre un palé de contrachapado. Apenas pasaba por la abertura creada por el hueco del escalón. Estaba atada, amordazada y ensangrentada. Su ropa había desaparecido y estaba muerta o inconsciente.

—¡Bella! —gritó Sisto.

—Llama a otra ambulancia —ordenó Bosch—. Necesitarán una camilla portátil para sacarla por el hueco de la tapa de alcantarilla.

Mientras Sisto sacaba su teléfono, Bosch volvió al lado de Bella. Se agachó y acercó el oído a su boca. Notó la tenue corriente de su respiración. Estaba viva.

—¡No tengo señal! —dijo Sisto, frustrado.

—Sube —le gritó Bosch—. ¡Sube!

Sisto corrió a la escalera y empezó a subir. Bosch se quitó la chaqueta y la puso sobre el cuerpo de Bella. Acercó el palé al escalón y el aire de la abertura.

Bella empezó a recobrar la conciencia al recibir más aire. Abrió los ojos en una expresión de confusión y desconcierto. Empezó a temblar.

—¿Bella? —dijo Bosch—. Soy yo, Harry. Estás a salvo y vamos a sacarte de aquí.

34

Bosch pasó toda la noche con los investigadores del *sheriff*, primero, explicándoles los pasos que habían conducido a la llegada de los agentes de San Fernando a la casa de Dockweiler y, luego, detallando cada uno de los movimientos que provocaron los disparos. Bosch ya había pasado por el mismo proceso el año anterior después de un tiroteo en West Hollywood. Sabía qué esperar y sabía que era rutina, y aun así no podía tomarlo como tal. Comprendía que necesitaba explicar con precisión que su decisión de disparar a través de la ventana a la espalda de Dockweiler había sido legítima e inevitable. En esencia, el hecho de que Dockweiler apuntara con una pistola a los tres agentes presentes en la cocina hacía que el uso de la fuerza fuera aceptable.

El informe tardaría semanas en completarse. Mientras tanto, los investigadores esperarían los informes balísticos y forenses y lo reunirían todo con las entrevistas de los agentes implicados y dibujos esquemáticos de la escena de los disparos. Después, se presentaría a la unidad de tiroteos de la policía del fiscal del distrito para otra revisión, que también se prolongaría varias semanas. Solo entonces se emitiría una declaración final que consideraría los disparos justificados y dentro del ámbito de la autoridad policial.

A Bosch no le preocupaban sus acciones y, además, sabía que Bella Lourdes sería un factor significativo en la investigación. El hecho de que hubiera sido rescatada del refugio subterráneo de Dockweiler haría saltar por los aires cualquier posible ofensiva de los medios para meter presión a la fiscalía. Sería difícil cuestionar las tácticas que resultaron en disparar a un hombre que había secuestrado a una agente de policía, la había agredido sexualmente y la había retenido en una cámara subterránea con la intención evidente de mantenerla con vida —la comida que había llevado a casa— y violarla repetidamente antes de matarla en última instancia.

Ya había amanecido cuando los investigadores comunicaron que habían terminado con Bosch. Le dijeron que se fuera a casa y descansara y que podrían tener más preguntas en los dos días siguientes antes de que la investigación pasara a la fase de recopilación y redactado. Bosch dijo que estaría disponible.

Harry había descubierto durante el curso del interrogatorio que Lourdes había sido trasladada al centro de trauma del Holy Cross. De camino a casa, se detuvo en el hospital para ver si podían ponerle al día sobre el estado de su compañera. Encontró a Valdez en la sala de espera del centro de trauma y se dio cuenta de que llevaba allí toda la noche, desde que los investigadores del *sheriff* lo habían soltado. Estaba sentado en un sofá junto a una mujer a la que Bosch reconoció como la pareja de Bella por las fotos de la pared de su cubículo.

—¿Ha terminado con los investigadores del *sheriff?* —preguntó Valdez.

—Por ahora —dijo Bosch—. Me han enviado a casa. ¿Cómo está Bella?

—Está durmiendo. A Taryn la han dejado visitarla un par de veces.

Bosch se presentó a Taryn y ella le dio las gracias por su participación en el rescate. Bosch se limitó a asentir con la cabeza. Más que sentirse bien por haberla rescatado de las garras de Dockweiler, se sentía culpable por su responsabilidad en haberla enviado a él.

Bosch miró a Valdez e hizo una ligera señal con la cabeza hacia el pasillo. Quería hablar, pero no dentro del campo de alcance auditivo de Taryn. Valdez se levantó, se excusó y salió con Bosch al pasillo.

—¿Ha tenido ocasión de hablar con Bella y descubrir qué ocurrió? —preguntó Bosch.

—Muy poco —dijo Valdez—. Está emocionalmente muy frágil y no quería hacerla pasar por eso. Quiero decir, no hay prisa.

—No.

—De todos modos, dijo que llegó al almacén hacia el mediodía y no había nadie porque era la hora de comer. Fue a las oficinas y encontró a Dockweiler comiendo en su mesa. Cuando le preguntó por el detector de metales, él se ofreció a ponerlo en una camioneta y llevarlo a la casa.

—Y ella dijo que sí porque yo no estaba allí para ayudarla.

—No se fustigue. Le dijo que se llevara a Sisto y, además, Dockweiler, por más capullo que sea, es un expolicía. Bella no tenía ninguna razón para sentirse insegura.

—Entonces ¿cuándo la raptó?

—Fueron a la casa y buscaron. El detector de metales era pesado y él se ofreció a llevarlo en un vehículo municipal y manejarlo. Tenía usted razón. Había llaves en los matorrales. Simplemente, Bella no sabía que eran de Dockweiler. Él había aparcado la camioneta en la parte de atrás, al lado del garaje, así que el espacio quedaba muy cerrado. La víctima del intento de agresión del viernes todavía no había vuelto y no había nadie cerca. Dockweiler le pidió a Bella que le ayudara a volver a cargar el detector en la camioneta y fue entonces cuando la agarró por detrás y la asfixió. Debió de drogarla, porque estuvo mucho tiempo sin conocimiento. Cuando se despertó, ya estaba en esa mazmorra y él estaba encima de ella. Fue muy violento…, está muy magullada.

Bosch negó con la cabeza. Era imposible imaginar lo que Lourdes había experimentado.

—El hijo de puta —dijo Valdez—. Le dijo que iba a mantenerla viva ahí abajo. Dijo que nunca más volvería a ver la luz del sol…

Bosch fue rescatado de los detalles sórdidos por Taryn, que entró en el pasillo buscándolo.

—Acabo de decirle que está aquí —le dijo a Bosch—. Está despierta y quiere verlo.

—No tiene que verme —dijo Bosch—. No quiero molestar.

—No, de verdad que quiere.

—De acuerdo, entonces.

Taryn condujo a Bosch otra vez a través de la sala de espera y hasta otro pasillo. Mientras caminaban, ella negó con la cabeza, angustiada.

—Es fuerte —dijo Bosch—. Lo superará.

—No, no es eso —dijo Taryn.

—Entonces, ¿qué?

—No puedo creer que él también esté aquí.

Bosch estaba confundido.

—¿El jefe?

—¡No, Dockweiler! Lo tienen en este hospital.

Bosch lo entendió.

—¿Bella lo sabe?

—Creo que no.

—Bueno, no se lo diga.

—No lo haré. Se moriría de miedo.

—En cuanto lo estabilicen lo trasladarán. Tienen una sala penitenciaria en el hospital del condado. Irá allí.

—Bien.

Llegaron a una puerta abierta y entraron en una sala privada, donde Lourdes yacía en una cama con barreras laterales. Estaba de espaldas a la puerta, mirando a la ventana. Tenía las manos caídas lánguidamente a los costados. Sin mirar a sus visitantes, pidió a su compañera que les permitiera algo de intimidad.

Taryn salió y Bosch se quedó allí. Solo podía ver el ojo izquierdo de Bella, pero se dio cuenta de que estaba hinchado y amoratado. También tenía hinchazón y la marca de un mordisco en el labio inferior.

—Hola, Bella —dijo Bosch al fin.

—Supongo que te debo esa cerveza de la que hablabas.

Bosch recordó que le había dicho que le debería una cerveza si encontraba algo con el detector de metales.

—Bella, debería haber estado allí contigo. Lo siento mucho. La cagué y has pagado un precio horrible.

—No seas tonto. No la cagaste. Lo hice yo. Nunca debería haberle dado la espalda.

Lourdes miró a Bosch por fin. Había una hemorragia en torno a ambos ojos de cuando Dockweiler la había asfixiado. Lourdes levantó una mano en la cama, una invitación a que Bosch se la sostuviera. Él se acercó y le apretó la mano, tratando de comunicar de alguna manera lo que no había sabido expresar con palabras.

—Gracias por venir —dijo Lourdes—. Y por salvarme. El jefe me lo contó. De ti lo habría adivinado. Lo de Sisto fue una sorpresa.

Lourdes trató de sonreír. Bosch se encogió de hombros.

—Has resuelto el caso —dijo—. Y eso ha salvado a muchas otras mujeres de él. Recuerda eso.

Lourdes asintió con la cabeza y cerró los ojos. Bosch vio lágrimas.

—Harry, tengo que contarte algo —reconoció ella.

—¿Qué?

Lourdes lo miró otra vez.

—Me obligó a hablarle de ti. Me..., me hizo daño e intenté aguantar. Quería saber cómo supimos lo de las llaves. Y quería saber de ti. Si tenías mujer o hijos. Traté de callar, Harry.

Bosch le apretó la mano.

—No digas nada más, Bella —dijo—. Lo hiciste muy bien. Lo tenemos y todo ha terminado. Es lo único que importa.

Lourdes cerró los ojos otra vez.

—Voy a volver a dormir ahora.

—Claro —dijo Bosch—. Volveré pronto, Bella. Aguanta ahí.

Bosch se encaminó por el pasillo, pensando en Dockweiler torturando a Bella para conseguir información sobre él. Se preguntó adónde habría conducido eso si las cosas no hubieran terminado esa noche.

En la sala de espera, Bosch encontró a Valdez pero no a Taryn. El jefe explicó que se había ido a casa a buscar ropa para cuando le dieran el alta a Bella, cuando fuera. Hablaron del caso del Enmascarado y lo que tenían que completar por su lado tanto de la investigación del tiroteo del *sheriff* como de la acusación de Dockweiler. Disponían de cuarenta y ocho horas para presentar su caso contra el sospechoso de violación a la fiscalía y solicitar cargos. Como Lourdes estaba de baja en el hospital, Bosch iba a tener que ocuparse de ello.

—Quiero este caso a prueba de bombas, Harry —dijo Valdez—. Y quiero golpearle con todo lo que podamos. Todos los cargos posibles. No quiero que vuelva a respirar al aire libre.

—Entendido —dijo Bosch—. Eso no será un problema. Voy a irme a casa, dormiré hasta mediodía más o menos y volveré a ponerme con ello.

Valdez le dio un golpecito en la parte superior del brazo para mostrarle su apoyo.

—Pídame lo que necesite —dijo.

—¿Va a quedarse aquí? —preguntó Bosch.

—Sí, un rato. Sisto ha enviado un mensaje de texto y ha dicho que quiere pasarse. Creo que lo esperaré. Cuando esto se calme, tendremos que quedar todos a tomar unas cervezas para asegurarnos de que todo el mundo está bien.

—Buena idea.

Bosch salió del hospital entonces y se encontró con Sisto en el aparcamiento. Llevaba ropa limpia y daba la impresión de que había podido dormir algo.

—¿Cómo está Bella? —preguntó.

—La verdad es que no lo sé —dijo Bosch—. Ha pasado un infierno que es difícil de imaginar.

—¿La has visto?

—Unos minutos. El jefe está allí en la sala de espera. Te hará pasar si puede.

—Bien. Te veo en comisaría.

—Voy a ir a casa a dormir primero.

Sisto asintió y se alejó. Bosch pensó en algo y habló a su espalda.

—Eh, Sisto.

El joven detective retrocedió.

—Sí, escucha, siento haber perdido los nervios y haberte empujado —dijo Bosch—. Y haberte lanzado el teléfono. Era una situación tensa, ¿lo entiendes?

—No, tío, no pasa nada —dijo Sisto—. Tenías razón. No quiero ser un desastre, Harry. Quiero ser un buen detective como tú.

Bosch asintió a manera de agradecimiento por el cumplido.

—No te preocupes —dijo—. Lo conseguirás. Y has hecho un buen trabajo esta noche.

—Gracias.

—¿Quieres hacer algo después de ver a Bella?

—¿Qué quieres decir?

—Ve a Obras Públicas y precinta el escritorio de Dockweiler. Necesitaremos estudiarlo. Luego pide al supervisor que te deje sacar los registros de todas las inspecciones inmobiliarias que hizo en los últimos cuatro años. Busca viviendas no autorizadas.

—¿Crees que es así como elegía a las víctimas?

—Te lo garantizo. Saca todos los informes y ponlos en mi escritorio. Los revisaré cuando llegue y lo situaremos en las calles donde vivían nuestras víctimas.

—Bien. ¿Necesitamos una orden?

—No creo. Son registros públicos.

—Vale, Harry. Me pongo con ello. Te los dejaré en tu mesa.

Bosch le saludó entrechocando los puños y se dirigió a su coche.

35

Bosch se fue a casa, se dio una larga ducha y se metió en la cama para lo que pretendía que fuera una siesta de cuatro horas. Incluso se puso un pañuelo en torno a la cabeza y encima de los ojos para protegerse de la luz del día. Sin embargo, al cabo de menos de dos horas, en una profunda fosa de sueño, le despertó un desgarrador *riff* de guitarra. Se quitó de encima el pañuelo y trató de hacer lo mismo con los vestigios de sueño. Entonces llegó la claridad y se dio cuenta de que era el tono que su hija había programado en su teléfono para que pudiera saber que era ella quien llamaba: *Black Sun*, de Death Cab for Cutie. Maddie también lo había programado en su propio teléfono para las llamadas de él.

Bosch buscó a tientas el móvil, tirándolo de la mesita de noche al suelo antes de finalmente cogerlo y responder.

—¿Maddie? ¿Qué pasa?

—Eh, nada. ¿Qué te pasa a ti? Suenas raro.

—Estaba durmiendo. ¿Qué pasa?

—Bueno, pensaba que a lo mejor querrías comer hoy. ¿Sigues en tu hotel?

—Mierda, lo siento, Maddie. Olvidé llamarte. Estoy en casa otra vez. Anoche recibí una llamada de emergencia. Secuestraron a una agente y trabajamos en eso toda la noche.

—¡Joder! ¿Raptada? ¿La habéis liberado?

—Sí, la rescatamos. Pero fue una noche larga y estaba recuperando el sueño. Creo que voy a estar muy ocupado unos días. ¿Podemos comer o cenar este fin de semana o a principios de la semana que viene?

—Sí, no importa. Pero ¿cómo la raptaron?

—Eh, es una historia larga, pero era un tipo buscado y la atrapó a ella antes de que ella lo atrapara a él. La cuestión es que la salvamos, él está detenido, todo está bien.

Limitó la explicación, porque no quería que su hija conociera los detalles de lo que le había ocurrido a Bella Lourdes o que él había disparado al secuestrador. Eso daría para una larga conversación.

—Bueno, está bien. Entonces te dejaré que vuelvas a dormir.

—¿Has tenido clase esta mañana?

—Psicología y Español. He terminado por hoy.

—Qué bien.

—Eh, ¿papá?

—Sí.

—También quería decir que siento lo que te dije ayer sobre el restaurante y todo. No conocía tus razones y fue penoso que me echara encima de ti. Lo siento mucho.

—No te preocupes por eso, nena. No lo sabías y está bien.

—¿Estamos bien?

—Estamos bien.

—Te quiero, papá. Vete a dormir. —Maddie rio.

—¿Qué?

—Eso era lo que me decías a mí cuando era pequeña: «Te quiero, vete a dormir».

—Me acuerdo.

Después de colgar, Bosch volvió a taparse los ojos con el pañuelo encima y trató de volverse a dormir.

Sin éxito.

A los veinte minutos de intentarlo, con la guitarra de Death Cab taladrándole la cabeza, renunció a encontrar otra vez la fosa del sueño y se levantó de la cama. Se dio otra ducha rápida para refrescarse y volvió a dirigirse al norte, hacia San Fernando.

El número de furgonetas de los medios a las puertas de la comisaría de policía se había doblado desde la semana anterior, cuando el Enmascarado era solo un hombre buscado. Ahora que había sido identificado, que había raptado a una policía y había recibido los disparos de otro, el caso era una gran noticia. Bosch entró por la puerta lateral como de costumbre y consiguió escapar de la atención de los periodistas reunidos en el vestíbulo principal. La labor de relaciones con los medios del departamento, por lo general, era una de las muchas funciones que correspondían al capitán, pero Bosch supuso que Treviño no sería la cara visible en un caso en el que había desempeñado un papel significativo. Sospechaba que el control de los medios en esta ocasión recaería en el sargento Rosenberg, que era afable y telegénico, a la manera de un policía. Parecía un policía y hablaba como un policía, y eso era lo que querían los medios.

La sala de detectives estaba desierta y así era como Bosch la necesitaba. Después de un suceso como el ocurrido la noche anterior, la gente tendía a querer hablar. Se reunirían en torno a una mesa y cada uno lo contaría desde su propio punto de vista y lo escucharía desde el punto de vista de otra persona. Era terapéutico. Pero Bosch no quería hablar. Quería trabajar. Tenía que escribir lo que sabía que conformaría un largo y detallado pliego de cargos que sería, primero, examinado por sus superiores en el departamento; luego, por múltiples personas de la fiscalía del distrito; después, por un abogado defensor y, en última instancia, también por los medios. Harry buscaba concentración, y la silenciosa sala de detectives sería perfecta.

Sisto no estaba en la oficina, pero su presencia se hizo notar de inmediato. Cuando Bosch llegó a su mesa y dejó las llaves del coche, encontró cuatro filas ordenadas de informes de inspección esperándolo. El joven detective había pasado por allí.

Bosch se sentó a trabajar y casi de inmediato notó el peso del agotamiento. No había logrado descansar lo suficiente después de lo ocurrido la noche anterior. Le dolía el hombro por el impacto del marco de la cortina en el refugio nuclear de Dockweiler, pero lo que más le dolía eran las piernas. Esa carrera cuesta arriba desde el torrente había sido la primera vez que forzaba los músculos en mucho tiempo y estaba dolorido y fatigado. Conectó el ordenador, abrió un documento en blanco y lo dejó preparado mientras recorría el pasillo hasta la cocina de la comisaría.

Por el camino, pasó junto a la puerta abierta del despacho del jefe y vio a Valdez sentado a su mesa, con el teléfono pegado a la oreja. El fragmento de conversación que oyó le bastó a Bosch para comprender que el jefe estaba hablando con un periodista, diciendo que el departamento no iba a identificar a la agente raptada, porque había sido víctima de una agresión sexual. Bosch pensó que, con un departamento tan pequeño como el de San Fernando, un buen periodista no necesitaría más que unas pocas llamadas para descubrir a quién se estaba protegiendo. Eso resultaría en que los periodistas acamparan en el jardín de la casa de Bella Lourdes, a menos que su casa estuviera a nombre de Taryn.

Había una jarra de café recién preparado y Bosch sirvió dos tazas, sin leche ni azúcar. En el camino de vuelta a la oficina se detuvo junto a la puerta abierta del despacho del jefe y levantó una taza a modo de oferta. Valdez asintió y tapó el teléfono para responder.

—Harry, es usted mi hombre.

Bosch entró en la oficina y dejó la taza en la mesa.

—Deles duro, jefe.

Cinco minutos más tarde, Bosch estaba de nuevo en su cubículo, revisando los informes de inspección. Solo tardó una hora, porque una vez que se familiarizó con el formato, pudo revisarlos con rapidez e identificar la calle donde se había desarrollado cada inspección. Estaba buscando las cinco calles donde habían vivido las víctimas conocidas, incluida Beatriz Sahagún. Al final de la hora, había situado a Dockweiler en la calle de cada víctima en los meses anteriores a los asaltos o intentos de asalto. En dos de los casos, había inspeccionado la casa de la víctima hasta nueve meses antes.

La información recopilada de los informes ayudó a trazar una imagen sólida del *modus operandi*. Bosch creía que Dockweiler conocía a las víctimas mientras llevaba a cabo las inspecciones, luego las acechaba y planeaba con meticulosidad los asaltos durante semanas y, en ocasiones, meses. Como inspector municipal y antiguo agente de policía, Dockweiler tenía aptitudes que le ayudaban en este proceso. A Bosch no le cabía duda de que Dockweiler entró y acechó los hogares de las víctimas, posiblemente, incluso cuando estas estaban en casa y durmiendo.

Una vez que terminó con la pieza del puzle de la inspección municipal, Bosch empezó a escribir el pliego de cargos. Tecleaba con dos dedos, pero escribía deprisa de todos modos, sobre todo cuando conocía bien la historia que quería contar y tenía confianza en ella.

Trabajó otras dos horas sin pausa, sin siquiera levantar la mirada de la pantalla del ordenador. Cuando hubo terminado, dio un sorbo al café y pulsó el botón de «Imprimir». La impresora universal situada en el otro extremo de la sala escupió las seis páginas a un espacio de una cronología que empezaba con la primera violación del Enmascarado cuatro años antes y terminaba con Kurt Dockweiler caído de bruces en el suelo de la cocina con una bala alojada en su columna. Bosch corrigió el documento con un bolígrafo rojo, introdujo las correcciones en el ordenador y lo imprimió otra vez. Luego lo llevó al despacho del jefe, donde se encontró a este hablando por teléfono con otro periodista. Valdez cubrió el auricular otra vez.

—Del *USA Today* —dijo—. Esta historia va de costa a costa.

—Asegúrese de que escriban bien su nombre —dijo Bosch—. Voy a necesitar que lea y apruebe esto. Quiero presentar cargos contra Dockweiler mañana a primera hora. Voy a pedir cinco cargos de violación, un intento de violación, luego, secuestro, asalto con arma mortal y varios casos de robo de propiedad pública.

—La técnica de la apisonadora. Me gusta.

—Ya me dirá. Voy a escribir el informe de pruebas y la petición de orden de registro que nos aprobaron anoche.

Bosch estaba a punto de salir del despacho cuando Valdez levantó un dedo y regresó a su llamada telefónica.

—Donna, tengo que colgar —dijo—. Tiene los detalles en el comunicado de prensa y, como he dicho, no vamos a publicar los nombres de ningún agente esta vez. Hemos sacado de circulación a un personaje muy siniestro y estamos muy orgullosos de ello. Gracias.

Valdez colgó el teléfono, pese a que él y Bosch oían la voz de la periodista planteando otra pregunta.

—Todo el día igual —exclamó Valdez—. Llaman de todas partes. Todos quieren fotos de la mazmorra. Todos quieren hablar con Bella y con usted.

—Le he oído usar antes la palabra *mazmorra* —dijo Bosch—. Así es como las cosas cobran vida propia en los medios. Es un refugio nuclear, no una mazmorra.

—Bueno, en cuanto Dockweiler consiga un abogado puede demandarme. Estos periodistas… Uno de ellos me ha dicho que el coste medio de encarcelación de un recluso es de treinta mil al año, pero si Dockweiler se queda parapléjico el coste para él se doblará. Le he dicho: ¿qué me está diciendo, que deberíamos haberlo ejecutado allí mismo para ahorrar dinero?

—Tuvimos la oportunidad.

—Olvidaré que ha dicho eso, Harry. Ni siquiera quiero pensar en lo que iba a hacerle anoche.

—Solo lo necesario para encontrar a Bella.

—Bueno, la encontramos de todos modos.

—Tuvimos suerte.

—Eso no fue suerte. Eso fue buen trabajo de detective. De todos modos, debería estar preparado. Están tratando de descubrir quién disparó y cuando descubran que fue usted lo conectarán con lo de West Hollywood el año pasado y con todo lo demás de antes. Esté preparado.

—Me tomaré unas vacaciones y desapareceré.

—Buena idea. Entonces ¿esto está listo?

El jefe había cogido el documento que Bosch le había entregado.

—Usted me dirá —dijo Bosch.

—Vale, deme cinco minutos —dijo Valdez.

—Por cierto, ¿dónde ha estado el capitán todo el día? ¿Durmiendo?

—No, está en el hospital con Bella. He querido que haya alguien allí para mantener a los medios alejados y por si ella necesitaba alguna cosa.

Bosch asintió. Era una buena medida. Le dijo a Valdez que estaría en su sitio para que lo llamara o le enviara un mensaje de correo si quería hacer algún cambio en el documento de acusación.

Harry volvió a su ordenador en la sala de detectives. Acababa de dar los toques finales a un informe que resumía las pruebas físicas que habían recopilado en el caso cuando sonó su móvil. Era Mickey Haller quien llamaba.

—Hola, hermano, no he tenido noticias tuyas —dijo el abogado—. ¿No has hablado con la nieta todavía?

El caso Vance había estado tan completamente alejado de la mente de Bosch con los sucesos de las últimas dieciocho horas que le parecía que su viaje a San Diego se había producido un mes antes.

—No, todavía no —dijo Bosch.

—¿Qué hay de Ida Parks, o como se llame? —preguntó Haller.

—Ida Townes Forsythe. No, no he tenido tiempo tampoco. Las cosas han enloquecido en mi otro trabajo.

—Joder. ¿Estás en esa historia con el tipo de la mazmorra en Santa Clorox?

Era un viejo apodo de Santa Clarita que hacía referencia a una marca de lejía blanqueadora y reflejaba su primera encarnación como destino para blancos que huían de Los Ángeles. Parecía un comentario un tanto inapropiado viniendo de alguien que, como Bosch sabía, se había educado en Beverly Hills, el primer bastión de aislacionismo y privilegio blanco del condado.

—Sí, estoy en el caso —dijo Bosch.

—Dime, ¿el tipo no ha pedido abogado todavía? —preguntó Haller.

Bosch dudó antes de responder.

—No querrás meterte en eso —le advirtió.

—Eh, yo me meto en cualquier caso —replicó Haller—. Hay caso, me lo quedo. Pero tienes razón, esta cuestión de la herencia me tendrá ocupado un tiempo.

—¿Todavía no han presentado la sucesión de Vance?

—No. Sigo esperando.

—Bueno, debería volver a eso mañana en algún momento. Cuando encuentre a la nieta, te lo haré saber.

—Tráela, Harry. Me gustaría conocerla.

Bosch no respondió. Su atención había sido captada por su pantalla, porque acababa de recibir un mensaje de correo de Valdez aprobando su resumen del caso y el pliego de cargos. Tenía que terminar el informe de pruebas y la orden de búsqueda y estaría listo.

36

El miércoles por la mañana Bosch estaba en la oficina del fiscal del distrito en cuanto se abrieron las puertas. Como era un caso notorio había concertado una cita para presentar cargos contra Dockweiler. En lugar de acudir a un fiscal que recibiría el caso para luego cederlo y no volver a verlo más, la acusación de Dockweiler fue asignada desde el comienzo a un veterano de la fiscalía llamado Dante Corvalis. Bosch nunca había trabajado antes con él, pero conocía su reputación: su apodo en el tribunal era el Invicto, porque nunca había perdido un caso.

El proceso fue sobre ruedas, y Corvalis solo rechazó la petición de Bosch de cargos relacionados con delitos contra la propiedad cometidos por Dockweiler. El fiscal explicó que ya sería un caso complicado de explicar al jurado con el testimonio de múltiples víctimas y análisis de ADN. No había ninguna necesidad de gastar tiempo de preparación o tiempo de sala con los robos de herramientas, cemento y una tapa de alcantarilla del Departamento de Obras Públicas por parte de Dockweiler. Eso no eran más que menudencias que podrían crear una impresión negativa en el jurado.

—Es el efecto de la tele —dijo Corvalis—. Todos los juicios que se ven en la caja tonta duran una hora. Los jurados se impacientan en los casos reales. Por eso no hay que extralimitarse en un caso. Y, en realidad, tampoco lo necesitamos. Tenemos lo suficiente para encerrarlo para siempre. Y lo haremos. Así que vamos a olvidarnos de la tapa de alcantarilla, salvo para cuando testifique cómo encontró a Bella. Será un bonito detalle a extraer de su testimonio.

Bosch no discutió. Estaba contento con tener a uno de los grandes de la fiscalía en el caso desde el principio. Bosch y Corvalis acordaron reunirse todos los martes para discutir los preparativos del juicio.

Bosch había salido del edificio Foltz a las diez. En lugar de ir a buscar su coche, caminó por Temple y luego cruzó por encima de la autovía 101 en Main Street. Atravesó el Paseo de la Plaza y enfiló Olvera Street a través del bazar mexicano, asegurándose de que ningún coche pudiera seguirlo.

Al final del largo camino a través de los puestos de *souvenirs*, se volvió y miró atrás para ver si alguien lo seguía a pie. Satisfecho después de comprobar durante varios minutos que estaba solo, continuó con medidas de contravigilancia cruzando Alameda y entrando en Union Station. Pasó por la gigantesca sala de espera de la estación y luego tomó un camino enrevesado hasta el tejado, donde sacó una tarjeta de transporte de su billetera y entró en la línea dorada de metro.

Estudió a todas las personas del vagón cuando este salió de Union Station y se dirigió a Little Tokyo. Después, bajó del tren en la primera parada, pero hizo una pausa junto a la puerta corredera. Miró a todos los viajeros que se apeaban y ninguno le pareció sospechoso. Volvió a entrar en el vagón para ver si alguno de ellos hacía lo mismo, esperó hasta que la campana advirtió que las puertas se estaban cerrando y bajó de un salto en el último momento.

Nadie lo siguió.

Caminó dos manzanas por Alameda y luego se desvió hacia el río. El estudio de Vibiana Veracruz estaba en Hewitt, cerca de Traction, en el corazón del Arts District. Volvió a Hewitt después de caminar en círculo y de detenerse reiteradamente para mirar a su alrededor. Por el camino pasó varios edificios comerciales antiguos que habían sido restaurados o estaban en el proceso de serlo para uso como viviendas *loft*.

El Arts District era más que un barrio. Era un movimiento. Desde hacía casi cuarenta años, artistas de todas las disciplinas habían empezado a adquirir miles y miles de metros cuadrados de espacio libre en fábricas abandonadas y en almacenes de fruta que habían florecido en la zona antes de la Segunda Guerra Mundial. Algunos de los artistas más notables de la ciudad habían prosperado allí, pagando a un precio irrisorio los metros cuadrados de inmensos espacios para vivir y trabajar. Parecía apropiado que el movimiento hubiera echado raíces en una zona donde a principios del siglo xx los artistas habían competido dibujando las coloridas imágenes que decoraban los cajones y cajas de fruta que se enviaban a todo el país, popularizando un reconocible estilo de California que decía que la vida era buena en la Costa Oeste. Fue una de las pequeñas cosas que ayudaron a inspirar la ola de movimiento hacia el oeste que haría de California el estado más poblado del país.

El Arts District se enfrentaba a muchas de las cuestiones que conllevaba el éxito, sobre todo la rápida extensión de la gentrificación. En la última década, la zona empezó a atraer a grandes inmobiliarias interesadas en grandes beneficios. El coste del metro cuadrado de espacio ya no se calculaba en centavos, sino en dólares. Muchos de los nuevos inquilinos eran profesionales adinerados que trabajaban en el centro o en Hollywood y que no sabrían distinguir un pincel de una brocha. Muchos de los restaurantes buscaron una clientela más acomodada y tenían chefs célebres y un servicio de aparcacoches que costaba más que una comida completa en los viejos cafés de esquina donde antes se reunían los artistas. La idea del distrito como refugio para el artista muerto de hambre era cada vez más infundada.

Como joven agente de patrulla a principios de la década de 1970, Bosch había sido asignado a la División de Newton, que incluía lo que entonces se llamaba Warehouse District. Recordaba la zona como un páramo de edificios vacíos, campamentos de personas sin hogar y crimen callejero. Lo trasladaron a la División de

Hollywood antes de que hubiera empezado el renacimiento artístico. Ahora, al recorrer el barrio, se maravilló de los cambios. Había una diferencia entre un mural y un grafiti. Ambas manifestaciones podían considerarse obras de arte, pero los murales del Arts District eran hermosos y mostraban un cuidado y una visión similares a los que había visto unos días antes en Chicano Park.

Pasó junto al The American, un edificio construido hacía más de un siglo, que originalmente había sido un hotel para artistas negros durante la segregación y después fue el núcleo tanto del movimiento artístico como de la floreciente escena punk rock en la década de 1970.

Vibiana Veracruz vivía y trabajaba al otro lado de la calle, en un edificio que había sido una fábrica de cartón. Era allí donde se producían muchas de las cajas de fruta de cartón encerado cuyas etiquetas servían como tarjetas de presentación de California. El edificio tenía cuatro pisos de alto, con ladrillo a la vista y ventanas de almacén con marco de acero todavía intactas. Había una placa metálica al lado de la entrada que exponía su historia y el año de construcción: 1908.

No había seguridad ni cerradura en la entrada. Bosch entró en un pequeño vestíbulo embaldosado y examinó un tablero que enumeraba los distintos artistas y sus números de *loft*. Encontró el apellido Veracruz junto al 4-D. También vio en un tablón de anuncios de la comunidad varias noticias sobre reuniones de inquilinos y del barrio relacionadas con cuestiones como la estabilización de los alquileres o con protestas de solicitudes de permiso de construcción en el ayuntamiento. Había listas para firmar y vio el nombre Vib garabateado en todas ellas. Había también un folleto de la exhibición de una película documental titulada *Young Turks* el viernes por la noche en el *loft* 4-D. El folleto decía que la película era sobre la fundación del Arts District en la década de 1970. «¡Contempla cómo era este lugar antes de la avaricia!», anunciaba el folleto. A Bosch le pareció que Vibiana Veracruz había heredado parte del activismo comunitario que había animado la vida de su madre.

Bosch, que todavía notaba en las piernas el dolor de su carrera cuesta arriba dos noches antes, no quería subir a pie los tres tramos de escaleras. Encontró un montacargas con una puerta vertical y subió a la cuarta planta a paso de tortuga. El ascensor era del tamaño de su salón y se sintió cohibido por subir solo y malgastar la gran cantidad de energía necesaria para mover la plataforma. Era evidentemente un elemento de diseño que había quedado de la primera encarnación del edificio como fábrica de cartón.

La planta superior estaba dividida en cuatro *lofts* de viviendas-talleres a los que se accedía desde un vestíbulo industrial gris. La mitad inferior de la puerta 4-D estaba cubierta de pegatinas de dibujos animados que obviamente había enganchado al azar una persona pequeña: el hijo de Vibiana, supuso Harry. Más arriba había una tarjeta que anunciaba las horas en las que Vibiana Veracruz recibía clientes y personas interesadas en ver sus obras de arte. Los miércoles, el horario era de once de la mañana a dos de la tarde, y eso significaba que Bosch había llegado con quince minutos de antelación. Pensó en llamar a la puerta, porque no había ido allí para ver ninguna obra de arte. Sin embargo, tenía la esperanza de que podría de alguna manera formarse una idea de la mujer antes de decidir cómo contarle que podría ser heredera de una fortuna con más ceros a la derecha de los que podía imaginar.

Mientras estaba decidiendo qué hacer, oyó que alguien subía la escalera situada junto al hueco del ascensor. Enseguida apareció una mujer, que llevaba un café helado en una mano y una llave en la otra. Iba vestida con un mono y tenía una mascarilla colgada al cuello. Pareció sorprendida de ver a un hombre esperando delante de la puerta.

—Hola.

—Hola —saludó Bosch.

—¿Puedo ayudarle?

—Eh, ¿es usted Vibiana Veracruz?

Sabía que era ella porque tenía un claro parecido con las fotos de Gabriela en la playa del Coronado, pero señaló la puerta 4-D como si tuviera que justificar su presencia con las horas anunciadas.

—Soy yo —dijo.

—Bueno, llego temprano —dijo—. No conocía sus horarios. Esperaba poder ver algunas de sus obras.

—Está bien. Casi es la hora. Se las enseñaré. ¿Cómo se llama?

—Harry Bosch.

Puso cara de reconocer el nombre y Bosch se preguntó si su madre había encontrado una forma de contactar con ella después de prometer que no lo intentaría.

—Es el nombre de un artista famoso —dijo ella—. Hieronymus Bosch.

Bosch de repente se dio cuenta de su error.

—Lo sé —dijo—. Siglo XV. En realidad Hieronymus es mi verdadero nombre.

Vibiana sacó una llave y abrió la puerta. Miró a Bosch por encima del hombro.

—Está de broma, ¿no?

—No.

—Tuvo unos padres extraños. —Empujó la puerta—. Pase. Solo tengo unas cuantas piezas aquí ahora. Hay una galería en Violet que tiene un par más y luego hay otras dos en Bergamot Station. ¿Cómo me ha conocido?

Bosch no se había preparado una historia, pero sabía que Bergamot Station era una vieja estación de ferrocarril de Santa Mónica que albergaba un conglomerado de galerías. Nunca había estado allí, pero enseguida lo adoptó como tapadera.

—Eh, vi sus obras en Bergamot —mintió—. Tenía cosas que hacer en el centro esta mañana y he pensado en ver qué más tiene.

—Bien —dijo Veracruz—. Bueno, soy Vib.

Le tendió una mano y Bosch se la estrechó. Tenía la mano áspera y encallecida.

El *loft* estaba en silencio cuando entraron y Bosch supuso que su hijo estaba en la escuela. Había un olor intenso a productos químicos que le recordó a Bosch el laboratorio de huellas, donde se usaba cianocrilato para exponer huellas dactilares.

Veracruz hizo un gesto a su derecha y detrás de Bosch. Él se volvió y vio que el espacio delantero del *loft* se usaba como estudio y galería. Las esculturas eran grandes, y Bosch se dio cuenta de que el montacargas y los techos de seis metros le daban a Vibiana libertad para utilizar un formato grande. Había tres piezas acabadas en palés con ruedas para que pudieran moverse con facilidad. La noche de cine del viernes probablemente se celebraría allí después de quitar de en medio los palés.

Bosch vio también una zona de trabajo con dos mesas y pilas de herramientas. Había un bloque grande de lo que parecía gomaespuma en un palé y daba la impresión de que la imagen de un hombre estaba emergiendo del proceso de esculpido.

Las piezas terminadas eran dioramas de pintura acrílica blanca con diversas figuras. Todo eran variaciones de la familia nuclear: madre, padre e hija. La interacción de los tres era diferente en cada escultura, pero la hija no miraba hacia sus padres en ninguna de ellas y no tenía un rostro claramente definido. Había nariz y los puentes de las cejas, pero ni ojos ni boca.

Uno de los dioramas mostraba al padre como soldado con diversas mochilas de equipo, pero sin ningún arma. Tenía los ojos cerrados. Bosch percibió una semejanza con las fotos que había visto de Dominick Santanello.

Bosch señaló el diorama con el padre como figura de soldado.

—¿Cuál es el tema de este? —preguntó.

—¿Cuál es el tema? —repitió Veracruz—. Es sobre la guerra y la destrucción de familias. Pero no creo que mi obra necesite explicación. Uno la absorbe y siente algo o no. El arte no debería explicarse.

Bosch se limitó a asentir. Sentía que había metido la pata con su pregunta.

—Probablemente, se ha fijado en que esta es la pieza acompañante a los dos que vio en Bergamot —explicó Veracruz.

Bosch asintió otra vez, pero de una manera más vigorosa, como para transmitir que sabía de qué le estaban hablando. No obstante, el hecho de que ella se lo dijera hizo que deseara ir a Bergamot y ver las otros dos.

Harry mantuvo la mirada en las esculturas y se adentró en la sala para contemplarlas desde ángulos diferentes. Se dio cuenta de que la misma niña aparecía en las tres obras, pero sus edades eran diferentes.

—¿Cuáles son las edades de la niña? —preguntó.

—Once, trece y quince —dijo Veracruz—. Muy observador.

Suponía que la cara incompleta en cada una tenía que ver con el abandono, con no conocer el propio origen, con ser una de las sin rostro ni nombre. Sabía lo que era eso.

—Son muy hermosas —aseguró.

Lo dijo con sinceridad.

—Gracias —dijo Veracruz.

—No conocí a mi padre —añadió Bosch.

Se sorprendió a sí mismo al decirlo. Eso no formaba parte de su tapadera. El poder de las esculturas se lo hizo decir.

—Lo siento —dijo ella.

—Solo lo vi una vez —explicó—. Yo tenía veintiún años y acababa de volver de Vietnam. —Hizo un gesto hacia la escultura de guerra—. Lo localicé. Llamé a su puerta. Me alegro de haberlo hecho. Murió poco después.

—Yo supuestamente conocí a mi padre una vez cuando era bebé. No lo recuerdo. También murió poco después. Se perdió en la misma guerra.

—Lo siento.

—No lo sienta. Soy feliz. Tengo un hijo y tengo mi arte. Si puedo impedir que este sitio caiga en manos avariciosas, entonces todo será perfecto.

—¿Se refiere a este edificio? ¿Está en venta?

—Está vendido, pendiente de que el ayuntamiento apruebe el cambio a residencial. El comprador quiere dividir cada *loft* en dos, desembarazarse de los artistas y, fíjese en esto, van a llamarlo River Arts Residences.

Bosch pensó un momento antes de responder. Ella le había dado una vía de acceso.

—¿Y si le dijera que hay una forma de impedir eso? —preguntó—. De mantener todo perfecto.

Cuando ella no respondió, Bosch se volvió y la miró. Entonces ella habló.

—¿Quién es usted? —preguntó.

37

Vibiana Veracruz se sumió en un silencio atónito cuando Bosch le contó quién era y qué estaba haciendo. Harry le mostró sus credenciales de investigador privado con licencia del estado. No mencionó el nombre de Whitney Vance, pero le dijo que la había localizado a través del linaje de su padre y creía que ella y su hijo eran los dos únicos herederos de sangre de una fortuna industrial. Fue ella quien sacó a relucir a Vance, después de haber visto en los medios historias sobre el fallecimiento del industrial multimillonario en los últimos días.

—¿Es de él de quien estamos hablando? —preguntó ella—. ¿Whitney Vance?

—Lo que quiero hacer es confirmar genéticamente la relación antes de meternos en nombres —dijo Bosch—. Si está dispuesta a ello, tomaría una muestra de su saliva con una torunda y la llevaría al laboratorio de ADN. No debería tardar más de unos días y, si se confirma, tendría la oportunidad de usar el abogado que está trabajando conmigo en esto o buscar su propia representación. Eso sería decisión suya.

Veracruz negó con la cabeza como si todavía no lo comprendiera y se sentó en un taburete que había apartado de una de las mesas de trabajo.

—Esto es increíble —dijo.

Bosch recordaba un programa de televisión de cuando él era niño en el cual un hombre viajaba por el país y repartía cheques de un millón de dólares de un benefactor desconocido a receptores que no se lo esperaban en absoluto. Se dio cuenta de que se sentía como ese hombre. Solo que Bosch no repartía millones, sino miles de millones.

—Es Vance, ¿verdad? —dijo Vibiana—. No lo ha negado.

Bosch la miró un buen rato.

—¿Cambia algo quién sea? —preguntó.

Veracruz se levantó y se acercó a él. Señaló con un gesto la escultura con el soldado.

—Leí sobre él esta semana —dijo ella—. Ayudó a construir los helicópteros. Su compañía formaba parte de la maquinaria de guerra que mató a su propio hijo, a mi padre, al que nunca conocí. ¿Cómo podría aceptar ese dinero?

Bosch asintió.

—Supongo que eso depende de lo que hiciera con él —dijo—. Mi abogado lo llamó «dinero para cambiar el mundo».

Veracruz lo miró, pero él se dio cuenta de que estaba viendo otra cosa. Tal vez una idea que sus palabras habían sembrado.

—Muy bien. Tome la muestra.

—De acuerdo, pero tiene que entender algo —dijo Bosch—. Hay gente con poder en las corporaciones que actualmente controlan esta fortuna. No les hará gracia desprenderse de ella y podrían llegar muy lejos para impedirlo. No solo su vida cambiará por el dinero, sino que usted y su hijo tendrán que tomar medidas para protegerse hasta que el caso siga su curso. No podrá confiar en nadie.

Las palabras de Bosch claramente hicieron pensar a Veracruz, como él quería.

—Gilberto —dijo ella, pensando en voz alta. Luego sus ojos fulminaron a Bosch—. ¿Saben que está usted aquí?

—He tomado precauciones. Y le daré una tarjeta. Si ve algo inusual o siente algún tipo de amenaza, puede llamarme en cualquier momento.

—Es muy surrealista —dijo ella—. Cuando estaba subiendo la escalera hoy con mi café, venía pensando que no tengo suficiente dinero para resina. No he vendido ninguna obra en siete semanas y tengo una beca de arte, pero da justo para que mi hijo y yo vivamos. Así que estoy esculpiendo mi siguiente pieza, pero no puedo comprar el material que necesito para terminarla. Y de repente se presenta usted aquí con esta historia descabellada de dinero y herencia.

Bosch asintió.

—¿Tomamos la muestra ahora? —preguntó.

—Sí —dijo Veracruz—. ¿Qué tengo que hacer?

—Solo tiene que abrir la boca.

—Eso puedo hacerlo.

Bosch sacó un tubo del bolsillo interior de la chaqueta y desenroscó el tapón. Sacó el palito con la torunda y se acercó más a Vibiana. Sujetando el palo con dos dedos frotó el extremo con la torunda arriba y abajo por la cara interior de la mejilla de la mujer, girándolo para obtener una buena muestra. Luego metió el palito otra vez en su tubo y cerró este.

—Normalmente, se toman dos muestras, por si acaso —dijo—. ¿Le importa?

—Adelante.

Bosch repitió el proceso. Le parecía una intrusión tener la mano tan cerca de la boca de la mujer, pero Vibiana no se inmutó. Bosch puso la segunda muestra en su tubo y lo cerró.

—Tomé una muestra de su madre el lunes —explicó—. Formarán parte del análisis. Querrán identificar sus cromosomas y separarlos de los de su padre y su abuelo.

—¿Fue a San Diego? —preguntó.

—Sí. Fui a Chicano Park y luego al apartamento de su madre. ¿Fue allí donde creció?

—Sí. Ella sigue en el mismo sitio.

—Le enseñé una foto. Era de usted el día que conoció a su padre. Él no sale porque fue quien la tomó.

—Me gustaría verla.

—No la llevo encima, pero se la haré llegar.

—Así que ella sabe esto. La herencia. ¿Qué dijo?

—No conoce los detalles. Pero me dijo dónde encontrarla y que sería decisión suya.

Vibiana no respondió. Parecía estar pensando en su madre.

—Ahora voy a irme —dijo Bosch—. Me pondré en contacto en cuanto sepa algo.

Le entregó una de las tarjetas de visita baratas que había impreso con su nombre y su número y se dirigió a la puerta.

Bosch regresó a su coche, que había dejado aparcado cerca del tribunal antes de su cita en la fiscalía. Mientras caminaba comprobó repetidamente su perímetro para saber si lo vigilaban. No vio nada y enseguida estuvo otra vez en el Cherokee alquilado. Abrió el portón trasero del vehículo y levantó la alfombrilla. Levantó también la tapa de la rueda de repuesto y compartimento de herramientas y sacó el sobre acolchado que había puesto allí esa mañana.

Después de cerrar la parte de atrás, se colocó al volante y abrió el sobre acolchado. Contenía el tubo con la torunda proporcionada por Whitney Vance que había marcado con las iniciales W-V. También contenía dos tubos recogidos de Gabriela Lida marcados G-L. Con un rotulador escribió V-V en los dos tubos que contenían las muestras que acababa de recoger de Vibiana.

Se guardó los tubos extra de Vibiana y su madre en el bolsillo de la chaqueta y volvió a cerrar el sobre de manera que contuviera una muestra de cada uno de los implicados. Puso el sobre en el asiento de al lado y llamó a Mickey Haller.

—Tengo la muestra de la nieta —anunció—. ¿Dónde estás?

—En el coche —dijo Haller—. En el Starbucks de Chinatown, aparcado debajo de los dragones.

—Llegaré allí en cinco minutos. Tengo el de ella, el de la madre y el de Vance aquí. Puedes llevar el paquete al laboratorio.

—Perfecto. Han abierto el testamento hoy en Pasadena. Así que quiero poner esto en marcha. Necesitamos confirmación antes de hacer ningún movimiento.

—Estoy en camino.

El Starbucks estaba en Broadway y César Chávez. Bosch tardó menos de cinco minutos en llegar y localizar el Lincoln en una zona de aparcamiento prohibido, bajo los dos dragones que señalaban la entrada a Chinatown. Bosch se detuvo detrás del coche de Haller, puso los intermitentes y bajó. Se acercó al Lincoln y entró por la puerta de detrás del conductor. Haller estaba al otro lado, con su portátil abierto en el escritorio plegable. Bosch sabía que estaba robando Wi-Fi del Starbucks.

—Aquí está —dijo el abogado—. Boyd, ¿por qué no vas a buscarnos un par de cafés con leche? ¿Quieres algo, Harry?

—No, gracias.

Haller le entregó un billete de veinte dólares por encima del asiento y el chófer salió del coche sin decir una palabra y cerró la puerta. Bosch y Haller se quedaron solos. Bosch le entregó el paquete a través del asiento.

—Protégelo con tu vida —dijo Bosch.

—Oh, lo haré —aseguró Haller—. Voy a llevarlo ahora mismo. Iré a CellRight si te parece bien. Está cerca, es fiable y acreditado.

—Si a ti te parece bien, adelante. ¿Cómo irá esto a partir de ahora?

—Lo entrego hoy y, probablemente, tendremos un sí o un no el viernes. Comparando abuelo a nieto, estamos hablando de un traspaso del veinticinco por ciento de cromosomas. Tienen mucho material para trabajar.

—¿Qué pasa con las cosas de Dominick?

—Esperaremos con eso. Veamos adónde nos llevan primero las muestras.

—Vale. ¿Y has mirado ya el testamento?

—Todavía no, pero lo tendré al final del día. He oído que decían que el difunto no tenía heredero de sangre.

—Entonces ¿qué hacemos?

—Bueno, esperamos confirmación de CellRight y, si la recibimos, preparamos todo el paquete y pedimos un requerimiento.

—¿Para qué?

—Solicitamos al tribunal que detenga la distribución de la herencia. Decimos: «Espere un momento, tenemos una heredera válida y un testamento ológrafo y los medios para demostrar la autenticidad». Luego nos preparamos para la carnicería.

Bosch asintió.

—Vendrán a por nosotros —continuó Haller—. A por ti, a por mí, a por la heredera, a por todo el mundo. No te equivoques, somos todos objetivos. Tratarán de dejarnos como charlatanes. Puedes contar con eso.

—He avisado a Vibiana —dijo Bosch—. Pero no creo que haya entendido lo implacables que pueden llegar a ser.

—Veamos los resultados del ADN. Si, como pensamos, ella es la heredera, entonces cerramos filas y nos preparamos. Probablemente, tendremos que trasladarla y esconderla.

—Tiene un hijo.

—Al hijo también, entonces.

—Necesita un espacio grande para trabajar.

—Puede que su trabajo tenga que esperar.

—Vale.

Bosch pensó que eso no le sentaría demasiado bien a Vibiana.

—Le conté lo que dijiste de que era dinero para cambiar el mundo —dijo—. Creo que eso la convenció.

—Siempre lo hace.

Haller se agachó para mirar a través de la ventana y ver si su conductor estaba esperando a ponerse al volante. No había rastro de él.

—Oí en el Foltz que has presentado cargos contra el amo de la mazmorra —dijo Haller.

—No lo llames así —pidió Bosch—. Hace que suene como una broma, y conozco a la mujer que estuvo allí. Va a enfrentarse con las consecuencias de eso durante mucho tiempo.

—Lo siento, soy solo un abogado defensor desalmado. ¿Todavía no tiene abogado?

—No lo sé. Pero te digo que no quieres ese caso. El tipo es un psicópata despiadado. Mejor que no te acerques.

—Cierto.

—Este tipo se merece la pena de muerte, en mi opinión. Pero no ha matado a nadie, que sepamos, por el momento.

Por la ventanilla, Bosch vio al chófer de pie delante de la cafetería. Sostenía dos tazas de café y esperaba que lo llamaran de vuelta al Lincoln. Le pareció a Bosch que estaba mirando algo por la calle. Luego hizo una leve señal de asentimiento con la cabeza.

—Acaba de...

Bosch se volvió y miró por los cristales tintados del Lincoln para tratar de ver lo que estaba mirando el chófer.

—¿Qué? —preguntó Haller.

—Tu chófer —dijo Bosch—. ¿Desde cuándo lo tienes?

—¿A quién, a Boyd? Hará un par de meses.

—¿Es uno de tus proyectos de reforma?

Bosch se inclinó hacia delante para mirar por la ventanilla del lado de Haller. El abogado tenía la costumbre de contratar a sus clientes como conductores para ayudarles a pagar sus tarifas legales, las que le debían a él.

—Le he ayudado en un par de roces —explicó Haller—. ¿Qué pasa?

—¿Has mencionado CellRight en su presencia? —preguntó Bosch a modo de respuesta—. ¿Sabe adónde llevamos las muestras?

Bosch había sumado dos y dos. Había olvidado esa mañana inspeccionar su casa y la calle en busca de cámaras, pero recordó que Creighton había mencionado a Haller durante la confrontación en el vestíbulo de la comisaría. Si sabían de él, entonces también podrían tenerlo bajo vigilancia. Podría haber un plan para interceptar las muestras de ADN o antes de que llegaran a CellRight o una vez que las hubieran entregado.

—Eh, no, no le he dicho adónde vamos —dijo Haller—. No he hablado con él en el coche. ¿Qué está pasando?

—Probablemente te están vigilando —dijo Bosch—. Y él podría estar implicado. Acabo de verlo haciendo una señal a alguien.

—Cabrón. Entonces se juega el culo. Voy a…

—Espera un segundo. Vamos a pensar en esto. ¿Vas a…?

—Espera.

Haller levantó la mano para impedir que Bosch hablara. Cogió el portátil y cerró el escritorio. Se levantó y se inclinó por encima del asiento hacia el volante. Bosch oyó el zumbido del cierre neumático al abrirse el maletero del coche.

Haller bajó del Lincoln y se dirigió al maletero. Enseguida Bosch oyó que este se cerraba de golpe y Haller volvió a entrar en el coche con un maletín. Lo abrió y a continuación accedió al compartimento secreto que había en su interior. Tenía un dispositivo electrónico escondido en aquel hueco. Lo encendió con un interruptor y dejó el maletín en el asiento entre ellos.

—Es un inhibidor de frecuencia —explicó—. Me lo llevo a todas las reuniones que tengo con clientes reclusos, nunca se sabe quién está escuchando. Si alguien nos está escuchando ahora, estará recibiendo un montón de ruido blanco.

Bosch estaba impresionado.

—Acabo de comprar uno de esos —dijo—. Pero no venía en un maletín elegante.

—Lo acepté como pago parcial de un antiguo cliente. Un correo de cártel. No iba a necesitarlo en el lugar al que iba. ¿Cuál es tu plan?

—¿Conoces otro sitio para llevar las muestras?

Haller asintió.

—California Coding en Burbank —dijo—. Estaba entre ellos y CellRight, y CellRight aceptó la urgencia.

—Devuélveme el paquete —dijo Bosch—. Llevaré los tubos a CellRight. Tú lleva un paquete falso a California Coding. Hazles creer que es allí donde hacen los análisis.

Bosch sacó los tubos extra que contenían muestras de Vibiana y Gabriela del bolsillo de su chaqueta. No tenía uno extra de Whitney Vance, de manera que, para vender el engaño en caso de que los tubos cayeran en manos equivocadas, usó el rotulador para cambiar las iniciales marcadas en los tubos. Transformó V-V en W-V y G-L en un G-E elegido al azar. Después pidió el sobre acolchado. Cogió los tubos que contenían muestras de Vance, Lida y Veracruz y se las guardó en el bolsillo de la chaqueta. Por último, puso los dos tubos alterados en el sobre y se lo devolvió a Haller.

—Lleva esos a California Coding y pide una comparación a ciegas —dijo—. No dejes que tu chófer ni nadie piense que crees que te están siguiendo. Yo iré a CellRight.

—Entendido. Todavía quiero darle una patada en el culo. Míralo ahí.

Bosch miró al chófer otra vez. Ya no estaba mirando a través de la calle.

—Ya habrá tiempo para eso después. Y te ayudaré.

Haller estaba escribiendo algo en una libreta. Terminó, arrancó la hoja y se la pasó a Bosch.

—Es la dirección de CellRight y mi contacto allí —dijo Haller—. Está esperando el paquete.

Bosch reconoció la dirección. CellRight estaba cerca de Cal State, donde se hallaba el laboratorio del Departamento de Policía de Los Ángeles. Podía llegar allí en diez minutos, pero tardaría treinta para asegurarse de que no lo seguían.

Abrió su puerta y se volvió a mirar a Haller.

—Guarda cerca ese maletín de cártel —dijo.

—Descuida —aseguró Haller—. Lo haré.

Bosch asintió.

—Después de dejar esto voy a ir a ver a Ida Townes Forsythe —anunció.

—Bien —dijo Haller—. La queremos de nuestro lado.

Bosch salió justo cuando Boyd se acercaba a la puerta del conductor. Harry no le dijo nada. Fue a su propio coche, se sentó al volante y observó el cruce cuando el Lincoln de Haller salió a César Chávez para dirigirse al oeste. Había un montón de tráfico circulando en el cruce, pero Bosch no vio ningún vehículo que le pareciera sospechoso o que pudiera estar siguiendo al Lincoln.

38

La entrega en CellRight se produjo sin incidentes después de que Bosch tomara diversas medidas antivigilancia, entre ellas rodear por completo el Dodger Stadium en Chávez Ravine. Después de entregar en mano los tres tubos al contacto de Haller, Bosch se dirigió a la autovía 5 y puso rumbo al norte. Por el camino se desvió en la salida de Magnolia en Burbank para continuar con su patrón de ruta enrevesado y comprar un sándwich de carne en Giamela's. Se lo comió en el coche y mantuvo la mirada en la entrada y salida del aparcamiento.

Estaba dejando el envoltorio de sándwich vacío en la bolsa cuando sonó su móvil al recibir una llamada de Lucía Soto, su antigua compañera en el Departamento de Policía de Los Ángeles.

—¿Cómo está Bella Lourdes? —preguntó.

A pesar de que el nombre de Lourdes no se había hecho público, el rumor había corrido como la pólvora.

—¿Conoces a Bella? —preguntó Bosch.

—Un poco. De Las Hermanas.

Bosch recordó que Soto formaba parte de un grupo informal de detectives de policía latinas de todos los departamentos del condado. No eran muchas, así que el grupo había forjado algunos vínculos sólidos.

—Nunca me dijo que te conocía —dijo Bosch.

—No quería que supieras que me preguntaba por ti —explicó Soto.

—Bueno, lo ha pasado mal. Pero es dura. Creo que se recuperará.

—Eso espero. Es una historia espantosa.

Soto esperó un poco a que él empezara a contar los detalles, pero Bosch se quedó callado. Ella finalmente lo entendió.

—He oído que habéis presentado cargos hoy —dijo—. Espero que lo tengáis bien pillado.

—No irá a ninguna parte.

—Me alegro de oírlo. Bueno, Harry, ¿cuándo vamos a comer para ponernos al día? Te echo de menos.

—Maldición, acabo de comer. Pero quedemos pronto. La próxima vez que venga al centro. Yo también te echo de menos.

—Nos vemos, Harry.

Bosch salió del aparcamiento y siguió una ruta sinuosa hacia el oeste con destino a South Pasadena. Pasó cuatro veces por delante de la casa de Ida Townes Forsythe en Arroyo Drive en el curso de treinta minutos, fijándose cada una de ellas en los coches aparcados en la calle y en cualquier otra cosa que pudiera indicar que la secretaria de tanto tiempo de Whitney Vance estaba siendo vigilada. No vio ningún indicador de ello y, después de pasar un par de veces por el callejón de detrás de la casa, decidió que era seguro llamar a la puerta.

Aparcó en una calle lateral y caminó hasta Arroyo. La casa de Forsythe tenía mucho mejor aspecto en directo que lo que había visto en Google Street View. Era una vivienda clásica de estilo California Craftsman que había sido cuidada con meticulosidad. Entró en un largo porche delantero y llamó a una puerta con artesonado de madera. No tenía ni idea de si Forsythe estaba en casa o todavía tenía obligaciones que cumplir en la mansión de Vance. Si ese era el caso, estaba preparado para esperar hasta que ella regresara.

Pero no tuvo que llamar una segunda vez. La mujer a la que había venido a ver abrió la puerta y lo miró con ojos que no registraban ninguna familiaridad.

—¿Señora Forsythe?

—Señorita.

—Disculpe, señorita Forsythe. ¿Me recuerda? ¿Harry Bosch? Vine a ver al señor Vance la semana pasada.

Esta vez apareció el reconocimiento.

—Por supuesto. ¿Por qué está aquí?

—Eh, bueno, primero quiero expresarle mis condolencias. Sé que usted y el señor Vance trabajaron juntos mucho tiempo.

—Sí. Ha sido un *shock*. Sé que era anciano y estaba enfermo, pero no esperas que un hombre de tanta fuerza y presencia desaparezca de repente. ¿Qué puedo hacer por usted, señor Bosch? Supongo que lo que estaba investigando para el señor Vance ya no importa.

Bosch decidió que la mejor táctica sería ir de frente.

—He venido porque quiero hablarle del paquete que el señor Vance le pidió que me enviara por correo la semana pasada.

La mujer del umbral se quedó paralizada durante casi diez segundos antes de responder. Parecía asustada.

—Sabe que me están vigilando, ¿no?

—No, no lo sé —dijo Bosch—. Antes de llamar he mirado y no he visto a nadie. Pero si ese es el caso debería invitarme a pasar. He aparcado a la vuelta de la esquina. Ahora mismo, quedarme en la puerta es lo único que delata que estoy aquí.

Forsythe torció el gesto, pero luego se hizo atrás y abrió la puerta del todo.

—Pase.

—Gracias —dijo Bosch.

El vestíbulo de entrada era ancho y profundo. Forsythe condujo a Bosch hasta una salita trasera, junto a la cocina, donde no había ventanas que dieran a la calle. Señaló una silla.

—¿Qué es lo que quiere, señor Bosch?

Bosch se sentó, con la esperanza de que así la convencería de hacer lo mismo, pero ella permaneció de pie. Harry no quería que fuera una conversación de enfrentamiento.

—Bueno, en primer lugar, necesito confirmar lo que he dicho en la puerta —comenzó Bosch—. Me envió ese paquete, ¿no?

Forsythe cruzó los brazos.

—Sí —confirmó—. Porque el señor Vance me lo pidió.

—¿Sabía lo que contenía? —preguntó Bosch.

—Entonces no. Ahora lo sé.

Esto preocupó de inmediato a Bosch. ¿Los guardianes de la corporación le habían preguntado sobre ello?

—¿Cómo lo sabe ahora? —preguntó.

—Porque después de que falleciera el señor Vance y se llevaran su cadáver me pidieron que cerrara su despacho —dijo—. Al hacerlo me fijé en que faltaba su pluma. Fue entonces cuando me acordé del objeto pesado en ese paquete que me pidió que le enviara.

Bosch asintió con alivio. Sabía lo de la pluma. Pero, si no sabía nada del testamento, entonces probablemente nadie más lo sabía. Eso daría ventaja a Haller cuando diera el paso con él.

—¿Qué le dijo el señor Vance cuando le dio el paquete para mí?

—Me pidió que lo guardara en mi bolso y que me lo llevara a casa. Dijo que quería que fuera a correos y se lo enviara a la mañana siguiente antes de ir a trabajar. Hice lo que me dijo.

—¿Le preguntó si lo había hecho?

—Sí, fue lo primero que hizo cuando llegué esa mañana. Le dije que acababa de ir a la oficina de correos y se sintió complacido.

—¿Si le mostrara el sobre que me dirigió a mí, cree que podría identificarlo?

—Probablemente. Tenía mi letra. Reconocería eso.

—Y si escribiera todo esto tal y como lo ha recordado en una declaración jurada, ¿estaría dispuesta a firmarla delante de un notario?

—¿Por qué iba a hacer eso? ¿Para demostrar que era su pluma? Si va a venderla, me gustaría tener la oportunidad de comprársela. Pagaría por encima del precio de mercado.

—No se trata de eso. No voy a vender la pluma. Había un documento en el paquete que podría ser cuestionado y puede que necesite demostrar, lo mejor que pueda, cómo llegó a mi posesión. La pluma, que era una reliquia familiar, será útil en ese proceso, pero una declaración firmada suya también lo sería.

—No quiero enfrentarme con el consejo de administración, si es lo que me está pidiendo. Esos tipos son animales. Venderían a sus propias madres por una parte de ese dinero.

—No la arrastraría más de lo que ya va a estarlo, señorita Forsythe.

La mujer finalmente se acercó a una de las otras sillas de la sala y se sentó.

—¿Qué quiere decir? —dijo—. No tengo nada que ver con todo eso.

—El documento del paquete era un testamento manuscrito —desveló Bosch—. La nombra beneficiaria.

Bosch estudió su reacción. Parecía desconcertada.

—¿Está diciendo que recibiré dinero o algo?

—Diez millones de dólares —precisó Bosch.

Bosch vio que sus pupilas destellaban un momento al darse cuenta de que iba a heredar una parte de la fortuna. Forsythe levantó el brazo derecho y cerró un puño contra el pecho. Bajó la barbilla, pero Bosch todavía podía ver que le temblaban los labios cuando brotaron las lágrimas. Bosch no estaba seguro de cómo interpretarlo.

Pasó un buen rato antes de que Forsythe levantara la cabeza y hablara.

—No esperaba nada —admitió—. Yo era una empleada. No era familia.

—¿Ha estado en la casa esta semana? —preguntó Bosch.

—No, no desde el lunes. Al día siguiente. Fue entonces cuando me informaron de que ya no se requerían mis servicios.

—¿Y estuvo allí el domingo cuando murió el señor Vance?

—Me llamó y me pidió que fuera. Dijo que quería escribir algunas cartas. Me pidió que fuera después de comer y lo hice. Fui yo quien lo encontró en su oficina cuando entré allí.

—¿Le permitieron entrar sin escolta?

—Sí, siempre tuve ese privilegio.

—¿Llamó a una ambulancia?

—No, porque estaba claro que había muerto.

—¿Estaba en su escritorio?

—Sí, murió en su escritorio. Estaba caído hacia delante y un poco ladeado. Parecía que había muerto rápido.

—Así que llamó a seguridad.

—Avisé al señor Sloan y él entró y llamó a alguien del personal que tenía formación médica. Intentaron una cardiorreanimación, pero no sirvió de nada. Estaba muerto. El señor Sloan llamó a la policía.

—¿Sabe cuánto tiempo lleva trabajando para Vance el señor Sloan?

—Mucho tiempo. Diría que como mínimo veinticinco años. Él y yo éramos los más veteranos.

Forsythe se dio uno toquecitos en los ojos con un pañuelo que a Bosch le pareció que se había materializado de la nada.

—Cuando conocí al señor Vance, él me dio un número de teléfono y me dijo que era de un móvil —dijo Bosch—. Dijo que lo llamara si hacía algún progreso con mi investigación. ¿Sabe qué ocurrió con ese teléfono?

Forsythe negó con la cabeza de inmediato.

—No sé nada de eso.

—Llamé varias veces y dejé mensajes —insistió Bosch—. Y el señor Sloan también me llamó desde ese número. ¿Lo vio coger algo del escritorio de la oficina después de que el señor Vance estuviera muerto?

—No, me dijo que cerrara la oficina después de que sacaran el cadáver. Y no vi ningún móvil.

Bosch asintió.

—¿Sabe para qué me contrató el señor Vance? —preguntó—. ¿Lo habló con usted?

—No —dijo ella—. Nadie lo sabía. Todo el mundo en la casa tenía curiosidad, pero no le contó a nadie lo que estaba haciendo.

—Me contrató para descubrir si tenía un heredero. ¿Sabe si tenía a alguien vigilándome?

—¿Por qué iba a hacer eso?

—No estoy seguro, pero el testamento que escribió y que le hizo enviarme asume claramente que yo había encontrado un heredero vivo. Pero nunca volvimos a hablar después del día que lo visité en la mansión.

Forsythe entrecerró los ojos como si tuviera problemas para seguir el hilo de la narración.

—Bueno, no lo sé —dijo—. Ha dicho que llamó a ese número y dejó mensajes. ¿Qué le contó?

Bosch no le respondió. Recordó que había dejado un mensaje cuidadosamente expresado que podía relacionarse con la historia de tapadera de encontrar a James Aldridge. Pero también podía tomarse como un mensaje de que Bosch había encontrado un heredero.

Decidió poner fin a la conversación con Forsythe.

—Señorita Forsythe —dijo—, debería pensar en contratar un abogado que la represente en esto. Probablemente, será desagradable cuando el testamento se presente en el tribunal de sucesiones. Tiene que protegerse. Yo estoy trabajando con un abogado llamado Michael Haller. Que la persona a la que contrate contacte con él.

—No conozco abogados a los que pueda llamar —dijo.

—Pida una recomendación a sus amigos. O al director de su banco. En los bancos tratan con abogados de herencias a todas horas.

—Está bien, lo haré.

—Y no ha respondido respecto a la declaración jurada. La escribiré hoy y se la traeré mañana para que la firme. ¿De acuerdo?

—Sí, por supuesto.

Bosch se levantó.

—¿Ha visto a alguien vigilando la casa?

—He visto coches que no son de aquí. Pero no puedo estar segura.

—¿Quiere que salga por detrás?

—Será lo mejor.

—No hay problema. Deje que le dé mi número. Llámeme si tiene dificultades o si alguien empieza a hacerle preguntas.

—De acuerdo.

Bosch le entregó una tarjeta de visita y ella lo acompañó a la puerta de atrás.

39

El trayecto era sencillo desde South Pasadena hasta la autovía de Foothill y luego al oeste hacia San Fernando. Por el camino, Bosch llamó a Haller para contarle que había completado tanto la entrega en CellRight como la entrevista con Ida Townes Forsythe.

—Acabo de salir de California Coding —dijo Haller—. La semana que viene nos darán los resultados.

Bosch se dio cuenta de que todavía estaba en el coche con Boyd al volante y estaba jugando con él, vendiendo el señuelo de la entrega de las muestras de ADN.

—¿Has visto alguna señal de vigilancia? —preguntó Bosch.

—Todavía no —dijo Haller—. Háblame de la entrevista.

Bosch contó la conversación con Forsythe y dijo que escribiría una declaración para que ella la firmara al día siguiente.

—¿Tienes un notario que quieras usar? —preguntó.

—Sí, puedo prepararlo, o puedo ser testigo yo mismo —dijo Haller.

Bosch dijo que se mantendrían en contacto y colgó. Llegó a la comisaría del Departamento de Policía de San Fernando poco antes de las cuatro de la tarde. Esperaba que la sala de detectives estuviera desierta tan tarde, pero vio que en la oficina del capitán la luz estaba encendida y la puerta estaba cerrada. Apoyó la cabeza en la jamba para oír si Treviño estaba al teléfono, pero no oyó nada. Llamó a la puerta, esperó, y Treviño abrió de repente.

—Harry, ¿qué pasa?

—Solo quería que supiera que he presentado cargos contra Dockweiler hoy. De veinte a sesenta años en total si lo condenan por todo lo que se lo acusa.

—Es una noticia excelente. ¿Qué pensaban de nuestro caso?

—Han dicho que es sólido. El fiscal me ha dado una lista de cosas que quiere que prepare antes del preliminar y he pensado en ir empezando.

—Bien. Bien. Entonces ¿ya está asignado?

—Sí, Dante Corvalis está desde el principio. Es uno de los mejores. Nunca ha perdido un caso.

—Fantástico. Bueno, adelante. Yo me iré a casa enseguida.

—¿Cómo está Bella? ¿Ha estado en el hospital hoy?

—No he pasado hoy, pero he oído que está bien. Dijeron que iban a enviarla a casa mañana y se ha alegrado de ello.

—Será bueno para ella estar con Taryn y su hijo.

—Sí.

Los dos seguían de pie a la puerta de la oficina de Treviño. Bosch sintió que el capitán tenía algo más que decir, pero se hizo un silencio incómodo entre ellos.

—Bueno, tengo que escribir unas cosas. —Bosch se volvió hacia su escritorio.

—Eh, Harry —dijo Treviño—. ¿Puede entrar un momento?

—Claro.

El capitán retrocedió en su despacho y se colocó detrás de su escritorio. Le pidió a Bosch que se sentara y Harry lo hizo en el único asiento disponible.

—¿Es porque usé el ordenador de Tráfico en mi caso privado? —preguntó.

—Oh, no —dijo Treviño—. Ni mucho menos. Eso ya es agua pasada.

Hizo un gesto hacia los papeles que estaban en su mesa.

—Estoy trabajando en el programa de despliegue —dijo—. Me encargo de todo el departamento. En patrulla estamos bien, pero con los detectives no. Obviamente, nos falta uno, dado que Bella está de baja, y ahora mismo no hay manera de saber cuándo va a volver.

Bosch asintió con la cabeza.

—Hasta que se deshaga ese misterio, hemos de mantener su puesto abierto —dijo Treviño—. Así que he hablado de esto con el jefe hoy y acudirá al ayuntamiento para solicitar una financiación temporal. Nos gustaría que trabajara a tiempo completo. ¿Qué opina?

Bosch pensó un momento antes de responder. No se esperaba la oferta, y menos de Treviño, al que Bosch nunca había convencido.

—¿Quiere decir que no sería reserva? ¿Me pagarían?

—Sí, señor. Salario estándar de nivel 3. Sé que ganaba más en Los Ángeles, pero es lo que pagamos.

—¿Y me ocuparía de los casos de Delitos Contra Personas?

—Bueno, en la mayor parte creo que estaría preparando el caso Dockweiler, y no queremos olvidarnos de Casos Abiertos. Pero, sí, si surgen casos de Delitos Contra Personas, se ocupará. Trabajaría con Sisto cuando necesite salir.

Bosch asintió. Era bueno que lo quisieran, pero no estaba preparado para comprometerse a tiempo completo en San Fernando. Suponía que el caso Vance y su papel como albacea de su testamento le ocuparía más tiempo en el futuro próximo, sobre todo con la preparación de una posible batalla legal sobre la herencia.

Treviño interpretó mal su silencio.

—Mire. Sé que tuvo un enganchón con Sisto en la oficina de Obras Públicas, pero creo que solo fue un calentón del momento. Cuando encontraron y rescataron a Bella parecía que estaban trabajando bien juntos. ¿Me equivoco?

—No tengo problemas con Sisto —dijo Bosch—. Quiere ser un buen detective y con eso ya tiene media batalla ganada. Pero ¿y usted? Quería despedirme anoche. ¿Fue también un calentón?

Treviño levantó la mano en señal de rendición.

—Harry, sabe que he tenido problema con este plan desde el principio —dijo—. Pero se lo diré: me equivocaba. Mire este caso, el Enmascarado. Lo atrapamos por su trabajo y lo aprecio. Entre usted y yo no hay problema, por lo que a mí respecta. Y, solo para que lo sepa, esto no fue idea del jefe. Acudí a él y le dije que quería contratarlo a tiempo completo.

—Lo agradezco. Entonces significaría el final de mi trabajo privado.

—Podemos hablar con el jefe si cree que necesita mantener la licencia privada. ¿Qué dice?

—¿Y la investigación de los disparos? ¿No hemos de esperar un decisión oficial del *sheriff* sobre eso y lo que ocurra en la fiscalía?

—Vamos… Sabemos que fueron disparos justificados. Pueden cuestionar las tácticas, pero los disparos son indiscutibles, nadie parpadeará. Además, todo el mundo entiende que con Bella de baja estamos en un brete con el personal y es decisión del jefe.

Bosch asintió. Tenía la sensación de que podía seguir haciendo preguntas y Treviño diría que sí a cualquier cosa.

—Capitán, ¿puedo tomarme la noche para pensarlo y hablamos mañana?

—Claro, Harry, no hay problema. Hágamelo saber.

—Recibido.

Bosch salió del despacho del capitán, cerró la puerta a su espalda y entró en su cubículo. La verdadera razón para venir a comisaría era utilizar la impresora una vez que hubiera escrito la declaración jurada de Forsythe. Pero no quería empezar ese documento con la posibilidad de que Treviño saliera de su oficina y viera lo que estaba haciendo. Así que Bosch dejó pasar el tiempo hasta que Treviño se marchó repasando la lista de cosas pendientes que había escrito durante la reunión de la mañana con Dante Corvalis.

Entre otras peticiones, el fiscal quería declaraciones actualizadas y firmadas de todas las víctimas conocidas de Dockweiler. Bosch añadió preguntas específicas que necesitaban encontrar respuesta en las declaraciones. Estas se introducirían en el registro de la vista preliminar del caso contra Dockweiler y evitarían que las víctimas tuvieran que testificar. Lo único que se requería en una vista preliminar era que el fiscal presentara un caso *prima facie* que sostuviera los cargos. Demostrar la culpa más allá de una duda razonable era algo reservado para el juicio. La carga de presentar el caso en la vista preliminar correspondería sobre todo a Bosch, pues sería él quien testificaría sobre la investigación que condujo a Dockweiler. Corvalis había dicho que, a menos que fuera absolutamente necesario, quería evitar que las víctimas de violación subieran al estrado de los testigos y tuvieran que revivir en público el horror de lo que les había ocurrido. Solo quería que ocurriera una vez, y sería en el momento en que contaría. En un juicio.

Bosch estaba a medio camino de crear una plantilla de preguntas que presentar a las víctimas cuando Treviño salió y cerró su despacho después de apagar la luz.

—Bueno, Harry. Me voy.

—Buenas noches y descanse.

—¿Viene mañana?

—Todavía no estoy seguro. Estaré aquí o lo llamaré con mi respuesta.

—Muy bien.

Bosch observó por encima de la mampara del cubículo a Treviño, que llegó a la pizarra de asistencia y firmó su salida. El capitán no dijo ni una palabra de que Bosch no hubiera fichado al entrar.

Treviño se marchó enseguida y Bosch se quedó solo en la oficina. Guardó su trabajo de la plantilla para los testigos y abrió otro documento en blanco. Entonces escribió una declaración jurada que empezaba con las palabras: «Yo, Ida Townes Forsythe...».

Tardó menos de una hora en completar dos páginas escasas de hechos básicos, porque sabía por años de tratar con testigos, declaraciones juradas y abogados que, cuantos menos hechos pusiera en el documento, menos ángulos de ataque tendrían los abogados de la parte contraria.

Imprimió dos copias para que Forsythe las firmara, una para presentar en el tribunal y otra para guardarla en un archivo que contenía copias de todos los documentos importantes del caso.

Mientras estaba junto a la impresora, vio en el tablón de anuncios de la unidad una hoja para que la gente se apuntara en un torneo de bolos para recaudar fondos para una compañera agente de baja. Se referían a la agente como 11-David, que Bosch sabía que era la señal de llamada de radio utilizada por Bella Lourdes. El anuncio explicaba que, aunque ella recibiría el ciento por ciento de la paga durante la baja, se esperaba que incurriera en diversos gastos extra no cubiertos por el seguro de accidentes y el plan médico del departamento recientemente recortado. Bosch suponía que esos gastos estaban relacionados con sesiones de psicoterapia que ya no cubría el seguro que proporcionaba el departamento. Desde el viernes por la noche, el torneo de bolos continuaría el máximo tiempo posible y la colaboración propuesta era de un dólar por partida, una estimación de cuatro dólares por hora.

Bosch vio que Sisto pertenecía a uno de los equipos. Sacó un bolígrafo del bolsillo y escribió su nombre debajo del de Treviño en la lista de colaboradores. El capitán se había apuntado por cinco dólares la partida y Bosch puso lo mismo.

Una vez que volvió a su escritorio, Bosch llamó a Haller. Como de costumbre, el abogado estaba en el asiento de atrás de su Lincoln, siendo conducido a alguna parte de la ciudad.

—Tengo la declaración jurada lista y puedo volver en cualquier momento en que me prepares un notario —anunció.

—Bien —dijo Haller—. Me gustaría conocer a Ida, así que podríamos ir todos. ¿Qué te parece mañana a las diez?

Bosch se dio cuenta de que no le había pedido un número de teléfono a Forsythe. No tenía forma de contactar con ella para concertar una cita. Dudaba que saliera en la guía, considerando el trabajo que había estado haciendo para uno de los hombres más huraños del mundo.

—Por mí, bien —dijo—. Deberíamos encontrarnos en su casa. Llegaré antes y me aseguraré de que está allí. Tú trae al notario.

—Hecho —dijo Haller—. Mándame la dirección por correo electrónico.

—Lo haré. Y otra cosa. ¿Los documentos originales del paquete que recibí? ¿Los necesitas mañana o cuando vayamos a juicio?

—No, guárdalos donde los tengas, siempre que estén a salvo.

—Lo están.

—Bien. No sacaremos originales hasta que nos lo exija una orden judicial.

—Entendido.

Colgaron. Con su trabajo terminado, Bosch cogió las copias de la declaración jurada de Forsythe de la bandeja de la impresora y salió de comisaría. Se dirigió al aeropuerto de Burbank, porque había decidido que podría ser conveniente hacer otro cambio de coche más para encaminarse a lo que parecían ser los pasos finales decisivos del caso Vance.

Entró en el carril de devolución de Hertz, recogió sus pertenencias, incluido el inhibidor GPS, y dejó allí el Cherokee. Decidió cambiar las cosas un poco más al ir al mostrador de Avis de la terminal para alquilar un sustituto. Mientras esperaba en la cola para alquilar, pensó en Forsythe y su relato de lo que había sucedido en los días posteriores a su visita a Whitney Vance. La mujer tenía una visión y conocimiento únicos de las idas y venidas dentro de la mansión de San Rafael. Decidió que prepararía más preguntas para la programada reunión del día siguiente.

Estaba oscuro cuando llegó a Woodrow Wilson Drive. Al girar en la última curva vio un coche aparcado junto a la acera delante de su casa y sus faros iluminaron a dos figuras sentadas dentro, esperando. Bosch pasó de largo mientras trataba de descubrir quién podría ser y por qué habían aparcado delante de su casa, delatando su posición. Rápidamente llegó a una conclusión y la expresó en voz alta.

—Policías.

Supuso que serían detectives del *sheriff* con preguntas de seguimiento respecto a los disparos a Dockweiler. Dio la vuelta en el cruce de Mulholland Drive, se dirigió de nuevo a su casa y aparcó el Ford Taurus que había alquilado en su cochera sin vacilación. Después de cerrar el coche, salió caminando hacia la calle para mirar el buzón y poder ver la placa de matrícula. Los dos hombres ya estaban bajando del coche.

Bosch miró el buzón y lo encontró vacío.

—¿Harry Bosch?

Bosch se volvió hacia la calle. No reconoció a ninguno de los hombres como parte del equipo de investigación de disparos del *sheriff* que habían trabajado la otra noche en la escena de Dockweiler.

—Sí. ¿Qué pasa, colegas?

Al unísono los dos hombres sacaron placas doradas que captaron el reflejo de la farola que tenían encima. Los dos eran blancos, de unos cuarenta y cinco años y vestidos con trajes de policía obvios, es decir, sacados de un dos por uno.

Bosch se fijó en que uno de ellos llevaba una carpeta negra bajo el brazo. Era un pequeño detalle, pero Bosch sabía que las carpetas estándar usadas por el Departamento del Sheriff eran verdes. La policía de Los Ángeles las usaba azules.

—Departamento de Policía de Pasadena —dijo uno de ellos—. Soy el detective Poydras y él es el detective Franks.

—¿Pasadena? —dijo Bosch.

—Sí, señor —confirmó Poydras—. Estamos trabajando en un caso de homicidio y nos gustaría hacerle unas preguntas.

—Dentro, si no le importa —añadió Franks.

Homicidio. Las sorpresas no paraban. Una visión de la expresión atemorizada de Ida Townes Forsythe cuando dijo que la estaban vigilando cruzó por la mente de Bosch. Se quedó quieto y miró a sus dos visitantes.

—¿A quién han matado? —preguntó.

—A Whitney Vance —dijo Poydras.

40

Bosch hizo sentarse a los detectives de Pasadena a la mesa del comedor y se acomodó frente a ellos. No les ofreció agua, café ni nada. Franks había traído la carpeta. La dejó a un lado de la mesa.

Aunque los dos detectives parecían de la misma edad, todavía faltaba por ver quién cortaba el bacalao: cuál de los dos era el más veterano de la pareja, cuál de los dos era el perro alfa.

Bosch apostaba que era Poydras. Era el que había hablado primero y el que se había sentado al volante del coche. Era posible que Franks llevara la carpeta, pero esos dos primeros hechos eran signos claros de que estaba desempeñando un papel secundario al de Poydras. Otra señal era la cara de dos tonos de Franks. Tenía la frente blanca como un vampiro, pero había una clara línea de demarcación donde la parte inferior de su rostro tenía un bronceado rojizo. Eso le decía a Bosch que, probablemente, jugaba con frecuencia a *softball* o a golf. Como Franks tenía cuarenta y tantos, Bosch suponía que sería golf. Era un pasatiempo popular entre los detectives de homicidios, porque encajaba con las cualidades obsesivas que se requerían para el trabajo. Sin embargo, Bosch se había fijado en que en ocasiones el golf se convertía en una obsesión mayor que el trabajo de homicidios. Terminabas con tipos con caras de dos tonos que ocupaban un papel secundario en la pareja de detectives porque siempre estaban pensando en el siguiente partido y en a quién podían llevar al siguiente recorrido.

Años atrás, Bosch había tenido un compañero llamado Jerry Edgar. Bosch se sentía como la esposa abandonada de un golfista por la obsesión de Edgar. Una vez estaban trabajando en un caso y habían tenido que ir a Chicago para encontrar y detener a un sospechoso de homicidio. Cuando Bosch llegó al LAX para el vuelo, vio a Edgar facturando sus palos de golf en el mostrador de equipaje. Edgar le contó que planeaba quedarse un día más en Chicago, porque conocía a un tipo que podía darle acceso al Medinah. Bosch supuso que se trataba de un campo de golf. Los dos días siguientes, mientras buscaban a su sospechoso de asesinato, condujeron con un juego de palos de golf en el maletero de su coche alquilado.

Sentado a la mesa frente a los dos hombres de Pasadena, Bosch decidió que Poydras llevaba la voz cantante. Mantuvo su atención en él.

Bosch empezó con una pregunta antes de que ellos pudieran hacerlo.

—¿Cómo mataron a Vance? —preguntó.

Poydras esbozó una sonrisa incómoda.

—No vamos a hacerlo así —dijo—. Estamos aquí para hacer preguntas, no al contrario.

Franks levantó una libreta que había sacado del bolsillo como para mostrar que estaba allí para anotar información.

—Pero esa es la cuestión, ¿no? —repuso Bosch—. Si quieren respuestas de mí, entonces yo quiero respuestas de ustedes. Es un intercambio.

Bosch movió una mano atrás y adelante entre ellos para indicar un trato igual y libre.

—Ah, no, no intercambiamos —dijo Franks—. Una llamada a Sacramento y le retiramos su licencia de detective privado por conducta no profesional. Eso es lo que hacemos. ¿Qué le parecería?

Bosch bajó la mano a su cinturón y sacó su placa de San Fernando. La dejó en la mesa delante de Franks.

—Estaría bien —dijo—. Tengo otro trabajo.

Franks se inclinó hacia delante y miró la placa, luego, hizo una mueca.

—Es un agente en la reserva —dijo—. Si lleva eso y un dólar a Starbucks puede que le den una taza de café.

—Acaban de ofrecerme un trabajo a jornada completa hoy —manifestó Bosch—. Recibiré la nueva placa mañana. Aunque no es que lo que diga en una placa importe.

—Me alegro mucho por usted —dijo Franks.

—Adelante, llamen a Sacramento —accedió Bosch—. A ver qué pueden hacer.

—Mire, ¿qué tal si dejamos esta batalla de egos? —terció Poydras—. Lo sabemos todo de usted, Bosch. Conocemos su historia en la policía de Los Ángeles, sabemos lo que ocurrió la otra noche en Santa Clarita. Y también sabemos que pasó una hora con Whitney Vance la semana pasada, y estamos aquí para descubrir de qué se trató. El hombre era viejo y un enfermo terminal, pero alguien lo envió a Valhalla un poco pronto y vamos a descubrir quién lo hizo y por qué.

Bosch hizo una pausa y miró a Poydras. Acababa de confirmar que era el que llevaba el peso de la pareja. Él decidía.

—¿Soy sospechoso? —preguntó Bosch.

Franks se recostó con frustración y negó con la cabeza.

—Ya estamos con las preguntas otra vez —dijo.

—Ya sabe cómo funciona, Bosch —intervino Poydras—. Todo el mundo es sospechoso hasta que deja de serlo.

—Podría llamar a mi abogado ahora mismo y terminar con esto —dijo Bosch.

—Sí, podría —repuso Poydras—. Si quisiera. Si tuviera algo que esconder.

Entonces miró a Bosch y esperó. Bosch sabía que Poydras contaba con su lealtad a la misión. Había pasado años haciendo lo que esos dos hombres estaban haciendo y sabía a qué se enfrentaban.

—Firmé un contrato de confidencialidad con Vance —argumentó Bosch.

—Vance está muerto —dijo Franks—. No le importa.

Bosch miró deliberadamente a Poydras la siguiente vez que habló.

—Me contrató. Me pagó diez mil dólares para encontrar a una persona.

—¿A quién? —preguntó Franks.

—Sabe que puedo mantener la confidencialidad de eso —dijo Bosch—. Incluso con Vance muerto.

—Y que nosotros podemos meter su culo en la cárcel por ocultar información en una investigación de homicidio —dijo Franks—. Sabe que saldrá, pero ¿cuánto tardará? ¿Un día en el calabozo? ¿Es eso lo que quiere?

Bosch miró de Franks a Poydras.

—Le diré una cosa. Solo quiero hablar con usted, Poydras. Dígale a su compañero que espere en el coche. Si lo hace, hablaré con usted, responderé cualquier pregunta. No tengo nada que ocultar.

—No voy a ninguna parte —dijo Franks.

—Entonces no van a conseguir lo que han venido a buscar —manifestó Bosch.

—Danny —dijo Poydras, e inclinó la cabeza hacia la puerta.

—Me está ninguneando —dijo Franks.

—Ve a fumar un cigarrillo —le pidió Poydras—. Calma.

Franks se levantó con un resoplido. Cerró teatralmente la libreta; luego cogió al carpeta.

—Mejor deje eso —dijo Bosch—. Por si he de señalar cosas en la escena del crimen.

Franks miró a Poydras, quien hizo una ligera señal de asentimiento. Franks dejó la carpeta en la mesa como si fuera radiactiva. Acto seguido, salió por la puerta principal y se aseguró de dar un portazo a su espalda.

La mirada de Bosch pasó de la puerta a Poydras.

—Si eso era una actuación de poli bueno poli malo, son lo mejor que he visto —señaló Bosch.

—Ojalá —dijo Poydras—. Pero no es una actuación. Es solo un exaltado.

—Con un hándicap de seis.

—Dieciocho, en realidad. Lo cual es una de las razones de que esté todo el tiempo cabreado. Pero quedémonos en el tema ahora que solo estamos dos hablando aquí. ¿A quién tenía que encontrar para Vance?

Bosch hizo una pausa. Sabía que estaba en la proverbial pendiente resbaladiza. Cualquier cosa que le dijera a la policía podía llegar al mundo antes de que él lo quisiera. Pero el asesinato de Vance cambiaba el paisaje de las cosas y decidió que era el momento de dar para recibir, con limitaciones en lo que daba.

—Quería saber si tenía un heredero —dijo al fin—. Me dijo que dejó embarazada a una chica en la USC en 1950. Abandonó a la chica por la presión de la familia. Se sintió culpable por eso toda su vida y quería saber si ella tuvo el bebé y si tenía un heredero. Me dijo que era hora de hacer balance. Si resultaba que era padre, quería arreglar las cosas antes de morir.

—¿Y encontró un heredero?

—Aquí es donde intercambiamos. Usted hace una pregunta, yo hago otra.

Esperó y Poydras tomó la decisión más sensata.

—Pregunte.

—¿Cuál fue la causa de la muerte?

—Esto no sale de aquí.

—Por mí no hay problema.

—Creemos que lo asfixiaron con un cojín del sofá de su oficina. Lo encontraron caído en su escritorio y parecía muerte natural. Un hombre se derrumba en su mesa. Se ha visto cien veces antes. Solo que Kapoor en la Oficina del Forense aprovecha la oportunidad de figurar ante los medios y dice que hará una autopsia. La hace él mismo y encuentra hemorragias petequiales. Muy leve, nada en la cara. Solo petequias conjuntivas.

Poydras señaló la comisura de su ojo izquierdo para ilustrarlo. Bosch lo había visto en muchos casos. Al cortar la entrada de oxígeno explotan los capilares. El nivel de resistencia y la salud de la víctima eran variables que ayudaban a definir la extensión de la hemorragia.

—¿Cómo van a conseguir que Kapoor no dé una conferencia de prensa? —preguntó Bosch—. Necesita toda la información positiva que pueda. Descubrir un asesinato que pasa como muerte natural es una bonita historia para él. Le hace quedar bien.

—Hicimos un trato —dijo Poydras—. No lo desvela y nos deja trabajar, y a cambio le dejamos participar en la conferencia de prensa cuando lo resolvamos. Le hacemos quedar como el héroe.

Bosch asintió de manera aprobatoria. Habría hecho lo mismo.

—Así que nos asignan el caso a Franks y a mí —dijo Poydras—. Lo crea o no, somos el equipo A. Volvemos a la casa. No decimos nada a nadie de un homicidio. Solo que estamos en un control de calidad, haciendo un seguimiento de la investigación, poniendo los puntos sobre las íes. Hicimos unas cuantas fotos, tomamos unas cuantas medidas para que quedara bien y al examinar los cojines del sofá encontramos lo que parecía saliva seca en un cojín pequeño. Tomamos una muestra, la identificamos con Vance y ahora tenemos el modo de asesinato. Alguien cogió el cojín, se colocó detrás de la silla de Vance en el escritorio y lo sostuvo sobre su cara.

—Un tipo de su edad no ofrecería mucha resistencia —dijo Bosch.

—Lo que explica la falta de hemorragia obvia. El pobre tipo murió como un gatito.

Bosch casi sonrió al oír que Poydras llamaba pobre a Vance.

—Aun así —dijo—. No parece algo planeado de antemano, ¿no? Poydras no respondió.

—Me toca a mí —replicó—. ¿Encontró un heredero?

—Sí. La chica del USC tuvo el bebé, un niño que entregó en adopción. Rastreé la adopción e identifiqué al chico. Pero murió en un helicóptero en Vietnam un mes antes de cumplir veinte años.

—Mierda. ¿Se lo dijo a Vance?

—Nunca tuve la oportunidad. ¿Quién tuvo acceso a su despacho el domingo?

—El personal de seguridad, sobre todo, un chef y un mayordomo. Una enfermera llegó para darle unos medicamentos. Estamos comprobando todo eso. Llamó a su secretaria para que le escribiera unas cartas. Ella fue la que lo encontró al llegar allí. ¿Quién más sabía que lo había contratado?

Bosch comprendió lo que Poydras estaba pensando. Vance estaba buscando un heredero. Alguien que iba a beneficiarse de su muerte si no había un heredero aparente podría haber aparecido para precipitar las cosas. Por otro lado, un heredero podría estar también motivado para acelerar la herencia. Por suerte para Vibiana Veracruz, ella no había sido identificada como heredera probable hasta después de la muerte de Vance. Esa era una coartada sólida a juicio de Bosch.

—Según Vance, nadie —respondió Bosch—. Nos reunimos solos y dijo que nadie tenía que saber lo que estaba haciendo. Un día después de que empezara el trabajo, su jefe de seguridad vino a mi casa para intentar ver lo que pretendía. Actuó como si lo hubiera enviado Vance. Lo desenmascaré.

—¿David Sloan? —preguntó Poydras.

—No sabía que se llamara David, pero sí, Sloan. Está con Trident.

—No, no es de Trident. Está con Vance desde hace años. Cuando llevaron a Trident se quedó al mando de la seguridad personal de Vance y como un enlace con Trident. ¿Vino en persona a su casa?

—Sí, llamó a la puerta, dijo que lo enviaba Vance para verificar mi progreso. Pero Vance me dijo que no hablara con nadie salvo con él. Así que no lo hice.

Bosch a continuación mostró a Poydras la tarjeta con el número de teléfono que Vance le había dado. Explicó al detective que había llamado un par de veces y dejado mensajes. Y que Sloan había respondido cuando Bosch llamó a ese número después de que Vance hubiera muerto. Poydras se limitó a asentir, asimilando la información y encajándola con otros datos del caso. No dio ninguna indicación de si tenían en su poder el teléfono secreto y su registro de llamadas. Sin preguntar si podía quedarse la tarjeta, Poydras se la guardó en el bolsillo de la camisa.

Bosch también estaba encajando cosas que Poydras le había dado con los hechos que conocía. Hasta el momento, sentía que había recibido más de lo que había dado. Y algo le molestaba sobre la nueva información cuando la filtró por el tamiz de su conocimiento del caso. Algo le chirriaba. No podía situar qué era, pero estaba allí y era preocupante.

—¿Están mirando la parte corporativa de esto? —preguntó, solo para mantener la conversación mientras pensaba.

—Le he dicho que estamos investigando a todo el mundo —respondió Poydras—. Alguna gente de la junta había estado cuestionando la competencia de Vance y tratando de eliminarlo durante años. Pero él siempre logró mantener los votos. Así que algunos de ellos no le tenían mucho cariño. Ese grupo estaba dirigido por un tipo llamado Joshua Butler, que, probablemente, ahora será presidente. Es siempre una cuestión de quién gana y quién gana más. Estamos hablando con él.

Lo que significaba que lo estaban viendo como un posible sospechoso. No es que pensaran que Butler hubiera hecho nada de manera personal, pero sí era la clase de tipo que podía ordenarlo.

—No sería la primera vez que la animadversión de un consejo de administración conduce al asesinato —dijo Bosch.

—No.

—¿Y el testamento? He oído que han abierto la sucesión hoy.

Bosch esperaba haber deslizado la pregunta como si tal cosa, como una extensión natural de la cuestión relacionada con la motivación corporativa.

—Abrieron la sucesión con un testamento presentado por el abogado corporativo en el 92 —dijo Poydras—. Era el último testamento registrado. Al parecer, Vance tuvo su primer encontronazo con el cáncer entonces, así que hizo que el abogado corporativo preparara un testamento para dejar clara la transición de poder. Todo va a la corporación. Había una enmienda (creo que la palabra es codicilo) presentada un año antes que cubre la posibilidad de un heredero. Pero sin ningún heredero, todo va a la corporación y está controlado por el consejo. Eso incluye establecer la compensación y los pagos de bonos. Ahora quedan dieciocho personas en el consejo y van a controlar unos seis mil millones de dólares. ¿Sabe lo que significa eso, Bosch?

—Dieciocho sospechosos —dijo Bosch.

—Exacto. Y los dieciocho están bien protegidos y aislados. Pueden esconderse detrás de abogados, muros, lo que usted quiera.

Bosch quería conocer exactamente qué decía el codicilo en relación con un heredero, pero pensaba que, si se centraba más en su cuestionamiento, Poydras empezaría a sospechar que su búsqueda de un heredero no había concluido en Vietnam. Pensaba que Haller en algún momento podría obtener una copia del testamento de 1992 y conseguir la misma información.

—¿Ida Forsythe estaba en San Rafael cuando fue a visitar a Vance? —preguntó Poydras.

Era un giro en la conversación que se apartaba de la idea de asesinato corporativo. Bosch comprendió que un buen interrogador nunca sigue una línea recta.

—Sí —contestó—. No estaba en la sala cuando hablamos, pero me condujo al despacho.

—Una mujer interesante —dijo Poydras—. Ha estado con Vance desde antes que Sloan.

Bosch se limitó a asentir.

—Entonces ¿ha hablado con ella desde ese día en San Rafael? —preguntó Poydras.

Bosch hizo una pausa al considerar la pregunta. Todo buen interrogador pone una trampa. Pensó en Ida Forsythe diciendo que la estaban vigilando y en Poydras y Franks apareciendo el día que él la había visitado en su casa.

—Conoce la respuesta a eso —dijo—. O ustedes o su gente me han visto en su casa hoy.

Poydras asintió y ocultó una sonrisa. Bosch había pasado la prueba de la trampa.

—Sí, lo vimos —dijo—. Y nos preguntábamos de qué iba eso.

Bosch se encogió de hombros para ganar tiempo. Sabía que podían haber llamado a la puerta de Forsythe diez minutos después de que él se fuera y que ella podría haberles contado lo que sabía del testamento. Pero suponía que, en ese caso, Poydras habría abordado la conversación desde un ángulo diferente.

—Solo estaba pensando que era una dama agradable —dijo—. Perdió a su jefe de muchos años y quería presentarle mis respetos. También quería saber qué sabía ella de lo ocurrido.

Poydras hizo una pausa mientras decidía si Bosch estaba mintiendo.

—¿Está seguro de que no había nada más? —insistió—. Cuando estaba en la puerta ella no parecía contenta de verlo.

—Porque pensaba que la estaban vigilando —dijo Bosch—. Y tenía razón.

—Como he dicho, todo el mundo es sospechoso hasta que deja de serlo. Ella encontró a la víctima. Eso la pone en la lista. Aunque lo único que saca de esto es quedarse en el paro.

Bosch asintió. Supo en ese momento que estaba ocultando un gran elemento de información a Poydras: el testamento que había recibido por correo. Pero las cosas estaban encajando en la mente de Bosch y quería tiempo para pensar antes de ofrecer la gran revelación. Cambió de tema.

—¿Leyó las cartas? —dijo Bosch.

—¿Qué cartas? —preguntó Poydras.

—Ha dicho que llamaron a Ida Forsythe para que escribiera cartas para Vance el domingo.

—Nunca llegaron a escribirse. Ella entró y lo encontró muerto en la mesa. Pero, aparentemente, cada domingo por la tarde, cuando Vance estaba de humor, ella venía y escribía cartas para él.

—¿Qué clase de cartas? ¿De negocios? ¿Personales?

—Pensé que serían personales. Era de la vieja escuela, parece que le gustaba enviar cartas en lugar de mensajes de correo. Muy bonito, en realidad. Tenía el papel con membrete en el escritorio listo.

—Entonces ¿venía a escribir cartas manuscritas para él?

—No lo pregunté específicamente. Pero el papel con membrete y su pluma elegante estaban allí preparadas. Creo que ese era el plan. ¿Adónde quiere llegar con esto, Bosch?

—¿Ha dicho una pluma elegante?

Poydras lo miró un buen rato.

—Sí, ¿no la vio? Una pluma de oro macizo en un soporte en su mesa.

Bosch se estiró y tocó con un dedo la carpeta negra.

—¿Tiene una foto ahí? —preguntó.

—Puede ser —dijo Poydras—. ¿Qué tiene de especial la pluma?

—Quiero ver si es la que me mostró. Me dijo que estaba hecha de oro que su bisabuelo había extraído.

Poydras abrió la carpeta y pasó a una sección de fundas de plástico transparentes que contenían fotos de 20 × 25 de la escena del crimen de Vance. Continuó pasando páginas hasta que encontró una foto que consideró la apropiada y giró la carpeta para mostrársela a Bosch. En la foto, el cuerpo de Vance yacía en el suelo, junto a su escritorio y su silla de ruedas. Tenía la camisa abierta, su pecho blanco como el marfil expuesto, y era claramente una foto que se había tomado después de intentos infructuosos para reanimarlo.

—Ahí está —dijo Poydras.

Tocó el lado superior izquierdo de la foto, donde el escritorio quedaba en segundo plano. En el escritorio había una hoja de papel amarillo pálido que coincidía con el que Bosch había recibido en el paquete de Vance y había una pluma de oro en un soporte que parecía la pluma que también había estado en el paquete.

Bosch se echó atrás y se alejó de la carpeta. Que la pluma apareciera en la foto no tenía sentido, porque se la habían enviado a él antes de que la tomaran.

—¿Qué ocurre, Bosch? —preguntó Poydras.

Bosch trató de ocultarlo.

—Nada —dijo—. Solo ver al viejo muerto así... y la silla vacía.

Poydras giró la carpeta para ver la foto por sí mismo.

—Tenían asistencia médica en casa —explicó—. Uso ese término en sentido laxo. Los domingos era un vigilante de seguridad con conocimientos de reanimación. Llevó a cabo una reanimación, pero sin éxito.

Bosch asintió y trató de actuar con naturalidad.

—Dijo que volvió después de la autopsia y sacó más fotos y medidas como tapadera. ¿Dónde están esas fotos? ¿Las puso en el expediente?

Bosch se estiró hacia el expediente, pero Poydras lo retiró.

—Calma —dijo—. Están en la parte de atrás. Todo es cronológico.

Pasó más hojas en la carpeta y llegó a un nuevo conjunto de fotos del despacho, tomadas casi desde el mismo ángulo, pero sin el cuerpo de Whitney Vance en el suelo. Bosch le dijo a Poydras que aguantara la segunda foto. Mostraba todo el tablero de la mesa. El soporte de la pluma estaba allí, pero la pluma no.

Bosch lo señaló.

—Falta la pluma —dijo.

Poydras giró la carpeta para poder verlo mejor. Entonces pasó a la primera foto para asegurarse.

—Tiene razón —dijo.

—¿Adónde fue? —preguntó Bosch.

—¿Quién sabe? No nos la llevamos. Tampoco precintamos el despacho después de que se llevaran el cadáver. Tal vez su amiga Ida sabe lo que ocurrió con la pluma.

Bosch no dijo lo cerca de la verdad que creía que estaba Poydras con esa sugerencia. Se estiró y arrastró la carpeta por la mesa hacia sí para poder ver la foto de la escena de la muerte una vez más.

La aparición y desaparición de la pluma era la anomalía, pero fue la silla de ruedas vacía lo que captó la atención de Bosch y le dijo lo que había fallado todo el tiempo.

41

A la mañana siguiente, Bosch estaba sentado en su coche en Arroyo Drive a las nueve y media. Ya había llamado a Mickey Haller y había hablado largo y tendido con él. También había pasado por el almacén de pruebas del Departamento de Policía de San Fernando. Y ya había estado en el Starbucks, donde se había fijado en que Beatriz Sahagún estaba otra vez trabajando.

Allí sentado, observó el hogar de Ida Townes Forsythe y esperó. No vio ninguna actividad en la casa ni ninguna indicación de que la mujer estuviera en ella. El garaje estaba cerrado y la casa en silencio, y Bosch se preguntó si Forsythe estaría allí cuando llamaran. Mantuvo la atención en los espejos y no vio ninguna indicación de vigilancia policial en el barrio.

A las nueve y cuarenta y cinco, Bosch vio aparecer el Town Car de Mickey Haller en su espejo retrovisor. Haller iba al volante. Le había dicho a Bosch antes que había echado a Boyd y ya no tenía chófer.

Esta vez Haller salió del coche y vino a sentarse en el de Bosch. Llevaba su propia taza de café.

—¡Qué rápido! —exclamó Bosch—. ¿Acabas de entrar corriendo en la sala y te han dejado mirar el archivo de sucesiones?

—En realidad, he corrido en Internet —explicó Haller—. Todos los casos se actualizan en línea en veinticuatro horas. La maravilla de la tecnología. Ya no estoy seguro de que mi oficina necesite estar en un coche. Han cerrado la mitad de los tribunales del condado de Los Ángeles por recortes presupuestarios, y la mayor parte del tiempo Internet me lleva al sitio que necesito.

—Entonces ¿el codicilo?

—Tus amigos de la policía de Pasadena tenían razón. El testamento presentado en 1992 se enmendó al año siguiente. La enmienda establece una posición para el heredero de sangre si aparece alguno en el momento de la muerte de Vance.

—¿Y no ha surgido ningún otro testamento?

—Nada.

—Así que Vibiana está a salvo.

—Está a salvo, pero con un asterisco.

—¿Cuál es?

—La enmienda garantiza a un heredero de sangre una posición como receptor de una parte de la herencia. No especifica cuánto ni qué parte. Obviamente, cuando Vance añadió esto, él y su abogado pensaban que un heredero de sangre era poco probable. Añadieron el codicilo por si acaso.

—En ocasiones lo poco probable se hace realidad.

—Si este es el testamento que el tribunal acepta, entonces declaramos la posición de Vibiana y ahí es donde empieza la batalla. Y será una batalla infernal, porque no está claro qué derechos tiene. Vamos a entrar como filibusteros, decir que lo quiere todo y partir de ahí.

—Sí, bueno, he llamado a Vibiana esta mañana para contarle lo que está ocurriendo. Dice que todavía no está segura de que esté preparada para esto.

—Cambiará. Es como que te toque la lotería. Es dinero llovido del cielo, más del que necesitará nunca.

—Y supongo que esa es la cuestión. Más de lo que nunca necesitará. ¿Alguna vez has leído historias de gente a la que le toca la lotería y cómo eso les arruina la vida? No pueden adaptarse, todo el mundo les pide algo. Ella es una artista. Se supone que los artistas han de mantener el hambre.

—Eso es una tontería. Es un mito inventado para mantener al artista sometido porque el arte es poderoso. Si les das dinero y poder, los artistas son peligrosos. De todos modos, nos estamos adelantando aquí. Vibiana es la cliente y al final ella es la que decide. Nuestro trabajo ahora mismo es ponerla en la mejor posición para que tome la decisión.

Bosch asintió.

—Tienes razón. ¿Estás listo para cumplir con el plan?

—Estoy listo —dijo Haller—. Vamos allá.

Bosch sacó su teléfono y llamó a la policía de Pasadena. Preguntó por el detective Poydras y pasó casi un minuto antes de que lo conectarán.

—Soy Bosch.

—Justo estaba pensando en usted.

—¿Sí? ¿Por qué?

—Solo pensaba que me estaba ocultando algo. Recibió más de lo que dio ayer y eso no volverá a ocurrir.

—No lo espero. ¿Cómo pinta su mañana?

—Para usted tengo la agenda abierta. ¿Por qué?

—Reúnase conmigo en la casa de Ida Forsythe en media hora. Recibirá el premio entonces.

Bosch miró a Haller, que estaba haciendo girar un dedo como si estuviera enrollando algo. Quería más tiempo.

—Que sea una hora, mejor —dijo al teléfono.

—Una hora —repitió Poydras—. ¿No será ningún jueguecito?

—No, ningún juego. Esté ahí, y asegúrese de que trae a su compañero.

Bosch colgó. Miró a Haller y asintió. Estarían listos para Poydras en una hora.

Haller hizo una mueca.

—Odio ayudar a los polis —dijo—. Va contra mi religión.

Miró y vio a Bosch observándolo.

—Salvo por la compañía presente —añadió.

—Mira, si todo va bien, tendrás una nueva cliente y un caso de perfil alto —dijo Bosch—. Así que vamos.

Bajaron del Ford al unísono y cruzaron la calle hacia la casa de Forsythe. Bosch llevaba una carpeta que contenía la declaración jurada que había impreso el día anterior. Le pareció ver que una cortina se movía detrás de una de las ventanas delanteras al acercarse.

Ida Forsythe abrió la puerta delantera antes de que llamaran.

—Caballeros —dijo ella—. No esperaba que llegaran tan pronto.

—¿Es un mal momento, señorita Forsythe? —preguntó Bosch.

—No, para nada —dijo ella—. Pasen, por favor.

Esta vez los condujo a la sala principal. Bosch presentó a Haller como el abogado que representaba a un descendiente directo de Whitney Vance.

—¿Han traído la declaración jurada? —preguntó Forsythe.

Bosch mostró la carpeta.

—Sí, señora —dijo Haller—. ¿Por qué no se toma unos minutos para sentarse y leerla? Asegúrese de que está de acuerdo con el contenido antes de firmar.

Ella se llevó el documento al sofá y se sentó a leerlo. Bosch y Haller se acomodaron frente a ella al otro lado de una mesita de café y observaron. Bosch oyó un zumbido y Haller buscó el teléfono en su bolsillo. Leyó un mensaje de texto y entregó el móvil a Bosch. El mensaje era de alguien llamado Lorna.

Ha llamado Cal Coding. Necesita nuevas muestras. Anoche un incendio destruyó el laboratorio.

Bosch estaba estupefacto. No le cabía duda de que habían seguido a Haller al laboratorio y de que el incendio había sido provocado para entorpecer el intento de que el ADN identificara a un heredero de la fortuna de Vance. Devolvió el teléfono a Haller, cuya sonrisa de asesino indicaba que pensaba lo mismo que Bosch.

—Me parece correcto —dijo Forsythe, atrayendo otra vez la atención de los dos hombres—. Pero pensaba que había dicho que tendría que venir un notario. En realidad, yo soy notaria, pero no puedo ser testigo de mi propia firma.

—Está bien —dijo Haller—. Soy agente del tribunal y el detective Bosch es un segundo testigo.

—Y tengo una pluma —añadió Bosch.

Metió la mano en el bolsillo interior del abrigo y sacó la pluma de oro que había pertenecido a Whitney Vance. Observó la cara de Forsythe al reconocer la pluma que él le había entregado.

Se hizo el silencio cuando ella firmó el documento con un floreo, sin darse cuenta de que estaba mostrando familiaridad con el uso de la pluma. Forsythe tapó la pluma, puso el documento otra vez en la carpeta y devolvió ambas cosas a Bosch.

—Es raro firmar con su pluma —dijo ella.

—¿Sí? —intervino Bosch—. Pensaba que estaba acostumbrada.

—No, para nada —dijo—. Era su pluma especial.

Bosch abrió la carpeta y miró el documento y la página de firma. Siguió un silencio incómodo en el que Haller se limitó a observar a Forsythe. Ella por fin interrumpió el silencio.

—¿Cuándo presentarán el nuevo testamento al tribunal de sucesiones? —preguntó ella.

—¿Quiere decir cuándo recibirá sus diez millones? —preguntó Haller a su vez.

—No quiero decir eso —protestó Forsythe, fingiendo sentirse ofendida—. Solo tengo curiosidad por el proceso y por saber cuándo podría necesitar un abogado para representar mis intereses.

Haller miró a Bosch, demorando la respuesta.

—No vamos a presentar el testamento —aseguró Bosch—. Y probablemente debería buscar un abogado ahora mismo. Pero no de la clase que está pensando.

Forsythe estaba momentáneamente desconcertada.

—¿De qué está hablando? —dijo ella—. ¿Y el heredero que encontró?

Bosch respondió en un tono calmado que era el contrapunto a la emoción creciente en la voz de Forsythe.

—No nos preocupa el heredero —dijo—. El heredero está a salvo. No vamos a presentar el testamento, porque no lo escribió Whitney Vance. Sino usted.

—Eso es absurdo.

—Deje que se lo explique —continuó Bosch—. Vance no había escrito nada en años. Era diestro (vi las fotos de él firmando su libro a Larry King), pero su mano derecha había quedado inutilizada. Ya no estrechaba la mano, y el controlador de su silla de ruedas estaba en el reposabrazos izquierdo.

Hizo una pausa para permitir que Forsythe registrara una objeción, pero ella no dijo nada.

—Era importante para él mantenerlo en secreto —continuó Bosch—. Sus enfermedades eran causa de preocupación entre miembros del consejo de administración. Un grupo minoritario del consejo estaba constantemente buscando razones para destituirlo. Vance la utilizaba a usted para que escribiera por él. Usted aprendió a imitar su letra e iba los domingos, cuando había poca gente cerca, para escribir sus cartas y firmar documentos. Por eso se sintió cómoda escribiendo el testamento. Si se cuestionaba o se hacía una comparación caligráfica, era probable que el testamento se comparara con algo más escrito por usted misma.

—Es una buena historia —dijo Forsythe—. Pero no puede probar nada de ello.

—Tal vez no. Pero la pluma de oro es su problema, Ida. La pluma de oro la pone en prisión durante mucho mucho tiempo.

—No sabe de qué está hablando. Creo que quiero que se vayan ahora.

—Sé que la pluma auténtica (con la que acaba de firmar su nombre) estaba en mi buzón en el momento en que supuestamente encontró a Vance muerto. Pero las fotos de la escena muestran otra pluma en ese escritorio. Creo que se dio cuenta de que podría ser un problema y por eso se deshizo de ella. No estaba allí cuando la policía llegó para la segunda ronda con la cámara.

Como se había planeado previamente, Haller intervino en ese punto para desempeñar el papel de lobo grande y malo.

—Muestra premeditación —dijo—. Había que hacer la pluma duplicada y eso requería tiempo. Y planificación. La planificación significa premeditación y eso significa perpetua sin fianza. Significa el resto de su vida en una celda.

—¡Se equivocan! —gritó Forsythe—. Se equivocan en todo y quiero que se vayan. ¡Ahora!

Forsythe se levantó y señaló hacia el pasillo que conducía a la puerta delantera. Pero ni Bosch ni Haller se movieron.

—Cuéntenos qué ocurrió, Ida —dijo Bosch—. Tal vez podamos ayudarla.

—Tiene que entender algo —añadió Haller—. Nunca va a ver ni un centavo de esos diez millones. Es la ley. Un asesino no puede heredar de su víctima.

—No soy una asesina —dijo Forsythe—. Y, si no se van, lo haré yo.

Forsythe maniobró en torno a la mesita de café y salió de la zona de asientos. Se dirigió al pasillo, con la intención de salir a la calle.

—Lo asfixió con un cojín del sofá —dijo Bosch.

Forsythe se quedó paralizada, pero no se dio la vuelta. Simplemente, esperó más. Bosch la complació.

—La policía lo sabe —dijo—. La están esperando en la puerta.

Forsythe siguió sin moverse.

—Si sale por esa puerta, no podremos ayudarla —intervino Haller—. Pero hay una salida en esto. El detective Bosch es mi investigador. Si la represento yo, todo lo que discutamos en esta sala se vuelve confidencial. Podemos preparar un plan para acudir a la policía y al fiscal del distrito y buscar la mejor solución posible.

—¿Solución? —exclamó ella—. ¿Es su manera de hablar de un trato? ¿Hago un trato y voy a prisión? Es una locura.

Forsythe se volvió abruptamente y se acercó a una de las ventanas delanteras. Abrió la cortina para mirar a la calle. Bosch pensó que era un poco pronto para que Poydras y Franks hubieran llegado, pero sabía que los dos detectives ya podrían haber aparecido para tratar de descubrir lo que pretendía Bosch.

Harry oyó una respiración brusca y supuso que los detectives ya estaban ahí, esperando la hora convenida para llamar a la puerta.

—Ida, ¿por qué no vuelve a sentarse? —dijo Bosch—. Hable con nosotros.

Bosch esperó. No podía verla porque la ventana a la que se había acercado Forsythe estaba detrás de su silla. En cambio, observó a Haller, que estaba situado para verla bien. Cuando vio que Haller empezaba a mirar a la derecha supo que Forsythe estaba volviendo y que su estrategia iba a funcionar.

Forsythe entró en el campo de visión de Bosch y lentamente regresó a su lugar en el sofá. Tenía una expresión de consternación.

—Se equivocan en todo —dijo después de sentarse—. No hubo ningún plan, ninguna premeditación. Solo fue un error, un error horrible.

42

—¿Se puede ser uno de los hombres más ricos y poderosos del mundo y, al mismo tiempo, ser un malnacido ruin y penoso?

Ida Forsythe lo dijo con una expresión distante en la mirada. Bosch no sabía si estaba vislumbrando el pasado o un futuro inhóspito. Pero fue así como ella inicio su confesión. Contó que, al día siguiente de que Bosch visitara a Whitney Vance, el anciano multimillonario le había dicho que se estaba muriendo.

—Enfermó de la noche a la mañana —dijo—. Tenía un aspecto horrible y ni siquiera se había vestido. Llegó en bata al despacho alrededor de mediodía y dijo que me necesitaba para escribir algo. Su voz era apenas un susurro. Me contó que sentía que se estaba apagando, que estaba muriéndose y necesitaba escribir un nuevo testamento.

—Ida, se lo he dicho, soy su abogado —dijo Haller—. No hay razón para que me mienta. Si me miente, lo dejo.

—No estoy mintiendo —aseguró Forsythe—. Es la verdad.

Bosch levantó una mano para que Haller no siguiera presionándola. El abogado no estaba convencido, pero Bosch creía que la mujer estaba contando la historia verdadera —al menos desde su perspectiva— y quería oírla.

—Cuéntenoslo —dijo.

—Estábamos solos en el despacho —explicó ella—. Me dictó los términos del testamento y yo lo escribí con su letra. Me dijo lo que tenía que hacer con él. Me dio la pluma y me pidió que se lo enviara todo a usted. Solo… olvidó algo.

—A usted —dijo Haller.

—Todos los años que he trabajado para él —se quejó Forsythe—. Siempre a su disposición, manteniendo intacta la fachada de salud. Todos esos años y no iba a dejarme nada.

—Así que volvió a escribir el testamento —dijo Haller.

—Tenía la pluma —continuó Forsythe—. Me llevé algunas hojas a casa e hice lo que tenía derecho y lo que merecía. Lo reescribí para que fuera justo. Era muy poco comparado con todo lo que había. Pensé…

Su voz se apagó y no terminó. Bosch la estudió. Sabía que la ambición era un término relativo. ¿Era codicioso, después de treinta y cinco años de servicio, urdir una paga de diez millones de una fortuna de seis mil millones? Algunos lo llamarían un grano de arena, pero no si le costaba a un hombre los últimos meses de su vida. Bosch pensó en el anuncio de la película que Vibiana Veracruz había puesto en el vestíbulo de su edificio: «¡Contempla cómo era este lugar antes de la avaricia!». Se preguntó cómo había sido Ida antes de que decidiera que los diez millones de dólares eran una recompensa justa.

—El señor Vance dijo que había recibido un mensaje suyo —continuó Forsythe, empezando con lo que parecía ser una nueva hebra en la historia—. Usted dijo que tenía la información que estaba buscando. Él dijo que eso significaba que había tenido un hijo que era heredero de su fortuna. Dijo que moriría feliz. Volvió a su habitación después de eso y yo lo creí. Pensé que no volvería a verlo más.

Forsythe reescribió el testamento para incluirse y envió el paquete por correo como le ordenaron. Contó que, durante los dos días siguientes, fue a trabajar a la mansión, pero nunca vio a Vance. Estaba secuestrado en su habitación y solo su doctor y una enfermera tenían acceso. La situación era preocupante en la mansión de San Rafael.

—Todo el mundo estaba triste —explicó Forsythe—. Estaba claro que era el final. Estaba muriendo. Tenía que morir.

Bosch miró el reloj de forma subrepticia. Los detectives que estaban delante de la casa iban a llamar a la puerta en diez minutos. Esperaba que no se adelantaran y arruinaran la confesión.

—Luego la llamó el domingo —dijo Haller, tratando de mantener la narración en marcha.

—Fue Sloan quien llamó —dijo Forsythe—. El señor Vance le pidió que me llamara. Así que llegué allí y él estaba en su escritorio y era como si nunca hubiera estado enfermo. Había recuperado la voz y todo iba como siempre. Y entonces vi la pluma. Estaba allí en el escritorio para que yo escribiera con ella.

—¿De dónde salió? —preguntó Bosch.

—Se lo pregunté. Dijo que era de su bisabuelo y yo dije: «¿Cómo puede ser? Le envié la pluma al detective Bosch». Y él me contó que la del escritorio era la original y que la que me había dado para que enviara era una copia. Dijo que no importaba, porque solo la tinta era importante. La tinta podía identificarse con el testamento. Dijo que ayudaría a demostrar el origen del testamento.

Forsythe levantó la mirada de la superficie brillante de la mesita de café y miró a Bosch.

—Entonces me dijo que quería contactar con usted y recuperar el testamento —continuó Forsythe—. Ahora que estaba mejor, quería retirarlo y que un abogado lo redactara formalmente. Yo sabía que, si lo devolvía, vería lo que había hecho y sería el final para mí. No podía… No sé lo que ocurrió. Algo se rompió dentro de mí. Cogí el cojín, me acerqué por detrás…

Terminó la historia ahí, aparentemente no quería repetir los detalles del crimen real. Era una forma de negación, como un asesino que tapa la cara de la víctima. Bosch no sabía si aceptar la confesión como plena y sincera o ser escéptico. Forsythe podría estar preparando una defensa de capacidad disminuida. También podría estar ocultando el motivo real, que el plan de Vance de tener un nuevo testamento escrito por un abogado seguramente significaría que los diez millones para ella desaparecerían.

La muerte de Vance en su escritorio todavía le daba una oportunidad con el dinero.

—¿Por qué retiró la pluma después de que él muriera? —preguntó Bosch.

Sabía que sería un detalle que siempre le molestaría.

—Quería que solo hubiera una pluma. Pensaba que, si había dos, eso abriría muchas preguntas sobre el testamento que usted recibió. Así que, cuando todos se marcharon, entré en la oficina y cogí la pluma.

—¿Dónde está? —preguntó Bosch.

—La puse en mi caja de seguridad.

Siguió un largo silencio que Bosch esperaba que se rompiera con la llegada de los detectives de Pasadena. Era la hora. Pero entonces Forsythe habló en un tono que sonó como si estuviera hablando para sí misma más que para Bosch y Haller.

—No quería matarlo —dijo—. Lo había cuidado durante treinta y cinco años y él había cuidado de mí. No fui allí para matarlo...

Haller miró a Bosch y asintió, una señal de que él se ocuparía a partir de ahí.

—Ida, soy experto en tratos. Puedo hacer un trato con lo que acaba de contarnos. Nos entregamos, cooperamos, pedimos un acuerdo de homicidio imprudente y luego buscamos un juez compasivo con su historia y su edad.

—No puedo decir que lo maté —dijo Forsythe.

—Acaba de hacerlo —repuso Haller—. Pero técnicamente se declara *nolo contendere* en el juicio, no refuta los cargos. De otra manera no va a funcionar.

—¿Y si alego locura transitoria? —preguntó Forsythe—. Perdí el juicio cuando me di cuenta de lo que había hecho. Me quedé completamente en blanco.

Había un tono calculador en su voz. Haller negó con la cabeza.

—No serviría de nada —dijo con brusquedad—. Reescribir el testamento y coger la pluma, eso no son acciones de una persona demente. ¿Argumentar que de repente perdió la capacidad de distinguir entre el bien y el mal porque temía que Vance descubriera lo que había hecho? En una sala puedo vender hielo a esquimales, pero ningún jurado va a comprar eso.

Hizo una pausa un momento para ver si la estaba convenciendo, luego, presionó más.

—Mire, hemos de ser realistas. A su edad hemos de reducir su tiempo encerrada. Lo que he marcado es la vía a seguir. Pero la decisión es suya. Si quiere ir a juicio con una defensa por locura transitoria, es lo que haremos. Pero no es un buen movimiento.

La declaración de Haller quedó subrayada por el sonido de dos puertas de coche golpeando en la calle. Poydras y Franks.

—Es la policía —dijo Bosch—. Vienen hacia aquí.

—¿Cómo quiere jugar esto, Ida? —preguntó Haller.

Forsythe se levantó lentamente. Haller también lo hizo.

—Por favor, invítelos a pasar.

Veinte minutos más tarde, Bosch estaba con Haller en la acera de Arroyo y observó cómo Poydras y Franks se alejaban con Forsythe en el asiento de atrás del coche sin identificar.

—¿Cómo es eso de no mirarle los dientes a un caballo regalado? —dijo Haller—. En realidad, parecen cabreados de que hayamos resuelto el puto caso por ellos. Cabrones desagradecidos.

—Han ido con el pie cambiado desde el principio —añadió Bosch—. Y no van a quedar muy bien en la conferencia de prensa cuando tengan que explicar que la sospechosa se entregó antes de que ellos supieran que era sospechosa.

—Oh, encontrarán una forma de darle la vuelta —observó Haller—. No me cabe duda.

Bosch asintió para manifestar su acuerdo.

—¿Sabes una cosa? —dijo Haller.

—¿Qué?

—Mientras estábamos dentro he recibido otro mensaje de Lorna.

Bosch sabía que Lorna era la asistenta de Haller.

—¿Más información sobre California Coding?

—No, ha recibido la llamada de CellRight. Hay coincidencia genética entre Whitney Vance y Vibiana Veracruz. Ella es la heredera y está en posición de recibir un buen montón de dinero… si lo quiere.

Bosch asintió.

—Bien. Hablaré con ella y le daré la noticia. A ver qué quiere hacer.

—Yo sé lo que haría —dijo Haller.

Bosch sonrió.

—Yo también sé lo que harías.

—Dile que presentaremos el caso anónimo —añadió Haller—. En última instancia tendremos que presentarla ante el tribunal y las partes contendientes, pero para empezar no mencionaremos su nombre.

—Se lo diré.

—Otra opción es ir al consejo de administración y presentar lo que tenemos (el ADN, tu investigación de la línea paterna) y convencerlos de que si se meten en una pelea nos quedaremos con todo. Entonces negociamos un buen acuerdo del legado y nos largamos, dejando dinero y la corporación sobre la mesa.

—También es una idea. Una muy buena idea, creo. Puedes vender hielo a esquimales, ¿no? Podrías hacer esto.

—Podría. El consejo de administración aceptaría el acuerdo en un abrir y cerrar de ojos. Así que habla con ella y yo lo pensaré un poco más.

Miraron a ambos lados antes de cruzar la calle hacia sus coches.

—Entonces ¿vas a trabajar conmigo en la defensa de Ida? —preguntó Haller.

—Gracias por decir conmigo y no para mí, pero no lo creo —dijo Bosch—. Creo que acabo de dejar de ser tu investigador. Voy a aceptar un trabajo a tiempo completo en la policía de San Fernando.

—¿Estás seguro?

—Sí, estoy seguro.

—Vale, mi hermano de otra madre. Mantente en contacto sobre esa otra cosa.

—Lo haré.

Se separaron en la mitad de la calle.

43

Bosch odiaba el Ford que estaba conduciendo. Decidió que ya era hora de volver al LAX y recuperar su propio coche después de varios días de subterfugios. Desde South Pasadena tomó la 110 para atravesar el centro de la ciudad y pasó junto a la USC y el barrio donde Vibiana Duarte había vivido la mayor parte de su corta vida. Finalmente conectó con la autovía Century y se dirigió hacia el oeste al aeropuerto. Estaba entregando su tarjeta de crédito al empleado del garaje para pagar una enorme cuota de aparcamiento cuando su teléfono sonó con una llamada de un número con el prefijo 213 que no reconoció. Aceptó la llamada.

—Bosch.

—Soy Vibiana.

Su voz era un susurro histérico.

—¿Qué pasa?

—Hay un hombre. Ha estado aquí todo el día.

—¿Está en su *loft*?

—No, en la calle. Puedo verlo por la ventana. Está vigilando.

—¿Por qué está susurrando?

—No quiero que me oiga Gilberto. No quiero que se asuste.

—Bueno, cálmese, Vibiana. Si no ha hecho ningún movimiento para subir y entrar, entonces no es lo que pretende. Está a salvo mientras no salga.

—Vale. ¿Puede venir?

Bosch cogió su tarjeta de crédito y el recibo del empleado.

—Sí, voy. Pero estoy en el aeropuerto. Tardaré un rato. Tiene que quedarse dentro y no abrir la puerta hasta que yo llegue allí.

La barrera del aparcamiento seguía bajada. Bosch tapó el teléfono y gritó por la ventana al empleado.

—Vamos, abra la puerta. Tengo que irme.

La barrera empezó a levantarse por fin. Bosch volvió a la llamada mientras aceleraba por la salida.

—Este tipo ¿dónde está exactamente?

—Se mueve. Cada vez que miro está en un sitio distinto. Primero lo vi delante del American y luego se movió por la calle.

—Vale, trataré de localizarlo. Llamaré cuando esté allí y me da su posición. ¿Qué aspecto tiene? ¿Qué ropa lleva?

—Eh, tejanos, capucha gris, gafas de sol. Es un tipo blanco y es demasiado mayor para llevar capucha.

—Vale, ¿y cree que está solo? ¿No ve a nadie más?

—Es el único al que veo, pero podría haber alguien en el otro lado del edificio.

—Muy bien, lo comprobaré cuando llegue allí. Tranquila, Vibiana. Todo irá bien. Pero, si ocurre algo antes de que llegue allí, llame a Emergencias.

—De acuerdo.

—Y, por cierto, tenemos el ADN. Coincide. Es usted la nieta de Whitney Vance.

Ella no respondió. Solo silencio.

—Podemos hablar cuando llegue allí —añadió Bosch.

Colgó. Podría haberla mantenido al teléfono, pero Bosch quería las dos manos libres para conducir. Desanduvo su camino, volviendo a Century y tomando la 110. El tráfico de mediodía era fluido y avanzó con rapidez hacia las torres que se alzaban en el centro. La más destacada de estas era la U. S. Bank Tower y Bosch no pudo evitar pensar que quien estaba vigilando a Vibiana Veracruz había sido enviado desde la planta 59.

Tomó la salida de la calle 6 y se dirigió al Arts District. Llamó a Vibiana y le dijo que estaba en el barrio. Ella le explicó que estaba mirando por la ventana mientras hablaban y veía a la persona que la vigilaba bajo el andamio que envolvía la fachada delantera del edificio del otro lado de la calle, que estaba cerrado y en renovación. Dijo que el andamio ofrecía muchos lugares desde los que vigilar.

—Está bien —dijo Bosch—. Lo que le sirva a él también me servirá a mí.

Le dijo que la llamaría otra vez en cuanto se resolviera la situación.

Bosch encontró un sitio para aparcar en un solar junto al río y luego se dirigió hacia el edificio de Vibiana a pie. Vio el edificio que envolvía el andamio y accedió por una entrada lateral donde había varios trabajadores de la construcción sentados en paneles de yeso durante un descanso. Uno de ellos le dijo a Bosch que estaba en una zona de obras.

—Lo sé —dijo él.

Siguió un pasillo hacia la fachada del edificio. La planta baja estaba siendo preparada para uso comercial y cada unidad tenía una puerta del tamaño de un garaje que daba a la calle. Todavía no se habían instalado ventanas ni puertas. En la tercera unidad vio la espalda de un hombre con tejanos y capucha gris. Estaba apoyado contra la pared de la derecha, al borde de la entrada delantera y oculto bajo el andamio. Era una buena cobertura del exterior, pero desde el interior daba la espalda a Bosch y era vulnerable. Bosch sacó sigilosamente la pistola de su cartuchera y empezó a moverse hacia él.

El ruido de una sierra eléctrica que se estaba utilizando en la planta de arriba del edificio cubrió la aproximación de Bosch. Llegó hasta el hombre, lo agarró por el hombro y lo hizo girar. Lo empujó contra la pared y le colocó el cañón de su pistola en el cuello.

Era Sloan. Antes de que Bosch pudiera decir una palabra, Sloan levantó el brazo, apartó la pistola e hizo girar a Bosch hacia la pared. El jefe de seguridad sacó su propia pistola y la presionó contra el cuello de Bosch. Los codos de Sloan sujetaron los brazos de Harry contra la pared.

—¿Qué coño está haciendo, Bosch?

Bosch lo miró. Abrió su palma derecha en un gesto de rendición y dejó resbalar su pistola en la izquierda hasta que la estuvo sujetando por el cañón.

—Iba a hacerle precisamente la misma pregunta —dijo.

—Estoy protegiéndola —dijo Sloan—. Como usted.

Sloan dio un paso atrás. Retiró su arma y se la guardó a su espalda y debajo del cinturón. Eso dejó a Bosch en la mejor posición, pero sabía que no la necesitaba. Se enfundó su arma.

—¿Qué está pasando, Sloan? Trabaja para ellos.

—Yo trabajaba para el viejo. La compañía que pagaba la nómina cambió, pero yo nunca dejé de trabajar para él. Ni siquiera ahora.

—¿Él lo mandó de verdad a mi casa ese día?

—Sí. Estaba demasiado enfermo para llamar o hablar. Pensaba que se estaba muriendo y quería saber qué había descubierto o a quién.

—Usted sabía lo que yo estaba haciendo.

—Exacto. Igual que lo supe cuando la encontró.

Levantó la cabeza en dirección al edificio de Vibiana.

—¿Cómo?

—Los tenían vigilados. A usted y a su abogado. Están rastreando sus teléfonos, sus coches. Es de la vieja escuela. Nunca mira arriba.

Bosch se dio cuenta de que Haller había acertado. Lo habían vigilado desde un dron.

—¿Y usted formaba parte de eso? —preguntó.

—Actuaba como si así fuera —dijo Sloan—. Me mantuvieron después de que muriera el señor Vance. Hasta anoche, cuando quemaron el laboratorio de ADN. Lo dejé. Ahora voy a protegerla. Es lo que él habría querido y se lo debo.

Bosch lo estudió. Podía ser un caballo de Troya enviado por Trident y la corporación. O podía ser sincero. Bosch revisó la información que había recopilado de Sloan recientemente. Que llevaba veinticinco años con Vance. Que había intentado reanimar a Vance cuando ya estaba muerto. Que había llamado a la policía para informar de la defunción en lugar de intentar evitar una investigación. Bosch pensó que eso apuntaba a la sinceridad.

—Vale —dijo—. Si quiere protegerla, hagámoslo bien. Por aquí.

Pasaron por el umbral sin puerta y salieron de debajo del andamio. Bosch levantó la mirada a la ventana de los *lofts* del cuarto piso. Vio que Vibiana bajaba la mirada. Sacó su teléfono y la llamó al dirigirse a la entrada del edificio. Vibiana se saltó el saludo.

—¿Quién es ese hombre? —dijo.

—Es un amigo —dijo Bosch—. Trabajaba para su abuelo. Vamos a subir.

44

Después de que Bosch dejara a Vibiana en las buenas manos de Sloan, se dirigió al norte, hacia el valle de Santa Clarita. Había prometido al capitán Treviño que al final del día le daría una respuesta sobre la oferta de trabajo. Como le había dicho a Haller, pretendía aceptar el puesto. Estaba entusiasmado con la idea de ser otra vez policía a tiempo completo. No le importaba si su territorio tenía cinco kilómetros cuadrados o quinientos. Sabía que se trataba de casos y de estar siempre en el lado bueno. Había encontrado ambas cosas en San Fernando y decidió que estaría allí mientras lo quisieran.

Pero, antes de que pudiera aceptar la oferta, necesitaba hablar con Bella Lourdes y asegurarle que no le estaba quitando su trabajo, sino solo guardándoselo hasta que volviera. A las cuatro de la tarde llegó al Holy Cross, donde esperaba encontrar a Lourdes antes de que le dieran el alta. Sabía que salir del hospital era en ocasiones un proceso que duraba todo el día y creía que pisaba un terreno seguro.

Una vez que llegó al hospital, siguió el camino que había tomado antes hasta la planta de trauma. Localizó la habitación privada de Lourdes, pero al entrar encontró la cama vacía y deshecha. Todavía había un ramo de flores sobre una cómoda. Abrió un armarito y vio en el suelo una bata de hospital de color verde pálido. En la barra, había dos colgadores metálicos que probablemente habían contenido la ropa para ir a casa que le había llevado la compañera de Bella, Taryn.

Bosch se preguntó si se habían llevado a Bella para una prueba médica o si tenía una última sesión de terapia que la había hecho salir de su habitación. Caminó por el pasillo hacia el puesto de enfermeras y preguntó.

—No se ha marchado todavía —le dijo una enfermera—. Estamos esperando a que el doctor firme los papeles.

—Entonces ¿dónde está? —preguntó.

—En su habitación, esperando.

—No, no está. ¿Hay una cafetería por aquí?

—Solo hay una en la planta baja.

Bosch bajó por el ascensor y miró en la cafetería pequeña y casi vacía. No había señal de Lourdes.

Sabía que podía haberse cruzado con ella. Al bajar en un ascensor, ella podría haber subido en otro.

Sin embargo, una leve sensación de pánico empezó a concentrarse en el pecho de Bosch. Recordó a Taryn ultrajada por el hecho de que Lourdes estuviera sufriendo la indignidad de ser tratada en el mismo hospital que el hombre que la había raptado y violado. Bosch había tratado de asegurarle que Dockweiler sería estabilizado y trasladado al centro de la ciudad a la sala carcelaria del hospital del condado. Pero sabía que todavía no se le habían leído los cargos a Dockweiler debido a su precario estado de salud. Se dio cuenta de que si la situación de Dockweiler era demasiado crítica incluso para una lectura de cargos en la cabecera de la cama también sería demasiado crítica para un traslado de Holy Cross al hospital del condado.

Se preguntó si Taryn le había dicho a Bella que Dockweiler estaba en el mismo centro médico o si lo había descubierto por sí sola.

Fue a la mesa de información en el vestíbulo principal del hospital, junto a la cafetería, y preguntó si había una planta específica para el tratamiento de lesiones medulares. Le dijeron que trauma medular estaba en la tercera planta. Bosch tomó un ascensor y volvió a subir.

El ascensor dio a un puesto de enfermería que estaba situado en medio de una planta en forma de H. Bosch vio a un agente del *sheriff* uniformado apoyado sobre el mostrador y charlando con la enfermera de guardia. La ansiedad de Harry subió un punto más.

—¿Este es el centro de trauma medular? —preguntó.

—Lo es —dijo la enfermera—. ¿Cómo puedo…?

—¿Kurt Dockweiler sigue en tratamiento aquí?

Lanzó una mirada furtiva hacia el agente, que se enderezó en el mostrador. Bosch sacó la placa de su cinturón y la mostró.

—Bosch, SFPD. Dockweiler es mi caso. ¿Dónde está? Muéstremelo.

—Por aquí —dijo el agente.

Se dirigió por uno de los pasillos. Bosch vio una silla vacía fuera de una habitación varias puertas más allá.

—¿Cuánto tiempo lleva tocándose las narices en el puesto de enfermeras? —preguntó.

—No mucho —dijo el agente—. Este tipo no irá a ninguna parte.

—No me preocupa eso. ¿Ha visto salir a una mujer del ascensor?

—No lo sé. La gente viene y va. ¿Cuándo?

—¿Cuándo cree? Ahora.

Antes de que el agente pudiera responder, llegaron a la habitación y Bosch extendió el brazo izquierdo para retenerlo. Vio a Bella Lourdes de pie a los pies de la cama en la habitación de Dockweiler.

—Quédese ahí —le dijo al agente.

Bosch entró lentamente en la sala. Lourdes no dio ninguna indicación de haberlo visto. Estaba mirando a Dockweiler, tumbado en la cama elevada, rodeado por toda clase de aparatos y tubos, incluido el respirador que pasaba por su garganta y mantenía a sus pulmones funcionando. Tenía los ojos abiertos y estaba mirando a Lourdes. Bosch interpretó rápidamente la mirada de Dockweiler. Vio miedo.

—¿Bella?

Lourdes se volvió al oír la voz de Bosch, lo vio y logró sonreír.

—Harry.

Bosch miró a las manos de Bella para ver si iba armada. No llevaba nada.

—Bella, ¿qué estás haciendo aquí?

Lourdes miró otra vez a Dockweiler.

—Quería verlo. Afrontarlo.

—No deberías estar aquí.

—Lo sé. Pero tenía que hacerlo. Me dan el alta hoy, me voy a casa. Quería verlo antes. Que supiera que no pudo quebrarme como dijo que haría.

Bosch asintió.

—¿Pensabas que había venido a matarlo o algo? —preguntó.

—No sé lo que pensaba —respondió Bosch.

—No lo necesito. Ya está muerto. Es un poco irónico, ¿no crees?

—¿Qué?

—Tu bala le partió la médula. Es un violador y ya no podrá volver a hacerle eso a nadie.

Bosch asintió.

—Deja que te lleve ahora a tu habitación. La enfermera dijo que el médico tiene que verte antes de firmar el alta.

En el pasillo, Bosch cortó al agente antes de que pudiera hablar.

—Esto nunca ha ocurrido —dijo—. Si hace un informe lo denunciaré por abandonar su puesto.

—No hay problema, nunca ha pasado —aceptó el agente.

El policía se quedó de pie junto a su silla y Bosch y Lourdes enfilaron el pasillo.

En el camino de vuelta a su habitación, Bosch le contó a Lourdes la oferta de Treviño. Le dijo que solo la aceptaría si ella lo aprobaba y comprendía que volvería al tiempo parcial de agente en la reserva en cuanto ella estuviera lista para volver.

Lourdes le dio su aprobación sin dudarlo.

—Eres perfecto para el trabajo —dijo—. Y tal vez sea algo permanente. No estoy segura de lo que voy a hacer. Puede que no vuelva.

Bosch sabía que Lourdes tenía que considerar la posibilidad de obtener de forma fácil y merecida una baja laboral relacionada con el estrés. Podría cobrar su salario completo y hacer otra cosa con su vida y su familia, lejos de la maldad del mundo. Sería una decisión dura, pero el espectro de Dockweiler flotaba sobre todo ello. Si nunca volvía, ¿lo acecharía? ¿Le daría a Dockweiler un poder final sobre ella?

—Creo que vas a volver, Bella —dijo Bosch—. Eres una buena detective y lo echarás de menos. Mírame a mí, peleando por mantener una placa en el cinturón a mi edad. Se lleva en la sangre. Tienes ADN de policía.

Ella sonrió y asintió.

—Espero que tengas razón.

En el puesto de enfermería de su planta se abrazaron y prometieron mantenerse en contacto. Bosch la dejó allí.

Volvió otra vez hacia la 5 para dirigirse a San Fernando y decirle a Treviño que aceptaba el trabajo, al menos hasta que Bella volviera.

Por el camino, pensó en lo que le había dicho a Lourdes sobre el ADN de policía. Era algo que creía de verdad. Sabía que, en su universo interno, había una misión grabada en un lenguaje secreto, como dibujos en la pared de una antigua cueva, que le daba su dirección y significado. No podía alterarse y siempre estaría allí para guiarlo por el buen camino.

Era una tarde de domingo de primavera. Se había reunido mucha gente en el triángulo creado por la confluencia de Traction Avenue, Rose y la calle 3. Lo que durante años había sido un aparcamiento estaba tomando forma como el primer parque público del Arts District. Filas de sillas plegables se alineaban delante de una escultura de seis metros de alto, cuya forma y contenido solo insinuaban los contornos de la enorme tela blanca que la envolvía. Un cable de acero se extendía desde la tela a una grúa que se había utilizado para instalar la obra. El velo se levantaría de forma teatral para desvelar la escultura que sería el elemento central del parque.

La mayoría de las sillas estaban ocupadas y los cámaras de dos canales de noticias locales estaban preparados para registrar el momento. Muchos de los asistentes conocían a la artista que había creado la escultura. Algunos la veían por primera vez, aunque tenían con ella lazos familiares, si no de sangre.

Bosch y su hija se habían sentado en la fila de atrás. Harry veía a Gabriela Lida y Olivia Macdonald tres filas delante de ellos. El joven Gilberto Veracruz estaba sentado entre ellos, distraído con una videoconsola. Los hijos de Olivia, ya adultos, estaban en las sillas de su derecha.

A la hora establecida para la inauguración, un hombre de traje caminó hasta el estrado situado delante de la escultura y ajustó el micrófono.

—Hola y gracias a todos por venir en este día maravilloso de primavera. Mi nombre es Michael Haller. Soy asesor legal de la Fruit Box Foundation, que estoy seguro de que todos han conocido por los medios en los últimos meses. Gracias a una donación muy generosa del legado del difunto Whitney P. Vance, la Fruit Box Foundation va a dedicar hoy este parque en honor al señor Vance. También anunciamos planes para comprar y renovar cuatro edificios históricos del Arts District. Estos se dedicarán a ofrecer alojamiento y espacio de trabajo para los artistas de esta ciudad. La Fruit Box...

Haller tuvo que detenerse por el aplauso de quienes estaban sentados delante de él. Sonrió, asintió y luego continuó.

—La Fruit Box Foundation tiene más planes para la zona. Más edificios de viviendas y espacios de estudio asequibles, más parques y más galerías de arte. A esta zona la llaman Arts District, y la Fruit Box Foundation, cuyo mismo nombre está ligado a la historia creativa de este barrio, continuará trabajando para mantenerlo como una comunidad vibrante de artistas y arte público.

Sonaron más aplausos en el discurso de Haller y él esperó antes de continuar.

—Y por último, hablando de artistas y arte público, estamos muy orgullosos hoy de inaugurar este parque desvelando una escultura de Vibiana Veracruz, directora artística de la Fruit Box Foundation. El arte habla por sí solo. Así pues, sin retraso, les presentó El lado oscuro del adiós.

De manera teatral, la grúa levantó la tela, revelando una escultura de acrílico blanco brillante. Era un diorama como los que Bosch había visto en el loft de Vibiana el año anterior. Una multitud de figuras y ángulos. La base de la escultura era el fuselaje destrozado de un helicóptero caído de costado, con el fragmento roto de una hélice sobresaliendo como una lápida. Desde el lado de la puerta abierta de la nave se alzaban manos y caras, soldados que miraban y se estiraban para ser rescatados. La figura de un soldado se alzaba sobre el resto, levantado por completo y saliendo por la puerta, como si lo elevara de los restos una mano no vista de Dios. Una de las manos de los soldados se estiraba con los dedos abiertos hacia el cielo. Desde su perspectiva, Bosch no podía ver la cara del soldado, pero sabía quién era.

Y junto al fuselaje del helicóptero caído se alzaba la figura de una mujer que sostenía un bebé en brazos. El niño no tenía cara, pero Bosch reconoció a la mujer como Gabriela Lida y la pose madre-hija de la foto de la playa del Coronado.

Un atronador aplauso saludó el descubrimiento de la escultura, pero al principio Bosch no vio rastro de su autora. Entonces notó una mano que le tocaba el hombro y se volvió para ver a Vibiana pasando detrás de él de camino al estrado.

Al volverse en el pasillo central, Vibiana lo miró otra vez y sonrió. Bosch se dio cuenta en ese momento de que era la primera vez que la veía sonreír. Pero era una sonrisa de soslayo que sabía que había visto antes.

Agradecimientos

Todas las novelas son el producto de la investigación y la experiencia, algunas más que otras. Este libro se basa en gran medida en la ayuda de otros. El autor quiere mostrarles su agradecimiento por sus contribuciones y por compartir sus recuerdos.

Muchas gracias a John Houghton, antiguo sanitario de la Marina que sirvió en Vietnam. Sus experiencias en el *Sanctuary* y con Connie Stevens se convirtieron muchos años después en las experiencias de Harry Bosch y en el núcleo emocional de la novela. Muchas gracias a Dennis Wojciechowski, el investigador del autor y también veterano de Vietnam.

El equipo azul tuvo un valor incalculable, como de costumbre. Un gran agradecimiento a Rick Jackson por estar ahí desde el principio, abriendo puertas y proporcionando la clase de orientación que solo podía aportar un detective que pasó más de veinticinco años persiguiendo asesinos. Los antiguos y actuales detectives de homicidios del Departamento de Policía de Los Ángeles Mitzi Roberts, Tim Marcia y David Lambkin también proporcionaron destacados consejos a esta historia.

El Departamento de Policía de San Fernando abrió sus puertas al autor y lo recibió con los brazos abiertos. Muchas muchas gracias al jefe Anthony Vairo y al sargento Irwin Rosenberg. El autor espera que la novela enorgullezca al departamento (porque Harry Bosch quiere volver).

Gracias a Terrill Lee Lankford, Henrik Bastin, Jane Davis y Heather Rizzo por leer los primeros borradores y proporcionar consejos excepcionales.

Un enorme agradecimiento también al abogado Daniel F. Daly, al fotógrafo Guy Claudy y al investigador del NCIS Gary McIntyre. El autor también reconoce con agradecimiento la ayuda de Shannon Byrne y da las gracias a Pamela Wilson y al artista Stephen Seemayer, que ha estado documentando el Arts District de Los Ángeles durante muchos años en películas como *Young Turks* y *Tales of the American*.

Por último, pero no por ello menos importante, gracias a los editores que ayudaron a esculpir una novela coherente de un bloque de manuscrito difícil de manejar. Asya Muchnick y Bill Massey son los mejores que cualquier escritor puede pedir. La correctora Pamela Marshall sabe más de Harry Bosch que el propio autor y siempre está ahí para solucionar cosas.

El autor reconoce con agradecimiento a todos los que han contribuido a este libro.